JN256227

observed, was a prince of
excellent understanding,
would frequently order
that I should be

1　アルマン・ポワソン『ガリヴァー旅行記』（1884）

"I observed many in the habit of servants, with a blown bladder fastened to the end of a short stick."

2　ハリー・ティーカー『ガリヴァー旅行記』（1912）

TWO OF THOSE SAGES . . . LIKE PEDLARS AMONG US

3　アーサー・ラッカム『ガリヴァー旅行記』（1909）

THE STRULDRUGS

4　アーサー・ラッカム『ガリヴァー旅行記』（1909）

A LAPUTIAN GENTLEMAN TAKING A WALK

5　アーサー・ラッカム『ガリヴァー旅行記』（1909）

6　画家名不明『ガリヴァー旅行記』ネルソン社（1912）

"When they meet an acquaintance in the morning, the first question is about the Sun's health."

7　ハリー・ティカー『ガリヴァー旅行記』（1912）

"As soon as they have completed the term of eighty years, they are looked on as dead in law."

8　ハリー・ティカー『ガリヴァー旅行記』（1912）

9　ポワソン
『ガリヴァー旅行記』（1884）

11　ポワソン『ガリヴァー旅行記』（1884）

offering me, at the
same time (but
under the strict-
est confidence), his
gracious protection, if
I would continue in

10　ポワソン『ガリヴァー旅行記』（1884）

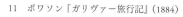

12　画家名不明
『アラジン』ディーン社（[1880]）

of the lamp, and had the palace and his beautiful wife taken back to the city of Tartary, where for ever afterwards they lived happily together.

14　クレイン『アラジン』

13　ウォルター・クレイン『アラジン』
（出版年無記名）

15　フランシス・ブランデッジ
『アラビアンナイト』（出版年無記名）

16　エドマンド・デュラック
『船乗りシンドバット他』（1914）

17　エドマンド・デュラック
『船乗りシンドバット他』（1914）

18　ブレイクリー・マッケンジー『アリババとアラジン』(1918)

20　ブレイクリー・マッケンジー
『アリババとアラジン』(1918)

19　ブレイクリー・マッケンジー
『アリババとアラジン』(1918)

22　カイ・ニールセン「アラジンと魔法のランプ」『レッド・マジック』(1930)

21　カイ・ニールセン「アラジンと魔法のランプ」『レッド・マジック』(1930)

23　マッケンジー『アリババとアラジン』(1918)

24　マッケンジー
「アラジンと不思議なランプ」

26　画家名不明『ガリヴァー旅行記』
表紙（1909）　大阪府立国際児童図書館蔵

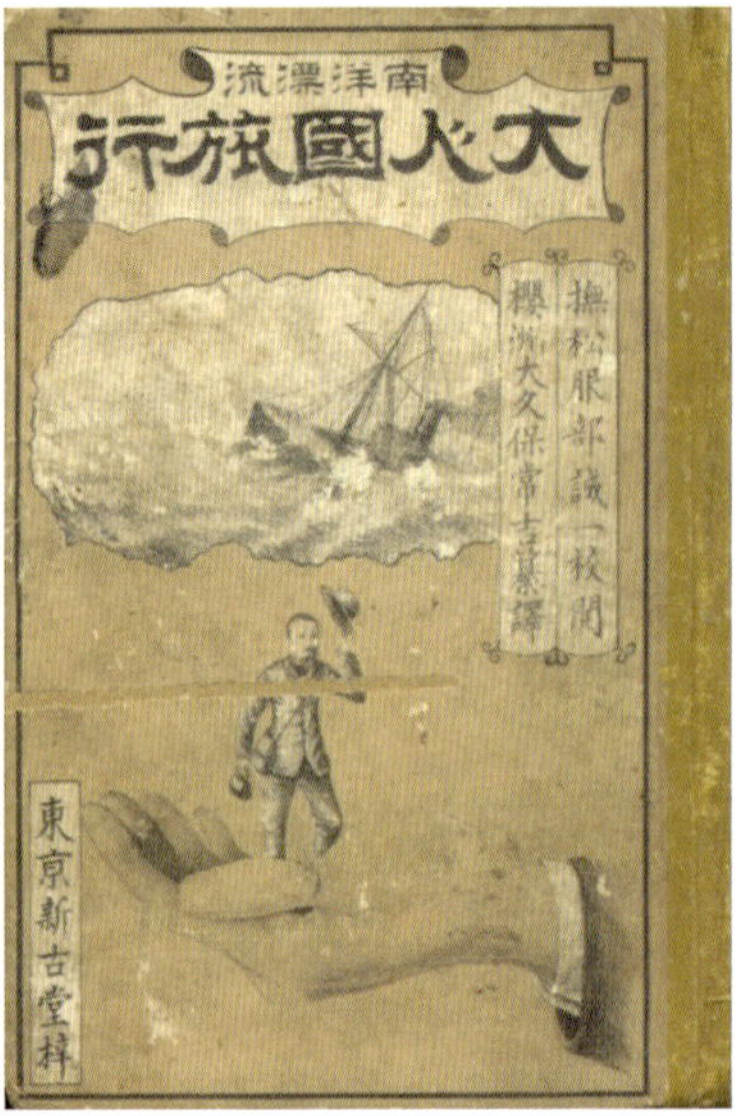

25　画家名不明
『南洋漂流　大人國旅行』表紙（1889）

27　E. J. ウィラー『ガリヴァー旅行記』（[1995]）

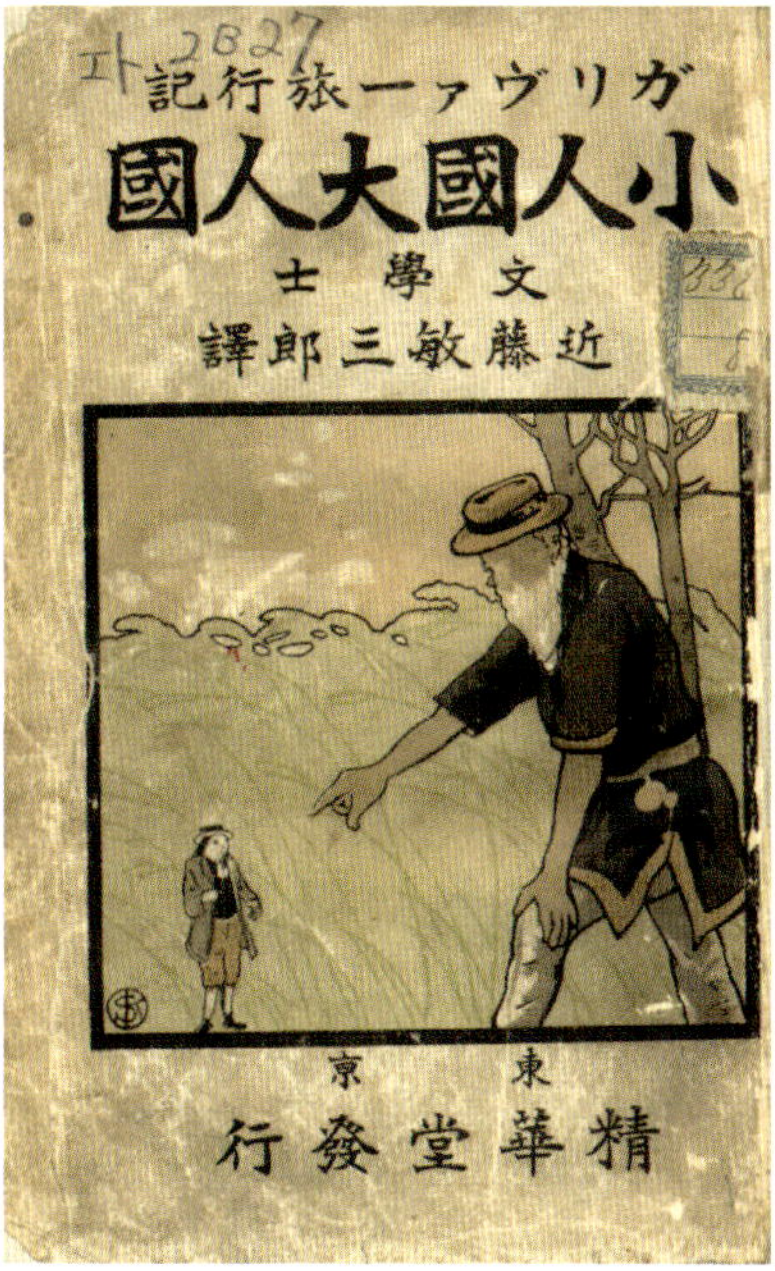

28　画家名不明
『ガリヴァー旅行記　小人國大人國』表紙
国立国会図書館蔵

29　グランヴィル『ガリァー旅行記』（1838）

30　モートン『ガリヴァー旅行』（[1864]）

31　E. ウィラー『ガリヴァー旅行記』（[1895]）

33　筒井年峰『大人國』表紙（1899）

32　筒井年峰『小人島』表紙（1899）

34　初山滋『小人島奇譚』表紙　『少年少女譚海』1巻6号（1920）　大阪府立国際児童文学館蔵

35　初山滋『小人島奇譚』口絵
『少年少女譚海』1巻5号（1920）
大阪府立国際児童文学館蔵

37　ジャン・ド・ボッシェール
『ガリヴァー旅行記』（1920）

36　ウィリー・ポガーニー
『ガリヴァー旅行記』（1919）

38　清水良雄『馬の國』口絵
『赤い鳥』4巻6号（1920）

39　岡本帰一『ガリバア旅行記』函（1921）

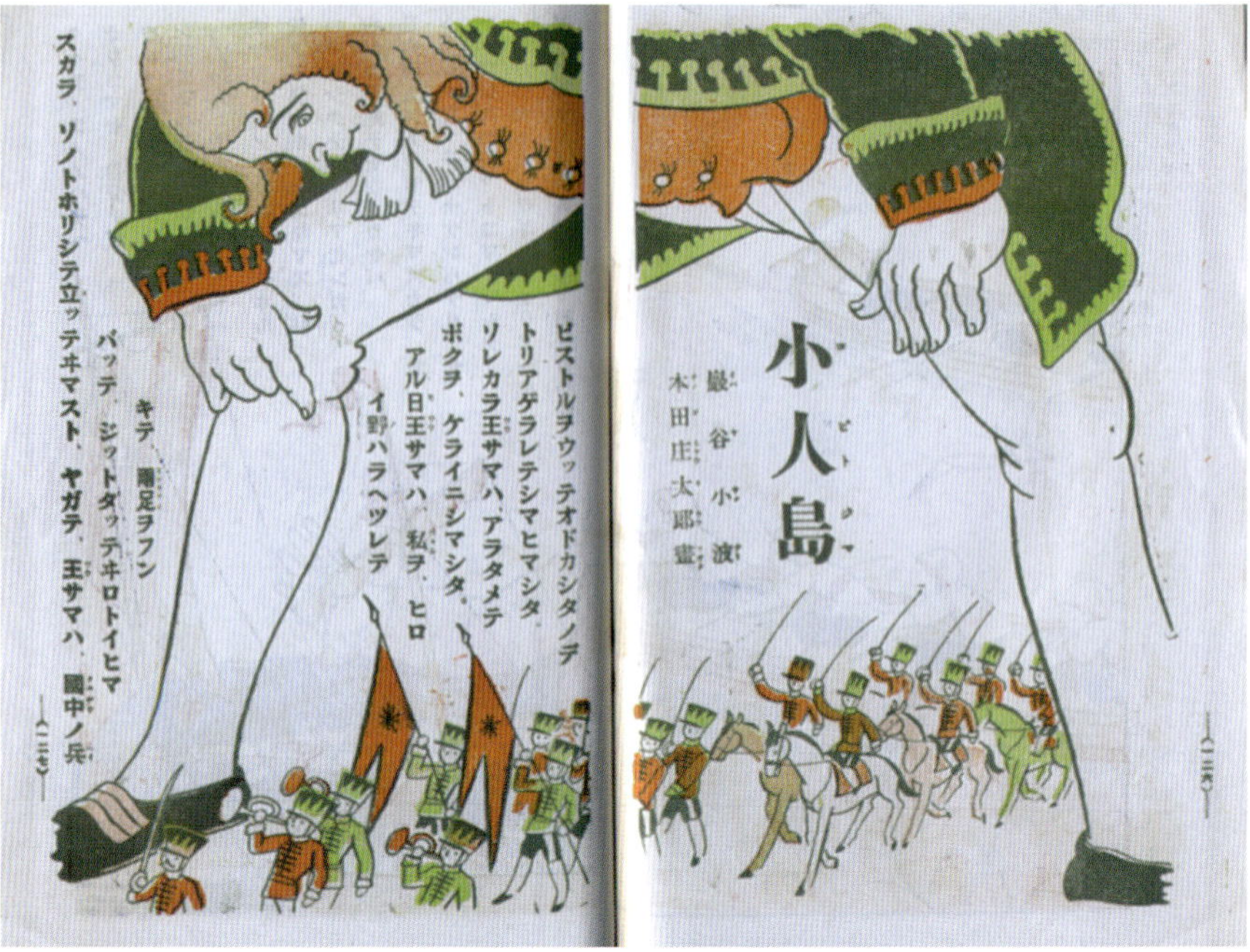

ピストルヲウッテオドカシタノデ
トリアゲラレテシマヒマシタ。
ソレカラ王サマハ、アラタメテ
ボクヲ、ケライニシマシタ。
アル日王サマハ、私ヲ、ヒロ
イ野ハラヘツレテ

スカラ、ソノトホリシテ立ッテヰマスト、ヤガテ、王サマハ、國中ノ兵

40　本田庄太郎『小人島』『幼年倶楽部』4 巻 4 号（1929）

THE EMPEROR OF LILLIPUT REVIEWS HIS TROOPS

42　アーサー・ラッカム『ガリヴァー旅行記』（1909）

41　初山滋『ガリヴァの旅行記』口絵（1929）

43　画家名不明　函『ガリヴァ旅行記』函『ガリヴァ旅行記』（1919）

44　池田永治装幀『ガリバー旅行記』表紙・背・裏表紙（1925）

45　吉邨二郎『ガリヴァ旅行記』（1938）

46　吉邨二郎『ガリヴァ旅行記』（1938）

ガリヴァーとオリエント

日英図像と作品にみる東方幻想

千森幹子

法政大学出版局

ガリヴァーとオリエント◉目次

プロローグ

『ガリヴァー旅行記』とオリエンタリズム

ジョナサン・スウィフト（Jonathan Swift）の『ガリヴァー旅行記』（*Travels into Several Remote Nations of the World,* 一七二六年）[1]初版には、地図とラガードの機械の図版を除くと、挿絵は掲載されていない。しかし、その翌年に出版されたイギリス版には、すでに各航海記に口絵が一葉ずつ添えられている。[2]同年、アムステルダムとパリで出版された版も同様である。[3]いわば、『ガリヴァー』はきわめて初期の段階から視覚化されていた。その初期の西洋的な趣の英版挿絵に、はじめて中東表象が加わるのが一七八二年、トーマス・ストッサード（Thomas Stothard）の挿絵による。中国表象は遅く一八六四年に出版されたJ・G・トムソン（Thomson）[4]の挿絵本であるが、日本表象も同年のJ・G・トムソン版が最初である。

エドワード・サイード（Edward Said）は『オリエンタリズム』（*Orientalism*）のなかで、オリエンタリズムとオリエントを、次のように定義する。

オリエントは、ヨーロッパにただ隣接しているというだけではなく、ヨーロッパの植民地のなかでも一番に広大で豊かで古い植民地のあった土地であり、ヨーロッパの文明と言語の淵源であり、ヨーロッパ文化の好敵手であり、またヨーロッパ人の心のもっとも奥深いところから繰り返したち現われる他者イメージでもあった。……もっともこのオリエントは、いかなる意味でも単なる想像上の存在にとどまるものではない。それは、ヨーロッパの実体的な文明・文化の一構成部分をなすものである。すなわちオリエンタリズムは、この内なる構成部分としてのオリエントを、文化的にも、イデオロギー的にもひとつの様態をもった言説として、しかも諸制度、語彙、学識、形象、信条、さらには植民地官僚制と植民地的様式とに支えられたものとして、表現し、表象する。……簡単に言えば、オリエンタリズムとは、オリエントを支配し再構成し威圧するための西洋の様式なのである。（『オリエンタリズム』上、今沢紀子訳、1993：8–21）

サイードは、「オリエンタリズム」を、「ヨーロッパの内なるオリエントに対するヨーロッパの言説」であり、「オリエントを支配し再構成し威圧する様式」であると規定している。「オリエンタリズム」がヨーロッパの様式であったように、「オリエント」は、「ヨーロッパの単なる想像上の存在にとどまらぬ、ヨーロッパの実体的な文明・文化の一構成要素」、つまり、ヨーロッパの内なる存在であった。

かくして、本書でとりあげるオリエント表象もまた、ヨーロッパ人が直面する現実であるとともに、心のなかの夢想と結びついた幻想でもあった。ただし、オリエントという概念そのものは幅広く曖昧なので、ヨーロッパ各国の植民地政策や文化交流に応じて微妙に異なってもいる。たとえば、「イギリスにとってのオリエントは、永らくインドと中国だった。すなわち大英帝国の植民地政策と貿易の力点の置かれたところがオリエントだった」（1991：32）と、シュテファン・コッペルカム（Stefan Koppelkamm）が述べるように、本書で扱う英版『ガリヴァー』テキストと英仏版図像のオリエント表象も、やはり、一八世紀から二〇世紀半ばにいたる英仏の植民地政策に大きく影響されている。

さらに、『ガリヴァー』のテキスト自体も時代や社会、政治の影響を蒙る。一八世紀には数えるほどであった挿絵版が、一九世紀後半以降、数多く登場する。一八五〇年代、急成長した児童文学の市場にあわせ、本来、風刺作品として出版された『ガリヴァー』も、時代の要請に従って児童文学作品として出版され、挿絵版の出版も活況を呈する。その背景には、当時の探検熱や、植民地主義、さらに「オリエント」言説が内包する幻想性・異国趣味があった。コッペルカムは、「エキゾティシズムは仮装であるとともに、同時に人びとの好奇心をかきたてる効果を大いに果たした。……このようなエキゾティシズムは人類学や考古学と手をたずさえ、植民地政策、また飛行熱とあいまって進展した」(1991: 29–30) と評しているが、幻想的であると同時に読者の好奇心をかきたてる『ガリヴァー』における未知の国々が、探検熱や植民地支配、さらにオリエントへの興味とあいまって、図像におけるオリエント表象を生み出す一因となったのである。

本書の概要

本書は、『ガリヴァー旅行記』作品とその英仏版図像にみるオリエント表象、特に日本表象を論じるはじめての研究であり、明治から昭和初期にいたる『ガリヴァー旅行記』邦訳と図像研究にかかわる、本格的な受容研究である。

本書の関心は、主に三点ある。第一に、文学と図像の関わり、第二に、『ガリヴァー旅行記』テキストに内在する科学や医学、人間の本性に対する風刺性と、一八世紀イギリス社会や文化にこめたスウィフトの風刺性が、その物語が内包する冒険物語としてのファンタジー性とあいまって、一九世紀半ば以降のイギリスの植民地政策によって、図像においてどのようなオリエント・イメージとして表象されていったのか。第三に、明治・大正・昭和初期の日本で、翻訳図像の両面において、どのような変貌を遂げたのか。その全容をオリエントの一国である日本の帝国主義政策と少年教育・子ども観に焦点を当てて読み解くことである。

本書は、二部――第一部「英版『ガリヴァー旅行記』とオリエント」と第二部「『ガリヴァー旅行記』邦訳と日英図像」――からなる。

第一部では、ポスト・コロニアル的観点から、英版文学作品、特に、ジョナサン・スウィフトの『ガリヴァー旅行記』作品とその図像を取り上げる。まず、『ガリヴァー』におけるオリエント描写やオリエント表象の対象となる科学風刺や不死人間風刺を検証し、一九世紀半ばから二〇世紀初めに頻繁に視覚化されたさまざまなオリエント・イメージが、なぜ、いつ頃、どのようにして生まれ、何を対象に、どのような具体的なイメージで視覚化されはじめ、発展、混合、融合、終息していったのかを、当時の英欧の帝国主義的なオリエント観とジャポニズムに代表される文化美術的なオリエント幻想の両面から論じる。さらに、一九世紀から二〇世紀初めのアラビアンナイト（アラジン）画像をとりあげ、中東や中国の物語に突然出現する日本イメージを、『ガリヴァー旅行記』の中東・中国・日本といったオリエント表象、特に日本表象と比較することによって、『ガリヴァー』の作品図像におけるオリエント表象の特性を、解明することにある。

第二部では、『ガリヴァー旅行記』の日本語翻訳とその日本版挿絵をとりあげ、明治・大正・昭和初期までの代表的な翻訳と挿絵を検証することで、スウィフトのさまざまな風刺が、日本の政治文化的背景のなかで、いかに受容、変容、再創造されていったのか、その変遷を、明治・大正・昭和初期の日本の帝国主義政策や教育政策さらに冒険ファンタジー小説などにみられる児童文学の系譜のなかで、考察する。同時に、その日本人画家の挿絵を欧米画像と比較考察することによって、画家の作品解釈、西洋挿絵の影響と日本美術との融合、さらに日本的画像としての特性を検証する。

本書の独創性

本書に独創性があるとすれば、次の四点に要約されよう。まず、第一に、『ガリヴァー』テキストと英版挿絵の両面を扱う点、つまり、英国の新帝国主義政策や植民地政策さらに文学、美術、社会等の広範囲なコンテキストから、『ガリヴァー』をテキストと図像の両面から読み解く点。第二に、英仏版『ガリヴァー』図像におけるオリエント表象、特に日本表象を論じる点。第三に、英版『ガリヴァー』図像と英版『アラジン』図像におけるオリエント表象を比較検討し、それぞれのオリエント表象の特性を解明する点。最後に、『ガリヴァー』邦訳と日本版図像に関する比較学際的研究である点であり、これらは従来の先行研究にはみられない研究であろう。

文学テキストと図像研究

本書は、拙著『表象のアリス』(法政大学出版局、二〇一五年)と同じように、文学と視覚芸術にかかわる表象文化研究であり、日英比較文化研究である。また、カルチュラルスタディーズ、翻訳研究、児童文学などの多岐にわたる学際研究でもある。多様なジャンルを扱いながらも、最も心を砕いたのが、文学テキストとその挿絵にかかわる関係性である。文学テキストに挿入された挿絵を単独で論じることはできない。必ずテキスト――それが原作であろうと、再話、あるいは、翻訳、翻案のいずれであろうと――とのかかわりを無視することはできない。さらに、もう一つの問題は、文字テキストと図像テキストの制作過程である。出版当初から文字と図像が一体化していたのか、いいかえれば、『アリス』のように作家と画家がともに協議して挿絵本として出版されたのか。それとも、たとえば、フランスのJ‐J・グランヴィル(J.-J. Grandville)の『擬人化された花々』(*Les Fleurs Animées*, 一八四八年)のように、挿絵が描かれそのあとにタクシル・ドロール(Taxile Delord)の文章が書かれたのか、あるいは、多くの挿絵本のように、後世になって挿絵が付け加えられたのかという問題である。むろん、『ガリヴァー』初版には、地図などの図版はあったが、物語を視覚化した挿絵はなかった。その意味では、原作者スウィフトは、ルイス・キャロルのように『ガリヴァー』の視覚化に意見をさしはさまなかった。ゆえに、画家は少なくとも原作者からは自由な解釈が可能であった。

ジョン・セナ（John F. Sena）は、「『ガリヴァー旅行記』と挿絵本」（"*Gulliver's Travels* and the Genre of the Illustrated Book"）のなかで、挿絵本と挿絵のない作品の相違について次のように語る。「イラストのあるテキストは、イラストがないテキストとは性質上異なる。イラストは付随したテキストの不可分な一部であり、イラストが明らかにし解釈する言語と同じように、テキストの意味を確かなものにし、作品に対する読者の反応を形成する要素である。挿絵本は文字と視覚、文字とグラフィックイメージ、いいかえれば、もとのテキストとそのテキストの「読み」を、同時に結びつけるジャンルであり、ハイブリッドな形式である」（セナ 1990: 102）。

一方、マイケル・ハンチャー（Michael Hancher）も、テキストとイラストでは、強調点が異なると述べる。「イラストとテキストでは、どこを強調しどこを説明するかという点が異なるのは、きわめて当然であり……そのため「どの瞬間を選択するか」が非常に重要となる」（1985: 114）と評している。テキストと挿絵では同じ場面を選択しても、ヴィジュアルな視点と、ナラティブな視点では重点がおのずとかわるため、挿絵の場合、場面の選択が特に重要となる。また、著者とイラストレーターとでは、文章表現や絵画表現などの表現形式の相違も考慮し、それぞれの手法の利点を活かすとともに限界を認識する必要があり、強調したい場面を選択するに際し、異なった判断をくだす必要がある。

要するに、挿絵はテキストを視覚化するとともに視覚的観点からテキストを再解釈する役割を演じているゆえ、偉大な挿絵画家は、独自の絵画的解釈を加えることによって、テキストを再創造しているのである。

先行研究

まず、先行研究として、(一)英版『ガリヴァー』図像研究、(二)ポストコロニアル観点からの日本・中国図像について、(三)『アラジン』と『ガリヴァー』図像の比較研究について、(四)日英比較研究的観点に立った『ガリヴァー』邦訳とその日本版図像について、考察してみたい。

まず、(一)の『ガリヴァー』図像に関する研究としては、先に述べたジョン・セナの論文「『ガリヴァー旅行記』と挿絵本」がある。セナが、主要な英仏挿絵画家のスウィフト作品解釈を網羅的に論じているのに対し、本研究は、イギリス版『ガリヴァー』図像をポストコロニアル的観点から論じる新しい観点に立つ。デイヴィッド・レンフェスト(David Lenfest)の二本の論文は、二人のフランス版『ガリヴァー』画家——A・D・ルフェーヴル(A. D. LeFebvre)とJ-J・グランヴィル——について論じている。[5] アイザック・アシモフ(Issac Asimov)の『ガリヴァー』の注釈本は、初版から二〇世紀半ばに至る『ガリヴァー』挿絵や翻訳・挿絵版の書誌も収録した資料である。書誌としては、ハーマン・ティーリンク(Herman Teerink)の『ジョナサン・スウィフト作品書誌』(*A Bibliography of the Writings of Jonathan Swift*)と、レンフェストの「一七二七年から一九一四年に出版された挿絵版『ガリヴァー旅行記』目録」("Checklist of Illustrated Editions of *Gulliver's Travels*, 1727–1914")がある。後者は各版のすべての挿絵についてコメントをのせているが、オリエント描写についての説明はない。

次に、(二)ポストコロニアル的観点からの図像におけるオリエント表象の先行研究をあげると、ヴィクトリア朝図像研究に関しては、東田雅博の『図像のなかの中国と日本』(一九九八年)がある。同書はヴィクトリア時代の『パンチ』(*Punch*)や『イラストレイティッド・ロンドン・ニュース』(*Illustrated London News*)などのヴィジュアル定期刊行物における中国と日本表象を取り上げ、一八五〇年代から七〇年代に至る日本イメージの興隆と日本イメージへの疑念、それと対照的な中国イメージの凋落について詳細に論じている。しかし、東田がヴィクトリア時代を対象としたのに対し、本書は一八世紀から二〇世紀半ばに時代を広げ、調査資料を定期刊行物から文学作品である英版（一部仏蘭版）『ガリヴァー』図像に、日本・中国表象から中東・アフリカを含むオリエント表象へと研究対象を広げている。

第三の『ガリヴァー』とアラビアンナイトの『アラジン』のオリエント表象比較研究は、拙論「英版『アラジン』画像にみるオリエントイメージの混在と融合——日本表象を中心として」（二〇一二年）以外、ほとんど試みられていない。アラビアンナイトおよび『アラジン』の画像研究については、本書の第一部第四章「英版『アラジン』画像にみるオリエント」で論じるが、日本表象との関連については、小林一枝が『アラビアンナイト博物館』（東方出版、二〇〇四年）のなかで、一九世紀後半のアラビアンナイト挿絵にはジャポニズムとアール・ヌーヴォーの影響がみられ、特にウォルター・クレインの『アラジン』の挿絵には日本の浮世絵の影響が顕著である（2004：86）と指摘し、ライオネル・ランバーン（Lionel Lambourne）も『ジャポニズム——日本と西洋の文化交差』（*Japonisme: Cultural Crossing between Japan and the West*, 2005：115）で、浮世絵やジャポニズムの影響があると指摘している。

また、（四）日英比較研究からの『ガリヴァー』邦訳研究に関しては、書誌としては、川戸道昭・榊原貴教『児童文学翻訳作品総覧　明治大正昭和平成の135年翻訳目録　イギリス編1』（大空社・ナダ出版センター、二〇〇五年）と松菱多津男の『邦訳「ガリヴァー旅行記」書誌目録』（二〇一一年、春風社）の二冊がある。一方、邦訳研究に関しては、榊原貴教が論考「『ガリヴァ旅行記』に見る翻訳社会史」（二〇〇五年）において、主要な『ガリヴァー』邦訳について言及しているが、これははしがきの紹介が中心である。また、原田範行が『「ガリヴァー旅行記」を読む』（東京女子大、二〇一二年）で、松菱の書誌などを参考にしながら、明治から平成にいたる翻訳の特徴をわかりやすく紹介し、さらに『風刺文学の白眉「ガリバー旅行記」とその時代』（ＮＨ

K出版、二〇一五年）の第一〇回「日本の冒険──『ガリバー旅行記』成立の謎に迫る」において、明治期の片山平三郎の初版以来の日本への受容について、また、江戸時代後期に日本に伝わっている可能性についても言及しているが、論点はテキストにおける日本記述である。一方、邦訳図像研究としては、拙論「初山滋とArthur Rackham ─ Gulliver's Travels 図像における日英比較」（一九九七年）、「大正日本の『ガリヴァー旅行記』図像──岡本帰一と初山滋」（二〇〇七年）、「明治の『ガリヴァー旅行記』とポストコロニアリズム」（二〇〇九年）をはじめとした論考がある。(6) しかし、邦訳図像研究に関しては、書誌的な紹介以外は、著者が知る限り拙論以外は皆無である。

なお、本書は、二〇〇五年から二〇一五年度まで、科学研究費基盤研究（C）を受けた三つの研究課題──「ポストコロニアル的観点から考察した日英『ガリヴァー旅行記』図像にみる少年性」（2005〜2008）、「ポストコロニアル的観点から考察した日英文学図像にみるオリエント表象の分化と変容」（2009〜2011）、「19─20世紀英版文学図像のオリエント表象にみる東西交差の系譜とポスト植民地主義」（2012〜2014）──における研究成果に、修正加筆し、あらたに書きおろした章を付け加えたものであることを、断っておきたい。

凡例

一、英文の著書および論文からの引用は、特記されている場合を除き、すべて著者が翻訳を行った。

二、なお、Jonathan Swift の *Gulliver's Travels* の原文は、原則として、Oxford Wrold's Classics（2005）に準拠した。

三、*Gulliver's Travels* を、『ガリヴァー旅行記』と翻訳した。なお、文脈の関係で『ガリヴァー』と省略した場合もある。

四、日本の邦訳における『ガリヴァー』作品中の名称や人名の日本語表記は、それぞれ微妙に異なるが、本書では、直接的な引用を除き、基本的には、「ガリヴァー」「ヤフー」「リリパット」「ラピュータ」などの表記に統一している。

五、多くの邦訳では、漢字にルビがふってあるが、本書の引用では、必要な場合を除き、ルビは省略している。

六、英文テキストの翻訳は、基本的には、中野好夫訳『ガリヴァ旅行記』（一九九七年）から引用した。

七、初山滋氏の著作権者である初山斗作氏、深澤省三氏の著作権者である深澤龍一氏から、挿絵掲載のご許可を頂いた。ここに深くお礼申し上げます。

第一部　英版『ガリヴァー旅行記』とオリエント

第一章　『ガリヴァー旅行記』の位相

一・一　風刺文学・児童文学としての『ガリヴァー旅行記』の位相

『ガリヴァー旅行記』の多領域性・多義性

『ガリヴァー旅行記』は、政治、科学、医学、文化、人間の本性など、多領域にかかわる作品である。政治、経済、宗教、学問への風刺、旅行記、ピカレスク小説であることはいうに及ばず、出版以降、あらたなジャンルとなった児童文学、サイエンスフィクション、ファンタジーなどの多領域にわたる作品である。フレデリック・スミス（Frederik N. Smith）は、『「ガリヴァー旅行記」のジャンル』（*The Genres of* Gulliver's Travels）の序論で、その重層性を次のように形容する。

『ガリヴァー旅行記』は、たとえば、『不思議の国のアリス』のように、尽きることなくあらたな世代の子どもや大人、一般の読者や批評家を魅了してやまない、まれな文学作品の一つである。この作品は進化発展しているわれわれのニーズや嗜好に柔軟に適応するゆえに、おそらく現在まで生き残ってきたのであろう。逆説的であるが、『ガリヴァー』のような書物の魅力の一端は、事実、われわれが型に押し込もうとするどのようなカテゴリーからもすり抜ける傾向にあることであろう。

（スミス 1990：21）

スミスが述べるように、『ガリヴァー』の重層性・多義性は、本書が扱う近代科学への問いかけや、すでに人間の生と死の問題をもコントロールするまでに進歩してしまった現代医学・医療への問いかけなど、現代社会が直面する問題をその成立期に提起したという意味においても、興味深い。また、ポストコロニアル的な観点からの図像解釈――一九世紀後半から二〇世紀初めにかけての英仏の図像において、テキスト上では実在しない空想上の国や人々として描写された対象が、図像上ではオリエント的に表象されたという事実、さらに西洋の帝国主義政策に追いつけ追い越せというスローガンのもと、開国から太平洋戦争に至るまで富国強兵を進めてきた近代日本において、『ガリヴァー』がどのようなジャンルやカテゴリーとして解釈され翻訳され、さらに挿絵として視覚化されたのか、興味の尽きない作品である。

子どものための『ガリヴァー旅行記』

風刺文学としての『ガリヴァー』については、すでに現在に至るまで、多領域にわたる多くの研究が重ねられてきたが、ここでは、イギリスにおける児童文学としての『ガリヴァー』の位相について簡単に概観してみたい。まず、児童文学として『ガリヴァー』をとらえる場合、果たして児童文学とは何かという非常にむつかしい問題に直面せざるをえない。この難問に直接向き合う前に、子どもの読者を対象にしたであろう英米版の初期の『ガリヴァー』について振り返ってみたい。ハーマン・ティーリンクの著書『ジョナサン・スウィフト作品書誌』によると、一七五〇年代にはチャップブックに、また、一九世紀初めになると児童文学シリーズに、『ガリヴァー』が出現する。また、サラ・スメッドマン（M. Sarah Smedman）は論文「児童書としての『ガリヴァー旅行記』」（"*Gulliver's Travels* as Children's Book"）のなかで、子どもを特別の読者と考えているわけではないと断ったうえで、英国初の短縮版がストーン・アンド・キング社から出たのが一七二七年、米国初の短縮版がフィラデルフィアのヤング・アンド・マックロッチ社から出たのが一七八七年であると述べる（1990：86）。

著者も、英国のケンブリッジ大学とアメリカのプリンストン大学で、初期の『ガリヴァー』短縮版を調査したが、一八世紀のチャップブックは見つけることができなかった。一方、短縮版に関しては、ロンドンのP・オズボーン・アンド・T・グリフィン（P. Osborne & T. Griffin）社の一七八五年版、ボストンのS・ホール（Hall）社の一七九四年版が最も初期のものであった。いずれも子ども用とは明記されていないが、アメリカ版は、二一枚の小さなカットがついていて、英版に類似しているが、コミカルな描写もあり、文字を読める子どもであれば十分楽しめそうな読み物である。

一方、児童用と明記されているのは、一八一四年、グラスゴーのラムゼン社（J. Lumsden & Son）から「ロスの子どもライブラリー」（"Ross's Juvenile Library"）シリーズとして出版されたものが最初であり、全四七ページで、イラストが一枚フロントページに添えられている。このロスの児童文庫は、スメッドマンの参考文献にも掲載された最も初期のものであり、ティーリンクが指摘しているものがこのグラスゴー版かどうかはわからないが、少なくとも一八一〇年代には、『ガリヴァー』が児童読み物と明記されて出版されていたことは確かである。

児童文学としての『ガリヴァー旅行記』の魅力

リリアン・H・スミスは、児童文学の定義のむつかしさについて、「児童文学はまことに複雑な題目なので、その全面を考察することはあまりに長くなりすぎ、あまりに多くの問題をふくんでいて、一冊の本では扱いきれない」（瀬田訳 1964：14）と結論づける。一方、スミスは、子どもの心をつなぎとめる本について次のように述べる。

真にねうちのある本、誠実で真実で夢のある本、読んで子どもが成長できる本だけを、子どもの手に渡すことになるだろう。なぜなら、成長することが、子どもの天性だからである。子どもは、じっとしてはいられない。子どもは心身の変化と活動なしではいられない。子どもの想像力をかきたてない読書、子どもの心を伸ばさない読書は、子どもたちの時間つぶしになるばかりでなく、子どもを永久につなぎとめることができない。

（瀬田訳 1964：8）

子どもたちは、昔話であれ、すごい冒険談であれ、こっけい話であれ、気持を愉快にしたり暖かい感動を起こさせたりするあらゆる種類の文学を、手当たりしだいに読みながら、自分たちがそこに永続的な真実を求めていることを、意識的に知らないだろう。だが、子どもたちは、お話の底に、自分たちの頼れる真実がひそんでいることに、気づいている。……すぐれた子どもの本は、それを楽しんで読む子どもたちに、非常時用の錨を荒い波風におろすような安定力を与える。

（瀬田訳 1964：11）

いわば、子どもが想像力をかきたてられる夢のある、子どもの成長に寄与する作品でありながら、そこに子どもの心によりどころというか、安心感を与えるような真実味のある作品を、子どもたちが望んでいると述べている。

一方、ジェフリー・リチャーズ（Jeffrey Richards）も「児童文学の目的は子どもたちを楽しませるとともに、教示すること――認められた価値観を教え込み、有益な知識を伸ばし、受け入れられる良いモデルを示すこと――である」（1989：3）と、評する。いかえれば、それが価値観であるのか、あるいは良きモデルであるかは別にして、スミスもリチャーズも、子どもの想像力を掻き立て楽しませるとともに、子どもの心に何らかの安らぎを与える真実を教える必要があると説く。

そういった意味において、たとえ『ガリヴァー旅行記』本来の風刺の毒を取り去っても、また、もともとは子どもの読者をターゲットにした作品でなかったにもかかわらず、なお、子どもに想像力や夢や驚異をあたえつづける『ガリヴァー』作品のファンタジー性（厳密にいえば、そのファンタスティックな特性）は、幾世代にもわたって子どもたちの心をとらえてきたといえよう。

スミスは、幾世代もの子どもたちが楽しんで愛読してきた『ガリヴァー』が子どもの読者を魅了するポイントについて、次のようなコメントを寄せる。

……もしだれかが、この本は世々代々の少年少女たちの楽しみになるだろうと言ったら、かれがどう答えたか、思いめぐらしてみるとおもしろい。『ガリヴァー旅行記』のなかには、子どもの理解できないところが、たくさんある。しかし、子どもたちは、自分の好きなところを、この物語のなかからぬき出す。そしてかれらがいちばんひきつけられるのは、くめどもつきない作者の空想力である。作者の空想力は、まず、ガリヴァーがあれほどおもしろい冒険をする小人国をつくり出して、そこに小人たちを住まわせ、つぎに、大人国でガリヴァーが、おなじようにおどろくべきこっけいな羽目におちいるありさまをくりひろげてくれる。子どもたちにとって、この物語は、一七二六年にはじめて現われた時同様に、今日もいきいきと生きている。

（瀬田訳 1964：23–24）

いいかえれば、ガリヴァーのファンタジー性、スウィフトが創意工夫を凝らしたその空想力が、子どもたちを魅了すると評する。そういった意味では、この作品が児童文学としてどのようなエディションで、あるいはどのような簡略版で省略・変更され、読み継がれてきたのかを問題にするよりも、『ガリヴァー』の作品には子どもたちの空想力を刺激し、楽しませるプロットが存在するということ自体が重要である。

それならば、この書物を読んで、子どもたちはどのような種類の安定感を得ていたのだろうか。そこに英版テキストにおける簡略版やイラスト、さらに、日本の翻訳における省略や改編や翻案、イラストや絵本が介入する余地があるといえよう。

一・二　英国におけるオリエント観とオリエント受容

ヨーロッパにおけるオリエントへの関心

この節では、英国を中心としたヨーロッパ近代におけるオリエント熱を振り返り、『ガリヴァー』図像（と第四章で論じるアラビアンナイト）におけるオリエント表象の背景を、一七世紀から二〇世紀初頭にいたる文化的諸相と政治・社会的コンテキストから俯瞰したい。

まず、一七世紀のヨーロッパにおけるオリエント熱を席巻したのは中国であった。コッペルカムはその様相を次のように記述している。「一七世紀になると東インド会社の商船が、中国から大量の陶器や、うるし細工や、敷き物を運んできた。極東の珍奇な品々は宝物館や陶器の間で陳列されただけではなく、しだいにヨーロッパの装飾芸術に影響していった。当初は異国のお手本を忠実にまねるだけであったものが、やがては中国のモチーフによる自由な応用にと変化する。ヨーロッパの工芸家が陶器や敷物や家具、あるいは「中国趣味」による部屋を設計した。ロココ時代を風靡した中国熱において中国はメルヘンの国だった」（コッペルカム 1991：13）と。さらに、一八世紀になると造園が大きな関心を呼び、さまざまな異国風な様式を混合した作庭が試みられ、インドやアラビア、エジプト、東洋趣味が幻想的に混ざり合っていたという（コッペルカム 1991：20–21）。西洋各国のオリエント観はそれぞれの植民地情勢に大きく左右された。「イギリスにとってのオリエントは、永らくインドと中国だった。……ヨーロッパ大陸におけるオリエント観は、十字軍の頃からトルコ戦争終了のずっとのちまで、イスラムとの対立が強く作用していた。絵画にしろ劇にしろ、一八世紀になってもいぜんとしてトルコが中心だった。……一九世紀初めアラビア系のスペインに対する関心が高まるとともに、オリエント像がひろがりをみせた。何世紀来、イスラムの勢力下にあったアンダルシアや、その母胎である北アフリカ（モロッコ、アルジェリア、チェニジア）といったイスラム世界の西域を含むものとなった。……一八三〇年、フランスのアルジェリア支配体制がととのって、とどこおりなく北アフリカがヨーロッパのオリエントに加わった。……ロンドン万国博ではインドが中心であったのに対し、一八七三年のウィーン万国博ではトルコと日本がそれに取って代わった。とはいえ幻想的なオリエント像をつくったものは、一九世紀を通じて主としてイスラム文化であった」（1991：32–33）。一七世紀来、ヨーロッパ大陸を魅了したオリエントはイスラム文化や北アフリカで、さらにイギリスを魅了したのは中国であるが、それらの地域は、まさに『ガリヴァー』や『アラジン』に登場する国々でもあり、ポストコロニアル的観点からみると、とりわけ、アラジンの物語は、英国やヨーロッパにとってオリエント幻想を掻き立てる格好のテーマであったといえよう。

日本への関心

さらに、一九世紀半ばになると、ヨーロッパは極東のオリエントである日本へ熱いまなざしをむける。一八六〇年代から一八九〇年代にかけて、日本文化が、ホイッスラーやマネ、モネなどにみられるようにヨーロッパ美術や文学にジャポニズムとして影響を与える（ランボーン 2005 : 32）。ペリーが浦賀に来航したのが一八五三年七月八日、『パンチ』に最初の日本人が描かれたのが一八五二年である（東田 1998 : 59）。一八五一年のロンドン万国博覧会当時にはインドに関心を抱いていたイギリスも、一八六二年に再度ロンドンでおこなわれた万国博では、初代駐日総領事であったラザフォード・オールコック卿の日本関連の収集品が展示された[7]ように、中国と日本に関心を向ける。一八六三年、パリに東洋の浮世絵や陶器を売るマダム・デュゾワの店が開店し、一八七五年、ロンドンに、アーサー・ラセンビィ・リバティ（Arthur Lasenby Liberty）が東洋からの輸入品を扱う東インド商店を開く。この年はちょうど、先に述べたクレインがジャポニズム風の『アラジン』を出版した年にあたる。当初は、「ダンテ・ガブリエル・ロセッティ（Dante Gabriel Rossetti）が母への手紙にしたためていたように、イギリスの何人ものコレクターがパリで日本の商品を購入していた」（小野 2003 : 11）が、一九七〇年代後半になると、ロンドンでも日本商品がかなり市場に出回り、浮世絵や扇や陶器、着物などの商品がイギリスで人気を博す。さらに、ヴィクトリア時代に日本を旅したイギリス人による紀行記、たとえば、イザベラ・バード（Isabella Bird）の『日本奥地紀行』（*Unbeaten Tracks in Japan*, 一八八〇年）などの影響も日本ブームに火をつけ、「多くのヴィクトリア朝の中産階級の家庭は日本の装飾品でいっぱいになった」（コータッツィ 2009 : 5）と、いわれている。当初の日本に対するイメージは、中国イメージと区別がつかないまでに混在していた。「正確にいえば、八〇年代にかなりはっきりしたジャポニスム風の日本イメージが形成されるが、それよりもいっそうくっきりした日本イメージが日清戦争期［一八九四―五年］に形成される」（東田 1998 : 203）。

いわば、一七世紀頃にはじまったオリエントへの関心が、一九世紀半ば以降、北アフリカなどを含む広範なイスラム世界へと拡大し、その熱狂の渦は、各国の植民地政策やジャポニズム、刊行物や文学を巻き込み、オリエントを西から東に横断して極東の日本にたどり着いたといえよう。

イギリスの植民地政策と万国博覧会

イギリスは一九世紀前半以降、植民地政策を再び強化し、一八四二年には清国との間で二年にわたり行われたアヘン戦争に勝利し、香港島を割譲させるなどアジアに食指を伸ばし、一八五八年にはインド帝国を成立させ、ボーア戦争（一八八〇―一八八一年）をはじめとしてアフリカ進出も企てる。このイギリスやヨーロッパ列強の帝国主義を正当化するプロパガンダとして使われたのが、先に述べた一八五一年から開催されはじめた万国博覧会である。アン・マックスウェル（Anne Maxwell）は、「フランスのケースのように、博覧会では、植民地の原住民は道徳や技術レベルが低いと示すことによって、暗黙のうちに植民地化を正当化させる実物のセットのなかで植民地国の人びとを展示した」(27) と、帝国主義政策と対になった万国博覧会の意図をあぶりだしている。一八六二年のロンドン万博で日本製品がはじめて展示されて以来、一八六七年と一八七八年のパリ博覧会では日本のアートが有名となり、日本への関心が深まり、ジャポニズム誕生の契機ともなる。さらに、一八八五年、ロンドンのナイツブリッジに「ロンドン日本人村」が開業し、日本の工芸に関わる職人や芸妓や芸人、また茶屋や日本の建物などの日本文化が展示され人気を博するが、二年後の一八六四年になると閉鎖される。これに関連して、一八八五年二月二八日づけの『パンチ』誌に、「日本からみたイギリス村」(“An English village from a Japanese point of view”) と題する諷刺画（図版1）が掲載される。この挿絵は日本人村に対する英国のポストコロニアル的観点を、日英の立場を逆転させて描いた風刺画で、『パンチ』らしい機知に富んだ作品である。画面下部の中

図版１　「日本からみたイギリス村」『パンチ』

央にある入場口には、英国の国旗が描かれた提灯がつるされ、出し物である英国のパブから出てきた酔っ払いや英国のコーナーショップを見物する日本人と目される着物姿の女性や刀を指した和服姿の男性、さらに見世物を指さし嘲笑する、扇子を持ったちょんまげ風の紳士などが描かれ、万国博覧会で植民地や発展途上国の生身の人々を見世物にする欧米列強の帝国主義的な優越観と人種差別意識を逆説的に皮肉っている。

ジャポニズム

こうしたイラストのソースは、図書館や博物館の書物、さらに、万国博覧会やロンドン日本人村での展示や日本旅行記や写真など多岐にわたっているが、なかでも、芸術文化にわたるジャポニズム（フランス語で Japonisme 、英語で Japanism）の影響は大きい。Ayako Ono（小野文子）は著書『英国におけるジャポニズム』（*Japonisme in Britain*）のなかで、「ジャポニズムという言葉はフランスの批評家で収集家でもあったフィリップ・ビュルティ（Philippe Burty）が、一八七二年五月の雑誌 *La Renaissance litteraire et artistique* のなかの論文で最初に使った。……ジャポニズムを明確に定義することはその現象のひろがりを考えるときわめてむつかしいが、一般的には日本美術の基本的な特性を理解し取り入れる試みといえる」（小野 2003: 1）と述べる。一八五八年のパリから一九〇四年のセントルイスに至る万国博で日本の影響はますます強くなっていったが、この風潮は一八六〇年代から一九二〇年代までの西洋の美術に大きな影響を与えた。イギリスの著名なイラストレーターのなかで最も早い時期にジャポニズムの洗礼をうけたのはウォルター・クレインである。画家としては、アメリカ生まれのジェームズ・アボット・マクニール・ホイッスラー（James Abbott McNeill Whistler, 一八三四―一九〇三）がいる。また、ジャポニズムの影響は、ファッションから、インテリア、扇子やちょうちんなどの小物類、日本庭園や建築、その他、一八八五年に上演されたギルバート・アンド・サリバンのオペラ『ミカド』や『ゲイシャ』（一八九五年）、『蝶々夫人』（一八九八年）等にもおよんでいる。

ジャポニズム、さらに、日本を中心としたオリエントのイメージは、直接的あるいは間接的に多岐にわたる分野に大きな影響を与えたのであるが、先に述べたような政治雑誌だけではなく、文学にも影響を与えた。イギリスでは一八五〇年代以降八〇年代ぐらいまで愛国的な冒険小説が人気を博し、一八五〇年代から、児童書と挿絵本の市場が急速に拡大し、クラシックの文学書が廉価本として再版されるにいたる。こうした挿絵のなかで、すでに拙論「『ガリヴァー旅行記』図像とオリエント――英仏挿絵に見る日本表象を中心として」（二〇一〇年）と「英版『ガリヴァー旅行記』図像における中国表象」（二〇一〇年）で論じたように、中国や日本などのオリエントイメージが西洋の登場人物のなかに散見されるようになるのが、この一八六〇年代以降である。本書では、

『ガリヴァー』図像と、オリエントに関わる物語である『アラジン』図像において、中国・日本のイメージがどのように受容され変容していったのかを、それぞれの章で具体的に考察をしてみたい。

一・三　英版図像におけるオリエント表象――先行研究と本書

次に、本書と関連のある三つの分野――（一）美術とオリエンタリズム、（二）オリエント表象における日本と中国、（三）文学作品にみるオリエント表象と『ガリヴァー』『アラジン』図像――について、本論と関わる論点を概観してみたい。

第一に、美術とオリエンタリズムを論じた研究としては、シュテファン・コッペルカムの『幻想のオリエント』とジョン・マッケンジー（John MacKenzie）の『オリエンタリズム』（*Orientalism*）および『プロパガンダと帝国』（*Propaganda and Empire*）がある。コッペルカムは、ヨーロッパ人が東洋的な色彩感覚と装飾技術に熱中したのは、「陶酔にふけり、夢のなかへ沈潜したいという彼らの隠された動機がひそんでいた」（1991: 202）からであると分析し、美術とオリエンタリズムの関係を中東中心に論じているが、日本に関しては、装飾芸術について部分的にふれているにすぎない。

第二に、ヨーロッパにおけるオリエント表象の中東から日本・中国への移行を、帝国主義とのかかわりから論じた研究書に言及したい。オリエント表象の中心は長くイスラムにあったが、ヴィクトリア時代の一八六〇年頃から一九〇〇年頃にかけて、次第に、中国・日本表象へと移行する。ティム・バリンガー（Tim Barringer）は、サウス・ケンジントン博物館（現ヴィクトリア・アルバート博物館）の多岐にわたる所蔵品について、ヴィクトリア時代の帝国主義的発展の帰結を示す文化遺産であると述べているが、この東洋の所蔵品をみれば、西洋のオリエントへの関心は、一九世紀後半以降、ヨーロッパの帝国主義政策、さらに、アヘン戦争や日本の開国などのアジア情勢の変化と、ヨーロッパで開催された万国博、ジャポニズムなどさまざまな誘因が関係していることがわかる。アリス・コンクリン（Alice Conklin）は、ヨーロッパの新帝国主義と政治・社会思潮について、「一八三〇年代に新しいヨーロッパの帝国主義が出現した。この帝国主義はとりわけ西洋であらたに起こった二つの発展、つまり産業化、ならびにそれと関連する解放、ナショナリズム、科学的な民族的優越感という三つのイデオロギーに深い影響を受けている」（1999：2）と、論じている。パトリック・ブラントリンガー（Patrick Brantlinger）は、「英国人は「血統」によって、本来的に、他国を征服・統治・文明化する民族であり、彼らが征服した「未開の人種」はもともと自己統治も文明化もできない」（1998：21）と考える、ヴィクトリア時代の新帝国主義的人種観を紹介している。

このイギリスの帝国主義的なオリエント観、特に、中国観に関して、キャサリン・パガニー（Catherine Pagani）は、「かつて中国はエキゾチックで独特な国であり、「知恵と美徳と誠意の国」であり「あらゆる国の模範」であった。……アヘン戦争とそれによるイギリスの経済力の増大につれて、中国や中国人は尊重されなくなった。一九世紀、中国人は西洋においては相変わらず「奇異な人々」の典型であったが、今では自らの影響力や権力を過大評価した、「怠惰」で「愚かな」「無法な人種」ととらえられるようになった」（1998：28）と、アヘン戦争を契機とした英国の中国観の変貌を指摘する。いわば、こうしたイギリスの中国観にもみられるように、あらたに列強に生まれた植民地主義的な帝国主義観が、欧米のオリエント観に強い影響を与え、おそらく、『ガリヴァー』図像にも波及したと思われるのである。

さらに、オリエント表象と万国博や写真との関連を論じる研究もある。アン・マックスウェルは一八五〇年から一九一五年にいたるこの帝国主義の最盛期に、宗主国に植民地の人々のイメージを大量生産して大きな衝撃を与えたのが、万博などの大展覧会に登場した未開人と、世界を旅したヨーロッパの写真家が写した植民地の人々の写真であった（1998：1）と指摘するが、時代とともに万国博での関心は移り変わる。つまり、インドはすでに魅力を失い、関心は中国、特に日本へと移行する。日本への注目は、本格的には一八六二年のロンドン万国博に展示された美術工芸品にはじまり、一八六七年のパリ万博では徳川幕府と薩摩藩・佐賀藩が参加、一八七三年のウィーン万博以降、明治新政府は殖産興業政策の一環として積極的に参加した。[9] いわば、日本文化が中国文化を抑えて、日本の閑静で瞑想的な展示物が西洋人の心をつかみ、彼らの日本文化への傾倒がジャポニズム等で結実したといえる。

この新植民地主義とそれに伴う日中への関心は、一九世紀後半以降のアジア情勢の特殊性と深く関わっている。マッケンジーは「この世紀を経るにつれ、日本や中国との緊密な関係により、ヨーロッパのオリエントは北アフリカから中東へ、さらに極東へと移り変わっていったのである」（1984：54）と指摘する。いわば、ペリーの来航、日米修好通商条約を経て、明治維新を迎えた一八六〇年代末以後は、アジアにおける文明教化の成功例としての日本評価が高まっていった。

しかし、日本のイメージはまだ曖昧で、『パンチ』（一八五二年二二巻）で最初に描かれた日本人はアメリカ人と開国の交渉をする黒人である。[10] その六年後に『パンチ』に描かれた日本人は「純然たる日本人というよりも、やや中国人風」（東田 1998：67）であった。いわば、当時、イギリス人の日本のイメージはまだまだ現実とは乖離していたのである。

さらにオリエント表象に大きな影響を与えたのが、美術の領域、一八四〇年代頃に始まり一八七〇年代頃までに西洋の美術やデザイン、ファッションなどに衝撃を与えたジャポニズムの動きである。西洋の美術様式と異質であるがゆえに西洋の芸術家を魅了した日本美術の特徴を、マッケンジーは、「余白の使い方と、しなやかで大胆な描線、自然形象の様式化、遠近法の欠如、簡潔化され抑制された装飾、描写における洗練さ、優雅さ、簡潔さの組み合わせ」（マッケンジー 1995: 124）と、指摘しているが、大胆な色彩感覚や非対称の構図などを含む日本文化・美術様式が、浮世絵や錦、陶器などの美術工芸品を通じ、印象派や装飾芸術、アール・ヌーヴォー様式などに深い影響を与えていったのである。

最後に、文学作品とオリエント図像の関連について概観してみたい。雑誌に愛国的な帝国主義的テーマが頻繁に現れるようになるのは、一八五〇年代から八〇年代。その最盛期は一八八〇年代、九〇年代である[11]。マッケンジーによれば、一八五〇年代からは、児童書と挿絵本の市場が急速に拡大し、クラシックの文学書が廉価本として再版された。しかし、こうしたクラシック文学作品より重要なのは、帝国主義と密接に関係する同時代の英雄崇拝や偉人崇拝をめざした作品であった（マッケンジー 1984: 18）。日本の明治期と同じように、国家の帝国主義政策と結びついて少年文学が興隆し、名作の再版や挿絵本の出版が活況を呈し、一九世紀、挿絵つきの少年冒険小説が一気に出版される。それは同時に、『ガリヴァー』挿絵を多数輩出する時代的・社会的気運が生まれたことを意味する。

しかし、本来、『ガリヴァー』は体制を揶揄する目的をもった風刺作品であった。にもかかわらず、時代を経るに従い、元来の風刺の棘が抜かれ、やがて少年冒険物語として視覚化され変容を重ねていった。さらに、ガリヴァーが渡航するのはロビンソン・クルーソーのような未開の国ではなく、架空の文化国であった。そのおかげで、『ガリヴァー』画家や読者は想像力や創意工夫を凝らし、ガリヴァーの渡航地を自由に思い描き絵筆やペンで再現することができたのであるが、その挿絵創作の過程で、植民地主義と結びついたオリエント表象が出現したのである。マッケンジーはイギリスの大衆文化であるメロドラマの悪漢役は、一九世紀末までに、下層階級の同胞から、帝国主義的なテーマによって、退廃したインドの王や、こっけいな中国・日本の貴族、野蛮な黒人に移行する（『プロパガンダと帝国』1984: 45）と評するが、『ガリヴァー』図像においてもその架空の土地の住民が中国人や日本人として揶揄され表象されていった背景がここにある、と考えられる。

以上、オリエント表象や、ポストコロニアル的観点からみた文学作品・図像研究、ジャポニズム研究等は従来論じられてきているが、本論文で扱うポストコロニアル的観点からみた『ガリヴァー』図像におけるオリエント表象は、いまだまったく試みられていないのである。

第二章 『ガリヴァー旅行記』のオリエント描写と風刺

二・一 テキストにおけるオリエント描写

では、ここで、まずスウィフトの『ガリヴァー』テキストにはどのようなオリエント描写があるのか、簡単にまとめてみたい。テキストのオリエント描写は比較的限定されている。第一渡航記と第二渡航記には、中東やアジアに言及した記述があるのに対し、第三渡航記には、すでに一般に知られているように現実の日本国への寄港が描写されている。一方、第四渡航記にはまったく記述がない。

まず、第一渡航記のリリパットの国王の衣装には微妙な表現がみられる。国王の容貌は「顔はキリッとして、男らしい。口は下唇の厚いいわゆるオーストラリア型で、鼻は反り鼻」(29) と西洋風である。一方、「服装はきわめて質素簡略なもので、風俗はまずアジア風とヨーロッパ風との中間というところだろうか」(30) と描写されている点から考えると、おそらく中国・日本というよりは中東風な雰囲気と推測できる。『「ガリヴァー旅行記」徹底注釈 注釈編』で、武田将明はこの描写に関して、「ヒギンズは注を付し、すなわちリリパット皇帝はトルコ風の恰好をしていたのだと述べている」とヒギンズの注釈に言及する（武田 2013：60）。いずれにせよ、中東風な雰囲気の服装と推測できよう。また、第一渡航記第八章で、ブレフスキュの帰途に見つけたのは、「北海、南海を通って、日本からの帰航の途中」（94）にある英国の商船であったと、日本への言及がみられる。

第二渡航記は、一九世紀以降の挿絵では中東風な図像で描かれることも多かったが、武田も同書で指摘しているように（60）、テキストにもアジア表象がみられる。ブロブディンナグ国の王妃はガリヴァーに服を仕立ててくれるが、「仕立はすっかりこの国の型なのだが、ペルシャ服のようなところもあれば、チャイナ服のようなところもあり、おそろしく荘重端正な服装であった」（130）と形容されている。このアジアへの言及も、西洋風な雰囲気ではなく、ペルシャか中国風ということであるから、シルクロード的雰囲気であるのかもしれない。しかし、それ以外の人物の風貌や建物や、具体的な渡航先などに関しては、一部、地理的に「日本とカリフォルニアの中間」（137）などの記述はあるが、オリエントへの言及はない。

いわば、リリパット国王の服装もブロブディンナグ国の（おそらく宮廷の）服装も、簡素と荘重端正という違いはあるものの、いずれもオリエント的な雰囲気があることになる。しかしすべての画家が彼らの服装を東洋風に描いているわけではない、それゆえ、もし後年の図像において、風貌や建物などがオリエント風に視覚化されたとすれば、それはひとえにその挿絵画家あるいは編集者の好みや解釈によることになろう。

第三渡航記は「ラピュタ、バルニバービ、グラブダブドリップ、ラグナグおよび日本渡航記」[12]（'A Voyage to Laputa, Balnibarbi, Glubbdubdrib, Luggnagg, and Japan'）と題されているように、たとえなどではなく実際に日本に渡航したことになっているが、それ以外にも、全渡航記のなかで最も日本への言及が多い。まず、第一章で、「ホープウエル」号で出港したガリヴァーは、滞在中のトンキンから商売のために小さな船で出航してしばらくたつと、二艘の海賊船に拿捕される。その大きな方の海賊船の船長が日本人で、もう一方の船の顔利きがオランダ人であった[13]。この二人についての描写は対照的である。同じプロテスタントなのだからと同盟関係のよしみでとりなしてくれるように頼むガリヴァーに対し、腹を立て脅し文句を並べ立てるオランダ人とは対照的に、日本人の船長はいろんな質問をガリヴァーにした後、「やがて決してわれわれを殺しはしないという」(198)親切な言葉をかけてくれる。にもかかわらず、結局、ガリヴァーがオランダ人にいった「やれやれ情けないことだ、基督教徒同士の兄弟よりも、異教徒の方によっぽど深い慈悲心があろうとは」(198)といった不用意な言葉によって、小さなカヌーに乗せられ、海に流されることとなる。しかし、日本人船長は自分の食糧を割いてガリヴァーの分を二倍にしてくれ、しかもなにびとにもガリヴァーの身体検査をすることは厳として許さないという、温情や慈悲をしめす。果たして、これがオランダへの政治風刺なのかあるいは宗教風刺なのかは別にして、たとえ海賊と設定されていたとしても、日本人に対しては好意的な描写がみられる。

また、第一〇章のラグナグ国は東洋と明記されている(266)が、「このラグナグ島というのは、日本の東南約百リーグの位置にあり、日本皇帝とラグナグ王との間には堅い同盟関係がある」(247)と、明記されている。また、日本渡航が目的であるガリヴァーは、「オランダ人以外一切ヨーロッパ人の入国を許さないということを知っていたから」、ラグナグ国では「国籍を偽ってオランダ人だと言っておくことが、この場合ぜひ必要だ」(262)と思う。さらに、ラグナグ国で死ねない人間であるストラルドブラグの存在を知り、もしストラルドブラグに生まれたらと夢を語るガリヴァーに対して、このラグナグ国の紳士が、こうした人種はバルニバービでも日本でもみることができないために、両国ではガリヴァーと同じように少しでも死を逃れ遅らせたがっていると、隣国日本にも言及する。

続く第一一章では、「事実この王国[ラグナグ]と日本帝国との間には不断の交易が行われているのだから、このストラルドブラグについても、誰か日本の著述家が書いているのだろうとは容易に想像されるのだ」(278)

と述べる。その日本に向け、一七〇九年五月六日、ガリヴァーはラグナグ国王から日本皇帝への親書をもち、知人に別れを告げて船に乗りこむ。一五日間の航海の後、日本の東南部にある港町ザモスキに上陸する。首都であるエドに行き日本の皇帝に拝謁し、踏み絵を特別免除された後、一七〇九年六月九日、ナンガサク（長崎）に護送され、オランダ船「アンボイナ」号でイギリスに向けて出港し、イギリスに帰還し第三渡航記は幕を閉じる。

この第三渡航記では、日本への渡航のみならず、日本に関する描写がかなり数多くあるが、反面、第四渡航記の馬の国では、日本に関する言及はまったくといえるほどない。これは主に馬が主人公であるために、当然といえば当然である。

では次に、中国描写について考えてみたいが、中国への言及はさらに少ない。先に引用したブロブディンナグ国の服以外には具体的な指摘はなく、たとえや比較として使われていることが多い。たとえば、第一渡航記であるリリパット国の変わった文字の書き方の説明に、「中国人のように上から下へ書くのでもなければ」（65）と比較するにとどまっている。さらに、印刷術については、ブロブディンナグ人は、「中国人と同様、有史以前から印刷術を知っている」（173）と比較し、馬の国の「単語なども中国語などよりははるかに容易にアルファベットに分けられる気がした」(293) と比較する。いわば、直接的な言及ではなく、比喩や比較として使われているのである。

『ガリヴァー旅行記』テキストに散見されるこうしたアジア表象をどのように解釈するかについては、異論がある。武田は、日本渡航記での踏み絵に言及し、「もっとも、ここから『ガリヴァー旅行記』が東洋の専制政治を批判した書物であると結論づけるのは短絡的で、むしろスウィフトはイギリスとヨーロッパを相対化して風刺の対象とするために、アジアという他者を必要としたのだろう」（武田 2013: 60）と評する。さらに、ブロブディンナグ国の「ペルシャ風かつ中国風」の服に関しても、「富の源泉として垂涎の的であった東洋への指向を、この衣服に見ることができる」（武田 2013：209）と評し、ヨーロッパを風刺するためのオリィント表象の存在を指摘する。しかし、本書は、スウィフトの時代のヨーロッパ政治に対する風刺としてのオリエント表象ではなく、挿絵におけるオリエント表象が出現した一八六〇年代から一九二〇年代における、イギリスに代表されるヨーロッパの日本観や中国観を中心に、オリエント表象を政治・社会・芸術の多領域から解釈することを目的としている。そのために、スウィフトの時代のオリエントではなく、一九世紀後半から二〇世紀初めにおける他者オリエントの図像表象を研究対象としている。

では、次にオリエント表象の対象として描かれた第三渡航記における近代科学への風刺と、不死人間風刺を、当時のイギリスの時代背景から読み解いてみよう。

二・二　『ガリヴァー旅行記』と近代科学

はじめに

ジョナサン・スウィフトが『ガリヴァー』で描いた科学風刺は多くの示唆にとんでいる。一六六二年に創設された王立協会（The Royal Society of London for Improving Natural History）は、当時の科学活動の中心であり、この王立協会における実験が、『ガリヴァー』のなかの一見奇想天外な実験や研究に姿を変えて風刺されていることは、マージョリー・ニコルソン（Marjorie W. Nicholson）とノラ・モーラ（Nora M. Mohler）の画期的な研究[14]をはじめとして、今日まで多くの研究者によって指摘されている。スウィフトは科学思想を一方的に批判する、ただの道徳家や高教会派の国教徒ではなく、むしろ近代科学のかかえる問題を、現代にまで通じる視点で鋭く風刺しているといえよう。
筆者は、拙論「*Gulliver's Travels* における科学風刺」(一九八一年)において、近代科学が成立した一七・一八世紀という時代背景のなかで、『ガリヴァー』における科学風刺をとりあげ、スウィフトの科学観および彼の風刺が近代科学に投げかけた問題点を探った。本章ではこの論文をもとに、その後発表された研究にも言及しながら、スウィフトが『ガリヴァー』でとりあげた科学風刺とその意義について論じていく。しかし本章では、科学風刺との関わりも問われる[15]『桶物語』には言及しない。

近代科学

スウィフトが『ガリヴァー』を一〇年余りの歳月をかけて完成した一七二五年、イギリスはすでに他国に先駆けて二つの革命を経験していた。一七世紀における二つの革命、イギリス革命および科学革命である。前者は近代議会制政治の基礎を確立し、同時に、王・貴族にかわる大商人・大地主の台頭を生んだ。後者は、この新興勢力と深く結びつき近代科学を成立させたのである。

一七世紀、科学は多くの分野でめざましい発展をとげたが、なかでも、「科学の最大の勝利であるものは……力学体系の完成であった」(バナール 1966: 283)。この力学体系を総合し体系づけたのが、アイザック・ニュートン(Isaac Newton, 一六四二―一七二七)の万有引力説であった。彼は従来のアリストテレスの宇宙観を一新したが、このニュートンの輝かしい活動の背後に王立協会創立期における科学活動があった。

当時の科学運動の重要な思想的役割を果たしたフランシス・ベーコン(Francis Bacon, 一五六一―一六五〇)とデカルト(René Descartes, 一五九六―一六五〇)について簡単に言及してみたい。デカルトもベーコンも科学的方法に熱中したが、その方法は異なっていた(バナール 1966: 260)。ベーコンは帰納法を考え、宇宙のすべての現象は少数の原理の組み合わせであり、優秀な人物がその原理を発見することができるように十分な資料（データ）を収集し大規模な実験をすることが必要だと主張する（ジョーンズ 1944：98–99）。「自然と技術についての有用な知識のコレクションは、自然誌あるいは自然＝技術誌とよばれる」（山田慶児 1961：149）が、ベーコンはこの自然誌を収集する方法だけを考え、[16] 体系づける原理をもたなかった。しかし、この方法は創立期の王立協会が重視したものであると同時に、この時代の特徴である実験と観察を普及させた。王立協会の機関誌『哲学紀要』（*Philosophical Transactions of the Royal Society*）のなかで報告されたさまざまな実験も、このベーコン的方法に従って行われた。そして、『ガリヴァー』のなかでスウィフトが風刺したのは、『哲学紀要』にみられるこの実験科学の方法であると、ニコルソンとモーラは著名な論文「スウィフトのラピュータ渡航記の科学的背景」（"The Scientific Background of Swift's Voyage to Laputa"）のなかで、詳細に論じている（1967：228）。

一方、デカルトは演繹法を考えた。「彼は明晰な思考をもってすれば合理的に知りうることは何でも発見できるはずだと考え、実験は本質的に演繹的思考の補助手段として役立つと考えた」（バナール 1966：260）。つまり、体系・原理をもたないベーコンに対し、デカルトは一つの体系を与えたのである。このデカルトの方法を受け継いだのが王立協会全盛期の中心人物ニュートンである。いわば、創立期の王立協会は研究方法として帰納法を継承し、協会全盛期に活躍したニュートンは演繹法を受け継いだのである。

創立期の活動は、トーマス・スプラット（Thomas Sprat）の『ロンドン王立協会史』（*The History of the Royal Society of London*, 一六六七年）に詳しく記述されている。ロンドンにいくつか生まれた自然研究者のグループが、その後、グレシャム・カレッジ（Gresham College）[17] に統合され、このカレッジが一六六二年、国王の庇護のもとに王立協会として成立した。しかし、王立協会は国王からの物質援助を受けず（マーサ・オルンスタイン 1938：138）、商人階級の実質的な目的と結びつき、活発な活動を行っていった。この創立期における王立協会の主要かつ究極的な目的は、自然誌の編集にあった（山田慶児 1961：149）。この自然誌の収集をめざし、自然科学者たちは多種類の委員会をつくり、多くの発見を議論し、知識を交わしあった。国内産業の育成と植民地や海外市場の開拓をめざした新興階級の実際目的と科学の目的とが結びついたのである。いいかえれば、資本主義の発達が実験科学を生みだしたのであり、王立協会の活動は政治・経済・社会などと深く関わり、科学以外の分野にまで大きな影響を与えたのである。

しかし、この創立期の王立協会の活動には、いくつかの落とし穴があった。多岐にわたる実験や研究の多くはいまだ完成されず、実用化の段階には至らなかった。というのも、収集された膨大な資料を体系化する原理が、その研究方法にはなかったからである。その結果、実験に付随した試行錯誤が、いまだ神を信じていた人々の胸に混乱と当惑を引き起こした。この創立期における試行錯誤と、王立協会の実質的支援者である大商人・地主階級（ホイッグ党）に対する政治的な反感[18]が、スウィフトを科学風刺へと駆り立てたと考えられる。

一六八七年、ニュートンの『プリンキピア』（*Philosophiae Naturalis Principia Mathematica*）出版を契機として、王立協会の研究方法はベーコン的方法からデカルト的方法へと転換した。「ニュートンの仕事は……後世の科学者が信頼して使うことができる確実な方法を提供し……宇宙は単純な数学的法則によって規制されていることを人々に確信させた」（バナール 1966：290）。このニュートンの業績は、王立協会に輝かしい業績と挫折を招いた。

かれら［創立期の王立協会の会員］の直接の意図は、それにもかかわらず、達成されない。ニュートンの出現そのものが、皮肉にもかれらの挫折を意味している。なぜなら……かれらがおそらくは百年さきにしか期待していなかったものをニュートンがうみだして、かれらの活動にとどめをさしたからである。

（山田慶児 1961：139–140）

つまり、協会の活動はニュートンが原理を発見したために、その存在価値を失ってしまったのである。

当時、科学はまだ多くの点で宗教と妥協していた。デカルトは人間の魂の加護が機械の発達に必要だと二元論を唱え、ロバート・フック（Robert Hooke, 一六三五―一七〇三）は、王立協会規約全文草案に、王立協会の事業は「神学、形而上学、道徳、政治、文法、修辞学、論理学には介入しない」（バナール 1966：269）と断言した。ニュートンは神が支配する宇宙から神の樹立した宇宙へと世界像をおきかえたのであるが、トーマス・ホッブズ（Thomas Hobbes, 一五八八―一六七九）は、デカルトの二元論を無神論へと拡大したゆえに、協会から追放された。要するに、科学者たちは科学の機械的な思考が宗教などの他の分野を否定するものではないという立場を貫こうとしたのである。しかし、ホッブズの出現は少し時代に先んじていたにせよ、科学の行きつく未来を予期していた。それは、「実験と計算とからなる一個の首尾一貫した学問、どんな種類の問題でもはやかれおそかれとりおさえることのできる首尾一貫した方法が生みだされた」（バナール 1966：295）ことを、意味する。そしてやがて、この数学的方法は人間に直接関わる諸分野にまで浸透していったのである。

『ガリヴァー旅行記』と科学風刺

先に述べたように、この章のもととなった拙論「*Gulliver's Travels* における科学風刺」（一九八一年）の執筆時点でも、スウィフトの科学風刺に関しては研究が重ねられていた。先に言及したニコルソンとモーラは、前出の論文で、王立協会や当時の科学活動とスウィフトの科学風刺の関連について詳細に報告している。さらに、近代科学およびそれを継承発展させてきた現代社会への警鐘として、スウィフトの風刺をとらえるいくつかの論文もあった（伊東俊太郎「十八世紀科学とスウィフト」（一九七一年）や荻原明男「十七世紀《科学革命》の独自性について」（一九六一年）など）。

さらに、それ以降、スウィフトと科学の関わりを問う研究も数多く出版されている。たとえば、リチャード・オルソン（Richard Olson）はトーリー党の高教会の聖職者としてのスウィフトの科学観を論じ、フレデリック・N・スミスは、「科学的言説——『ガリヴァー旅行記』と『哲学紀要』」（"Scientific Discourse: *Gulliver's Travels* and *The Philosophical Transactions*," 一九九〇年）のなかで、『哲学紀要』における同時代の科学文書の文体がスウィフトの想像力を（時には科学的な想像力を）呼びおこしたか否かについて論じている。また、グレゴリー・リナル（Gregory Lynall）は、近著『スウィフトと科学』（*Swift and Science: The Satire, Politics, and Theology of Natural Knowledge, 1690–1730*, 二〇一二年）において、科学の発展についてのスウィフトの見解を、神学的・哲学的要因とともに、彼の個人的・政治的・社会的な要因と関係づけて論じている。

本章では、科学風刺を、スウィフト個人の交流関係やニュートンが活躍した一八世紀前半の時代背景からではなく、先に論じた、主に実験科学や科学技術の分野からとらえ、スウィフトの科学観を考えてみたい。まず、彼は科学分野に関して無知であったわけではなく、頭から科学を嫌悪、否定していたわけでもなかった。むしろ、すでに紹介した研究にも指摘されているように、王立協会の会員であったジョン・アーバスノット（John Arbuthnot, 一六六七—一七三五）などの科学者と親交があり、『哲学紀要』を読むほどに、科学活動そのものに対しても深い関心をいだいていた。『ガリヴァー』第三渡航記にみられるラガード学士院における諸実験は、『哲学紀要』や当時の科学者の研究から直接の示唆を受けている。つまり、オルソンが述べるように、「たとえ生涯における科学的関心が偶発的で一時的なものであり、彼［スウィフト］の科学的な知識が表面的である」（オルソン 1983: 185）との説を肯定したとしても、スウィフトはある程度の知識と認識にたって、近代科学を論じたといえる。

『ガリヴァー』では、渡航した国の学問、法律、習慣などがほぼ一律に母国イギリスやヨーロッパのそれと比較され描写されているが、そのうち、主に科学を中心にした新しい学問に焦点をあてて、以下簡単に検討していきたい。

第一渡航記のリリパットの学問や技術について、ガリヴァーはあまり詳しくふれていないが、「もっともこの国の学問は、すでに長きにわたってすべての部門にすばらしい発達を示していた」(65)と、学問の進歩を賞賛している。具体的には、数学と機械学の発達が目覚ましい。特に実用面での数学の応用は、ガリヴァーの体積を測定する方法や、裁縫師が採寸する方法から窺える。裁縫師の採寸方法を例にあげると、首から脛の長さと親指の周囲を測ってじゅうぶんだという。

> 数学的計算によると、拇指の周囲の二倍が手首になり、首、腰の周囲もこれに準ずるのだそうである。そして雛形には我輩の古シャツを地面に広げて見せてやったので、仕立はピッタリ我輩の身体に合うようにできあがった。(74)

つまり、身体の比例を服の仕立てに応用している。紙の上の計算には精通しているのに、一度としてぴたりと合った衣類を作ったことのないラピュータの仕立屋に比べると、リリパットの場合は、数学が論理倒れではなくじゅうぶんに実用に耐えることがわかる。学問が全般的に飛躍的発展を遂げているか否かは別問題としても、リリパットにおける学問は実用的な応用に耐えられるものである。

第二渡航記では、ブロブディンナグの学問は限定されていて、特に実益的な学問が志向される。

この国の学問というのは非常に不完全で、ただ倫理学、歴史学、詩学、数学の四つだけから成っている。もっともその範囲では非常に傑れていることを認めなければならない。ところがこのうち数学は、農事、その他機械的技術の改良といった、ぜんぜん実用目的のためだけに適用されているので、わが国などへ持って行けばほとんど評価に値しない虞れがある。（172）

この実用目的に一致した技術重視は、以下の王の政治観からも推測できる。

そして陛下個人の意見だと断わって言われるには、これまで一穂の麦、一葉の草しか生えなかった土地に、二穂の麦、二葉の草が生えるようにできる人、そうした人間の方が、結局政治家などという存在を全部束にしたよりもはるかに人間として価値あるものであり、また国家にとって真の貢献をなすものであると。（172）

つまり、ブロブディンナグでも、リリパットにおけると同様、学問は技術など実際的分野で有益なものが求められている。この両国の学問を、スウィフトがどう考えていたかを知るには、第三渡航記における学問風刺を待たねばならない。

第三渡航記における科学風刺や学問風刺は、前述した当時の科学活動や近代科学と深い関わりをもっている。ここでは、飛島ラピュータとラガード学士院について、考えてみたい。

まず、飛島ラピュータは、すでに紹介した研究でも指摘されているように、基底部にはめ込まれた磁石の牽引力と反発力によって王国領土のバルニバービ各地へと操縦され、飛行していく。この飛島の物語の構想は、スウィフト独自の創作ではない。ウィリアム・エディ（William Eddy）はルキアノス（Lucian）の『本当の話』（*True History*）を直接模倣していると述べる（エディ 1963：157）が、飛島のメカニズムは、王立協会の会員たちもしばしば機関誌でふれた磁気学からヒントをえている（伊東 1971：89）。

ラピュータにおける科学風刺としてまず注目されるのは、数学と音楽への傾倒である。彼らはこの二つの学問に熱中するあまり、たたき役（flapper）に刺激を与えてもらわなければ、他人と会話を交わすことも、妻の浮気に気づくこともできない有様である。ラピュータ人の男性は数学や音楽という抽象理論に熱中する一方、天体の異変に対して強い不安をいだいてもいる。この恐怖は当時の王立協会の研究にその背景がある（ニコルソン／モーラ 1981：238–248）。たとえば、彗星が自分たちを破滅させるのではなかというラピュータ人の不安は、エドマンド・ハーレー（Edmund Halley, 一六五六―一七四二）の彗星の研究に由来している。ハーレーは一七〇五年に、発見した彗星は地球からはずれた軌道を通るので安心であると、発表した。しかし、彼は論文のなかでこの彗星に関してノアの箱舟に言及していたため、人類が滅亡するのではないかという不安を当時の人々に抱かせたという事実があった（ニコルソン／モーラ 1981：245–248）。

このように、ラピュータのエピソードに関して、スウィフトは当時の王立協会の研究を暗に揶揄しているが、彼は抽象理論である数学や天文学、音楽という学問それ自体を風刺しているのではない。むろん、次々に発表された研究報告が人々の心に不安を生みだしたことは事実だとしても、スウィフトがここで風刺しているのは、抽象理論を実用的領域にまでそのまま適用しようとするラピュータ人の愚かな態度である。

ラピュータ人が熱中する数学と音楽は、あらゆる学問のなかで最も抽象的な性格をもつ。中世では音楽は数学の一分科だった。数学は、たとえば、ある一点から等距離にある点の集まりが円であるという、抽象的な定義の上に成立している。しかし、この定義に完全に合致する円がどこにあろう。ラピュータ人の仕立屋は、象限儀や定規やコンパスを用いて製図しながら、計算を間違ってばかりいて満足な服一つ作れない。それは布地の上に円を理論通りに描こうとするからである。この仕立屋は、具体的条件（たとえば、布の材質や厚さなど）によって変化流動する形としての円をとらえていない。そこがリリパットの仕立屋との違いである。

陛下から我輩の世話を委託された人たちは、我輩の服がみすぼらしいというので、翌朝洋服屋に寸法を取りに来るように命じてくれた。ところがこの仕立屋のやり方がまた、ヨーロッパの同業者たちとはまるで違うのだ。まず我輩の身丈を四分儀ではかり、それから定規、コンパスをもって全身の容積、輪郭を描き、それをすべて紙に書き留めた。六日目になるとでき上ってきたが、その仕立の拙いこと、てんで恰好をなしていない。なんでも計算のさいに数字を間違えたのだそうである。もっともそんな間違いはしょっちゅうで、したがってほとんどだれも気にするものはないと聞いたので、多少は安心した。（207–208）

ここで語られる建物の拙さや仕立屋の失敗の原因は、抽象的であるがゆえにその力を発揮する数学をそのまま洋服の仕立や建築などの具体的・実用的領域に適用しようとする錯誤にある。この誤りは、実践幾何学を軽視したことに起因すると、ガリヴァーは述べる。(19)

第三渡航記第四章から第六章は、ラガード付近の荒廃とラガード学士院の実験や研究が描写されている。学士院の研究は、実験科学（experimental science）の研究と思弁的学問（speculative learning）の研究の二つにわかれている。

ガリヴァーが見物したラガード市内は、まったく荒廃していた。畑は荒れ、家屋は歪み、人々は衣食に事欠いていた。ガリヴァーの案内役を引き受けたムノーディ公によると、この原因はラガードの研究にあるという。つまり、ラピュータで流行している抽象的な学問に心酔したバルニバービの人々の影響で、あらゆる学問を完全に変革するため、首都ラガードに学士院が建設されたのだが、ラガードの荒廃の原因は、この学士院でおこなわれている無謀な実験研究にある。さらに、学士院の研究には致命的な欠陥が存在する。それは、ガリヴァーが「ただひとつ困ったことは、これらの計画がまだ今のところどれ一つとして完成していないということだ」(227)と述べているように、どの研究計画も未完成で、その成果がいまだ実証されていないことにある。

ムノーディ公の友人に案内されて、ガリヴァーはこの学士院を訪れる。学士院の実験のなかでも、実験科学の研究に対する風刺は、先のラピュータでの風刺と比較すると対照的である。ラピュータでは、先に言及したように数学等の抽象理論自体が批判されたのではなく、その適用の拙さが批判されていた。一方、ラガードでは、数々の実験・技術そのものが批判されている。

たとえば、ロバート・ボイル(Robert Boyle, 一六二七—九一)とも推測される(ニコルソン／モーラ 1981: 267)万能技術家(universal artist)は、三〇年もの間、人類の生活改善を目的とした研究を行っている。

万能技術家先生自身は、その時ちょうど二つの大発明に没頭していた。一つは畑に籾殻を蒔くという創案で、彼の説明によると、籾殻の中にこそ繁殖力があるのだというので、何度も実験をして証明してくれるのだが、我輩にはどうも理解するだけの頭がなかった。いま一つの方はゴムと鉱物と植物とのある合成物を外部から塗って、二匹の子羊に毛の生えるのをとめようというのであるが、彼は今にこの裸の羊が国中に繁殖するだろうと言った。(234)

この万能技術家は、畑にもみ殻を蒔いたり、羊の毛の成長を抑制する実験が、人間生活の改善を目的にしていると語るのである。キュウリから日光を抽出しようとする研究者は、キュウリの生産量やコスト、天候などの多角的な視点を欠いている。彼は必要な時に日光を供給するという唯一の目的に向かって脇目も振らず突き進んでいるにすぎない。これらの実験には、対象物に従って適用させ応用させていくという柔軟な実用的視点が欠如しているのである。

実験科学や科学技術は、数学などの抽象理論としての科学とは異なる。一面的な正しさが問われるのではなく、つねに多角的な視点が要求される。それは、実験科学や科学技術が人間との接点を要求されるゆえである。学士院の実験を通じて、スウィフトは王立協会の創立期の帰納法の濫用を風刺している。しかし、抽象理論としての科学ではなく、その応用である実験を風刺したスウィフトの意図に注目すべきであろう。

これらの実験が行われている向かい側には、思弁的学問に従事している学者たちがいる。彼らの部屋は、言語収集教室、国語研究室、数学研究室と政治企画士の教室にわかれている。ここで行われている諸研究は先の実験科学における実験ほど王立協会の活動と直接的な関連はないが、この思弁的学問に関する研究については、後にスウィフトの科学観との関連で簡単にふれるつもりである。

第四渡航記のフウイヌム国の学問についても、リリパット国やブロブディンナグ国と同様に、別段詳細に記述されてはいない。フウイヌムの学問はあまり発達していないが、発達している天文学においても、実際役に立つ知識（たとえば、年の計算に必要な太陽と月の運行についての知識など）がわずかにあるにすぎない。

ここまで、『ガリヴァー』のなかから各国の科学や学問知識について検討してきた結果、次の三点が明らかとなった。第一に、スウィフトはじゅうぶんな科学知識なしに科学を一方的に批判したのではなく、彼なりの首尾一貫した科学観をもっていた。第二に、スウィフトが風刺したのは、実験科学や応用科学や科学技術といった近代科学の経験分野であった。むろん、スウィフトは経験分野を批判否定したわけではなく、経験分野をとりあげることにより、なんらかの警告を発していると考えられる。すでにみたように、ラピュータの天文学や数学などの抽象分野は批判の対象ではなかった。むしろ、スウィフトがラピュータにおいて風刺したのは、抽象理論を具体的領域にそのまま適用しようとする錯誤にあった。第三に、スウィフトが技術などの経験分野を風刺したのは、そこに有益性・実用性といった人間との接点が欠けていたからである。要するに、スウィフトは人間に有用な学問・科学をつねに希求していたといえるのである。

スウィフトの人間観・理性観

次に、スウィフトが人間や理性をどのように考えていたかについて、ごく簡単に言及していきたい。まず、スウィフトはダブリンのセント・パトリック教会の首席司祭の地位にある聖職者であった。熱心な高教会の教徒として、信仰は単なる職業以上の深い意味があったと考えられるが、聖職者という観点からだけでは、スウィフトを把握することもできないだろう。リカルド・クウィンタナ（Ricardo Quintana）によれば、スウィフトはまず道徳家であり、その道徳の担い手としての国教会の支持者であった（1965 : 73）。

スウィフトは、理性（reason）を道徳の基本と考えている。ジェイムズ・ブラウン（James Erown）は、「道徳家としてのスウィフト」（'Swift as Moralist'）のなかで、スウィフトにとって理性が道徳観、ひいては人間観の根底にあったと論じる（1954 : 386）。しかし、スウィフトの理性観は、ロックなど同時代の人々の考えとは少し異なっていた。クウィンタナは、ロックの理性観と比較して、スウィフトの理性観を次のように評する。

もしロックにとって中道（via media）というものが、知識の根拠であり筋の通った確信であったとしたら、スウィフトにとっては、中道とは別種の理性――古い能力、心理学におけるように、想像力から生じる不合理な欲望を制御する能力という意味の理性——と考えられる。

（1978：10）

いわば、スウィフトにとって理性とは、完全に合理的・論理的なものではなく、想像から生まれ出る不合理な欲望を制御する能力、つまり、中道という言葉で表されるような直感的な認識能力であると考えられる。

彼は道徳や宗教を信頼していたゆえに、物事の内部に深く介入し、知識や合理的な確信をえようとする態度を好まなかった。スウィフトにとって、理性とはすべての人が持ち合わすべき一般常識のようなものであり、彼は理性を感情とは無縁の心的能力としてではなく、感情をはじめとする人間的諸要素とも深くかかわる能力と考えたといえる。この理性観が、道徳家スウィフトの人間観の基盤となっている。

このようなスウィフトの理性観をみれば、彼が知識をどのように把握していたかが、明らかであろう。クウィンタナは、スウィフトの知識観を評して、「知識のねらいはあまりに精細すぎる理論づけではなく、理性によって示された普遍的真理を人間や社会にしっかりと適用させることにある」（1965：55）と、述べる。つまり、スウィフトは科学のような理路整然とした論理づけを知識の目的と考えるのではなく、むしろ、理性によって導きだされた普遍的な真理を社会や人間に適用させることにあると考えていた。

夏目漱石は、『文学評論』のなかで、スウィフトを次のように評している。

彼はもっとも強大なる風刺家の一人である。彼は理非の弁別に敏く、世の中の腐敗を鋭敏に感ずる人である。……正義を持った人である、見識を持った人である。見識がなければ風刺は書けない。……真に風刺ともいうべきものは、正しき道理の存するところに陣取って、一隻の批評眼［ひとかどの見識］を具して世間を見渡す人でなければできないことである。

（1977：210）

つまり、漱石はスウィフトを正しい見識をもった風刺家だと考える。物事の是非を人々にわからせ、啓蒙していこうというこの姿勢は、『ドレイピア書簡』(*Drapier's Letters*, 一七二四年)などにみられる彼のアイルランドに対する活動や行動に、より顕著にあらわれている。たとえ、スウィフトは科学風刺によってニュートンへの怒りを解き放ち攻撃したと論じるグレゴリー・リナルの説[20]がある種の真実だとしても、この人類につねに警告を与え続けてゆこうとする啓蒙の姿勢は、彼の文学、創作活動にも窺われ、さらに、科学に対してもスウィフトなりの理念と警告が存在したと考えられるのである。

スウィフトの科学風刺に含まれる警告

では、スウィフトの科学風刺にはどのような警告が含まれていたのか。その風刺の内容と意味について考えてみたい。まず、彼の科学風刺には二つの警告があったと考えられる。第一は、科学を人間の次元からとらえるべきだとの主張、いいかえれば、科学を人間のための学問として位置づけようとする試みである。第二は、機械論的な思考方法を人文分野にまで導入する危険を警告していることである。

まず、科学と技術の相違に注意する必要がある。「技術は科学とは異なる。科学はつねに抽象化し、一般化する。技術はつねに具体的であり、個別的である」(山田慶児 1970:8)。科学はニュートンに代表されるような実証性をもつ機械哲学(事実認識)にすぎないが、技術は実験科学と同様に、つねに科学理論を具体的に社会や人間活動に応用し適用させる必要のある領域である。このことを認めるならば、『ガリヴァー』のなかでスウィフトが、ラピュータにみられるような抽象理論としての科学そのものを批判せずにその適用のまずさを批判した理由がわかるだろう。つまり、スウィフトは科学を実用性や有益さというような人間的価値観を土台にして把握してゆくべきだと考えたのである。
科学そのものは、元来単なる抽象理論に過ぎず、人間性の介入する余地はないが、科学は人間あるいは社会に有効に適用されてはじめて価値をもつ。しかし、近代科学はあまりに著しい発展を遂げ、わたくしたちの生活や意識を変革してしまった。科学を利用するというよりは、ラピュータ人のように科学の進歩に人類が引きずられているかのような様相を呈している。いいかえれば、科学に一人歩きを許してしまったのである。そのような意味で、現在では一般に認識されているこの事実を、すでに一八世紀に近代科学に対して発していたスウィフトの見識警告は、きわめて先駆的であるといえるだろう。
スウィフトの知識観からみれば、彼が『ガリヴァー』のなかで知識の「悪用」を厳しく風刺しているのも、人間的次元で科学を（特に、人間との接点をもつ技術を）とらえ直すべきだと考えたからである。第二渡航記で、火薬の製造法を教示しようというガリヴァーの申し出に、ブロブディンナグ王は次のように反駁する。

ところが王はこの恐るべき機械の説明と、我輩のこの献言に対してすっかり仰天してしまわれた。よくも其方のような（王の言葉を借りると）無力、地を匍う虫の如き存在が、かかる鬼畜の如き考えを抱き、あまつさえその凄惨流血の光景にも、まるで平然として心も動かされないかのような洒々たる態度でいられるものだ、といまさらのように驚かれた。其方はその破壊的機械の効果について、まるで日常茶飯事のような話し方をするが、かかる機械の発明こそは人類の敵である。なにか悪魔の所業に相違ない。（170）

王はこうした機械の発明を人類の敵だという。さらに第四渡航記で大砲や火薬、砲撃、あるいは戦場の状態を詳細に報告しようとするガリヴァーの話を聞き、フウイヌムはわたくしたち人間の発明を次のように結論づける。

……其方どもは、どういう風の吹廻しか、偶然にも爪の垢ほどの理性を与えられた一種の動物であるらしい。ところが其方どもは、ただ生来の背徳を助長するばかりか、自然が与えてもいない、さらに新しい、悪徳まで学ぶために、それをただ悪用するばかりである。せっかく自然の与えてくれたなけなしの能力は、これを捨てて顧みず、もとからの欠陥を、ますます増大することだけは天晴な腕前だ、そして一生わざわざ骨を折っては、欠点を殖やす工夫発明を凝らしているようなものである。（341）

すなわち、わたくしたちの発明や技術はただ悪徳のためだけに使用されていると、技術の「悪用」を戒めている。さらに、武器などの発明は、悪徳を増長させる「理性の堕落」だと、次のように論じる。

だがそれにしても、いやしくも理性的動物をもって任じているものに、かような恐るべき極悪の所行が可能だとすれば、理性の堕落は、あるいは獣性よりもかえって恐ろしいのではないかということを、彼は惧れたのだ。だからして彼は、われわれはむしろ理性の代りに、何か生来の悪を助長するような特質だけをもっているものに相違ない…と、独り思いこんでしまったらしかった。（324）

ここでスウィフトが批判しているのは、科学技術などを考案し使用する人間の、知識の悪用である。知識は単に善のみならず悪の可能性をも内包している。科学はひとつの理論にすぎないが、経験分野においてつねに人間のための学問としての存在理由を問われるべきである。スウィフトが『ガリヴァー』のなかで、「実用的学問の重視」「学士院の実験の失敗」あるいは「技術の悪用批判」をつうじて訴え続けたことは、人間そのものの価値を科学に優先させねばならないという主張であった。

第二に、スウィフトは科学的方法、特に実験的・機械的方法を科学外の分野（人文分野）にまで導入しようとする錯誤を、風刺している。マーガレット・ジェイコブ（Margaret C. Jacob）が、すでに「ニュートン派の人々とイギリス革命一六八九―一七二〇」（*The Newtonians and the English Revolution 1689–1720*, 一九七六年）のなかで言及しているように、[21]ニュートンによって成立した人間と神の妥協、人間も神と同様に物事をコントロールし支配できるという確信は、スウィフトが科学にいだいた危惧でもあった。

すでに言及したように、ラガード学士院の一方には思弁的学問に従事する研究者がいる。最初の研究室には、細い針金でつながれた木片が並べられている枠組みがある。この木片の四面には単語が無秩序に記入され、周囲のハンドルを回して変化した各行にあらわれた文章の断片を記述・記録する実験が行われている。実に目的の不明確な実験である。「教授は今までに集まったものだと言って、文章の断片ばかりの大きな二折判版何巻というものを見せてくれた。彼の予定ではこれらの断片をつなぎ合して、この豊富な資材からして百科学の完全な体系を作り出そうというのである」(235)。この教授は、百科学の体系を作ることを目ざしているのだと述べる。彼は、「思弁的知識を促進させようというものが、こうしたひどく実際的、機械的な操作に従っているということは、たぶん不審にお思いになるであろう、だが今に世間はいかにこれが有用であるかを知るようになるはずだ、自分としては、いまだかつてなにびともこれほど立派なことを考えついたものはないという事実を、われながら得意としているくらいである」(234) と、思弁的学問が機械的方法でおこなわれていることについての批判に対して、それは有効なのだと抗弁する。

また、同じ傾向をもった研究が国語学校でもおこなわれている。言語の多音節語を単音節語に変え、一切の動詞や分詞などを省略し、言語を極力簡略化しようとする試みなどである。こうした実験成果について、最初の教授は、「通常行われている学問技術の習熟法が、いかに骨の折れるものであるかはすでに周知のとおりである、ところが、この自分の考案によると、いかに無学文盲の徒といえども、安い費用と、わずかな労力とで、しかも少しも天才や研究の助けを借りることなく、物を書くことならば、哲学、詩、政治学、法学、数学、神学、なんでもござれであるという」(234–235)。彼は、安い費用とわずかな労力ですべての人がものを書くことができると強調している。ここで重要なのは、哲学、文学などの人文分野をも費用労力という数量的方法でとらえようとする観点である。山田慶児は近代科学の認識方法について次のように述べている。

いったい、量的方法は、実験的方法とならんで、近代科学を特質づけるすぐれた認識の方法である。……万人に普遍的に妥当する認識をきずきあげるための強力な武器であった。……本来、単なる事実にすぎないものが、決して事実にとどまるのではなく、価値として作用する。その数値を高めようとする人間の行動をよびおこす価値基準として働くからである。(1970: 9)

本来単なる数値にすぎないものが、目的となり価値となる。上記の教授もまさにこの誤りを犯しつつあるといえよう。

次の政治企画士は自然の肉体と政治的組織体との関連を実証する研究に従事している。国家内で政党間の対立が激化したときに用いられる調停法は、よく似た頭をした二派の人々を二人ずつ組にして、頭部を切断し、手術で半分ずつ縫合することである。その結果、ちょうど中庸な考えをもつようになるという。政治的陰謀を企てた者を、その人間の思想と身体の検査結果から判断して検挙しようと試みる。これらの政治企画士の研究は、人間の思考や思想を観察と実験によって考察し、判断しようとする試みにほかならない。科学的方法とは相いれないはずの人間を扱う分野に属する言語、政治、思想における奇想天外な（しかし、これに似たことは現在でも実際行われている）実験の数々によって、スウィフトが訴えようとしているのは、そうした分野にまで科学的方法（特に、王立協会創立期にみられる実験的・機械的方法）が及ぶことへの警告である。

まとめ

スウィフトの科学風刺は、近代科学の問題点をその成立期に警告していることに意義がある。第一に、科学は単に科学という部分認識に終始することなく、人間社会全体のなかの一分野にすぎないと再確認すべきであること。第二に、科学的思考方法は、科学においては普遍的な体系であるが、宗教、哲学、文学など人文学の分野では同じ力を発揮しえないこと。むしろ、科学的思考方法は、人文学においてはときに欠陥を伴う思考方法であり、そこに大きな危険な落とし穴が待ち受けていると、スウィフトは訴えている。

スウィフトの科学風刺は、一七・一八世紀だけにあてはまるのではなく、より今日的な問題提起といえる。市井三郎は、科学的認識方法と倫理規範について、次のように述べている。

> 事実認識においては、実証科学以上の方法をまだ人類はもっていない。……諸事実の関連についての経験的認識方法にかんしては、近代科学の方法以上に優越するものがないとしても、多数の人間の行動がこうこうであるべきだという倫理的規範（価値理念）について、いったい科学的方法のみがどこまで権威を発揮しうるのか。
>
> （市井三郎 1971：181–182）

科学的認識方法は、科学という分野に限定すれば、ある普遍性をもつ。それは事実だとしても、この方法が科学という領域をこえて、他の人文分野にまでおよび、そこでも完全な普遍性を発揮すると考えるのは早計であろう。そうした考えは科学の発達とともに生まれてきた幻想に過ぎない。さらに科学に限定しても、科学は全体、すなわち、人間世界あるいは人間の生活というひとつの有機体のなかでの限定された分野として存在するべきであり、決して、人間世界の優位に立つものではない。むしろ、科学技術の分野では、いっそう人間との関わり、人間世界への適用のなかで、その発達発展をめざさねばならない。それゆえ、科学がより多様化し、より高度に専門化した現代世界において、スウィフトの科学風刺がその成立期に投げかけた問題は、いまなお未解決といえないだろうか。

二・三　『ガリヴァー旅行記』と医学

はじめに

たとえ健やかであって八〇歳まで生きても、
その健康は骨折りと悲しみにすぎない。(22)

旧約聖書の「詩篇」のこの言葉を、具体的にさらにより印象的に不死人間、ストラルドブラグ（Struldbruggs）として表現したのが、ジョナサン・スウィフトその人である。ストラルドブラグとは、永遠の生命を授かりながら、健康や若さを享受することなく、老齢に伴って起こるあらゆる不利益、困難、悪徳をあわせもち、人々の忌避の対象として永遠に生きるべく運命づけられた、呪われた人種である。この不死人間の悲劇を、『ガリヴァー』第三渡航記のなかで描いたのは、スウィフト五八歳のときであった。彼は廃人同様の晩年を経て、「わたくしは愚かものだ[23]」という悲痛なつぶやきを残し、さながらストラルドブラグそのままの無残さのなかで、七七歳で没する。スウィフトが創作したストラルドブラグの悲劇は、スウィフトと当時の人々、さらに現代に生きるわたくしたちに対する、ひとつの警告である。

この節の目的は、ストラルドブラグにこめられた風刺の意味を探り、死と表裏一体をなす生を、スウィフトがいかにとらえていたかを考察することにある。また、彼の風刺を現代医学ひいては現代社会がかかえるさまざまな今日的問題に対するひとつの先駆的な問いかけととらえ、その意味についても考えあわせていきたい[24]。

スウィフトとストラルドブラグ

スウィフトが『ガリヴァー』を執筆したのは、およそ一七一四年から一七二五年にいたる時期だと推測されている。なかでも、不死人間ストラルドブラグが登場する第三渡航記は、最後に執筆され一七二五年には完成されていたと考えられている（クウィンタナ 1955: 146）。構成の不統一が指摘される第三渡航記において、ストラルドブラグを創作したスウィフトの風刺性は高く評価されている（クウィンタナ 1965: 317–318）。そこに卓抜な風刺力や想像力によって描きだされた不死人間がはらむさまざまな問題、ことに、老いとともに浮き彫りになるもろもろの人間的欠陥は、『ガリヴァー』完成以降のスウィフト自身におこる老醜と死の影をそのまま予告するかのごとくである。

まず、スウィフトの個人生活からみると、一七二八年、不思議な愛情で結ばれてきた女性ステラ（Stella）、本名エスター・ジョンソン（Esther Johnson）が没す。それ以降、彼はイギリスに渡ることなくアイルランドにとどまるのである。もはや、スウィフトにとって、アイルランド擁護者あるいはセント・パトリック大聖堂の首席司祭として以外に、公的な活動の場はなかった。さらに、こうした人間関係や英国での政治活動のゆきづまりに追いうちをかけるように、若いころから発狂の不安におそわれてきた当時は原因不明の病気（現在では、メニエール病と判明）がこうじてくる。一七三八年、頭脳錯乱。一七四一年後見人が選定され、社会人として抹殺される。そして、数年後の一七四五年、没する。七七歳の生涯であった。この晩年の数年間、彼はさながらストラルドブラグの晩年のような生を送っていたことであろう。

創作活動においても、死あるいは老醜に関する記述がめだつ。スウィフトはステラが亡くなって一年後に、ブラックユーモアの書『謙虚な提案』（*A Modest Proposal*, 一七二九年）において、アイルランドの貧困を解決するために貧しい幼児を食用として売ることをすすめる提案をする。さらに、翌一七三〇年、みずからの死を予兆した詩『スウィフト博士の死を悼む詩』（*Verses on the Death of Dr Swift*）を書く。この詩には、迫りくる自分自身の死期の情景、死後の人々の反応そして自分の経歴が、弁明調で描かれている。中野好夫はこの詩について、「悲痛だが、畢竟は愚痴である。……孤独地獄にあえぐ老残奇才の人間的動揺が最後まで見えてあわれである」（1969: 148–149）と、スウィフトの晩年の心理が投影されていると評している。さらに興味深いことに、『遺言』（*The Will of Jonathan Swift*, 一七四〇年完成）には、上記の詩のなかでふれていた[25]セント・パトリック病院（実は、これは精神疾患を治療する病院であるが）設立の意思表示がなされている。この設立案は実に堅実・現実的な構想にみちているが、彼は遺産の大部分を病院設立資金に遺した。そこから、たえざる不安と恐怖にとらわれていた、スウィフト晩年の心中を推測することもできる。

一般的に、スウィフトの人と作品をとりまく死の影とストラルドブラグにみられる不死・老年の問題を結びつけて論じることは、そう困難ではない。しかし、彼のその後の人生を予見したような豊かな想像力に感服すると同時に、R・G・ゲーリング（Geering）が、「彼はこの上もない病的な恐怖や想像から、個人的で不毛な絶望以上のものを創作した」（1957：6）と述べたような、スウィフト個人の経歴や感情をこえた文学的普遍性をもとめて、ストラルドブラグ風刺を考える必要があるだろう。

ストラルドブラグのソースと先行研究

では次に、ストラルドブラグ創作にヒントをあたえた書物について考察してみたいが、まずその前に、ストラルドブラグに言及したウイリアム・エディのコメントに注目すべきである。

ここには独創性と堅牢な哲学と真摯なペーソスがある。望まない不死という一般的な概念はスウィフトの創意ではないが、まさにストラルドブラグのような人種は文学史上例をみない。（エディ 1963：165）

いいかえれば、スウィフトは不死人間であるストラルドブラグを創造するに際し、さまざまなヒントをえていると推測できるが、そのエピソードは、文学史上、まさに他に例をみないスウィフト独自の想像力の産物といえるのである。

ストラルドブラグ挿話の出典は、主に二つの系列に大別される。第一は、老年と長生きを、第二は、不死をテーマにした書物である。エディは、（一）老齢や延命への嫌悪と（二）不死の人種という二つの観点から、関連作品を例示している。まず、老齢をテーマとしたものとしては、ギリシャ神話のティトーノスにはじまり、中世の彷徨えるユダヤ人伝説などにみられると述べる（エディ 1923：165–170）。ティトーノスはゼウスにより不死を与えられたが、不老を願い出なかったために最後はセミになった神話上の人物である。一方、不死をテーマとした作品として、まず一五七九年にパリで出版されたフィリップ・ダルクリプ（Philippe d'Alcripe）の“La nouvelle fabrique des excellens traits de verite”のエピソードや、日本の“*Wasobiyoe*”に言及したB・H・チェンバレン（Chamberlain）の著書を引用している。[26]この主人公「ワソビヨエ」（Wasobiyoe）は、チェンバレンの引用によると、永久の生をもつ国を訪れる。そこでは住民は川の水を飲み不死となるが、彼らが死を願い、自分たちが不死の存在であることを嫌悪していることを知って、当初はこうした考えを嘲笑するが、何世紀も経つうちに次第に、自分も不死を願うようになるという物語である。

ストラルドブラグの起源や関連を問う先行研究は、それ以降も散見される。J・リーズ・バロル（Leeds Barroll III）は、老齢や死の恐怖といったテーマは、道徳批判や風刺を行う場合によくみられる対象であり、不死願望批判は説教の伝統に基づいていたと考察し（1958: 43）、当時のキリスト教思想との関連から不死の問題について論じている（45–49）。また、先の科学風刺でとりあげたマージョリー・ニコルソンとノラ・モーラは、ストラルドブラグの発想と、当時の王立協会の機関誌掲載記事との関連について、指摘している（1967: 231–232）。

一方、S・クリマ（Klima）とリーランド・ピーターソン（Leland D. Peterson）は、フランスで一七一六年に出版され、英国ではロバート・サンバー（Robert Samber）が英訳（*Long Lives*, 一七二二年）した、アルクエ・ド・ロンジュヴィル（Harcouet de Longeville）の *Histoire des personnes qui ont vecu plusieurs siècles* との密接な関連について指摘している（クリマ 1963: 566–569／ピーターソン 1964: 265–267）。

さらにその後も、ストラルドブラグに関する読みの多様な可能性が示されている。ロバート・フィッツジェラルド（Robert P. Fitzgerald）は、「ラグナグ人をルイ一六世に、ストラルドブラグをフランス・アカデミーとして表象している」（1968: 658）と論じ、ジョン・ラッドナー（John B. Radner）は宗教的観点から（1977: 419–433）、ウイリアム・フリーマン（William Freeman）は進化論の観点から（1995: 457–472）論じている。また、フランスのポール・ガブリエル・ブーシェ（Paul-Gabriel Bouché）は、論文「『ガリヴァー旅行記』における死――ストラルドブラグ再訪」（"Death in *Gulliver's Travels*: The Struldbuggs Revisited," 一九九八年）のなかで、「ストラルドブラグのエピソードに関して、読者や批評家が理解できなかったのは、スウィフトが時計の時間と永遠そして純粋持続（"pure duration"）を巧みに操りながら、いかに不死の存在は存在論的な自由の否定に等しいかを、措定した方法であった」（1998: 12）と、このエピソードを哲学的な寓話としてとらえる観点に立つ。

いわば、不老長寿は、洋の東西を問わず、昔から人間の普遍的な願望であり、また同時に宗教的・哲学的・文学的風刺の対象であった。それゆえ、ストラルドブラグはスウィフトが独自に創作した人種でありながら、こうした文学的・宗教的・哲学的背景もまた考慮に入れながら、考察されなければならない。

ストラルドブラグとは

不死人間に対するスウィフトの風刺の詳細を考える前に、まず、物語中のストラルドブラグについて簡単に説明しておきたい。彼らについての記述は、『ガリヴァー旅行記』のなかでは第三渡航記第一〇章と第一一章のごく狭い部分に限定されている。ストラルドブラグとはラグナグ王国（この国民は礼譲をわきまえた寛容な国民である）に非常にまれに突然変異として生まれる不死人間の名称である。ストラルドブラグの身体的特徴は、「それはごく稀ではあるが、時にこの前額、それも左の眉毛のすぐ下に、赤い円痣のついた子供が生まれることがある、それはすなわちこの子供が不死であるという最も明瞭な徴である」（267）。左の眉毛の上のあざが不死のしるしであるが、その人数はわずかで、しかも彼らは遺伝をしない一代限りの存在である。

ストラルドブラグの現実、すべての人間の憎悪と忌避の対象である彼らの現実は、不死を願うガリヴァーの言葉により、いっそう効果的にその厳しい現実が露呈される。

ああ、幸福な国民よ！　君たちはどの子供も少なくとも不死を得る機会だけは恵まれているのだ！　幸福な国民よ！　君たちはかくも多く、古代の美徳のそのまま生きた実例を与えられているのであり、また過去のあらゆる時代の知恵を教えられる師父を持っているのである！　だがそんなことよりもなによりも、最も幸福なのは偉大なるストラルドブラグ自身である。彼らは生れながらにして人類普遍の不幸から免れ、その心は自由に、無害に、そしてあの絶えざる死の不安によって醸される、精神の重荷も憂鬱も知らないのだ。（267–268）

さらに、ガリヴァーはもし自分が不死人間に生まれたら、ああもしたい、こうもしたいと、夢想する。ガリヴァーの願いは、彼の「不老不死、現世の幸福という、人間自然の願い」（272）という言葉からもわかるように、人間としての自然な願望である。現世での幸福と不死は、すべての人が一度は夢見るはかない希望である。たとえば、王国一の金持ちになり、学問研究に専心し生き字引となり、さらに徳性の重要性を前途有望な青年たちに教示したいと考える。しかし、こうしたガリヴァーの期待は、ラグナグ人が語る現実の前に、ついえさる。ラグナグ人が語る不死人間の現実は、想像以上に悲惨である。この国の最高年齢である八〇歳に達すると、まず、法律上の権利が剥奪される。ストラルドブラグは老人一般に顕著なあらゆる痴愚と弱点をかねそなえ、さらに、決して死なないという絶望から生じる多くの人間的欠陥（嫉妬や無力な欲望）をあわせもつ。九〇歳ともなれば、老化老醜は肉体にまで及ぶ。記憶力は極度に減退し、会話も読書もおぼつかない。ただ乏しい国家の給付金を頼りに、人々の嫌悪と不快の対象として生ける屍のごとくに永生のなかに幽閉されている。このストラルドブラグの凄惨さは、不死人間の現実を悟ったガリヴァーの次のようなことばからも、推測できよう。

以上見聞したところから、永世に対する我輩の激しい欲望が一挙に醒めてしまったことは、読者諸君にも容易にわかってもらえるだろうと思う。我輩は、心に描いていた楽しい幻影を心から恥じるようになった。たとえどんな暴君が案出するどんな恐ろしい死であろうとも、このような生を逃れるためならば喜んで飛びこんで見せると思った。（277）

ストラルドブラグの風刺性に注目するに際し、ガリヴァーの役割は重要である。バロルは、スウィフトの説教『キリスト教の卓越性について』（*On the Excellency of Christianity*）を引用しながら、「スウィフトは異教哲学の欠陥を指摘するために彼［ガリヴァー］を創作し、……医者である彼が宗教的判断に介入すべきでないことを示している」（1958: 50）と論じている。また、ゲーリングは、「ガリヴァーは愚行と罪を犯している。実のところ、彼が想像するように簡単に社会の困難を改善することができると考えるほどに愚かである。しかし、（さらに）神の英知が自然の摂理の一部と定めた死に、疑問を呈するほどに高慢という罪を犯している」（9）と、指摘する。むろん、バロルとゲーリング両者が論じるように、ガリヴァーの願望はスウィフトの思想とは相いれない（バロル：48／ゲーリング：9)。いわば、愚かで慢心したガリヴァーの存在は風刺をより高める効果的な手段であった。

ストラルドブラグ風刺の矛先

では、スウィフトはストラルドブラグを描くことによって、何を風刺したいと願ったのだろうか。大きく分けて、彼の意図は二点あると考えられる。第一に、不死あるいは寿命の延長を願う人間の愚かさ、罪、高慢さを風刺することであり、第二に、人間としての尊厳をなくした老年の現状をとりあげ、生の内容こそもっと重要なのではないかと、問いかけることである。

スウィフトは、『宗教についての思索』(*Thoughts on Religion*)のなかで、死について、「死のように自然で必然で普遍的なものを、人間にとっての忌まわしいものとして、神が創られたと想像することはできない[27]」と語る。この言葉は、スウィフトの不死願望批判を考えるうえで、重要な論拠となりうる。スウィフトにとって、死は神の摂理であり、普遍的な自然現象である。もちろん、彼は人間の心の奥底にある生命欲を否定しているわけではない。彼は、『宗教についての思索』のなかで、理性と情熱という二律背反における理性の優位を説くが、その例外として生命欲をあげる。

理性とは、神がわたくしたちの情熱を抑制するために意図されたものであるが、人間にとって最も重大な瞬間と世界の継続という二点において、神は情熱が理性に勝るように意図されたように思われる。一点は、種の繁殖である。……もう一点は、生命愛である。(*P.W.* III. 309)

いわば、生命愛は人間として本能的な願望であるが、死もまた避けがたい運命である。

しかし、ガリヴァーに代表される不死願望は、スウィフトのこのような死生観と対照的である。ストラルドブラグをつねに直視しているために無益な不死願望をいだくことのないラグナグ人は、人類の長寿への願いについて、次のような感想を述べる。

上述の両国［バルニバービと日本］に滞在中も、いろいろ話し合ってみたが、彼は長寿ということが、あらゆる人間の願いであることを発見した。すでに片足を墓穴に突っこんだような人間でさえ、なおいま一方の足はできるだけ入るまいと抵抗する。たとえどんなに歳はとっても、まだ一日でも長生きするつもりなのだ、そして死というものは、人間の常として、すこしでも遠ざかっていたい最大の悪と考えられている。

(272)

スウィフトにとって、自然であり必然的な現象である死を、禍であり悪と把握するガリヴァーと、その具体例として描写されているストラルドブラグ、そこに彼の風刺の意図をくみ取ることができる。ゲーリングは、「ストラルドブラグは生命をあまりにも大事にしすぎるという愚かさを告発しているのである。そこにスウィフトの老齢の惨めさに対する身体的な嫌悪だけではなく、どのような対価を払ってでもこの世での命を長引かせたいと願う人間の欲望に宗教上賛成できないというスウィフトの気持ちが表現されている」(7) と述べ、その意図は人間の愚かさを告発することにあると考えている。この愚昧ゆえに人間が犯す、不死に対する錯誤については、『ガリヴァー旅行記』テキストのなかで次のように指摘されている。

ところがとうとう例の通訳の紳士のいうことには、なんでも二、三、我輩の犯している誤謬を訂正してあげてくれというのだそうである。しかもその誤謬というのは、すべて人間の愚かさからくるもので、したがってその意味で彼らには陥る危険がはるかに少ないというのである。

(272)

いわば、ここでスウィフトが指摘するのは、不老長寿を夢見る人間の愚かさ高慢さであるが、彼はこの人間の愚行の解決を、説教『良心の証について』(*On the Testimony of Conscience*) のなかで次のように提案する。

もし宗教に基づく良心の忠告や判断に従わない場合、よき人物であり社会の忠実なしもべ、あるいは相互関係において正直であると保証されないのは明らかなようだ。それ以外の拘束では、人間の高慢さ、情欲、金銭欲、あるいは野心を打ち破ることは一度たりともできないのはあきらかであろう。　（P. W. IV. 127）

いいかえれば、スウィフトは宗教に基づく良心によってのみ、人間の悪徳は矯正されうると考えたのである。それゆえに、こうした信仰や宗教心が彼の不死や長寿願望に対する風刺の基盤のひとつとなっている。

このストラルドブラグ風刺とスウィフトの宗教観（特に当時の説教）の関連について詳しく研究したのが、前述したバロルである。不死という観点から考えると、不死人間の存在もガリヴァーの不死願望も、ともに当時の一八世紀キリスト教思想と相いれない矛盾したものであり、そこに風刺の対象となる理由もあったと、バロルは考察している（45）。いわば、不死であり絶対者である神と、死すべき不完全な人間とは、根本的に異なる存在である。楽園追放以来、原罪を負うにいたった人間が、この絶対的な相違を無視して地上での不死を願うことは、宗教に対する冒瀆であると、当時の説教にしるされている。こうした説教の伝統から考察すると、堕落した不死人間の末路を描写することによって、スウィフトはそこに宗教的教訓をこめようと意図したと、バロルは指摘する（45–47）。ストラルドブラグが直面する次のような苦境が、それをよく物語っている。

……八十歳――それはこの国では普通最高齢とされているのだが――になると、彼らはもう他の一般の老人のあらゆる愚痴と弱点を網羅しているばかりでなく、おまけに決して死なないという恐るべき見込みから来る、まだまだたくさんの弱点を併せもつことになる。すなわち頑固で、依怙地で、貪欲で、気難し屋で、自惚れで、お喋舌になるばかりでなく、友人と親しむこともできなくなれば、自然の愛情というようなものにも不感症となり、それはせいぜい孫以下に及ぶことはない。ただ嫉妬と無気力な欲望ばかりが燃えさかる。しかもその嫉妬の対象というものが、もっぱら青年たちの放埓と、そして老人の死であるらしいのだ。つまり前者を考えては、彼ら自身がもはやあらゆる快楽から締め出されていることを知らなければならないし、それかといって葬式を見れば見るで、自分たちには到着の望みがない休息の港に、他の人々は至り着いたのを見る、その嘆きと悔いなのである。（273–274）

ストラルドブラグの不幸は、青春と死の谷間で、そのいずれの恩恵からも疎外されていることである。このストラルドブラグ風刺とキリスト教の関連について、マーチン・カリック（Martin Kallich）も次のように言及している。「回復の可能性とともに慈悲による死や休息を奪われ、彼ら［ストラルドブラグ］は、この世の苦しみに永遠に耐えなければならない」（1970: 56）。彼らは、この世での永遠の生命を得る代償として死や休息を奪われ、神に見放されたまま生き続けなければならない。本来、人間の不滅への希求は、天上の不滅を目的とするべきであり、死を恐れるあまり、生命が永久に永らえることにのみ気をとられるべきではないと考えるスウィフトの、キリスト教徒としての死生観が浮かびあがってくる（バロル 48）。

ストラルドブラグにみられる不死の問題は、フウイヌムの死と比較検討すると、より明白となる。臨終に臨むフウイヌムの姿は、神の教えを実行する敬虔なキリスト教徒のようにも映る。彼らは淡々として死を受けいれる。彼らにとって死とは、「シュヌウンした……つまり原初の母の許へ帰る」（365）（*Shnuwnh*……to retire to *his first mother*, 286）ということである。病気はなく、ただ老衰死だけが死因である。彼らは死ぬ二、三週間前に衰弱を自覚するが、死を喜ぶでも悲しむでもなく、「まるで余生を送りにでも、どこか遠いところへ出掛けるところといった格好だった」(366)。このフウイヌムの死の迎えかたは、たとえてみれば、カトリックの修道士のようである。

修道士は無神経なのではない。決してそうではない。修道士仲間を深く愛し、母親に対して変わらぬ愛情をいだいている。……しかも修道士は……死について静かに、楽しそうに話す。魂の不死を固く信じているからである。それを信じていれば、死によって与えられる別離も一時的なものにすぎず、それゆえに堪えることができる。(トインビー 1972: 152)

友愛や死に対する覚悟についても、修道士とフウイヌムには共通点がある。『聖書』で説かれている死もまたしかりである。松浪信三郎は、「イエスの神は、審きの神であり、からだをも、たましいをも、ともに滅ぼすことのできる神である。……たましいは、神の一存で、生きもするし、死にもする。たましいの生死は神の意志一つにかかっている」(松浪 1983: 81–82)と、評している。いわば、フウイヌムは神のことばに従い、その死を神の意志に委ねているように映る。

さらに、スウィフトは国教会の僧職者であり、『ガリヴァー』執筆当時は、ダブリンのセント・パトリック大聖堂のデーン(首席司祭)であり、「教会での眠りをめぐる説教」("A Sermon upon Sleeping in Church," 1776)のなかで、その使命は、「ただ信仰と理性に従って務めを果たすことである」(*PW*: IV 226)と語っている。もちろん、ここでフウイヌムの死はスウィフトの死生観をそのまま反映していると結論づけることはできないが、第四渡航記におけるフウイヌムの死は、ストラルドブラグの死と際立った対照をみせながらも、そこにキリスト教との深い関連を連想させるのである。

前述のようにキリスト教義の影響を受けていたスウィフトのストラルドブラグ風刺は、一方では不死を願う悪徳にも向けられていた。スウィフトの宗教観と道徳観の関わりについて、リカルド・クウィンタナは、スウィフトは道徳の基本である理性を第一に考え、理性的生活の担い手としての教会を支持したと考察している（1965：73）。さらに、ジェイムズ・ブラウンは、スウィフトにとって、行動の規範として考えると、信仰は理性よりも下位にあるととらえる（1954：386）。おそらくスウィフトにとっては、宗教よりは道徳的要素が強かったと考えられるが、ここで重要なのは、彼の思想における信仰と道徳の優劣を決することではない。むしろ、スウィフトのストラルドブラグ風刺には、その両方の要素が混在しており、いわば、彼は宗教に立脚しつつ、人間の不道徳を攻撃したといえるのである。

ストラルドブラグにこめた警告

では、ストラルドブラグのエピソードにたくして、スウィフトは人間にどのようなメッセージを送ろうとしたのであろうか。現世の不死や延命のみを願う人間にいかなる警告を発していたのであろうか。

すでに述べたように、不死人間風刺の根底には、キリスト教思想の影響がある。しかし、彼は宗教的思索にふけったわけでもなく、宗教的な風刺をくわだてたわけでもない。むしろ、ゲーリングが、「スウィフトは不滅よりはむしろ老年の惨めさに的を絞っているように思われる」（1957：7）と評するとおり、スウィフトは不死そのものよりも老年の悲惨さを風刺している。もっと厳密にいうならば、彼の風刺の意図は、生の問題、いいかえれば、いかに人間らしく尊厳をもって生きるかという問題にあったといえよう。スウィフトは不死や延命だけに、つまりただ長く生きることだけに心を奪われている愚かな人間の姿を風刺したのである。それはストラルドブラグになれたらどんな生活を送りたいかと想像するガリヴァーを論駁するラグナグ人の次のようなことばからも推察できる。

つまり我輩が考えるような生活法というのは、きわめて無分別不合理なものである。なぜなれば、それは当然青春、健康、生活力といったものの永続性を予想しているが、これぱかりはいかに法外な高望みの人間といえども、まさかそれを願うほどの馬鹿はいないからである。したがって問題は、いつまでも人々が若々しい青春を保ちえて、繁栄と健康との生活を続けたいかどうかということではなく、むしろ通常老齢に伴なって起るあらゆる不利を忍びながら、しかもいかにして不死の生を送ることができるかということだ。

（傍点筆者 273）

いいかえれば、問題は、死（不死や延命）そのものではなく、「いかにして生を送るか」ということなのである。『ガリヴァー』のなかには、ストラルドブラグ描写以外にも、生の問題、「人間としての尊厳をもって生きていく」ことの重要性にふれている箇所がある。ストラルドブラグに関わる風刺を考える前に、第一渡航記から順に、生に関わる問題を探ってみたい。

まず、第一渡航記におけるリリパットの法律習慣はすぐれた内容である（むろんリリパットの現実は異なっているが）。リリパット国の制度は、イギリスの法律の欠陥を修正するために具体化されたと、E・P・ロック（Lock）は考察している（1980: 140）が、このリリパット国の法律では、「忘恩は、彼らの間においては極刑に値する」ゆえに、この罪を犯した者は人類共通の敵であり、したがって「生きる資格がないのである」（69）。見方を変えれば、生きる資格がないから死刑に処するという思想は、人間らしさを失ってまでも生に固執しようとする人間の不死願望を風刺した思想と、一脈通じる。

つまり我輩のために同じ大きさの女をひとり手に入れて、そしてこれによって我輩の種を繁殖させたいという切なる思召しなのだ。だが我輩にしてみれば、なまじ子孫などを残して、まるで馴れたカナリアのように籠に入れられ、いずれは国中の貴族たちに愛玩用として売り弘められることだろうが、そんな屈辱は死んでもたまらないと思った。なるほど、やさしくはしてくれるし、両陛下のお気に入りとして、全宮廷の悦びでもあった。しかしその根抵にあるものは、決して人間の尊厳に値するものではなかった。（177）

要するに、ガリヴァーは屈辱的な隷属状態を脱し、自由を回復したいと切望する。この身体が矮小なるがゆえに、ペットのような待遇を受け人間性を否定されたガリヴァーに言及して、パトリック・レイリー（Patrick Reilly）はこの人間性の主張こそ作品『ガリヴァー』の中心テーマであると論じている（1982: 189）。『ガリヴァー』以外のスウィフトの著作にも、こうした彼の姿勢が窺われる。特に人間としての権利を否定されていたアイルランド民衆擁護の書には、この傾向が著しい。『謙虚な提案』においては、植民地支配による隷属状態に甘んじ盗みや物乞いによって生計を維持しようとするアイルランドの貧しい人々の生活態度が、風刺の動機であった[28]。また、同じくアイルランド擁護のための書簡『ドレイピア書簡』でも、下記の引用のように、重ねて「人間としての尊厳」、基本的人権を守りぬくべきだと主張している。

……神の、自然の、国家の、そして自国の法により、皆さんは英国の同胞とおなじように自由な国民であり、あるべきであるということを、示しています。（*PW*: VI 115）

……我々は神と自然が我々に意図された恩恵から疎外されている。（*P.W.*: VI 202）

いいかえれば、ここでスウィフトは、イギリス批判の根拠として、神と自然によって与えられた自由な国民としての基本的人権、つまり、人間として最低保証されるべき尊厳が、アイルランドの人々には付与されていないと主張しているのである。

では、問題のストラルドブラグの現実は、スウィフトが志向する人間的な生活と、いかなる乖離があったのだろうか。老齢に伴っておこる不利を忍びながら過ごすストラルドブラグの生の現状をさらに詳しく具体的にみてみよう。まず、ガリヴァーが夢想した不死人間としての生活設計には、矛盾があった。彼は青春、健康や生活力が永続するのは、当然だと考えていた。しかし、一七・一八世紀のキリスト教思想によれば、現世で永遠の若さを維持することは、この世での不滅を願う以上に不可能なことであった（バロル：48）。当然、ストラルドラグも若さを保ちえず、老醜の身をさらすこととなる。ガリヴァーからみると、その存在は、想像を絶するほどに不快である。外見は、老齢から生じる不快さに加え、年齢に比例して何とも言えない鬼気が加わり、味覚もないまま暴飲暴食にふける。さらに、老いは彼らの社会生活、人間性、知性にまで及ぶ。婚姻は無効となり、各種の法律上の権利が極度に制限されるなど、社会的基盤を失う。とともに、知的活動を行うエネルギー（記憶力、好奇心など）までなくしてしまう。さらに、スウィフトが人間にとって不可欠であると考える理性や常識などさえ失ってしまう。数々の悪徳である嫉妬や無気力な欲望、貪欲や高慢さをあわせもつ一方、自分たちの隷属した状況に甘んじ法律が禁じている物乞いまで行うが、この様子は、基本的人権を剝奪され隷属状態のなかを無為に生きている、スウィフトが描くアイルランドの貧しい人々の姿に酷似しているようにもみえる。このストラルドブラグは人間としてふさわしい生活を送っているといえるだろうか。おそらく、答えはノーであろう。さらに、彼らに関する「この国の法律が、きわめて強固な道理の上に立つものであり、他のいかなる国にせよ、もし同様の事情が起れば、当然こうするよりほかはなかろうと思えるほど立派な立法である」と認めたガリヴァー自らが、彼らの存在によって、「国家社会の破滅に終ることは必定」（277）と、その危険性を予想している。

ここには、『ガリヴァー』だけではなく、『謙虚な提案』や『ドレイピア書簡』などを通じてスウィフトが訴えてきた風刺の意味が透けてみえる。それは、生死そのものではなく、老齢によって生じる苦界のなかを生きる生き方にあったといえよう。いいかえれば、人は生命の長さを問うべきではなく、その内容、つまり、人間としての基本的人権を享受し、自由な社会人としての責任をまっとうし、人間らしい生を送ることを、問題にするべきだと、スウィフトは結論づけているのである。

風刺の意味

では最後に、『ガリヴァー』作品全体のなかで、ストラルドブラグの第三渡航記第一〇章が占める位置を検討し、ストラルドブラグ風刺の意味を作品全体のなかから模索してみたい。

この問題に関する批評は、大きく二つに分けられる。第一は、第三渡航記に共通する知識風刺の一環としてストラルドブラグの章をとらえようとする批評である（バロル：50）。第一章から第六章にいたる各章では、ラピュータ人やバルニバービの企画士たちが科学風刺の対象であったが、ストラルドブラグの章では、ガリヴァー自身が愚かな企画士の役割を担い、神学風刺や哲学風刺の対象になっていると、第三渡航記の構成をとらえる説である。第二は、単に第三渡航記に限定することなく、ストラルドブラグの章を他の第二・四渡航記などとの関連のなかで把握しようとする説である。当初、不死を無条件に歓迎していたガリヴァーに、「道徳に関する企画士」としての役割をあたえ、人間の愚かさ、罪、傲慢を示す目的を与えていたとする説である（ゲーリング：12）。

本書でも、後者の視点から、宗教基盤に基づく道徳批判として、ストラルドブラグの章を特に第四渡航記へと続く構成上の問題と絡めてその風刺の意味をまとめてみたい。

パトリック・レイリーは、フウイヌムの死におもむく態度は明らかに模範として描かれていると語る（1982: 97）。さらに、すでに言及したように、彼らの死はまるで修道士の死のように理想的であり、ストラルドブラグの死（不死）とはきわめて対照的である。しかし、ここで生じる疑問は、死生観を含めたフウイヌム（物語のなかでは馬であるが）の生き方が、そのまま人間にも当てはまるのだろうかという疑問である。すでにさまざまな批評で論じられているように、フウイヌムはあまりに合理的で、人間的ではない。スウィフトはフウイヌムを賞賛していたと考えるレイリーさえも、「フウイヌム国はユートピアが実現可能だと信じるにはあまりに現実的すぎる人間によって創作されたユートピア的イメージである。スウィフトはフウイヌムの徳を賞賛していたが、それがどんなに達成できにくいかも熟知していた」（1982: 113）と、フウイヌムの境地は人間には到達のむつかしいユートピアだと考えている。

しかし、ここではフウイヌムの生と死の問題だけに限定して、検討してみたい。彼らの結婚と出産計画は、実に、あるいはあまりにも現実的・合理的である。「若い者同士が夫婦になるのは、ただ両親と友人たちが決めるからそうするので、事実これが毎日彼らの見聞するところであり、彼らもそれが理性的動物としての一つの義務だと考えている」（357）。また、彼らはこの国の人口過剰を抑制する目的にそって、「男女一人ずつの子供を産むと、もうその配偶者とは同衾しない」（356）。スウィフトは、先にあげた『宗教についての思索』において、種の保存のために情熱が理性に勝る必要があると、例外として認めている（P. W. III. 309）。フウイヌムの死については先に紹介したが、アーノルド・トインビーと松浪信三郎は、死に対する人間と動物の態度の相違について、次のように述べている。

人間が獣と同じように死なねばならぬことはほんとうだが、同時に人間は、獣とちがって、まだ生きているあいだに来るべき死を予知することができる。（トインビー：1972 70）

死の到来にさきだって、自己の死についてあれこれ思いめぐらし、不安に駆られるのは、人間だけに起こることであり、いわば、これが人間存在の独自のありかたである。犬や猫には、そんな取り越し苦労や、身の行くすえを思い煩う不安の様子は見られない。（松浪 1983：2–3）

いわば、フウイヌムは死を予知しうるという意味において、人間と同様でありながら、死の不安に駆られることがないという意味において、人間以上の存在である。

バジル・ウィリー（Basil Willey）は、「スウィフトは……フウイヌムとヤフーとを完全に切り離すにいたった。……彼は彼自身が描いた理性的存在に人間の肉体をまったく与えなかった」（三田博雄他訳 1975：121）と、両者が対極に位置する存在であり、さらにフウイヌム自身は人間的な体臭のまったくない馬として表象されたにすぎなかったと考察している。池内紀は、この両者とガリヴァーの関係について次のように仮定する。

私は仮定しよう。スウィフトは新しい形式で、また徹底して首尾一貫させて、小宇宙としての人間の位置という、古くからの命題を絵解きして見せたのではないか。天使と獣のあいだにおく代わりに、フウィヌムとヤフーとのあいだにおいた。フウィヌムは天使とひとしく、非肉体的で、抽象的だ。ヤフーはそのおぞましい姿において獣である。ガリヴァーに代表される人間は、この二者のあいだのおそろしい虚空にいる。

（1995：137）

フウイヌムとヤフーのあいだに人間がいると仮定すると、不死人間ストラルドブラグの、いやむしろ不死を願う人間の位置はどこにあるのだろうか。ゲーリングが構成上の問題から、この問いに対するヒントを出している。「……ストラルドブラグの章は、構成上は、スウィフトが書いた『ガリヴァー旅行記』の最後の章であったであろう。その調子や教訓、最終的な言説が、それを示している」（12–13）。無味乾燥な理性動物フウイヌムを描いた後、ストラルドブラグを描いたであろうスウィフトにとって、ストラルドブラグはフウイヌムとヤフーのあいだで、死の不安におびえながら、日々限りある生を生き抜かねばならない人間の矛盾を示す、またとない存在であったといえる。地上での永世のみに専心し、人間としての尊厳ある生を全うすることを忘れがちなのも人間であれば、一方、死についてフウイヌム的諦観を得たいと願うのも人間である。スウィフトは、ストラルドブラグに風刺の意味をこめることによって、人間の高慢さという錯誤を指摘し、生の貴重さとその生き方を、ひとつの模範としてフウイヌムの死に例示した。

しかし、『ガリヴァー』のなかで最後にストラルドブラグの章を描いたスウィフトはまた、『馬」の死が人間の死とはなりえないことを、わたくしたちはヤフーとフウイヌムの中間に位置し、生死をうけいれなければならないことを、悟っていたであろう。それゆえにこそ、不死なるがために、普通の人間以上の苦悩を背負って生きるべく運命づけられたストラルドブラグの悲劇がある。ここに『ガリヴァー』構成のなかで、ストラルドブラグの章が占める位置と、スウィフトの風刺の意味があきらかとなる。いいかえれば、わたくしたちはヤフーにもフウイヌムにも（むろんストラルドブラグにも）なれない。しかし、人間には有限の生を見極めて、人間としてふさわしい生活を営む可能性が残されている。これが、作者スウィフトが不死人間ストラルドブラグを創作し風刺をこめた真の意図ではないだろうか。

むすび

『ガリヴァー旅行記』のなかで、スウィフトが縦横な想像力を駆使して創作した不死人間ストラルドブラグは、興味深い存在である。文学作品としてはいうに及ばず、スウィフト個人とのかかわり、神学や道徳等の時代背景との関連においても。また、その風刺が一八世紀社会と、いっそう複雑さを増しつつある現代社会がかかえる社会問題に対する鋭い洞察をはらんでいるという意味においても。

ストラルドブラグにみなぎる老残老醜は、ストラルドブラグ執筆以降、現実のスウィフトと彼の作品に期せずしてあらわれた死と老いの影に対する予感にみちている。不死人間は、むろん、スウィフト独自の創作ではない。しかし、ストラルドブラグが追いこまれた過酷な老いの悲劇と、それにこめられた風刺性は、スウィフト独自の想像力の産物なのである。

このストラルドブラグにおける風刺の意図は、二点に要約できる。第一は、従来からある不死願望を人間の思いあがり、不道徳として、キリスト教義に照らして批判すること、第二は、不死そのものよりも、老年、さらに一歩進んで生の内容充実に注目すべきであると、警告することである。現世での人間の空しい不死願望の具体例であるストラルドブラグの悲惨さは、神が与えた死を拒否しようとする人間の愚かさをも物語っているといえないだろうか。

さらに、不死人間の現実——道徳心、社会性、知的エネルギーを失い、無為な隷属状態に甘んじる彼らの現実——と、スウィフトが志向した人間らしい生活との間には深い亀裂があった。スウィフトはアイルランド愛国者、教会人、そして風刺家として、つねに強い道徳心、公共心、さらに基本的人権を求めつづけた。このスウィフトが、ストラルドブラグの空虚な生を人間に値すると考えるはずもない。むろん、スウィフトにとっての生とは、パスカル流にいうなれば深淵から目をそむけ、現実の営みのなかで自己を忘れることであり、彼は神学的思索に耽ることなく、人間中心的立場に踏みとどまったといえるにしても。しかし、ストラルドブラグはわたくしたち人間存在がもつ矛盾をはらみ、『ガリヴァー』のなかで、天使と獣の中間で苦闘する人間の葛藤を暗示している。

また、『ガリヴァー』構成のなかでとらえるならば、ストラルドブラグ記述は、スウィフトの人間観・死生観をより明確に物語る指針である。スウィフトは人間の矛盾と葛藤をじゅうぶんに認識していた。とりわけ、生と死の問題に関して、フウイヌム的諦観を望みながら、また同時に、不死を今日一日の命の延長を願わずにはいられない人間の弱さをも、知り尽くしていたといえる。それは、人間が天使にも獣にも、いやフウイヌムにもヤフーにもなり切れないためである。そして、不死人間はこの人間のジレンマを象徴すると同時に、その最大の悲劇性すなわち不死性ゆえに、人間のジレンマをよりいっそう鮮烈に印象づけたといえる。

一八世紀に、スウィフトが不死人間風刺によって提起した問いかけは、深くかつ重い。わたくしたちの若さ、青春はいうに及ばず、生命さえ永続するはずはない。そうであれば、ただ生命の長さのみに執着して生きながらえるのか。それとも、有限の生を見極め、人間らしい生を全うすることに心かたむけるか。この問いかけは、現代に生きるわたくしたち、より人為的で過酷な生死に直面せざるをえないわたくしたちに対する、重要な問題提起でもある。

尊厳なき生の持続を強制されたストラルドブラグが今日にも姿を変えて存在しているといえるのではないだろうか。いわゆる植物人間や医学の進歩に伴い延命を余儀なくされた現代のストラルドブラグの末裔が、老人問題として取り上げられて久しい。トインビーが、「二十世紀西欧世界の老人たちが置かれている苦しい立場は、二世紀以上も前に、スウィフトの想像力によってストラルドブルグ（『ガリヴァー旅行記』第三篇）という形で、直観的に予想されていた」（186）と警鐘を鳴らした問題が、二一世紀の現代、さらに切実な医学と倫理にかかわる問題として、わたくしたちの眼前に迫る。

延命治療や脳死、安楽死等の問題は、医療が飛躍的に進歩した現在、スウィフトが主張した人間としての尊厳をまっとうするために、すでに一部の国では法制化された人間の自然死を求める権利の問題であり、これらはストラルドブラグの空虚な生が提示した問いかけがすがたを変えた現実である。生に値しない生を断つか、それとも生かし続けるのか？　現代科学や医学に突きつけられた問題は、現代のストラルドブラグ問題とも考えられるのである。ここに、近代科学の成立以来、暗黙のうちに道徳と精神の領域に制限された宗教が、あるいはあらたな倫理の確立が必要とされ、現在その法制化が目指されつつある。ストラルドブラグの最大の悲劇は、たとえばどんなに苦難に満ちた不幸な人生であろうと、自殺を含めた死という恩恵が与えられていなかったことにある。

彼の風刺は、神を見失い、確固たる道徳規範を喪失しつつある現代人が直面するさまざまな生と死の問題に対する鋭い洞察をはらんだ先駆的な警告でもある。『ガリヴァー』のなかで、ストラルドブラグの存在自体が国家・社会の破滅に通じるとガリヴァーが語った、この予言をばかばかしいと一蹴しながら、反面、現代的観点からすれば、完全に否定しきれない何かが、この直観のなかには内包されているようにも感じる。この事実に戦慄しながらも、わたくしたちは彼の風刺が有する現代性に、その豊かな想像力、卓抜の風刺力に驚嘆する思いである。

第三章　英版『ガリヴァー旅行記』図像とオリエント表象

三・一　『ガリヴァー旅行記』図像史とオリエント表象

本章の目的は、一八世紀から二〇世紀半ばまでに英国を中心とした地域で出版された『ガリヴァー』図像を取り上げ、そのオリエント表象の特性を解明することにある。具体的には、一八世紀にはじまるイスラム表象と、一九世紀半ばから二〇世紀前半に集中する中国・日本表象を比較し、日本表象に焦点をあて、日本・中国表象の混在とその様態を、一九世紀の新帝国主義政策と植民地主義、アジアにおける政治勢力の変化、児童文学や大衆文学の興隆、万国博覧会や旅行熱、さらにジャポニズムといった政治・社会・文化的側面から考察することを目的としている。

『ガリヴァー』図像にみるオリエント表象を論じるに際し資料としたのは、英国（一部米仏蘭）を中心とした初版から一九七〇年代に至る一一三種類の『ガリヴァー』挿絵である。(29) 現在まで入手した一七二六年から一九七六年までの『ガリヴァー』の挿絵本資料一一三版の内訳は、英版九二種、米版六種、フランス版一一種、オランダ版一種、スウェーデン版一種、イタリア版一種、ブラジル版一種である。まず、すべての資料を検証したうえで、スウィフトの原作では、国名が特定されず、初期には西洋的であった表象が、やがてオリエント的表象——中国・日本を含むアジア、イスラム、アフリカ、インド——へと、人物・事物や背景（容姿、髪型を含めたファッション、インテリアや小物、さらに建物など）が変貌した挿絵版を調査し、そこで表象されたオリエントの地域、出版年、画家名を特定した。(30) その結果、中近東表象が一番多く、その流布は一七八二年から一九七六年と長期にわたり、総数は、建物や人物などの部分描写を含めると三四種、第一航海記が一五種、第二航海記が二二種、第三航海記が五種、第四航海記がゼロであり、第一部と第二部に集中していることがわかった。中国表象に関しては一四種、出現時期は一八六四年から一九五一年、第一航海記が二種類、第二航海記が三種、第三航海記が一三種で、第四航海記はゼロで、場面選択が顕著なのは第三部である。また、日本表象に関しては六種、一八六四年から一九二三年までが中心である。なお、後の章で詳しく論じるが、一九五三年版を日本表象とするかどうかは論議が分かれるところである。日本の風物や人物が出現するのは、第一航海記が二種、第二航海記が日本かどうかの判別が難しいものを含め一種、第三航海記が三種（判別が難しい版を入れると五種）、第四航海記はゼロ（一九五三年版を入れると一種）である。一方、アフリカ描写に関しては、一九世紀末から二〇世紀に三種あり、インド描写は皆無である。

オリエント表象の特徴は、次の三点に要約できる。第一に、一八世紀から現代に至るまで途切れずに出版されているイスラム表象は、ほぼ第一・二航海記が中心である。第二に、中国表象と日本表象の出現年代は近いが、版数は中国表象が圧倒的に多く、第三航海記に集中しているが、一部、日本と中国（場合によっては朝鮮半島）のイメージの混乱・混在がみられる。第三に、オリエント表象としてはイスラム・中国・日本の国々が際立っているが、インド表象がなく、それ以外には、一部アフリカ表象もあるという特徴が明白となった。

三・二　『ガリヴァー旅行記』図像における中東描写

西洋におけるオリエントは、まずイスラムであり、それはトルコからシルクロード、中近東、さらに北アフリカへと広大な地域をカバーしていた。コッペルカムは、「幻想的なオリエント像をつくったものは、一九世紀を通じて主としてイスラム文化であった。それはエキゾティシズムを求めるヨーロッパ人の空想力がたえず駆けつけた「魂のオリエント」であって、地中海からコンスタンチノーブル、エルサレム、カイロからグラナダに」(1991: 33) 達すると論じる。そういった意味で、『ガリヴァー旅行記』にはじめて現れたオリエントイメージがイスラムであったのは不思議ではないといえるだろう。

イスラム表象は三四種である。日本表象が六種、中国表象が一四種に比べて、格段に多い。このうち、イスラム描写がみられるのが、一七八二年から一九七六年までである。日本表象が一八六四年から一九五三年、中国表象が一八六四年[31]から一九五一年であるのに比べると、中東表象が格段に長期である。具体的に、時代的な推移をみると、中東表象は一八五〇年までが二種、一九世紀末までが九種、一九三〇年代までが一五種、それ以降一九七六年までが八種である。

最初の中東表象がみられるのは一八世紀末の一七八二年、ストッサードが描いた挿絵（図版1）である。この『ガリヴァー』図像にはじめて中東表象が出現した時期は、サイードが、「オリエンタリズムを論じそれを分析するにあたって、ごく大雑把に、オリエンタリズムの出発点を十八世紀末とするならば」(『オリエンタリズム』上、今沢訳 1993: 21) と考えた時期とほぼ一致するが、ストッサードの挿絵には、ターバンをかぶりイスラム風な服装をしたリリパット人が描かれている。また、ガリヴァーの懐中時計を持ち上げようとするのは半身裸の黒人である。彼が描いた第二渡航記や第三渡航記、第四渡航記の図版が西洋風なのに比べて、なぜ、身体の小さい

図版1　ストッサード

リリパット人を中東風に描いたのかその理由は判然としない。ガリヴァーや建物、さらに背後の町並みが西洋風なのに比べて、人々の異国風な雰囲気をイスラムイメージで表象したのかもしれない。

一方、一九世紀前半、フランスの奇才画家J–J・グランヴィルが描いたガリヴァー図像にもイスラムイメージがみられるのは興味深い。まず、第一渡航記のリリパット国の建物の一部がドームと塔のある中東風、さらにリリパット人がターバンや中東風な帽子や衣装を身に着けている。また、第三渡航記のラグナグ国の暴君が明らかにイスラム風に描かれている（図版2）。この国では、国王に謁見するときに床の塵をなめなければならず、国王はその気になれば床に毒をまき謁見者を死罪にすることもできる。中東独特の水ギセルのびんを置いた床にしつらえられた低い台座にあるクッションの上に座り、濃い顎鬚を生やし、右手に扇を持ち羽飾りのついた帽子にゆったりとしたイスラム風の衣装を身にまとう。第三渡航記の他の人物が西洋風に描かれているのに、この国王のみが典型的なイスラムイメージで描かれているのは、何かの風刺であろうか。理不尽な暴君がイスラムイメージで描かれているのは、ヨーロッパが中世以来中東に抱いてきた理不尽で暴力的なオリエントとしてのイスラムへの警戒と風刺であるのかもしれない。

一九世紀も後半に入るとイギリスでもより明瞭なイスラム表象がみられるようになる。具体的には、一八六四年に出たJ・G・トムソンの挿絵と同年のT・モートン（Thomas Morten）の挿絵(32)である。二人の作品は、構図や描写がかなり類似しているうえに、似た構図はすべて左右逆転している。モートンは先に出版されたトムソンの挿絵を一部参考にし模倣しているが、トムソンのイスラムや中国・日本などのオリエント描写をさらに増幅誇張している点にモートンの特徴がある。両者の類似は、イスラム描写にとどまらず、日本描写や中国描写一般にも言えるが、ここではまず中東表象をとりあげてみよう。

図版2　J.-J. グランヴィル

二人の挿絵にイスラム表象がみられるのは第二渡航記だけで、その他の渡航記にはみられない。第二渡航記では、中東風な人物は、農夫の娘にはじまり王や王妃、その他、従者なども中東風なターバン姿である。モートンの挿絵にはトムソンにはみられない中東風な帽子と風貌の乳母であるグダルグリッジ（図版3）が、さらに、両者のイラストではガリヴァーまでもがターバンをかぶっている。たとえば、王宮の王と王妃の風貌をトムソンとモートンの図像で比較してみたい。いずれも中東風な帽子やゆったり

図版3　T. モートン

とした衣装を身につけ、髪形や顎鬚などもかなりオリエンタルであるが、トムソンの図版（図版4）では室内の調度や王の容姿などに限定されるが、モートン（図版5）のほうがはるかに中東風である。モートンの挿絵では王は顎鬚を生やし王妃はオリエンタルな中東風の衣装を身に着ける。さらに、ガリヴァーが宮中のプールに帆船を浮かべその操舵の腕前を見せるシーンでは、トムソンは孔雀の羽とガリヴァーのみを描くが（図版6）、モートンは腹部を出した衣装を身にまといダンスを踊るかのような姿の中東風な女官を描きこみ、イスラム的な特徴をよりいっそう強調する（図版7）。こうした中東化は単にブロブディンナグの人々だけではなく、ガリヴァーもまた然りである。トムソンの挿絵では、ターバン以外は西洋風な服装をしていたガリヴァーが、モートンの挿絵ではターバンだけではなく衣装もトルコ風に変わっている。

いいかえれば、モートンはトムソンの描写や構図を踏襲しながらも、中東色をよりいっそう強調し、ブロブディンナグ国の異国情緒をオリエンタルな中東的色彩に染めあげたといえよう。

一八八四年にフランスで出版されたV・アルマン・ポワソン（V. Armand Poirson）の図像でも、中東表象が散見されるのは第二航海記のブロブディンナグ国である。農夫たちはターバン姿に口ひげを生やし、衣服もゆったりした東洋風、一方、国王は西洋風な王冠をかぶり、風貌も衣服も西洋風といえる。また、従者は中東風、コサック風、ロシア風、さらに一部は西洋風とも東洋風とも判別がつかない（図版8）。さらに、王の宮殿は中東風

"She took me in her own hand, and carried me to the king."—Page 114.

図版 5　T. モートン

図版 4　J. G. トムソン

図版 6　J. G. トムソン

図版 8　V. A. ポワソン

"The ladies gave me a gale with their fans."—Page 137.

図版 7
T. モートン

図版 9　V. A. ポワソン

図版 10　チャールズ・ブロック

図版 11　チャールズ・ブロック

であり、国王に英国の現状を語る場面では国王はイスラム風に変わりターバンにオリエンタルな刀、さらに衣装も中東風（図版9）と、かなり様式が混在している。ただ、ひげのかたちや風貌は同一人物にみえるので、どうして西洋風とイスラム風の衣装を着けているのか理由はわからない。反面、ポワソンはその他の国の人々を西洋風あるいは日本風に描いているものの中東風には描いていないのは、興味深い。やはり大きなブロブディンナグ人はイスラム的な獰猛さや勇気を喚起させるのであろうか。

一八九四年に英国で出版されたE・J・ウィーラー（Wheeler）も第二渡航記で農夫や王をイスラム風に描いているが、同じ年に出版されたチャールズ・E・ブロック（Charles E. Brock）の図像では、リリパット国の西洋風な建物に一部、中東風建築が描きこまれる（図版10）。さらに、第二渡航記でも、宮廷女官や貴族を中東風に描写する（図版11）。しかし、ブロックの場合も、他の画家と同じように中東表象はブロブディンナグ国に限定される。大人国の男性は、王も従者も完全な西洋人ともイスラム人ともいえず、一部衣類やターバンあるいはその濃い口ひげなどイスラム的な風貌が混在する。一方、宮廷の女性たちは、建物と同様に基本的には西洋風であるが、ゆったりと空けた襟や結い上げた髪にさした髪飾り、さらに手元にかざしている扇などに中東風な趣も感じられる。ブロックの作品はモートンほどイスラム的な表象が顕著ではないものの、やはりモートンの中東風な影響が窺える。また従者はアフリカ風の風貌で、ターバンをまき、大きな孔雀の羽で飾られた扇をもっている様子なども、オリエンタルな雰囲気をいっそう高めているといえよう。ブロックの場合、ブロブディンナグの武将が日本的な鎧兜を身につけさせている点からも、この第二渡航記にさまざまなオリエント的雰囲気をとりいれているといえよう。

二〇世紀に入っても第二航海記のブロブディンナグの王や貴人の男女をイスラム風に視覚化する傾向は続いていた。一九一〇年代までに出版された挿絵でその傾向がみられるのは、ゴードン・ブラウン（Gordon Browne, 一八八六年）、ステファン・バーグホルト・デ・ラ・ベーレ（Stephan Bagholt de la Bere, 一九〇四年）、R・ラッセル（Russell, 一九〇七年）、A・E・ジャクソン（Jackson, 一九一〇年）、ルイス・リード（Louis Rhead, 一九一三年）、チャールズ・コープランド（Charles Copeland, 一九一四年）である。なかでも、ルイス・リードのオリエント表象は中東表象や第二渡航記にとどまらない。たとえば、日本表象でも言及するが、第三渡航記でラピュータ

図版12　ルネ・ブル

人を日本の侍風に、浮気な男女を中東風に描いていることから、ハレムに代表されるようなエロスの対象としてのオリエント（イスラム）という、西洋側の幻想の延長線上にあるとも考えられて興味深い。また、リリパット国の建物を中東風に描く画家は多いが、A・E・ジャクソンやK・クラウセン（Clausen, 一九一三年）は建物だけでなく住民までも中東風に描く。

　二〇年代から三〇年代に入ると、R・G・モッサ（Mossa, 一九二三年）やルネ・ブル（René Bull, 一九二九年）さらに、出版年が無記名であるが二〇年代から三〇年代に出版されたと推定されるハリー・ティーカー（Harry Theaker）が代表的だ。モッサは第一渡航記で、ターバンやドームを頂いた建物を描いている。また、ブルは第一渡航記では西洋とイスラム表象を混在させ、第二渡航記では王や王妃や後宮の描写（図版12）に中国と中東のイメージを、第三渡航記では中国と日本のイメージを織り交ぜる。さらに、ティーカーはリリパット人に中東のターバン衣装やひげを描き、ブロブディンナグの娘や王妃、宮殿を中東風に、ラピュータ人を中国と中東が混在したシルクロード風に描く（図版13）。しかし、彼のオリエントイメージはかなり混在し、リリパットの従者は中国風な服を着て、ブレフスキュ王は西洋風、従者の一人はアフリカ風と、第三渡航記の従者は中国あるいは日本の仙人風とオリエントイメージのオンパレードといえないこともないほど、東洋イメージの混在が顕著である。

　一九五〇年以後になると、五〇年代と推測されるジャネット・ジョンストーンとアン・ジョンストーン（Janet

and Anne Johnstone）の大人国の王宮の床屋や大人国の男が中東風に描かれ、一九七〇年代に至るまで、中東イメージは建物を中心に第一・第二渡航記で多く描かれている。

全体としてみると、中東描写には次のような特徴がみられることがわかる。まず、一八世紀から現在に至るまで途切れずに出版されており、渡航記としては第二渡航記の描写が一番多く、第一・第二渡航記が中心で、対象としては、人物は、王、王妃、女官、従者、一部兵士などがイスラム風に描写され、また、他の渡航記では暴君や浮気な男女としても描かれている。人物以外としては、ターバンやガウンなどの衣類、ひげや水ギセル、建物などが中東風に描かれている。さらに、西洋にとって比較的親しみのある中東ではあるが、西洋や中国・日本とのイメージの混在がみられる。

オリエントとしての中東は、英国あるいは西欧にとって最も歴史的な関係が深い地域であり、西洋の幻想としてのオリエントとして最も身近な、容易に思い浮かべられる地域であった。そのため、オリエント描写のなかで、かなり多くの種類の挿絵で、長期にわたって描き続けられたのであろう。さらに第二渡航記が多かった理由も、アラブの勇猛さやハレムに代表されるエロティシズムの対象としての中東への興味や連想に起因すると考えられよう。また、ドームを頂いた建物やターバン・ひげ・ゆったりとした衣類やクジャクの羽根なども典型的な中東表象であった。

"I observed many in the habit of servants, with a blown bladder fastened to the end of a short stick."

図版 13　ハリー・ティーカー

三・三　『ガリヴァー旅行記』図像における中国表象

続いて、一九世紀から一九二〇年代までの英版『ガリヴァー旅行記』図像における中国表象を、日本・中東さらにアフリカ諸国表象などとの関わり、その混在・分化・融合の視点から考えてみたい。

まず、中国表象が初めて『ガリヴァー旅行記』に出現するのは、一八六四年、J・G・トムソンの白黒挿絵によるこのトムソンの挿絵には、明白な日本表象はみられないが、同年あるいは翌年と推測されるT・モートンの挿絵は、トムソン版の構図や描写を参考にしつつ、そこに日本表象を追加していることが最近の調査でわかった。たとえば、図版14（トムソン版）と図版15（モートン版）はともに、抽象概念に熱中するラピュータ人の夫とその妻と妻の恋人の挿絵である。この二枚の挿絵は左右逆転している点を除けば、構図や描写が酷似していることがわかる。さらに、図版16（トムソン版）と図版17（モートン版）は、言語の代わりに品物を直接示して会話を交わすラガード学士院の試みを視覚化している。左右逆転の構図は同じものの、詳細な描写や背景はかなり異なっている。何よりもモートン版には、日本的な事象――たとえば、前方の二人の男性の衣服が中国服から日本風に、左手後方の日本髪を結った女性など――が、修正加筆されている。いわば、モートンはトムソンの中国表象を原型にしながらも、あらたに日本表象を付け加えているのである。

図版14　J. G. トムソン

図版15　T. モートン

図版16　J. G. トムソン

図版17
T. モートン

チャールズ・E・ブロック（一八九四年）は、一九世紀末を代表するイギリス版『ガリヴァー』挿絵画家である。彼は、第一渡航記の建物を一部中東風に、衣装の一部を中国風に、また、第二渡航記では宮廷女官や貴族を中東風に描き、第三渡航記ではラピュータやラグナグの人物や事物の一部を中国風に表象している。たとえば、図版18では、ラガードの街角の正面の建物など、かなり正確に中国を再現している。しかし、その手前の人々は、東洋的ではあるが中国とは断定できない人々も多い。竿に振分けで荷物をもつ人物は日本人とも考えられる。さらに、先に例示した、物を示して会話をする場面（図版19）では、右手の老人が韓国風の帽子をかぶるなど興味深い点が多い。いわば、ブロックの図像は、かなり正確な中国表象がアジア・中東・西洋と混合・混在

'He took me in his Chariot to see the Town.'

図版 18　C. ブロック

'Conversation.'

図版 19　C. ブロック

" A young lord of great hopes was unfortunately poisoned "

図版 20　ゴードン・ブラウン

している点に特徴がある。一方、ゴードン・ブラウン（一八八六年）は、図版20にみられるように、第三渡航記で辮髪・帽子や衣類など、かなり正確に中国イメージを再現する。では、なぜ、ブロックやブラウンは中国に焦点を当てたのであろうか。そこには、英国のアジア観――アジアの覇権を目指し欧米列強に追従し急激な富国強兵政策をとる日本イメージの興隆と、アジアの覇者たる中国イメージの凋落――が、影を落としていたと考えられるのである。

二〇世紀初期になると、『ガリヴァー』図像のオリ

図版21　ハーバート・コール

図版22　アーサー・ラッカム

エント表象において、中国と日本イメージがかなり明確に区別されるようになる。ハーバート・コール（Herbert Cole, 一九〇〇年）は、ラガード学士院の愚かしい実験に託して、ものを示して会話を交わす人々を中国風に描いて揶揄する（図版21）。

また、一九〇九年に出版されたアーサー・ラッカム（Arthur Rackham）の図像にも、かなり正確な中国表象が二枚の図像にみられる。

図版22は、言葉を廃止して、現物を見せながら会話を交わすラガード学士院の試みであるが、物品を入れたサックを道端に置きながら、長い時間を費やし会話を交わそうとする愚かしい人々を中国人として描いているのは、モートンをはじめとする先行する図像の影響であろうか。中国に対する蔑視的なまなざしが感じられる。

もう一枚は、ストラルドブラグを街角でみつめるラグナグの女の子（図版23）である。彼女は、切れ長の目と、平面的な顔立ちに、中国風の髪型に衣装を着け、胸元に猫を抱く。しかし、この絵には、コロニアル的なまなざしは感じられない。というのも、二人のストラルドブラグの顔立ちも服装も必ずしも中国風とは言えず、二人を見つめるあどけない子どもに仮託して東洋を揶揄しているようにも思えない。むしろ、ラグナグ国が東洋の国で、「この王国と日本帝国との間には不断の交易が行われている」（278）というテキストの記述から、中国イメージが生まれたものと考えられよう。おそらく、永遠に生きざるをえないストラルドブラグの絶望をたたえた表情と皺や痩せこけた手足と、幼い女の子の白い額にみる若々しさや、手元に猫を抱えるしぐさにみる優しさや無垢さを対比させ描いているのであろう。

さらに、一九一二年トマス・ネルソン（Thomas Nelson）社から出版された彩色画[33]（図版24）でも、左手の男性の帽子を除くとほぼ中国風といえる。他方、同年に出版されたハリー・ティーカーの挿絵では、中国表象は第一・三渡航記の一部にみられる。図版25のリリパット人は、衣装や髪型、釣り目の風貌など中国風、図版26のラピュータの貴族やたたき役も中国風（一部中東風）の衣装に身をつつみ、左手のたたき役はアフリカ風な風貌、図版

図版 23　アーサー・ラッカム

図版 24　画家名不明（1912）

図版 26　ハリー・ティーカー

図版 25　ハリー・ティーカー

図版 28　ルイス・リード

図版 27
ハリー・ティーカー

27の不死人間の風貌も中国の仙人風である。いわば、ティーカーは日中を峻別しながら、中国イメージに中東イメージを混在させ、さらにアフリカイメージをあらたに加えた点に特徴がみられる。

また、一九一三年のルイス・リードの挿絵では、第二渡航記のブロブディンナグ人は中東風、さらに第三渡航記のラピュータの女性は中東風であるのに対し、男性は図版28、29、30にみられるように中国・日本・西洋・中東イメージが混在・分離・融合した特異な風貌

図版 29　ルイス・リード

図版 30　ルイス・リード

を形づくる。これ以降、出版されたチャールズ・コープランドや、ルネ・ブルの図像でも、中国と日本イメージが一部重なりあい融合している。[34]

以上、一九世紀から一九二〇年代にいたる『ガリヴァー旅行記』における中国表象について簡単に概観してきたが、ここで次の三点――（一）中国表象の対象と意味、（二）中国表象と他のオリエント・西洋諸国表象との混在・分化・融合の変遷、（三）図像と時代思潮との関係――について、現時点でわかる範囲で簡単にまとめてみたい。

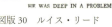

まず、中国描写の対象は、建物や衣類、人物など多岐にわたるが、人物に関しては、ラッカムを除き、男性が中心であり、日本表象が男性と日本髪と和服の女性といった男女両方に及ぶのと、対照的である。さらに、描写の対象は第三渡航記が中心、人物描写に限定すると、第一渡航記が二種、第三渡航記が一〇種である。特に、第三部の中国表象では、ラピュータやバルニバービ、不死人間ストラルドブラグなど、不可思議で奇妙な人々を題材にしているが、そこに英国の挿絵画家が中国表象にこめた、揶揄や軽蔑の眼差しが微妙に入り混じっているといえる。

第二の中国表象の推移をみてみると、一八六四年に初めて出現した中国表象も、一九世紀末から二〇世紀の初期に至ると、かなり正確な描写となり、第三航海記のオリエント表象も、中国が中心となる。さらに、一九一〇年代以降、オリエント表象が、他の国々の人々と混在融合し、どの国の人とも特定できないあらたな人種として創作されるようになっていく。いいかえれば、図像の描写が、博覧会の展示や書物、写真からの直接的なイメージ移植から、創造的な独自の描写に変化していく。イラストレーターたちは、それ以前の図像からヒントを得るとともに自分たち独自のあらたな解釈を加え、もとの中国人や日本人あるいは韓国人、アフリカ人といった枠を超えた、あらたなオリエンタルなラピュータ人やバルニバービ人を、創造するようになったのである。

この変遷の原因としては、一九世紀半ばから二〇世紀はじめにかけての、英国の中国観の推移があげられる。アヘン戦争から日清戦争にいたる強国中国のイメージの失墜。それと対照的な日本の政治的・文化的イメージの興隆。英国の中国文化への関心は、あらたに紹介された日本美術文化への関心に推移していった。日本文化や美術への関心は、ファッションや工芸、装飾美術にいたるまで広い影響を与えたジャポニズムや、それに影響されたアール・ヌーヴォー様式にもみられる。いわば、一九世紀後半から一九二〇年代にかけた『ガリヴァー旅行記』のオリエント表象は中国イメージが支配的であり、次で論じる日本イメージが歌舞伎や芸者などに限定されていた背景には、文化的・政治的なイギリスのオリエント観が大きく関わっているといっても過言ではない。

三・四　『ガリヴァー旅行記』図像における日本表象

続いて、この節では、『ガリヴァー』における日本表象を、挿絵と描写に言及して具体的に検証してみたい。まず、初めて日本表象が出現したのは一八六四年である。同年に出版された英国のトムソンとモートンの挿絵に

図版31　T. モートン

図版32　T. モートン

その傾向がみられる。モートンが先行のトムソンの挿絵を参考にした可能性についてはすでに言及したが、トムソンのラピュータ人（図版14）は、妻が愛人と仲良くしていることなど気にもとめず、抽象概念に没頭する。そのラピュータ人は、日本の丁髷に裃をつけているようにもみえるが、その他の図像では丁髷風な髪形にもみえ、定かではなく、帽子は中国風な円錐形で、服装なども中国人や中国服と紛らわしく、明確な日本人イメージとは断言できない側面もある。その点、モートンの図像（図版15）は、明確な日本表象と断言できる。たとえば、第一航海記リリパットの人物・建物をほぼ西洋風に、第二航海記ブロブディンナグ人の風貌・衣装・建物を中東風に描いているが、大人の国の楽師を肌の黒いアフリカ人に、他方、第三航海記では、音楽や天文学に熱中するラピュータ人を酒宴で浮かれる日本人に（図版31）また、ラガードの街角の場面（図版32）では、日本髪を結った和服姿（上部が女性物、下部が男性物）の女性に描いている。一方、男性の髪型や衣類、背景などは日本風とはいいがたく、中国などのアジア表象が混在している。この日本と中国イメージの混在融合は、不死人間ストラルドブラグが街頭で争う背後を歩くラグナグ人の描写――彼らの衣装やちょうちん、扇――にもみられる。また、日本

図版33　T. モートン

の踏み絵の場面（図版33）では、踏み絵をしている人物は西洋人、左端のガリヴァーは東洋風な帽子とガウンをきているが、後ろの日本人と目される人物は細い東洋風な釣り眼であるものの服装髪型とも日本・中国のいずれとも判別がつかないのは、挿絵画家自身が中国と日本をはっきりと区別していなかった証左であろう。

　次に、『ガリヴァー』に日本表象が現れるのは一八八四年、パリで出版されたV・アルマン・ポワソンの図像である。このフランス版の二年後、ロンドンのジョン・ニモ社からポワソンの英語版が出版される。ポワソンは、モートンよりはるかに正確に日本の事象を再現している。むろん、彼の描写のすべてで日中が峻別されているわけではなく、一部に中国風な描写も含まれるが、総体的にはかなり的確に日本の人物・風物を描き出している。彼の図像では、武者、町人、歌舞伎に登場する人物・事物等が混在化し、時代的な混同もあることから判断して、日本に関するヴィジュアル資料を適当に切り貼りして描いた可能性がきわめて高い。

　ポワソンの図像の日本描写は第一航海記が中心で、リリパット人やブレフスキュ人として描かれている。たとえば、細い紐で身体をがんじがらめに縛られたガリヴァーを人々が見物する場面（図版34）では、見物人はさまざまな日本的イメージで描写される。たとえば、鎧兜を着て槍を持つ者、裃に下駄を履きめがねをかけ犬を連れる者、その左隣には中国風のゆったりとした上着にズボン、足には長靴をはく者、また、かごに乗り扇子を広げ頭には烏帽子をかぶった者と、時代考証がばらばらな上に、中国描写も混在している。東田は、定期刊行物では「一八八〇年代後半までは侍、着物、独楽、そして団扇などのジャポニズムに連なるようなイメージが散発的に現れ」（東田 1998：101）、日清戦争頃現われた武者の姿が、この時代の日本のイメージを考えるときわめて重要である（153–160）と述べる。ポワソンのフランス版は、定期刊行物でもなくまた挿絵本であるものの、日清戦争の一〇年も前に出版されているにもかかわらず、侍や着物、武者といったその両方のイメージが混在するのは、興味深い。

また、ガリヴァーがブレフスキュの皇帝に別れを告げる場面（図版35）でも、ブレフスキュの従者は歌舞伎の舞台で裃を着け居ずまいを正す役者のように描写され、皇帝は歌舞伎の「助六」のように番傘に高下駄で描かれているが、皇帝が助六の黒羽二重の小袖の代わりに裃を着けているところをみると、ポワソンは歌舞伎の公演や写

図版 34　V. アルマン・ポワソン

offering me, at the
same time (but
under the strict-
est confidence), his
gracious protection, if
I would continue in

図版 35　V. アルマン・ポワソン

図版 36　V. アルマン・ポワソン

図版 37　V. アルマン・ポワソン

真、あるいは日本の絵画から着想を得たと推測される。

　また、リリパットの名家の子弟が保育学校で遊ぶ場面（図版36）では、辮髪で日華折衷の着物で遊ぶ子どもが、丁髷に和服を身につけた日本の先生に監督されている。総体的に言うと、ポワソンはリリパットの通りや建物（図版37）、日本髪で和服姿の女性等、建造物や女性の描写では、かなり正確に日本を再現している。

　一方、第二航海記のブロブディンナグ人はムスリムあるいは一部蒙古のイメージで表現され、第三航海記も、東洋風の木造の船と大黒さんの風貌に描かれたラグナグ

図版 38　V. アルマン・ポワソン

国王の図像（図版38）を除けば、西洋風である。

ポワソンは、モートンとは対照的に、リリパット人を日本人に、ブロブディンナグ人を中近東の人々に描いたが、これは小さい身体で富国強兵を推し進める日本人の勇猛果敢さや日本芸術文化の洗練された美に対するポワソンなりの礼賛をこめたのであろう。一方、大人国を中東として描いたのは、おそらく、ムスリムの宮廷や彼らの勇敢さに対する西洋の伝統的な中東観を受け継いだと考えられる。

次の日本描写は一九〇〇年のハーバート・コールで、第一・二航海記を西洋人に、第三航海記のラピュータ人を日本人・西洋人・中国人と織り交ぜて描いている。たとえば、数学や天文学に熱中するラピュータの宮廷人をみると、中央の国王と従者は西洋人に、左隣と左から四人目は丁髷や着物を着た日本人に描き分けられている（図版39）。また、抽象理論に熱中する夫を疎んじ他国から来た男性を好むラピュータの女性は完全な日本女性に、その浮気相手と目される男性も丁髷に和服姿で屏風や陶磁器の前で正座する日本の侍に描かれ、

図版 39　ハーバート・コール

図版 40　ハーバート・コール

背後で、望遠鏡を覗き天文学に興じている夫は日本人とも西洋人とも判別がつかない（図版40）。ここでは、多情な妻が芸者に、その相手は座敷にあがった武士のような風情で表象されているが、西洋人が浮世絵や芸者などから連想する日本に対する隠微なエロティシズムへのメタファーも感じられる。その他、ラピュータの天文学者やバルニバービに住む貴族のムノーディは日本人に描写されている（図版41）。むろん、数枚の日本表象からコールの真意を断定することは難しいが、彼の日本人表象は、多情な妻や愛人さらにラピュータ人、バルニバービの一流人であるムノーディ公など多岐にわたるのに対し、中国人は愚かしい実験に興じる人々として描写されている。

一九〇九年に出版されたラッカムの挿絵にも、日本風とも考えられる傘が、描きこまれている（図版42）。ただ、この傘が、和傘なのか中国風の油紙傘なのか判別がつかない。模様などから歌舞伎に使われる蛇目傘のよう

図版 41　ハーバート・コール

A LAPUTIAN GENTLEMAN TAKING A WALK

図版 42　アーサー・ラッカム

にも思われるが、日本表象とは断言できない要素もある。この場面は、ラピュータ人の紳士がたたき役を伴って街を散歩する画面であるが、その左手背後に傘を指して座る人物がみえる。その隣には、ターバン風の帽子をかぶった男性が一緒に座っているが、傘をさしている人物が男性か女性かは判別がつかない。あるいは、ラピュータ人の夫に隠れて愛人と楽しんでいる妻かもしれない。とすると、コールのように、ラッカムも多情なラピュータ人を、日中イメージを混在させて描いたことになるが、当時の英国のオリエント観という時代背景から考えると、興味深い。

次に日本表象が『ガリヴァー』に出現するのは一九一四年、チャールズ・コープランドの挿絵である。彼は、リリパットを中国と日本に、ブロブディンナグをイスラムに描いている。たとえば、ガリヴァーの巨大なピストルをチェックしているリリパット兵のひとりを着流し姿で丁髷とも辮髪ともいえない髪型に、もう一人を下駄に

図版 43　チャールズ・コープランド

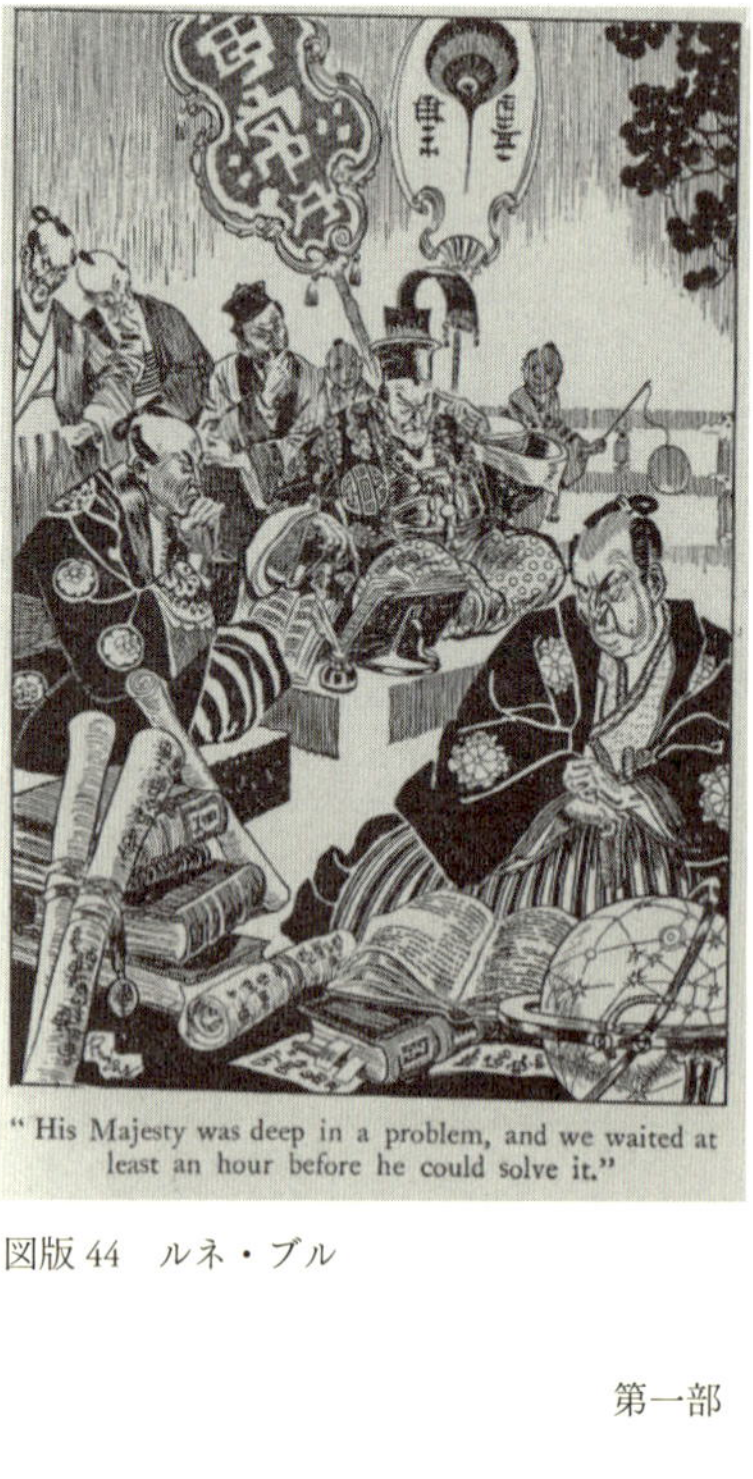
" His Majesty was deep in a problem, and we waited at least an hour before he could solve it."

図版 44　ルネ・ブル

" They are perpetually alarmed with the fear of these and the like dangers."

図版 45　ルネ・ブル

" Some were condensing air into a dry, tangible substance."

図版 46　ルネ・ブル

中国風な帽子姿に描き（図版43）、日本と中国イメージを混合・混在させている。コープランドのリリパット表象は日中いずれとも断言できない要素もあるが、総じて、東洋イメージを彷彿させる図像といえる。

　一九二九年、ロンドンで出版されたルネ・ブルの挿絵においても、日本と中国イメージが一部重なり合い見分けがつきにくい。たとえば、ラピュータの国王は日本人と断言しにくいが、周りで思索にふける宮廷人は明らかに丁髷羽織袴の武士として描かれ（図版44）、同じラピュータの宮廷を描いた別の絵では中国的風貌や装飾が顕著で、日本表象は一部衣装にみられる程度である（図版45）。一方、図版46では、背後の従者や室内装飾は中国、前面のラピュータ人は衣装とその模様は中国風・日本風いずれとも考えられる。要するに、ブル自身が日本と中国の違いを認識せずに、あるいは認識しつつも日本人と中国人をともにラピュータ人として描いたと考えられる。

　さらに、一九五三年頃に出版された[35]ジャック・マシューズ（Jack Matthews）の挿絵は、今回調査したなかでは最後に出た日本表象であるが、完全な日本表象といいがたい要素もある。まず、日本的描写を探ると、ブロブディンナグの宮廷でボート遊びをするガリヴァーに風を送る王妃や女官の扇（図版47）、さらに、第四航海記に添えられた図版48の支配者の髪型と従者の丸い紋のついた上着は、日本を連想させる。この図版48が、馬の国のどの場面を描写しているのか、対応するテキストにはそれに相当する記載もなく、ガリヴァーがフウイヌムに説明する人間世界のある場面とも考えられるが特定できない。マシューズの挿絵は、二〇世紀半ばに出版されているが、二〇世紀前半に至る英国の帝国主義的観点をいまだに継承しているのか、ジャポニズム様式から着想を得た彼のスタイルに過ぎないのか、出版時期といい描写といい、日本表象と断言しがたい要素の残る作品である。

最後に、今まで検証してきた『ガリヴァー』図像におけるオリエント表象をまとめてみたい。第一に、オリエ

図版 47　ジャック・マシューズ

図版 48　ジャック・マシューズ

ント表象が最も早く出現しかつ長期にわたったのは中東であった。続いて中国・日本表象が同時期に出現したが、中国図像は日本よりも数多くの版でみられた。日本描写は、その種類も少なく、一八八四年のポワソンと一九〇〇年のコール版が中心である。この時期は、日清戦争、日英同盟によって日本が完全に文明教化されたアジア最初の国として世界に範をたれた時期にあたり、いわば、「アジアの文明化」をいち早く実現した極東の小国日本への関心が一気に増した時代である。

第二に、当時のヴィジュアル資料一般にもいえることであるが、アジア表象といっても日中の区別が曖昧であり、イメージが重なりあって混同融合するケースが多々あった。『ガリヴァー』図像においても、一八六四年のモートン版では女性の着物と髷以外まったく日中の判別が難しいのに対し、一八八四年のポワソン版では日本がかなり忠実に再現されている。また、一九〇〇年のコール版では、江戸の日本イメージが散見する。いわば、日中のイメージは時として分かちがたく一体化しつつ、分化、融合していることがわかるが、ここに、帝国主義国からみたアジア観、日本と中国への認識の変容が見て取れる。

さらに、英仏図像では日本への認識が異なっている。『ガリヴァー』図像史のなかでは、フランスのポワソンが最も忠実に日本の人物事象を精緻に再現していることから判断すると（むろん、本書で参考にしたフランス版資料が一冊と限られているために、さらなるフランス版図像の調査研究が必要となるが）、フランスの日本文化芸術への関心の深さが窺える。また、他の英国の画家が愚かしい抽象観念に没頭しているラピュータ人や非実用的な実験を行うラガードの学者を揶揄的に日本人に擬えているのに反し、ポワソンひとりがリリパット人を日本人に喩えている点は、注目に値する。リリパットは、身体は小さいが学問、法律や習慣、道徳に秀でた国である。ポワソンが、このリリパット人を日本人に描いた背景には、日本文化への敬意のみならず、小さい身体にもかかわらずアジアの雄として急速に先進国の仲間入りを目指す日本への驚異の眼差しがある。むろん、イギリスの挿絵が日本を揶揄し風刺しているかというと微妙であろう。たとえば、コープランドは、リリパット人の服装や髪型を日本風に描いたが、これは部分的であった。また、モートンは、第三渡航記を日本人にたとえて描いているが、風刺の対象というよりはむしろ日本的な形象への好奇心に起因すると考えられ、すべてのイギリス版図像が日本人や文化を揶揄しているとはいいがたい。むしろ、イギリス版の風刺は中国に向けられていたと判断できる。

さらに、『ガリヴァー』のオリエント表象において重要なのは、場面選択の問題である。オリエント表象のなかで、小人国と大人国がイスラム風に描写されることが多いのは、ヨーロッパにとって幻想的な東洋とは伝統的に中東であり、その建物や人物が中東風に描写されるのは一般的であった。特に、勇猛で学問・政治・文化的水準が高く国王や貴族が出てくる両国が、中東風に描かれるのはしごく自然である。他方、風刺的意味合いの強いラピュータやバルニバービを中東風に描くには、あまりに政治的に危険であった可能性もある。反面、中国表象が第三部に集中するのも、英国の中国蔑視の傾向が大きな影響を与えているのだろう。さらに、英国と関係の深いオリエントであったインドはまったく描写されず、ヨーロッパの一部の国々にとってはオリエントであったアフリカも三種——一八九六年フィレンツェで出版されたアドルフ・ボンジーニ（Adolf Bongini）の挿絵や、ロンドンのハリー・ティーカー、一九五八年ロンドンで出たエドワード・ボーデン（Edward Bawden）——と数少ない。また、アメリカやオーストラリア原住民、その他未開人の表象もみられない。

では、なぜ、『ガリヴァー』表象が、中東・中国・日本そしてアフリカにとどまったのであろうか。コッペルカムは、「彼ら［ヨーロッパ人］のオリエントは、画家が帰国後にアトリエで描く絵のように、現実を除外したフィクションだった。いまだヨーロッパが軍隊や旅行会社や鉄道によって侵入していない、昔ながらの伝統にやすらっている牧歌だった」（1991：10）と述べているが、未知の地へのあこがれなしにはオリエントは成立しない。いわば、西洋の優越意識とその国に対する脅威あるいは魅力があいまって初めて、幻想的で興味をかきたてるオリエンタリズムが生まれるのである。そういう意味において、ただただ未開な国や民族を、高度な文明をもったリリパットやブロブディンナグ、ラピュータに仮託するのは適切ではない。インドは、一九世紀初めから中頃まで、ジョゼフ・ラドヤード・キプリング（Joseph Rudyard Kipling）やウィリアム・サッカレー（William Thackeray）などのイギリス作家にとっては重要なテーマであったが、未知で幻想的な風刺の対象として表象するには、あまりにも身近な国であり、植民地インドへの帝国主義的配慮も影響したと考えられる。

いわば、一九世紀後半から二〇世紀前半に『ガリヴァー』図像に出現する中国・日本表象は、ヨーロッパのコロニアリズムの動きと連動して生まれてきたといえるのである。では、『ガリヴァー』にみるオリエント表象は、風刺や揶揄の対象であったのか、それともポジティブなあるいは理想的存在として視覚化されたのであろうか。端的に言えば、ネガティブでもありポジティブでもある。中近東描写にはあまり否定的な意味合いは強くない。反面、第三渡航記に多用される中国描写の大半は、ネガティブな要素を強く含んでいる。日本はといえば、フランスのポワソンは、ある意味、理想的な、いや少なくとも魅力的な幻想世界としてポジティブに描いている。しかし、日本をラピュータやバルニバービに仮託するコールやブルなどの挿絵には風刺的な意味合いもある。

要するに、『ガリヴァー』図像にみる日本・中国表象は、西欧がオリエントあるいは非西洋に向ける植民地主義的あるいはオリエンタリズム的眼差しが内包する優越感と脅威（驚異）、神秘性や他者性、さらにイメージとしてのファンタジー的要素が混じりあい融合してはじめて成立したのである。そういう意味において、『ガリヴァー』におけるアジア表象は、まさに英仏の植民地政策と機を一にして生まれてきた、ヨーロッパの内なるはかない幻想としてのオリエントであった。

第四章　英版『アラジン』図像にみるオリエント

四・一　オリエントイメージの混在と融合――日本表象を中心として

はじめに

サイードはオリエンタリズムを「オリエントを支配し再構成し威圧するための西洋の様式《スタイル》」（サイード 1993：21）と規定したが、西尾哲夫は、英文論文「日本的観点からみた『アラビアンナイト』とオリエンタリズム」（"The *Arabian Nights* and Orientalism from a Japanese Perspective"）のなかで、「サイードの言説に則った意味において、『アラビアンナイト』はオリエンタリズムの典型的な現象と解釈できる」（Nishio 2006：156）と述べる。いいかえれば、アラビアンナイトの物語は、ヨーロッパが抱くオリエント幻想、夢想し植民地化しようとしたオリエント像の構築に大きく寄与してきたといえるのである。

著者は、近年、ポストコロニアル的観点に立脚したオリエント表象に着目し、『ガリヴァー旅行記』図像における日本表象と中国表象に関する調査研究をおこなってきた。(36) さらにその後、『ガリヴァー』以外の図像作品におけるオリエント表象を調査研究するなかで、『アラビアンナイト』、とりわけ、一八七五年に出版された、ウォルター・クレイン（Walter Crane, 一八四五―一九一五）の『アリババと四十人の盗賊とアラジンと魔法のランプ』（*Ali Baba and the Forty Thieves and Aladdin, or the Wonderful Lamp*）に描かれた女性が着物を身に着け日本髪を結っていること、このクレインの図像には日本の浮世絵やジャポニズムからの影響がみられると指摘されていることがわかった。[37] 以来、『アラジン』にみる日本表象に興味を掻き立てられ、主として一九世紀から二〇世紀半ばにいたる英版『アラジン』挿絵も収集検証してきた。その結果、オリエント特に日本表象は、女性だけではなく、ジンやマジシャンなどの男性の登場人物にも複数みられることがわかった。

本章では、ヨーロッパでオリエンタリズム概念を生み出す起源のひとつとなった『アラビアンナイト』、特に、物語の舞台が中国である『アラジン』の挿絵版のうち、主として一八二〇年代から一九四〇年代までの英版挿絵本を研究対象として取り上げ、中国・日本を中心としたオリエント表象が時代や挿絵画家によって、どのように受容、混合、融合、再創造されていったのか、その日本表象の受容と変容の様態を検証し、帝国主義政策の一環として創作された英国の冒険小説とは異なる『アラビアンナイト』図像における文学的・美術的な位置づけ、『ガリヴァー旅行記』などの他のイギリス文学作品と比較した『アラジン』の特徴と特性を、描写対象や時代、政治・社会・文学・美術的な背景から考察したい。

『アラビアンナイト』と『アラジンと魔法のランプ』

『アラビアンナイト』の創作年代はきわめてあやふやなようだ。『アラビアンナイト手引き』（*The Arabian Nights: A Companion*）によると、八五〇年頃に現存する最古写本の断片が書かれたと推測されている（ロバート・アーヴィン 2010: 293)。また、西尾も『アラビアンナイト――文明のはざまに生まれた物語』のなかで、「現在、アラビアンナイトもしくは千一夜物語（千夜一夜物語とも）の題名で知られている物語集の原型は、唐とほぼ同時代に世界帝国を建設したアッバース朝が最盛期を迎えようとする紀元九世紀ころのバグダッドで誕生したとされている」（2007: 2）とする。むろん、この物語集の作者も不明で、創作過程も明らかではなく、それぞれの物語の成立年代も一様ではない。今なおアラビアンナイトはなぞに満ちているようだ。

このなぞめいた話のなかで、明らかなことは、一七―一八世紀フランスの学者アントワーヌ・ガラン（Antoine Galland, 一六四六―一七一五）が、一七〇四年、フランス語に翻訳し、一七一七年に最後の巻が出版されたことである。このガラン版（*Les mille et une nuit*）が、ヨーロッパへの初めてのアラビアンナイトの紹介であると一般に考えられている。その後、ヨーロッパ各地で翻訳され、イギリスでは一七〇六年頃にガラン版の初めての翻訳の第一巻が『アラビアンナイト・エンターテイメント』（*Arabian Nights Entertainments Consisting of One Thousand and One Stories, Arabian Winer Evenings' Entertainments*）と題され、アンドリュー・ベル（Andrew Bell）社から出版され（『ジンの幻影』2010: 16）、一七〇八年にはガラン版の最初のチャップブック版の翻訳が出された[38]。一方、一八一一年、ジョナサン・スコット（Jonathan Scott）が、ガラン版の最初の本格的英訳（*Arabian Nights Entertainments*）を出したが、このスコット版は英語の児童文学の定本として広く使われ、人気を博す。

その後、アラビアンナイトは、エドワード・ウィリアム・レイン（Edward William Lane, 一八三八―一八四一年出版）、サー・リチャード・フランシス・バートン（Sir Richard Francis Burton, 一八八五―八八年出版）、ジョゼフ・シャルル・ヴィクトル・マルドリュス（Joseph Charles Victor Mardrus, 一八九九―一九〇四年出版）らによって翻訳され、ヨーロッパに紹介されていく。コッペルカムは一九世紀前半におけるフランスのオリエントへの関心について、次のように述べる。

そののち［ナポレオンのアフリカ遠征が失敗に終わって以降］フランス人は北アフリカの植民地経営に乗り出した。「オリエント」がエキゾティックな夢の中心となった。年々歳々、数を増した、作家や画家や旅行者が北アフリカへと出かけていった。……文学においてもまた空想三昧の時代は終わっていた。……異国の文化を描いたり、異国のモチーフを用いるにあたり、どの分野にも客観性が著しい。その結果、エキゾティックな生産品のおおかたが幻想と先入観によって形づくられているという認識が薄れた。記録性を重んじて異国の人びとや生活を描写しながら、その実、きわめて巧妙にみずからの文化と自分たちの優越性を伝えていたのである。

（コッペルカム 1991：31）

ヨーロッパ人が抱くオリエントへの幻想と植民地主義的優越感は、アラビアンナイトのヨーロッパ受容にもみられる。西尾は、その延長線上にレインの翻訳を位置づけ、さらに、一九世紀後半のバートンの翻訳に言及し、「バートン版アラビアンナイトは、オリエンタリズムに新しい意味を付加することになった。想像上の他者をテキストによって規定しつつ再生産し、そのイメージを現実の他者にあてはめることによって具現化する」（2004：121）と、その植民地主義化の手法を解説する。カイロで生まれたマルドリュスのフランス語翻訳（その英訳は一九二三年）はアラビアンナイトの全訳であるが、翻案に近い。にもかかわらず幻想のオリエント像、宝石をちりばめたような放埒、失われた楽園、メランコリックな絢爛豪華さや金の籠のなかで思い嘆く女奴隷など回顧的な世紀末の文学的雰囲気の産物といえる（アーヴィン『アラビアンナイト手引き』2010：37–38）。

この千夜一夜物語のなかでも、本章でとりあげる『アラジン』はきわめてミステリアスな経過をたどり、物語集に収録された。アーヴィンによると、ガラン版が「『アラジンと魔法のランプ』『アリババと四十人の盗賊』『アフメッド王子と二人の姉妹』[39]の物語をヨーロッパの読者に紹介した。しかし、困ったことにガラン版以前に出版されたいかなる現存するアラビア語の写本にもこうした物語は見出せない」（『アラビアンナイト手引き』2010：17）と述べる。西尾はこうした「ガラン版第九巻目以降に収録されている物語の大部分は、一七〇九年にパリを訪れていたハンナ・ディヤーブというアレッポ出身のマロン派キリスト教徒から聞いたものだったようだ」（2007：44）という説を紹介している。いわば、現在人気のある『アラジン』は、アラビアンナイトの物語のなかでは特異な経緯で誕生したといえるのである。

そのためでもあろうか、『アラジン』の内容もかなり興味深い。ここで、ごく簡単に物語のあらすじを紹介してみよう。中国のある町に仕立屋の息子アラジンが住んでいたが、放蕩息子で、父は他界、母は貧しいながらもこの息子を溺愛する。ある日、アラジンは北アフリカのマグリブから中国に来たおじと称する魔法使いに会う。魔法使いは魔法の指輪をアラジンに与え、石板の下の地下にあるランプと財宝をもって地上に上がってくるように指示する。アラジンは出口に続く階段の最後の段で、魔法使いに手助けを頼むが、魔法使いは先にランプをわたすように命じる。しかし、それができないアラジンを誤解し、地下に閉じ込めてしまう。地下に閉じ込められたアラジンが魔法の指輪を偶然こすると魔人（ジン）があらわれ、望みをかなえ外に出してくれる。また、地下から持ってきたランプをこすると、今度はランプのジンが現れ、さまざまな望みをかなえてくれる。ジンが出してくれた銀の皿を売りそれを元手に、地道に商売をはじめたアラジンが、公衆浴場に行く中国の帝王であるスルタンの娘バドル・アル・ブドゥール姫を一目見て恋に落ち、地下から持ってきた宝石を献上し姫に求婚して欲しいと母に頼む。しかしすでに姫は宰相の息子との婚約が決まっており、スルタンは母親に結婚は三ヵ月待つようにいうが、その間に宰相の息子と姫の結婚が行われることを知ったアラジンはランプの魔人に新婚のペットを運んでくるように命じる。この事態を知ったスルタンは結婚を無効にするが、三ヵ月後にアラジンと姫の結婚の履行を求めに来た母に、婚約金として宝石を満たした四〇枚の純金の大皿とそれを持つ四〇人の美女と、彼女たちに仕える四〇人のアフリカ奴隷を所望する。アラジンは、紆余曲折の末、彼女と結婚し壮麗な宮殿で暮らす。そのうわさを聞きつけた魔法使いがマグリブから中国に戻り、アラジンの不在中に、姫をだまして彼の古いランプを新しいランプに交換すると、ランプの魔人を呼び出し、姫と宮殿をマグリブに運ぶ。これを知ったアラジンは指輪のジンを呼び出しマグリブに運んでもらい、魔法使いを成敗し、ランプの魔人に宮殿を中国に運ばせ、スルタンのあとを継ぎ、姫と二人幸せに暮らしたというものである。

すでに述べたように、アラジンが中国に住んでいると具体的に明記していない版もあるが、一般には中国人、魔法使いは北アフリカのマグリブ出身、ところが、バドル・アル・ブドゥール姫は中国の皇帝であるスルタン（一部“Emperor”という記述もあるが）の娘で、姫は中東では一般的な公衆浴場に行き、魔法のランプと指輪から魔人（ジン）が出てくるといったように、オリエントといっても扱う地域は、北アフリカから中国まで幅広い。ジン（“jinn”“genie”）とは、アラブ世界では超自然的な存在であり、往々にして姿はみえず、姿を変えることもでき、悪魔とも天使とも考えられたコーランにも記述されている（『アラビアンナイト手引き』2010: 203–206）、アラブ世界で信じられてきた魔人である。

西尾は、アラビアンナイトは「新たな移植先であるヨーロッパでの文化事情にあわせてさまざまな役割を演じ分けてきた」（2007: 74）と述べ、ヨーロッパでは、児童文学や好色文学さらに中東世界の情報源など、多岐にわたった分野で受容され、一九世紀におけるアラビアンナイトの変容はヨーロッパのオリエンタリズムと深く関わっていると論じる。一九世紀イギリスのアラビアンナイトの変容は、帝国主義や植民地主義と深く関わっているが、こと『アラジン』に関しては、その対象が北アフリカからアラブ、中国（中東に近い中国）にいたる広いオリエントを対象としていることなどから、単なるヨーロッパとオリエントという二律背反ではなく、オリエントにおけるアフリカ・中東・中国、さらに、図像においては日本をも包括した広範囲なオリエントに関わるきわめてユニークな物語といえる。

次に、ヨーロッパ特にイギリスにおけるこのアラビアンナイト受容に代表されるオリエント受容と変遷、その時代や政治など多領域にわたる文化現象の背景を具体的に考察していきたい。

アラビアンナイト『アラジン』画像におけるオリエント表象の系譜

一八九〇年から一九三〇年は、英国の挿絵の黄金時代であるが、この時期はまた、オリエント表象が挿絵においても絢爛豪華に花開いた時代でもあった。ここで、英国の挿絵全盛期と期を一にするオリエント表象を、『アラビアンナイト』のうちでも中国が物語の背景である『アラジン』を題材としてとりあげ、具体的に、日本イメージを中心に論じていきたい。

テリー・ハックフォード（Terry Hackford）はイギリスのファンタジーとアラビアンナイトを関連づけて、「一九世紀、英国文化のさまざまな側面に影響を与えた『アラビアンナイト』への心酔から、この時代を特徴づけたファンタジーに対する強い関心が読み取れる」（1983: 143–144）と述べる。この幻想世界に一九世紀のイギリスの人々を引きこむ手段となったのが、当時人気が出はじめた数々の挿絵本であった。なかでも『アラビアンナイト』の挿絵本はきわめて人気があり、ハックフォードは「一八〇〇年から一九一五年までの間に四〇人以上のイギリスのイラストレーターがその挿絵を描いている」（ハックフォード 1982: 143）と述べる。本章では、『アラジン』の英版画像におけるオリエント表象を、中国・日本を中心に、その受容・混在・融合・創造の様態を検証してみたい。

まず、この章で資料として使った『アラジン』を扱った挿絵本（『アラジン』あるいは『アラビアンナイト』）は、合計七六冊、同書の挿絵本は出版総数が膨大なために、本論では英国で出版された挿絵本を中心に、調査分析を行った。英国版は六七冊、その他、フランス版二冊、アメリカ版六冊、ドイツ版一冊を参考資料とした。出版年代は一七一九年から一九五一年であるが、年代の特定が難しい版が三冊ある。本書で使用した資料は、英国のケンブリッジ大学図書館や日本の国立民族学博物館所蔵のアラビアンナイト・コレクションなどで収集した画像資料と、筆者が収集所蔵している文献である。アラビアンナイトの挿絵にはかなりの版があるが、すべての英版資料を網羅的に分析したり、その他の膨大なアラビア語およびフランス語版やその他のヨーロッパ版、米版の挿絵本を分析対象とすることができなかったことを、断っておきたい。本章では、英国で出版された一八五〇年代から一九四〇年代のアラビアンナイト挿絵を主たる研究対象とした。

出版年代からいうと、一八世紀が二冊、一八〇〇年から一八五〇年までが八冊、一八五一年から一九〇〇年までが二二冊、一九〇〇年から一九年までが一九冊、一九二〇年以降が二二冊、年代不明が三冊ある。イラストレーター数は、名前が記載されたのが四八人。不明の画家が二一人である。

アラビアンナイト挿絵史に関しては、小林一枝の論文「『アラビアンナイト』挿絵の展開」[40]（"The Evolution of the *Arabian Nights* Illustrations"）に詳しい。本論では詳しく論じることのできなかった初期の挿絵本について、小林の論文から簡単に紹介してみたい。まず、アラビアンナイトの最初の挿絵本が出たのは、一七〇六年、イギリスであった。一方、フランスでは一八世紀末までアラビアンナイトの挿絵版は非常に珍しかったようであるが、英国では一七〇六年以来、チャップブックなどの子どもの本で挿絵化されてきた。一七八五年、イラストレーターの名前が掲載された最初の挿絵本がロンドンのハリソン社（Harrison and Company）から出版された。画家はエドワード・フランシス・バーニー（Edward Frances Burney）、ヘンリー・コルバート（Henry Coulbert）とトーマス・ストッサードが挿絵画家として記載されているという（172–173）。

次に、本研究のために収集した資料に基づき、一九世紀以降のアラジン挿絵の変遷を簡単に述べていきたい。

まず、一八世紀から続く、『アラジン』の西洋的な挿絵に初めて中国イメージが現れるのが、一八二四年、ロンドンのJ・リンバード（J. Limberd）社版であるが、挿絵画家の名前は記載されていない。建物やアラジンとその母が中国風に描かれているが、ジンは西洋風に描写されている。一方、それ以前の古い版では、アラジンや姫、魔人などほとんどが西洋風な風貌で衣服も西洋風である。一部、ターバンと口ひげをつけたイスラム風の人物もみられるが、ほとんどの挿絵本では、登場人物や衣装、また建物や装飾品なども西洋風に描かれている。この一八二四年版以後、『アラジン』挿絵に中国表象が頻繁に現れはじめる。ウォルター・クレインの挿絵の出版以前に出版された一一種のうち八種に、何らかのかたちの中国表象がみられる。むろん、そのなかでも、アラジンが必ずしも中国風に描かれるとは限らず、また、物語のなかでも中国人と記述されず西洋風に描かれ、衣服だけが中国風で建物が中東風と、さまざまなオリエンタル要素が混在し、そこに中国表象が一部に散見されると説明したほうが正確かもしれない。アラジンが中国人あるいは中国風に描かれたのは七種にすぎず、そのうち明らかな中国人として描かれたのは五種である。その他、たとえばスルタンの娘であるバドル・アル・ブドゥール姫が中国イメージに描かれた挿絵は、前記の一一種のなかにはほとんどない。一八四五年頃と推測されるウォルター・ペイジェット（Walter Paget）の挿絵では、中国風の服に洋風な髪型で描写されている姫が二種、さらにイスラム風な衣服が三種ほどみられるが、ほとんどの人物が西洋的な風貌である。この時期、三種の挿絵に中国あるいは日本風と推測されるランプ（一八四七年）と女性の髪形（一八六三年頃）が出現するが、東洋風とはいえるが国などははっきりと識別できない。要するに、この時期の中国表象は、西洋やイスラムイメージと混合混在した移行期といえる。

先に紹介したウォルター・クレイン（一八四八―一九一五）が『アラジンと魔法のランプ』（*Aladdin: or The Wonderful Lamp*）の彩色リトグラフの挿絵を描いた一八七五年[41]は、『アラジン』における日本表象にとって、エポ

図版1 『アラジンあるいは魔法のランプ』（[1880]）

ック・メイキングな年となった。ジャポニズムの影響を受けたクレインの挿絵では、アラジンは中国人であるが、プリンセスや女性は、江戸期の日本髪に着物を身につけ、室内のインテリアも日本の小物や装飾品がみられる。その後、一八八〇年頃ディーン社から出た画家名未記載の挿絵はクレインの影響からか、アラジンの母（図版1）やプリンセスは日本髪で、団扇なども描かれている（図版2）。クレインは挿絵画家であるだけではなく、また陶磁器やテキスタイルも制作し美術工芸に造詣が深かっ

of the lamp, and had the palace and his beautiful
wife taken back to the city of Tartary, where
for ever afterwards they lived happily together.
図版2 『アラジンあるいは魔法のランプ』裏表紙（[1880]）

た。当時、「日本の浮世絵や木版画が本のデザインや挿絵のモデルとなった」（マッケンジー 1995：127）が、クレインもまた日本の浮世絵から影響を受けた一人である。しかし、『アラジン』に登場するプリンセスは下駄のような履物をはいてはいるが、衣服も風貌も必ずしも日本風とはいえない。反面、従者の女性たちは日本髪に着物姿、風貌も細い釣り目で浮世絵から抜け出たようないでたちで、手には扇を持ち、アフリカ系の従者は蛇目傘をさしている（図版3）。さらに、図版4は、魔法使いがランプを取り戻すために中国人や肌の黒い女性がいる異国風な通りでランプの交換を呼びかける場面であるが、窓からのぞくのは日本髪にかんざしを挿し着物を着た浮世絵から抜け出た女性たちである。こうした浮世絵風な女性だけではなく、太い線取りや平面的な色彩処

図版3　ウォルター・クレイン

図版4　ウォルター・クレイン

図版6　ウィリアム・ヒース・ロビンソン　図版5　フランシス・ブランデッジ

理など、クレインが浮世絵から影響を受けた点は多い。小林は一九世紀後半のアラビアンナイト挿絵にはジャポニズムとアール・ヌーヴォー様式にのっとった挿絵も多く描かれたと述べるが（『アラビアンナイト博物館』2004：86）、クレイン以降、『アラジン』画像においても日本表象は顕著となり、この傾向は一九三〇年頃のロザリー（Rosalee）の挿絵まで繰り返し現れる。一八九九年までに出版された一九世紀の挿絵本一四種のうちで日本表象がみられるのは五種（日本と中国が判別できない版を入れると六種）、それが二〇世紀に入ると三〇年頃までの三四種のうち一三種（日中が判別できない版を入れると一七種）と、頻度が高くなる。また、それ以降の、一九四九年と一九五一年に日本表象とも考えられる挿絵本が出版された。一九世紀後半の挿絵画家としては、アメリカ人のフランシス・ブランデッジ（Frances Brundage, 一八五四—一九三七）による一八九三年の女性描写が、クレイン以降はじめて描かれたほぼ正確な日本イメージといえる（図版５）。アラジンの母は完全な日本髪に和服姿、アラジンは羽織のような小袖を着ているが、髪型は辮髪、あるいは、子どもの髪型のようで中国とも日本のイメージともつかぬ奇妙なイメージが混在し違和感がある。ブランデッジの挿絵からもわかるように、一九世紀の日本表象は、女性の日本髪や着物その他提灯などがほとんどであるのに対し、一八九九年に出た英国のウイリアム・ヒース・ロビンソン（William Heath Robinson, 一八七二―一九四四）の挿絵では、日本の菖蒲のような花やお城、さらに、アラジンの衣服が日本の托鉢僧の笠と着物に似ている点がみられ、男性が日本的に描かれた最初のケースといえる（図版６）。

二〇世紀初頭の『アラジン』挿絵に目を移すと、独創的な作品としては、一九一四年のエドマンド・デュラック（Edmund Dulac, 一八八二―一九五三）の挿絵があげられる。一九一〇年までの一〇年間は、ギフトブックの流行もあり、高価な挿絵本が出版され、アーサー・ラッカムやエドマンド・デュラックの挿絵がこうした豪華本を飾った。デュラックは、フランス生まれであるがイギリスで活躍し、そのオリエンタルな画風で一世を風靡したイラストレーターである。この時期、他の画家と同じような浮世絵からの影響とともに、ペルシャの細密画の影響も受けていた。一九〇七年の『アラビアン・ナイト』出版当時は、浮世絵に影響を受けているが、その影響も一九一三年に出版した『バドゥーラ姫の話』（*Princess Badoura*）の頃までには払拭され、完全に独自のスタイルを打ち立てた。その後、ペルシャの細密画に傾倒し、初期の日本芸術への関心をしのぐようになる。彼の『アラジン』は、『船乗りシンドバッドの冒険他』（*Sindbad the Sailor and Other Stories*, 一九一四年）のなかに収録されている。デュラックが描くアフリカにいる姫は、まさに平安時代の貴族の女性のような髪形に東洋風な顔立ち、日本あるいは中国風の建物の欄干から身を乗り出し、木に登ってきたアラジンの手に自分の手を重ねる。実に甘美な場面である（図版７）。また、アラジンとバドル・アル・ブドゥール姫が踊る場面（図版８）でも、左手下手

図版7　エドマンド・デュラック

図版8　エドマンド・デュラック

の雅楽のような音楽に合わせて踊るアラジンの衣服や身のこなしをみると、雅楽の舞で身につける衣装や髪飾りのようにもみえ、またその背景には右手に龍、左手に鳳凰のような文様が意匠的に描かれ、中国に端を発する奈良の吉祥文様を髣髴させる。従来の『アラジン』における日本表象が、浮世絵や提灯などジャポニズムからの影響と考えられる表象が中心だったのに対し、デュラックの図像ではるか昔の奈良平安の日本的形象が挿絵化されていて興味深い。

ロドニー・エンジン（Rodney Engen）は、デュラックやカイ・ニールセン（Kay Nielsen, 一八八六—一九五七）らの芸術を、「東洋、近東、そしてアフリカの幾何学的な形態から強く借用している」（2007: 7）と評しているが、デュラックはオリエント芸術に深く傾倒しそこから多くのものを学んだ。しかし、デュラックの『アラジン』画をみると、日本、中国、中東などのオリエント的な要素が別々に混在するだけではなく、そうした要素や影響が混ざり合い融合し、単なる借用でも模倣でもないまさにデュラックの『アラジン』、他のイラストレーターの追従を許さない独創的な作品が、創作されたといえる。

図版9 トーマス・ブレイクリー・マッケンジー

一方、一九二〇年前後になると、トーマス・ブレイクリー・マッケンジー（Thomas Blakeley Mackenzie, 一八八七—一九四四）が、『アリババとアラジン』（*Ali Baba and Aladdin*, 一九一八年）と『アラジンと魔法のランプ』（*Aladdin and his Wonderful Lamp*, 出版年不記載であるが一九一九年と推定）で、日本表象としては画期的な挿絵を発表する。マッケンジーは、ビアズリー、ハリー・クラーク（Harry Clarke）やカイ・ニールセンのイラストに影響を受けていた。また、もっと一般的にいえば、アール・ヌーヴォーやオリエンタル芸術の影響が彼のデザインには明らかにみられる（『ジンの幻影』2010：143）が、一九一八年に出たマッケンジーの『アラジン』には、興味深いオリエンタル・イメージが幾重にも重なりあう。アラジンは中国風な髪型と衣装、指輪の魔人はアフリカ人のように耳と鼻に丸いリングをして肌浅黒い風貌であるが、白髪の顎鬚を生やし、歌舞伎役者が身につけるような烏帽子と装束をつける（図版9）。さらに、アラジンがランプの魔人にスルタンへの貢物を持ってくるように命じる場面では、アラジンは紺地に丸型の白い文様を散らした着物に、赤い文様をつけた衿を身につけ、歌

図版 10　トーマス・ブレイクリー・マッケンジー

図版 11　トーマス・ブレイクリー・マッケンジー

舞伎の舞台のような儀式ばった所作で、燃える炎から現れた魔人に何事か命じている。命じられた魔人は、ターバンを巻き上半身裸で腕輪や首飾りやイアリングを身につけながらもアメリカ・インディアンのような羽を背中に背負い、当惑したような恐ろしい形相をしながらもアラジンの指示におとなしく耳を傾ける（図版10）。さらに、魔法使いが街角でランプの交換を呼びかける場面には、日本的なイメージがみられる（図版11）。魔法使いは烏帽子に歌舞伎の装束をつけその着物あるいは袴ともみえる衣装には流水文様が描かれ、背景には梅の花と生垣、さらに右手には障子、左手の道で遊ぶ子どもたちは、女の子二人は中国風、男の子三人は日本の庶民の子ども風、そして江戸の風物が描きこまれている。その他、姫が自分をさらって来た魔法使いに毒を盛ったグラスをすすめる場面は、障子のある室内で魔法使いも姫も床に座る。この場面では姫は中国・韓国あるいは中東風にもみえ、日本では見慣れない敷物の上に身体を横たえるが、魔法使いはターバンをしながら座布団に座る（図版12）。いわば、さまざまなオリエントイメージが混在しているようだ。

一方、その一年後に出た『アラジン』は、ニスベット（Nisbet）社から出版された豪華版で、挿絵も別刷りでマウントに配され、マッケンジーの描写や色彩、オリエント表象はさらに洗練されている。この版でも、魔法使いは明らかに日本イメージで描かれ、同じような歌舞伎の装束を身に着けている（図版13）。しかし、最初は典型的な中国人の辮髪で描かれていたアラジン（図版14）も後半になり身分が上がっていくにつれて、その衣装が日本風に変化し、僧侶や、日本の兜をかぶり白馬にまたがる凜々しい若武者として描かれる（図版15）。

図版 12　トーマス・ブレイクリー・マッケンジー

図版 13　トーマス・ブレイクリー・マッケンジー

一方、姫は大きく開いた胸元に着物のようにも東洋風なガウンにもみえる着物をはおり、髪型も東洋風に結い上げる（図版16）。しかし、孔雀の羽のついた冠はオリエンタルではあるがどこの国のものともいえず、衣装の文様は日本風にもみえるが、魔法使いの衣装のように、はっきりと日本の衣装や文様を踏襲したわけではなく、イメージの混在あるいは融合がすすんでいる。いいかえれば、デュラックもそうであったが、マッケンジーのアラジン挿絵のオリエント表象は一九世紀にみられた女性の日本髪や和服などの直裁的なジャポニズムの影響を脱し、その対象を武者や僧侶あるいは歌舞伎の登場人物の所作や衣装など、男性表象にその軸足を移している。

一九二〇年に出版されたA・E・ジャクソン（一八七三―一九五二）の『アラジン』にも男性の日本イメージ、武者表象がみられる。指輪の魔人は、鎧兜はいうに及ばず、脇差までさしている（図版17）。一方、ランプの魔人は着物に長い陣羽織のようなものを身に着けているが、かぶっている兜は日本的とはいえず、日中折衷様

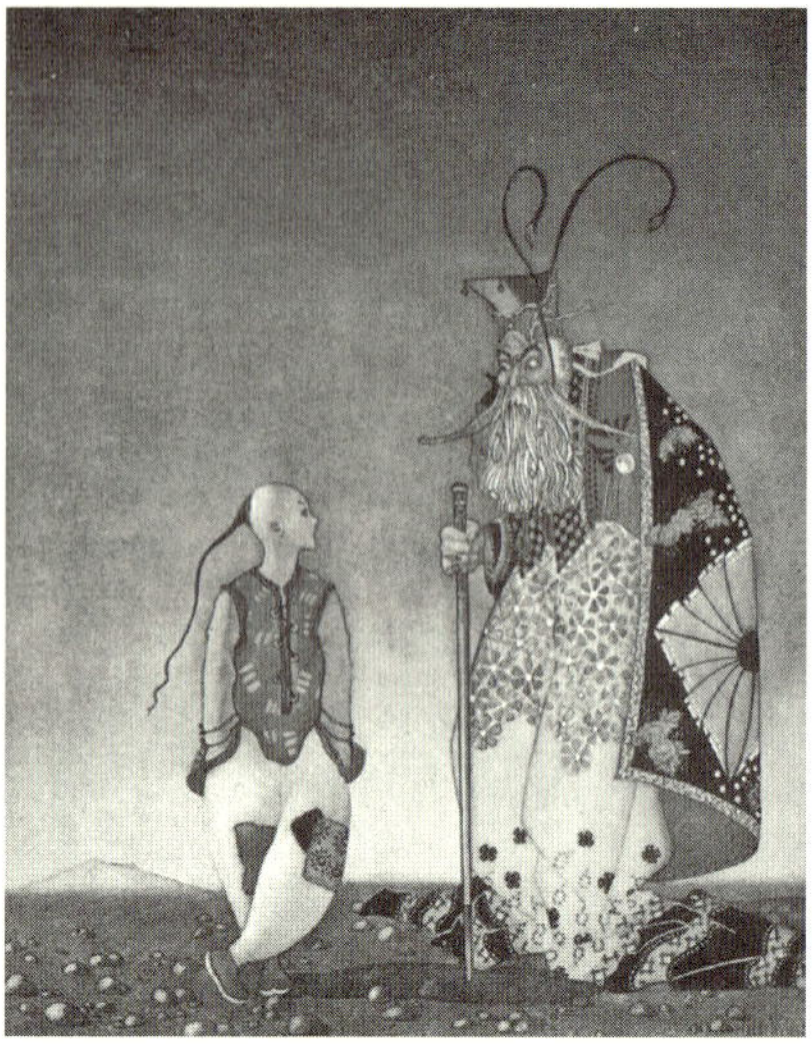
図版14　トーマス・ブレイクリー・マッケンジー

図版15　トーマス・ブレイクリー・マッケンジー

図版 17　A. E. ジャクソン

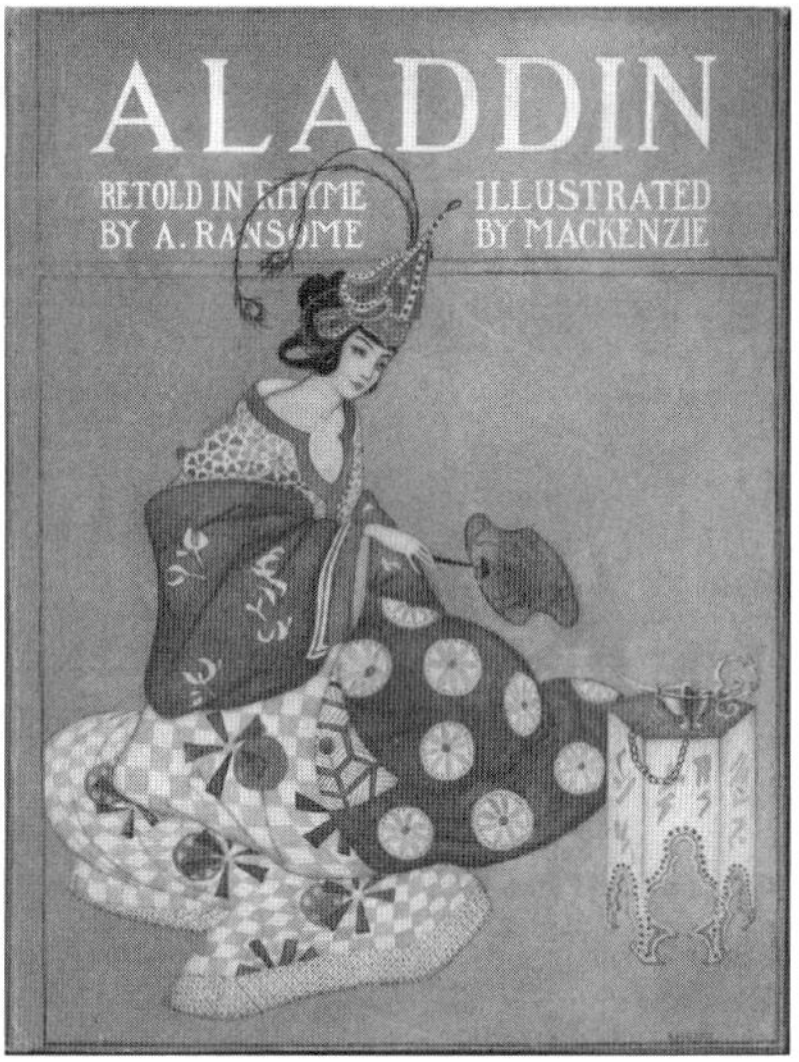

図版 16　トーマス・ブレイクリー・マッケンジー

図版 19　カイ・ニールセン

図版 18　A. E. ジャクソン

図版 20　カイ・ニールセン

式である（図版18）。姫が中東風、アラジンが中国風であることから判断すると、日本表象は男性である魔人に限定されるが、マッケンジーほど日本の挿絵や写真から直接影響を受けたわけでもない。

一九二四年に出版されたS・G・ホルム・ビーマン（Hulme Beaman）の挿絵には日本の鳥居が登場する。つづく一九三〇年には、カイ・ニールセンが『レッド・マジック』（*Red Magic*）のなかで『アラジン』のために二枚の彩色画を描く。ニールセンのアラジンと姫の従者の女性は中国風であるが、姫の髪型や衣服は優雅で、オリエンタルとも西洋的ともみえる姿で現れる（図版19）。また、アーヴィンは、ニールセンの魔人を評して「ニールセンの青い魔人はまた東南アジアに端を発するようにみえる、その雲の群れや様式化された炎はまた疑いもなく極東アジアに端を発する」（『ジンの幻影』2010：142）と評するが、この魔人（図版20）は東南アジアというよりは仏教彫刻の金剛力士像を髣髴させる。立ち上る炎や背後の煙、屋根を下り降りる龍の形状や魔人に右手に置かれた鉢の上の獅子の形態など、中国や日本などのオリエントの様式を融合させていることがわかる。さらに、アラジンがたたずむ建物の屋根瓦あるいは飾りは、屋根を下り降りる龍の形状にもみえる。一方、白と黒の市松模様が織りなす床は、オランダ、フランドル絵画によく登場する西洋風である。

『アラジン』挿絵に日本表象が最後に出現したのは、ウェールズ・ガードナー・ダートン（Wells Gardner, Darton）社から一九三〇年頃に出版されたと推測される『アラジン』である。画家名は、タイトルページには記入されて

図版 21　画家名不明

図版 22　アーサー・ラッカム

いない。しかし、カラーと白黒の挿絵が挿入され、彩色画には「ロザリー」(“Rosalee”)とサインされているが、白黒には記載がない。しかし、図版21のように、女性は着物と髪型、イアリングなど、日中融合したと思われる姿で描かれ、中国風のスルタンが上座に座り、図像には日本のものとも推測される扇と提灯が飾られ、女性は手に扇をもつ。むろん、この女性や提灯などを、中国風と誤解して描いたのか、独自の日中折衷のオリエンタル・イメージを自由に描いたのかはわからないが、わかることは、この書物以降、日本風なイメージをもつ『アラジン』図像は英国では出版されなかったようだということである。一九三三年の『アーサー・ラッカム童話集』(*Arthur Rackham Fairy Book*)には、『アラジン』が挿入されている。古いランプとの交換を呼びかけて街角を歩く魔法使いに、女性たちが窓から顔を出す(図版22)。その髪形は、おそらくデュラックに影響されたのか日本髪風ともいえるが、服が中国風であることからいって、完全な日本表象と限定することはできない。また、一九五一年に出版されたジョーン・キデル・モンロー(Joan Kiddell-Monroe)のジンもニールセンの仁王に似ているし、彼が運ぶ花嫁である姫も日本髪を結っているようにもみえるが、別の場面では中国風ともみられ、完全な日本表象とはいいがたく、すでに日本表象とは断定できないほどにイメージが融合していることがわかる。

日本イメージ――女性、男性、装飾品そして日本の美術技法

以上、年代を追って、一八〇〇年代から一九四〇年頃にまでにイギリスで出版された主要な『アラジン』図像を概観してきたが、ここで、そのオリエント表象を項目別――女性表象、男性表象、建物や装飾品、美術技法――に分類し、特徴をまとめてみたい。

まず、『アラジン』における女性表象について論じてみたい。本研究で参考にした挿絵本のうち、曖昧なものも入れて女性表象に日本イメージがみられるのは計一七冊、そのうち、出版年代を分類すると、一八六〇年代、一八七〇年代、一八八〇年代がそれぞれ一冊であるのに対し、一八九〇年代になると四冊、一九〇〇年代が一冊、一九一〇年代が四冊、二〇年代、三〇年代が各二冊、出版年代が不明あるいは二〇年代と推測される版が一冊である。一八六三年頃に出版されたと推量されるP・クルックシャンク（Cruikshank）の挿絵にも、髷を結った女性が描かれているが、中国風とも日本風とも断定できないことから判断して、女性表象の起源はウォルター・クレイン（一八七五年）、その最盛期は、一八九〇年代から一九一〇年代と考えられる。

この日本女性のイメージとして多く使われたのが、江戸時代の日本髪に着物姿である。日本風な髪型が一四種、着物が八種であるが、その変遷をたどってみると、クレインから二〇世紀のはじめ、具体的には画家名不明の一九〇八年頃に出版された版までは、一部の変更はあるものの、だいたい江戸風の日本髪に着物姿である。一八七五年のクレインの挿絵では、姫は、顔や髪型や衣装など完全な日本人としては描かれていないが、その従者の女性たちは日本の浮世絵から借りてきたような正確な日本髪に着物、さらに釣り目である。中心人物であるスルタンの娘を急に浮世絵から抜け出たような日本女性に描くことはためらわれたのかもしれないが、彼女に従う女性たちのすべてが江戸時代の浮世絵風だ。このクレインの挿絵は、後続のイラストレーターに、ジャポニズムの影響を強く及ぼすこととなった。一九〇〇年には、川上貞奴が夫音二郎とともにロンドンやパリで公演をこない、日本の着物に対する関心がまし、当時のヨーロッパのファッションに影響を与えたが、その他、浮世絵や万国博覧会などで得た日本女性のイメージがアラジン挿絵にも使われたのであろう。こうしたジャポニズム的な女性表象のなかで、際立って独創的なのが、一九一四年のエドマンド・デュラックの図像であろう。彼は従来の日本女性のイメージとはかなり異なった女性像を創成したといえる。デュラックは姫の髪型を中国伝来で天平から平安に日本でも使われた結い上げた髪型に描いているが、アラジンがアフリカで見つけた姫は、平安から室町ぐらいの日本で一般的であった、前髪を真ん中で分け後ろにたらす垂れ髪といわれる髪型である（図版7）。また、衣装も内掛けあるいはローブにもみえる羽織物を着ているが、その下の衣装は日本の古来の衣装とはかなり異なり、中東や中国、あるいは日本のイメージを折衷した独自の様式である。デュラック以降、衣装はモネが夫人に着せて描いた内掛け（一八七六年「ラ・ジャポネーズ」）や、ホイッスラーが描く日本の着物をゆるく羽織るような日本の打掛姿あるいはガウン風な和服姿が目立つようになり、それ以前の日本の江戸や明治期の着物や髪型は姿を消す。また、デュラック以降は、日本イメージが表象されている着物や髪型も独創的になり、顔立ちも東洋的な風貌もみられるが、厳密に日本人あるいは中国人と限定できなくなるほどに融合している。

日本イメージとして描かれる女性としては、姫とその従者の版数が最も多く、アラジンの母は比較的少ない。姫を描いたのが一〇種、従者の女性が一〇種、アラジンの母が二種と、圧倒的に姫を含む後宮の女性が多いのは、おそらく、日本美術や工芸への関心が深まった時代にあって、特に、一八八〇年以降、ジャポニズムが浸透したからであり、英国で日本への関心が深くなるにつれて、主要人物であるスルタンの娘を日本風に描くことに抵抗がないというわけではないにしても、中国人であるアラジンの母を日本人として描くには、抵抗があったのかもしれない。そういう意味で、浮世絵や芸者、万博などによって日本女性というのは、すでに英国やヨーロッパで広く知れ渡った日本趣味を代表する存在となっていたことがわかる。

ここで、『アラジン』における女性表象をまとめてみると、当初は中国風とも日本風とも判別がつかない女性が、クレインになると、ジャポニズムの影響を色濃く漂わす浮世絵から抜け出たような江戸期の日本髪と着物を着た女性となり、さらに、こうしたジャポニズムや万博にみる直截な日本女性イメージの模倣が続き、二〇世紀のデュラックにいたると、天平や平安、さらにジャポニズムの典型的な事物から雅楽などのイメージを含んだあらたなオリエントイメージが構築創造されていった。

続いて、男性表象について考えてみると、調査資料のうちの一一種で、男性の登場人物になんらかの日本表象がみられたが、この数字は女性表象一七種と比較すると少ないといえる。やはり、ジャポニズムの流行は浮世絵や芸者など女性に関心が傾いていたのであろうし、登場人物のアラジンが中国人と設定され、マジシャンが北アフリカのマグリブ出身で、ジンは上半身裸の黒人あるいは巨人が伝統的な図像であったことも影響しているのであろう。さらに、英国の中東観、現実の中東世界の女性ではなくヨーロッパが幻想として抱く中東女性への関心(42)が、オリエンタルな日本女性表象へと舵を切った原因でもあったろう。男性表象に日本イメージが出現する時期は、一八九三年から一九三〇年である。具体的には一八九〇年代は三種、一九〇〇年代は一種、一九一〇年代は五種、二〇年代と三〇年代が各一種であり、一八九〇年から一九一〇年代に集中していることがわかる。女性表象と比較すると、男性表象では出版された時代の幅は広くはないが、日本表象が集中した時期は男女ほぼ同時代といえる。日本の男性のイメージとして描かれたのは、兜や衣装などの装身具が一〇種、仁王像が一種であるが、装身具の内容はなかなかバラエティに富んでいる。羽織のような上着が二種、歌舞伎に使われたような衣装が三種、雅楽師の衣装が一種、その他、明治期の子どもの衣装、兜が二種、僧侶姿が二種と女性表象に比較して種類は多彩だ。また、日本イメージに描かれた男性のキャラクターのほとんどがアラジンと魔法使いで、具体的には、アラジンが七種、魔法使いが四種、ジンが二種、子どもが一種、雅楽師が一種といえる。よろいや兜などの武者の装束や歌舞伎のコスチュームで描かれている男性表象は、一九一六年から一九二〇年に集中しているが、ジャポニズムや万国博さらに日清・日露戦争による新興帝国主義国家日本というイメージが西洋に与えた結果と考えられる。しかし、こうした武者である鎧兜を着た挿絵はジャクソンの魔法使いとマッケンジーのアラジン、一九一六年に出た兵士の挿絵の三種、兜あるいは兜の変形とみられる被り物がジャクソン（一九二〇年）のアラジンとジンの二種にみられるに過ぎず、数の上ではあまり多いとはいえない。その理由は、魔法使いの性格上、武者表象はあまりそぐわず、むしろ歌舞伎で使われるようなきらびやかで人を幻惑するような衣装が適していたといえる。さらに、超人的な威力をもつジンを武人として描いたのはジャクソンひとりである。西尾はアラビアンナイトに出てくる魔人であるジンを「オリエントは物語テキストという文学空間に閉じ込められ、ヨーロッパの願いをかなえる存在となったのである。挿絵に描かれたジン（魔人）の姿とは、オリエントそのものに他ならない」（2007：206）と、比喩的にオリエントにたとえたが、残念ながらジンは図像としては日本イメージを表象する結果にはならなかった。それはおそらくジンがイスラムの魔人であり、従来、神や悪魔、アフリカ風の半裸の巨人として描かれることが多く、日本の武者のイメージとは程遠い印象があったのであろう。そういう意味では、ニールセンの仁王像が少なくとも比喩の上でも宗教的にもまたその超人的なパワーにおいてもふさわしいオリエント表象といえよう。

歴代の挿絵画家の作品のなかでも、アラジンにおける男性表象として際立って独創的といえるのは、やはりデュラックの作であろう。彼は大陸から伝来した雅楽のイメージでアラジンや楽士を描き、浮世絵からの影響と一線を画する(図版8)。一方、姫に酒を飲まされ床に横たわる魔術師は江戸以降に一般化した黒紋付に小紋の着物を着ている。いわば、彼は直裁的な模倣や影響を脱し、独自のオリエントイメージを創造したといえる。また、一九一八年と一九一九年に『アラジン』を描写したマッケンジーの挿絵も興味深いが、彼が描く男性イメージは歌舞伎や万博から得たイメージの域を出ないことが多い。しかし、魔術師が日本を思わせる障子のある畳の間で、梅の花を生けた花器や黒いバックに意匠化された赤い龍を配した屛風を背にして、ターバンをかぶり座布団に正座し、くつろいだ姿の姫と酒を酌み交わし相好を崩す姿は、日本や韓国と、イスラムのイメージが混在混合したようで興味深く(図版12)、デュラックとは違った意味で独創的なオリエント表象といえる。

次に建物や装飾物小物における日本表象をとりあげてみたい。まず、こうした挿絵本は、一八七五年から一九四八年にいたる一八種、中心は一九一〇年代である。詳細は一八七〇年代が一種、一八八〇年代が一種、一九〇年代が二種、一九〇〇年から一九〇九年までが一種、一九一〇年代七種、一九二〇年代一種、一九三〇年代四種、四〇年代が一種である。その他に一八四七年に出版されたウィリアム・ハーヴィー(William Harvey)の挿絵にも提灯が描かれているが、日中の区別が難しいのでここでは除外している。内訳は、提灯が九種と一番多く、番傘が五種と続き、障子と床に座るポーズがそれぞれ四種、続いて扇が三種と屛風が二種あるが、それ以外は、それぞれ一種で、刀、盆栽、いけばな、生垣、松の木、山水画などジャポニズムや万博で一般に親しまれていた物品から、雅楽、城や鳥居まで多岐にわたる事物が描かれている。なぜ建物よりも小さな装飾物でインテリア的要素の高いものがより頻繁に使われたのか、疑問もあるが、おそらく、万国博覧会で見物したものやジャポニズムとの関連で一般に好まれた品物が装飾品として多く使われたのであろう。

日本的な物品を多く描いたイラストレーターとしては、クレインとマッケンジーがあげられる。クレインが提灯、番傘、扇や屏風などジャポニズムと関わる品物を描写しているのに対し、マッケンジーは日本イメージやオリエントイメージを多用し、さらに、融合、意匠化している。一九一八年版のマッケンジーの『アラジン』では、正座する床、障子、生垣に屏風を平面的に描いているが、一九一九年版の作品では提灯、松の木、流水、傘、扇に刀などが白黒のカットで図案化されている。この二人の日本的な品物の描写は、それ以外のイラストレーターがせいぜい二、三種類の日本イメージしか使っていないのに対し、数だけではなく関心・応用などが際立っている。

では、ジャポニズムを含む日本の美術工芸技法がどの程度『アラジン』図像に反映されているのだろうか。この確認はむろんそう簡単ではないが、画家としては、クレイン、デュラック、マッケンジー、ニールセン他二名、合計六人、七種に及ぶ。時系列的にその特徴がみられる図像を概観してみたい。まず、クレインの『アラジン』はジャポニズム絵画で多く使われる画中画として屏風を使う。その画中では自身の名前にちなんだ鶴が何羽も大空を飛翔し、そのうちの一羽が蛇をくわえていまにも飛びあがろうとする。背景には赤く染まった太陽、前景には菖蒲あるいは杜若《かきつばた》と思われる黄色い花など、日本美術でよく選択される対象物を描く（図版23）。また、太い線で輪郭を区切った平面処理や大胆な原色のコントラストなど、クレインが日本様式

図版 23　ウォルター・クレイン

から影響をうけ、それを応用したことはあきらかである。

二〇世紀に入ると、デュラックとマッケンジー、ニールセンがジャポニズムの技法を応用した。まず、一九一四年に『アラジン』を出版したデュラックは、先のデュラックの箇所でふれたように、ペルシャや中国・日本などさまざまなオリエンタルなものに興味を抱き、その受容と融合につとめるとともに、独自のデュラック様式を確立した英版オリエント絵画の第一人者である。彼の独自性は、単なるジャポニズムにとらわれることなく、日本文化芸術の源流である中東や東アジアに関心をいだき、時代も奈良平安の芸術を取り入れた点にある。余白やアシンメトリーを多用した空間・画面処理、紅色、朱、萌黄、黄色、朽茶、淡紫など日本で好まれる伝統的な色彩処理や、随所にみられるオリエントに起源をもつ自然の植物や水などの意匠化や文様化（流水、亀甲など）、また、衣装に使用されたテキスタイルの幾何学文様など、その技法は多岐におよび、彼の造詣と独自性が躍如としている。

さらに、一九一八年と一九一九年に出版されたマッケンジーの図像にもデュラックにみられたようなオリエント技法の借用や融合がみられる。彼の前作は、印刷の関係からか、色彩に関しては原色が目立つが、その一年後の作品では微妙な色彩処理が可能となったためか、原色にも深みがあり描写も細密である。マッケンジーの図像は、デュラックと比較すると、色彩も絢爛とした原色使いで、中東、中国、日本的要素が、芸術作品として完全に融合されることなく、個々の要素が遊離し際立っている。先の魔術師の服装が能や歌舞伎の装束に酷似している点などもジャポニズムの直裁的な影響が顕著といえるだろう。アールデコ様式の影響もあるが、大胆な余白の使い方、シルエットの使用、曲線やアシンメトリーな画面構成などは、ジャポニズムの流れを汲むものであり、とりわけ衣装の文様は日本や中国の抽象的な文様を踏襲しているといえる。さらに、白黒の挿絵やカットでは、そのデザイン性はさらに発揮されている。同時代に活躍したハリー・クラーク（一八八九―一九三一）ほどの細密描写はないものの、日本の型紙の使い方などの特徴は似かよっているといえる。

一九三〇年出版のカイ・ニールセンの『アラジン』挿絵が、一九一九年当時企画したまま、結局出版されることなく終わった彼の挿絵と同じなのか、あるいはあらたに描いた作品なのかどうかはわからない。しかし、ニールセンも同じように、オリエントから影響を受けている。彼はさまざまなオリエント様式を融合し独自のスタイルを創作したが、日本様式から影響を受けて独自化したものに、曲線の使い方や様式的な意匠化がある。たとえば、魔人が現れたときに立ち上る炎や雲は、日本の様式よりはるかにデザイン化され、色彩も透明感がある。また、姫の付き人の衣装の文様も唐草文様、また彼女がさしかけた傘の文様は雲間を泳ぐ雲竜を模様化したものであるが、どちらももとの唐草や龍にはみえないほど、デザイン化されている。同じように西洋風な花が生けられた花瓶の下の台には、梅の花が描かれているが、目を凝らさなければ梅の文様だとはわからない。

以上、一九世紀末から二〇世紀はじめに英国で出版された『アラジン』挿絵には、思いのほか、日本の女性イメージや男性イメージ、日本の装飾品や美術技法などの影響が強く漂っていることがわかった。次に、この『アラジン』における日本表象の特性を探るために、同時代に出版された『ガリヴァー旅行記』図像における日本表象と比較してみたい。

四・二　『ガリヴァー旅行記』と『アラジン』におけるオリエント表象

『ガリヴァー』と『アラジン』における日本表象

この節では、『ガリヴァー旅行記』と『アラジン』図像における日本表象を比較することによって、両作品の特性をあきらかにしてみたい。『ガリヴァー旅行記』における日本表象については、前章で詳しく論じたが、ここでは、男性表象、女性表象、装飾品や建物さらにジャポニズムや日本美術技法について比較を試みたい。

まず、調査対象にした『アラジン』図像は、前述したように、英版を中心とした独仏版を含む七六版、そのうちかなり明白な日本表象は一八版（日中の区別がはっきりとしない版は七版、合計二五版）。イラストレーターは二四人にのぼり、出版年は日本表象が明確な版が一八七五年から一九三四年、曖昧な版を入れると一八四七年から一九五一年にわたる。一方、『ガリヴァー』図像は、一一三版のうち、先に論じた日本表象と明確に断定できないラッカムと一九五三年版を除くと、六種六人のイラストレーターの挿絵に日本表象がみられ、出版期間は一八六四年から一九二三年である。日本表象と明確に判別できる版のみを対象にすると、『アラジン』は『ガリヴァー』に比較して、出版時期が一〇年程度遅れているといえる。ここで、ひとつの仮説として、なぜアラビアンナイトでは、日本表象が遅く出現したのか、その原因について考えてみると、その理由としては、一八六五年に出たモートンの日本表象には一部日中イメージの混在混合がみられ、一八八四年のフランスのポワソンにいたってほぼ正確な日本イメージが出現したこと、一方、『アラジン』に関しては一七七五年のクレインの図像が明確な日本イメージの描出と考えられることから、二つの物語に日本のイメージがはっきりと現れた時期はあまり乖離していないといえる。さらに、『アラジン』に日本表象がみられる頻度がはるかに高い理由としては、ひとつにはアラジンもスルタンも姫も中国に住んでいたために、東洋人として描くのが自然であったこと、さらに、浮世絵から影響を受けたクレインの日本イメージが、後続の『アラジン』画家に強い影響を及ぼし、ジャポニズムに大きな影響を与えた浮世絵の女性像に仮託できる女性のキャラクターが、『ガリヴァー』に比較して『アラジン』には圧倒的に多かったためであろう。いいかえれば、クレインを初めとするアラビアンナイトの画家たちの日本表象は、ヨーロッパがいだいた幻想としてのオリエントとジャポニズムが結びついた産物といえるのである。

続いて、この女性表象を中心に図像を比較してみると、『アラジン』図像で女性が日本的なイメージで描写される内訳は、すでに述べたように、姫が一〇件、宮廷の女性が同じく一〇件、アラジンの母が二件である。ほとんどが日本髪あるいは髷風に、日本風な着物あるいはジャポニズム風なガウン風ドレスで描写されている。ちなみに男性はアラジンが七件、魔術師が四件、魔人が二件である。それに対して『ガリヴァー』では、女性表象は二件、すべて第三部である。モートンはバルニバービを歩く女性を日本髪風に、衣装の一部も日本風に描写し、ハーバート・コール（第三章図版40）は、ラピュータの女性を江戸時代の髷に着物姿の芸者風に、逢引しているブロブディンナグの男性を江戸の侍に、風刺的に描いている。また、男性表象はリリパット人が二件、ラピュータ人が四件、ブロブディンナグ人が二件である。いいかえれば、『アラジン』では日本人イメージで描かれている姫や宮廷の女官など女性が圧倒的に多く、『ガリヴァー』ではラピュータ人やリリパット人などの男性が多い。両作品を比較すると、『アラジン』挿絵では、女性表象が主となり、その浮世絵や芸者などに代表される日本女性の魅力やヨーロッパの幻想としてのエキゾティシズムに対する傾倒を余すところなく表象している。『パンチ』にジャポニズムに連なる着物などのイメージが明瞭に現れるのが一八八〇年代後半（東田 1998：101）、『ガリヴァー』では一九〇〇年に明瞭な着物や髪型が、『アラジン』では一八七五年のクレインの挿絵で明瞭な日本女性が現れることから判断すると、『アラジン』ではジャポニズムの流れを汲む日本美術に対する芸術的な関心が強かったと考えられる。

続いて、両作品における男性表象を、武者、仏教関連イメージ、歌舞伎や能などの舞台イメージの三種に分け、表象されたキャラクターごとに、詳しくまとめてみたい。まず、武者の表象に関しては、『ガリヴァー旅行記』では一八八四年のフランスのポワソンのリリパット図像（第三章図版34）にみられる。一方、『アラジン』では、一九一六年の画家名不詳の兵士像、一九一九年のマッケンジーの白馬に乗り兜をかぶった絵のように美しく凛々しい若武者のアラジン像（図版15）、一九二〇年のジャクソンが描く魔術師の武者像と日本の兜のようなものをかぶったジンがある。東田は、『パンチ』の画像について「日本の場合は、ジャポニズムの風潮を適度にお付き合いする程度に芸者風の日本女性を描き、日本が軍事的強国として台頭するにおよび、日本をそれにふさわしい武者として描いたのである」（1998：206）と、日清戦争から日本のイメージが武者として描かれることが多くなったと述べている（1998：153–161）。しかし、挿絵本に関してフランスのポワソンはもっと早い時期に『ガリヴァー』でリリパット人を小さな勇者である日本の武者にたとえ、新興帝国主義国日本への畏敬と畏怖を暗示したが、一九一〇年代後半にはじめて現れる『アラジン』の武者表象には、そうした政治的な意味はあまりみられない。その表象は、万博やジャポニズムの流れのなかでヨーロッパ人がエキゾチックな日本の工芸品としての武具に関心をよせた、その延長線上にあるようだ。マッケンジーが描く若武者であるアラジンは、白馬にまたがり、空中に浮かぶ宮殿を見送っているが、武者という風情ではなく、兜と装飾的な友禅のきらびやかな装束を身に着け、甘美な風貌で耽美的な雰囲気を漂わせる（図版15）。まるで、歌舞伎あるいは日本画の一場面のようだ。

一方、仏教に関連したイメージは、『ガリヴァー』にはまったくみられないが、『アラジン』では一八九九年のウイリアム・ヒース・ロビンソンのアラジンと一九一九年のマッケンジーの作品にみられる。ロビンソンが描くアラジンは托鉢僧のような袈裟姿で笠をかぶる。一九一九年版のマッケンジーのアラジンと魔術師の対決場面では、歌舞伎の装束を着て刀を振るう魔術師に対し、アラジンは辮髪ながらも衣装は高僧のいでたちで刀を手にもち彼に対峙する。一九三〇年のニールセンの挿絵本では、すでに言及したように、ジンが仁王として描かれる。こうした仏教と関わる図像はむろん、仏教が伝来した中国でもみられるものであるが、『ガリヴァー』にはみられず、『アラジン』には何種類かあることから判断して、アラビアンナイトの挿絵画家が日本表象の政治的な側面よりも万博や写真集などで西洋に紹介された仏教美術や美術工芸にみるジャポニズムに関心を抱いた証左とも考えられるだろう。

次に、ジャポニズムの真髄ともいえる歌舞伎や能の装束について分析すると、『ガリヴァー』では、フランスのポワソンがブレフスキュの従者を裃を着け舞台に一列に座る役者に、皇帝を歌舞伎の「助六」のように蛇の目傘を広げ高下駄を履いた姿に描写している（第三章図版35）のに対し、『アラジン』の歌舞伎表象は、主としてマッケンジーの一九一八年と一九一九年の作品に絞られるであろう。魔術師は烏帽子や長い袴などの歌舞伎の装束で描かれ、表紙や裏表紙に描かれた影絵や傘を使ったカット等にも歌舞伎で使用されている衣装や小物が図案化されていることがわかる。いわば、『ガリヴァー』と同じように、歌舞伎を描いた『アラジン』の挿絵画家は、風刺性よりもその華麗な装束やエキゾチックな小物に関心を寄せていることがわかる。

また、装飾品や建築に関する日本表象について言えば『ガリヴァー』にはほとんどみられないが、『アラジン』では先に列挙したような品物が挿絵の一部やカット、デザインとして使われている。また、日本建築は両作品にみられる。ジャポニズムのような美術技法に関しては『ガリヴァー』にはその影響はほとんどみられず、むしろ日本のイメージを直裁に写し取ることに関心を示しているかのように思われるのに対し、『アラジン』ではクレインからカイ・ニールセンにいたるまで、特に美術的な価値の高いゴールデンブックでは、直接間接のジャポニズムの影響や日本美術のテクニックが多く応用されていることがわかる。

以上、『ガリヴァー』と『アラジン』における日本表象を比較検討してきたが、ここで問題点をまとめてみたい。まず、女性表象についていえば、『アラジン』では姫や宮廷の女官などが日本イメージで描かれたのに対して、『ガリヴァー』では男性表象が多く、女性表象は第三部のラピュータ人などきわめて限られ、また挿絵本の数も限定されていた。さらに、『ガリヴァー』の日本表象（中国の場合はより強烈である）に関しては比較的顕著であった風刺的要素が、『アラジン』の日本表象ではほとんど窺えず、むしろジャポニズムにみられる女性の魅力やエキゾティシズムが強調されていた。主人公のアラジンは中国人、姫はスルタンの娘、美貌や富、地位を体現している主人公であり風刺の対象とはなりえないのは自明でもあろうが、日本的なイメージで描かれることが多かった魔術師の日本表象には風刺の毒がどの程度含まれているのであろうか。彼はマグリブからやってきて、アラジンをそそのかし魔法のランプを手に入れようとするが、それが不首尾に終わると知ると、彼を地下に閉じ込めてしまう。さらに、マグリブでアラジンがこの魔法のランプを手にしたという噂を聞くと、再度、中国に現れランプを手に入れると、ランプのジンに命じ、姫もろとも宮殿を自分の国に運ばせて、姫に求婚するという、欲や野心に支配されたミステリアスな人物である。一方、ジンは強力なパワーを持ちながらも無骨なほどその持ち主に従う忠実さをあわせもつ。東田は、『パンチ』におけるジャポニスム関連の図版が「日本にとってマイナスのイメージを喚起するものであったというわけではない。『パンチ』が認めようとしなかったのは、日本の美術工芸が西洋美術を変革するような力があるといった主張であって、そこでのイメージ自体はむしろ、好意的なものであったといえる。……そうした表象は日本を貶しめようという意図を持ったものではなく、どちらかといえばエキゾティシズムの観点から日本的なものを楽しもうといった趣のものであった」(1998：125–129)と論じる。政治的な意図をもった『パンチ』図像においても、日本的なイメージは強い風刺的要素をもたなかったが、『ガリヴァー』のアジア表象のうち、中国イメージには日本イメージ以上の強い風刺性がみられた[43]が、日本表象においてはリリパット人の日本イメージからもわかるように、新興国日本の軍事力に対するポジティブな視点も含まれ、ラピュータやバルニバービ人にみられる日本表象のような、愚行や無知を揶揄する視点だけではなかった。

一方、『アラジン』はというと、むろん東田が言うように、女性表象に関しては日本に対するエキゾティシズム、あるいは西洋がいだく東洋の女性の魅力や官能性の強調が中心であったろう。しかし、だからといって日本表象のすべてがポジティブというわけではなく、そのエキゾティシズムに西洋がいだくオリエント国日本への憧れと驚異とその西洋的な価値観やモラルではかれない東洋への好奇心を、神秘的でありつつ凶暴な悪人である北アフリカ出身の魔術師に託して表象したとも考えられる。さらに、日本あるいは中国と共通する仏教関連の表象については、ニールセンのジンのように、怪力や神秘性など、仏教において同様の力をもつと考えられる仁王にたとえるのは納得できる。しかし、アラジンもロビンソンやデュラックなどの挿絵で法衣に似た衣服を身に着けている。むろん法衣である限り中国にも日本にもたとえることは可能であるが、そこに宗教的な信仰心があるのか、単なるオリエンタルな表象の延長線上にあるのか、その趣旨は判然としない。

次に、ジンがなぜ日本表象の対象にほとんどならなかったのか、その理由について考えてみたい。伝統的な英版挿絵ではジンは、悪魔や神、あるいは黒人などのイメージで描かれることが多く、その圧倒的な魔力とパワーは、西洋からみて目立って小柄であった日本人像と一致しなかったことは容易に想像がつく。他方、ニールセンは仏像のなかでも筋骨隆々とした風貌の怪力で鳴らした仁王像をジンとして描写したが、彼が描く仁王像は日本の仏像からヒントを得ていることが容易に想像がつく。しかし、仁王は寺院の門を守る巨大な仏像であることから、身体の小さい日本人のなかにあってもなんら違和感はない。

では、日本のイメージと中国のイメージの混在についてはどうであろうか。女性表象における日中の混合混在は、すでに述べたように一八六三年頃のP・クルックシャンクにはじまるが、一八七五年のクレインにおいて、かなり正確な日本女性が描かれるようになった。一方、正確な日本の男性表象は、女性表象と比較するとかなり遅れて出現したといえる。一八九三年頃のフランシス・ブランデッジのアラジンは日中の区別が判然としない。フランシス・ブランデッジは日本あるいは中国の子どものような髪型に日本の小袖あるいは羽織のようなものをはおったアラジンを描いているが、アラジンの母は髪型も和服も完全な日本女性であるのに対し、アラジンの表象では日中の区別がはっきりとしない。男性における最初の明確な日本表象は、一八九六年のフランク・ブラングウィン（Frank Brangwyn）の挿絵[44]と推測される、日本的な衣装をつけた魔術師の図像である。以来、イメージの混在や混合はあるものの、一般的にはアラビアンナイトでは女性や男性表象において日中の区別が、（むろん、中国人であるアラジンに関してはイメージの混合は免れないが）かなりはっきりとしてきた。おそらく、『アラジン』で多く描かれた日本表象が、姫や女官たちを対象にした浮世絵や芸者イメージあるいは、魔術師が着た歌舞伎の装束など、中国表象とは一線を画していたからであろう。むろん、初期は区別がなされず、さらに、オリエントイメージを融合し創造したデュラック以降は、イメージの混合融合創造がおこなわれ、もっと自由な創意工夫がなされたことはいうまでもない。

さらに、『ガリヴァー』では侍姿の日本人男性が描かれたが、『アラジン』では、妙齢の若武者以外まったくみられないのも後者の特徴である。『アラジン』には『ガリヴァー』にみられなかった仏教関連のイメージがみられたが、反面、『ガリヴァー』でみられた侍姿の男性イメージがないのは、どうしてであろうか。『ガリヴァー』では風刺の対象であるラピュータやバルニバービなどの不特定多数の人々が描かれ、そこに芸者風なラピュータ女性を相手にする好色な侍姿のバルニバービ人や、侍姿のリリパットの群集を描き込む余地もあった。しかし、『アラジン』では、登場する群集は、たとえば宮殿の兵士、宮殿の召使、さらには宮殿の女官などの同じような服装や外見の人びとであり、新しいランプの交換を呼びかける魔術師が歩く街角にいる子どもたちと、侍姿の日本人男性がともに出てくる可能性はきわめて少ない。おそらく、そこに、『アラジン』に侍表象のない一つのそして主要な理由があると考えられる。

さらに、『アラジン』にはみられた仏教関係の日本表象が、なぜ『ガリヴァー』にはみられないのかも興味深い課題である。男性が登場する機会が圧倒的に多い『ガリヴァー』であり、作家スウィフト自身が聖職者であったにもかかわらず、ガリヴァーの文字テキストには宗教的な記述はあまり多くない。さらに、図像においても異教である仏教的な表象は皆無であった。東洋の仏教はあまりにも『ガリヴァー』世界とはかけ離れていたのであろうか。一方、中国が舞台で、イスラム教のジンが登場するオリエンタルな『アラジン』では、仏教表象はあまり違和感がなかったのであろうか。いずれにせよ、その理由は定かではない。

以上、一九世紀から二〇世紀前半にいたる英版『ガリヴァー旅行記』と『アラジン』における日本表象を、項目を分けて調査分析を行い、比較検討してきた。英国に起源をもつ『ガリヴァー』と中東に起源を持ちながら中国・北アフリカなど広範なオリエント諸国をあつかう『アラジン』における日本表象を比較すると、その相違は、『アラジン』挿絵における日本表象の多様さ、とりわけ、『アラジン』における女性表象の圧倒的な多さにある。男性表象に関していえば、『ガリヴァー』にみられた侍や武者の表象は、戦争や政治を扱うことが少なく、またポストコロニアル的観点の希薄な『アラジン』に濃い影を投げかけることはなかった。反面、『アラジン』における日本表象の特徴は、ジャポニズムや万国博覧会などに影響された日本イメージの多様さと、その受容と変容、さらにあらたなオリエントイメージの創成にあった。

むすび

一九世紀以降、オリエントとは英国にとって、未知、神秘、驚異、憧れ、好奇と幻想、さらに、西洋の規範ではかれない異界であり、征服するべき地域であった。具体的に言えば、オリエントの国々であるイスラムや中国・日本に文化的畏敬の念をいだきながら対応したフランスとは異なり、もっと現実的な植民地的視点に左右されたのがイギリスであった。中国もインドも自国の植民地政策と深く関わりをもっていた。中国はアヘン戦争以降、もはや畏敬と神秘の国ではなく、怠惰な国というイメージに堕してしまった。しかし、極東の小国でありながら、一九世紀後半以降、東洋の帝国主義国家をめざし近代化をひた走ってしまった日本、日英同盟の同盟国日本は、英国にとって単にサイードが規定するような「支配し再構成し威圧するための西洋のスタイル」としてのオリエントではなかった。他のヨーロッパ諸国を驚愕させたようなジャポニズムに代表される日本芸術や工芸への関心は、そこに内在するポストコロニアル的視点を無視することはできないが、イギリスでも好奇と熱狂をもって迎えられたのである。

イラストにおける日本表象には、大きく分けて二つの流れがある。一つ目がポストコロニアル的な観点からみた日本、具体的には『パンチ』の侍や武者表象にみられるようなアジアの未知の新興帝国主義国家日本への好奇と警戒であり、それは『ガリヴァー旅行記』の武者表象として具現化されている。二つ目の特徴は、ジャポニズムに代表される日本の神秘的な美術や工芸品、歌舞伎や能楽などの文化的関心、憧れ、とりわけ、日本芸術や日本の工芸さらに日本女性やファッションへの審美的、耽美的、場合によっては官能的な幻想や惑溺である。そこに、『アラジン』に代表される日本表象の特徴があった。

『アラジン』の舞台は、まさにオリエントであり、広く北アフリカからイスラム・中国文化圏をカバーしている。主人公アラジンは中国人であり、結婚することになる姫はその国のスルタンの娘である限り、こうした主人公に託して中国や日本を風刺的に描くことはできなかった。オリエント図像における風刺あるいは批判の矛先は、おのずと、神秘的な人物である北アフリカ出身の魔法使いに向けられ、時として絢爛豪華な歌舞伎の装束を身につけたジャポニズム的イメージで描かれた。しかし、ガリヴァーにおける中国表象のような鋭い風刺性はなく、マジシャンの神秘性や未知、驚異つまりエキゾティシズムの対象として描かれたのである。むしろ、『アラジン』における日本表象は、主として芸術や女性に向けられ、日本女性の官能性やファッションあるいは美術や工芸の神秘的な魅力が対象となった。いわば、日本表象の中心は、芸者や浮世絵、エキゾチックな美に官能性や審美性が加わり、豪華な日本の装飾品やジャポニズムに起因する二次元描写や大胆な構図、色彩配置、さらに意匠性に重点がおかれたのは、ガリヴァーの男性表象とはまったく対照的である。やがて、こうした品々や技巧が、他のオリエント諸国の表象と混ざり合い、西洋本来の美術技法やそれぞれのイラストレーターの個性と融合し、原形をとどめないまでに再構築されていった。

『アラジン』における日本表象は、芸術や美、さらに幻想としての日本への憧れが中心であった。そこに、オリエントに異界としての風刺や嘲笑をこめる西洋と拮抗したオリエントではなく、多様なオリエントが出現し、図像化されていった。コロニアル的観点は陰をひそめ、むしろ東洋や日本の神秘や幻想、美などの側面が強調されていったのである。そういう意味において、広いオリエントを扱う『アラジン』図像の日本表象は、西洋からみた多岐にわたるオリエントの様相をきらめく万華鏡のように際立たせる。同時に、英国に起源をもつ『ガリヴァー』などの物語とは異なったオリエントを扱う英版挿絵本の日本表象を、中国・イスラムなどを抱合したオリエント表象の全体像から論じるのに、まさにうってつけのテキストであった。英版『アラジン』図像からみた日本のイメージの底流には、卓越した日本美術工芸への憧れ、他に例をみないその独創性への憧れと畏敬が脈打っていたのである。

第二部　『ガリヴァー旅行記』邦訳と日英図像

第五章　明治期の邦訳と図像

五・一　はじめに

日本の『ガリヴァー旅行記』

日本で『ガリヴァー旅行記』が初訳されたのは、明治一三年（一八八〇年）であると考えられている。[45] 片山平三郎が第一篇「リリパット国渡航記」（"A Voyage to Lilliput"）を翻訳し、薔薇楼から、『繪本　鵞瓈嚆児回島記』と題して出版している。この初版には、彩色口絵一枚と白黒のイラスト二七枚が挿入されているが、筆者の近年の研究で、[46] このリトグラフは一八六五年にイギリスで出版されたT・モートンの原作の模写であることがわかった。続いて、一八八七（明治二〇）年一一月、第二篇「ブロブディンナグ国渡航記」（"A Voyage to Brobdingnag"）が、大久保常吉により『南洋漂流　大人國旅行』と題され、翻訳される。陶山国見は論文「文明開化と児童読み物」のなかで、翻訳文学書の流行の端緒は明治九、一〇年頃であるとして、片山平三郎の初訳についても言及し、「これはスウィフト原作のガリバー旅行記の訳で、『小人国の部』だけをユーモラスな挿絵、彩色の口絵などにより、原作のおもかげをよく伝えようと努めている」(1983:57)と述べている。

日本における『ガリヴァー旅行記』受容研究としては、まず、原昌の『児童文学の笑い』(一九七四年)があげられる。[47]原は、『ガリヴァー旅行記』訳述再話がいかに時代の影響を受けているかを、明治・大正・昭和の翻訳を通じて、分析概観している。これに対し、榊原貴教は、「『ガリヴァー旅行記』に見る翻訳社会史」(二〇〇五年)において、序文や解説を使い、翻訳者によるスウィフトや作品観の変遷を分析している。さらに、Mihoko Tanaka(田中美保子)の論文'Japanese Little People Who Have Lost Their Nationality through the Translation and Influence of British Fantasy'(二〇〇五年)は、日本の民話や説話における「小人」言説が、いかに片山平三郎の『ガリヴァー旅行記』翻訳などで、「小人国」「大人国」という訳語に影響を与えたのか、そして、こうした翻訳を通じて、日本本来の「小人」言説が変化変貌し、その固有の意味を消失するに至ったのかについて論じた、意欲作である。

一方、日本における『ガリヴァー旅行記』図像に関しては、拙論「大正日本の『ガリヴァー旅行記』図像——岡本帰一と初山滋」(二〇〇七年)、「明治の『ガリヴァー旅行記』とポストコロニアリズム」(二〇〇九年)[48]他以外は、ほとんど研究が試みられていない。

明治期の『ガリヴァー旅行記』図像としては、片山平三郎の初版にそえられた挿絵があるが、これらは、すでに指摘したように、イギリスのT・モートンの挿絵を模倣している。たとえば、片山版の挿絵(図版1)とモートンの挿絵(図版2)を比較すると、図版1は、ガリヴァーの風貌の日本化や、描線の簡潔化といった些細な変更点はあるものの、イギリスのモートンの挿絵を踏襲しているのは明らかである。

明治三二(一八八九)年には、巌谷小波の『世界お伽噺』シリーズに収録された翻案『小人島』(巌谷小波編 筒井年峰畫)、『大人國』(巌谷小波編 筒井年峰畫)が、出版された。原昌は、巌谷小波の翻案について「原作に潜んだ寓意を捨て、不思議な冒険談のダイジェスト版になっている」(1991:139)と述べているように、巌谷の翻案は、翻訳というよりも、子ども向きのお伽噺として受容されたのである。

砂田弘は、児童文学が確立する文化的・社会的背景について、次のように述べている。

> 児童文学が成立するには、新しい児童観の確立とそれにともなう教育の普及という文化的側面、子どもの本が商品として成立するという経済的側面の二つの条件が、ある程度みたされることが必要である。歴史的には、それは封建性社会から資本主義社会（近代市民社会）へ移行する過程ではじめてみたされるものであり、もっともはやく近代化を達成したヨーロッパ諸国、なかでもイギリスが、一七世紀にその最初の栄誉をかちとることになる。……

いっぽう、わが国の児童文学が一応の成立をみるのは、先にあげた条件のうち、教育の普及と市場の確立

図版 1 『繪本　鷲璆皤児回島記』

図版 2 T. モートン

という条件がみたされる明治二〇年代のことである。残されたもっとも重要な条件、近代的な児童観は、文学史の常識では大正期にいたって確立されたとされているが、絶対主義的国家体制をめざす教育制度のなかでそれはゆがんだかたちでしか確立しえず、ヨーロッパ概念でいう近代的な児童観の確立は、第二次世界大戦後を待たなければならなかった。（砂田弘 1974 : 10）

この明治二〇年代初め頃から小学校の就学率も向上し、経済条件や活版印刷の普及などの諸条件と相まって、少年雑誌が続出し、巌谷小波の「少年文学」の成功により、博文館を中心に「お伽噺」という新しいジャンルが確立していく。滑川は、若い日本の資本主義社会発展を志向する過程で、政治小説が台頭し、「この系列の発展が、押川春浪の英雄小説につながり、やがて大正・昭和期の冒険小説に脈絡をひくのである」（滑川 1988 : 179–180）と、英雄、冒険小説と日本帝国主義の海外発展や、富国強兵の理念と少年文学とのかかわりについて述べているが、明治における『ガリヴァー』翻案も、「お伽噺」としての受容のみならず、日本の植民地政策や帝国主義的教育などの社会的・政治的関連のなかでも、とらえなおされる必要があるのではないだろうか。

五・二　明治期の翻訳（大人用の翻訳）

『ガリヴァー旅行記』翻訳史

『ガリヴァー旅行記』邦訳史に関する研究書としては、まず、第一に、前述した原昌の『ガリヴァー旅行記移入考』（一九七四年）[49]が、あげられる。一方、『ガリヴァー旅行記』邦訳書誌としては、『児童文学翻訳作品総覧』第一巻（イギリス編）1（二〇〇五年）と松菱多津男の『邦訳「ガリヴァー旅行記」書誌目録』（二〇一一年）がある。後者は、著者が一九六〇年頃から半世紀をかけて収集してきた資料に図書館等で調査検索してきたデータを追加収録した、かなり正確な書誌として評価される。

上記の文献によると、日本で『ガリヴァー旅行記』が初訳されたのは、明治一三（一八八〇）年三月二三日。第一篇「リリパット国渡航記」（"A Voyage to Lilliput"）が、薔薇楼から、『繪本　鵞璆皤児回島記』と題され出版される。奥付には、「口譯者　片山平三郎　筆記者　九岐晰」と記されているが、再版が、七年後の明治二〇年四月に出ていることから判断し、かなり流通したと推測される。続く、一八八七（明治二〇）年一一月、第二篇「ブロブディンナグ国渡航記」（"A Voyage to Brobdingnag"）が、大久保常吉の翻訳で『南洋漂流　大人國旅行』と題されて、出版される。その後、明治二一（一八八八）年二月には、島尾岩太郎訳『政治小説　小人國発見録』が出版され、明治四一（一九〇八）年一〇月には、対訳である松浦政恭訳注『小人島大人島抱腹珍譚』が東京の東西社から、「対譯西洋御伽噺叢書第四」という叢書名で *Gulliver's Travels in Words of One Syllable* と英文の題も入れて、出版されている。

明治四二（一九〇九）年一一月には、松原至文・小林梧桐が、はじめて第一編から第四編までを共訳した『ガリヴァー旅行記』が、昭倫堂から出版される。(50) その後に出版された主だった邦訳としては、小人国の再話である『大艦隊の捕獲』（吉岡向陽訳・鰭崎英朋画、春陽堂、一九一〇年）、『ガリヴァー旅行記　小人國大人國』（近藤敏三郎訳、静華堂書店、一九一一年）、『ガリヴァー小人島大人國漂流記』（風浪生訳、磯部甲陽堂、一九一一年）などが続き、同年、佐久間信恭訳で、第四編までの全渡航記すべての翻訳である『新譯　ガリヴァー旅行記』（小川尚栄堂、一九一二年）が出版される。

一方、子ども用の『ガリヴァー旅行記』邦訳としては、明治三二（一八九九）年一〇月に出版された巖谷の

『小人島（ガリバア島廻上編）』と、同年一二月の『大人國（ガリバア島廻下編）』が、最初である。この巌谷の作品は、大正一〇年一月平田禿木訳の『ガリバア旅行記』が冨山房から刊行されるまで、明治四四年の大溝惟一訳註の語学書を除けば、唯一日本の子ども、特に少年のために翻案された作品であった。

明治期に出版された『ガリヴァー旅行記』邦訳は、松菱の書誌によれば二〇種、そのうち、翻訳あるいは再話と推定され、その存在が確認できるのが一六種である。このうち、本章では、代表的な邦訳として、日本最初の邦訳であり第一渡航記の初訳である片山平三郎口訳『繪本　鷲璨皤児回島記』と、大久保常吉による第二渡航記の初訳『南洋漂流　大人國旅行』、さらに全四渡航記すべてが初めて初訳された松原至文・小林悟桐共訳の『ガリヴァー旅行記』をとりあげ、論じていきたい。

五・二・一　初訳　片山平三郎譯『繪本　鷲璨皤児回島記』（一八八七年）

『ガリヴァー旅行記』の初訳本である『鷲璨皤児回島記』[51]の翻訳者、片山平三郎に関しては、奥付に静岡県氏族との明記がある以外、詳細は不明であり、生年も没年も明らかではない。しかし、その著作に関しては、国会図書館リサーチによると、この初訳が出た一八七〇年代から一九〇〇年代までに出版された邦訳が、一七種類ある。『ガリヴァー』の邦訳以外に、文学作品の翻訳はなく、『経済夜話（宝氏）』を初めとする社会科学の邦訳が三種、自然科学が四種、技術関係が三種、フート（Edward Bliss Foote）の抄訳本『小児のわるくせ』（一八七八年）を初めとする教育論が二種ある。それ以外に出版社として「片山平三郎」の名前が記されている書物が数種あるが、彼が編集や出版を兼務していたのか、その意味は詳らかでない。

そういうわけで、なぜ片山平三郎が『ガリヴァー旅行記』の翻訳を思い立ったのか、その意図や動機の詳細は明らかでないが、まず、手がかりとして、筆記者九岐晰のはしがきを読んでみよう。九岐ははしがきで、原著者ジョナサン・スウィフトの小伝に簡潔に言及するその意図を、次のように記す。

筆記者曰此書は本と斯維弗的氏の手に成れりける所なれば同氏の小傳を知ること敢て無用と謂ふべからず乃ち之を譯出して左に掲げ以て讀者の参考に供す蓋し是に由て先づ同氏の性質と生涯の事業とを記臆したる後本編を繙閲ば其文意を解るに於て思半に過るに庶幾からん歟（二）

その後、読者が本文を理解する参考に、原作者スウィフト（斯維弗的）の性質と生涯が、簡単にまとめられる。つまり、彼は「有名たる宣教師の一人にして又著述の業を兼ね」（三）る人物として、生年と幼年期、さらに大学での教育やウイリアム・テンプルからの庇護、ダブリンのセント・パトリック教会での仕事、ステラとバネッサとの関係についても言及する。さらに、彼のアイルランド活動であるウッド銅貨の排斥運動や、著作である『桶物語』がローマ法王と清教徒を風刺していると言及し、スウィフトの生涯と文学政治活動を簡単にまとめ、最後に、「英國の文壇に於て其雄傑の一人たりしは固より論を待たざる所なりと」（四）と、原作者スウィフトに高い評価をくだす。

また、凡例においては、同邦訳書がスウィフトの著作であり、ガリヴァーは実在しないこと、さらにリリパット（邦訳では、「リヽプット」）は英国をさし、ブレフスキュ（邦訳では「ブレフスク」）はフランスをさすなどの諸説があると紹介している。後に、詳しく論じるが、この邦訳の元本はおそらく、ジョン・フランシス・ウォラー（John Francis Waller）による注釈と、スウィフトの生涯についての解説、T・モートンの挿絵つきで出版された *Gulliver's Travels into Several Remote Regions of the World* (London: Cassell, Petter, and Galpin, ud) に基づいていると考えられる。しかし、この邦訳のはしがきは、彼のアイルランドでの学業等において、一部ジョン・フランシス・ウォラーのスウィフト伝とは微妙に異なる点もあるが、おおむねその換骨奪胎と考えられる。こうしたことから も、片山邦訳がこの原書を参考にしたと推測されるのである。

まず、先行研究からみてみると、原昌は『比較児童文学論』（一九九一年）のなかで、この『鵞瑮皤児回島記』を、次のように概評する。

> 私の手許にある『鵞瑮皤児回島記』は、片山平三郎口述、九岐晰筆記による、クロス製の表紙に金模様のついた豪華本でおとな向きのものだったが、絵入りで〈振り漢字〉（漢語に口語読みのひらかなを付したもの）が用いられているので、当時の子どももじゅうぶん読んだと思われる。全体に漢文調であるが、口述のリズムがある。訳者による文飾もあるが、おおむね原作を歪めず、当時としては良訳と評価していい。もちろん省略した場所があるものの、これは訳者によるよりは、原文自体が絵入りの子ども版だったからだと思われる。
> （1991：137–138）

表紙に関しては、わたくしの手許にあるのは一九七八年に雄松堂書店が出版した復刻版であるが、それでも原が言及しているように、豪華本の雰囲気は感じられ、表紙と背表紙は金彩で刻印され、ガリヴァーらしい人物の左手がシルエットで描かれ、絵全体は、ガリヴァーが横たわっている姿を描いているようにみえる。今回詳しく調べた結果、片山の邦訳の表紙として挿入されたのは、先に言及したT・モートンの挿絵のうち、原文の七五ページに掲載された挿絵（図版3）の写しであることがわかった。

片山の邦訳の第一の特徴は、かなり正確な翻訳であるものの、一部省略がみられることであろう。具体的には、皇妃の宮殿を消火する場面や、第三章でリリパットの軍隊がガリヴァーの両足の間を行進する場面で、兵士が禁止されているにもかかわらず頭上を見上げる箇所など、省略は性的描写やスカトロジーに関わる部分が主である。さらに、原が推測したように、こうした省略はもとのモートン版の原文でも省略されていることが多く、たとえ一部翻訳されていたとしても、よりいっそう婉曲的な表現に変更されている。たとえば、スウィフトのテキストにある破れかけたズボンをはいたガリヴァーの足の下を行進する兵士が、頭上を見上げる場面は、モートン版でも省略されているが、「行進中は我輩に対して堅く礼譲を守るべき旨を、死刑をもって申し渡された」(46) というスウィフトのテキストが、モートン版では "His majesty gave orders, upon pain of death, that every soldier in his march should observe the strictest propriety" (36) と簡略化され、片山版では「軍法を守るべき旨を伝へ若しこれに背く者あらば直ちに死刑を以てこれを罰せよと発布された」(90) と、モートン版にみられる、ガリヴァーに対する「もっとも厳格な礼節」を、ガリヴァーへの不敬ではなくもっと一般的な「軍法」へと変更しているのも、その一例であろう。

図版 3　T. モートン

第二の特徴としては、本文の文体が漢文調で、一部ルビがふられているものの、基本的には大人の読者を対象にしていることである。むろん、原が指摘しているように、当時の教養ある子どもであればじゅうぶんに理解することは可能であったと考えられるが、本文のなかに挿入され (それゆえに非常に読みにくい) 注釈などから判断し、基本的には大人の読者を対象にしたものと考えられる。また、原文の章立てと、その内容に関する小見出しはあるものの、各章（各回）のなかに、段落がなく、そのうえ、本文中に［注］と記された注釈が段落もなく、多数挿入されているために、後続の翻訳に比較すると、現在のわたくしたちには、かなり難解である。

第三の特徴は、スウィフト原作の政治的な要素を重視して、政治小説として翻訳した点にある。『ガリヴァー』はもともと風刺作品であるが、風刺の対象は政治、学問、科学、人間性など多岐にわたっている。邦訳の随所にみられる注は、もとの英文テキストに掲載されているジョン・フランシス・ウォラーの注を換骨奪胎しているが、必ずしもすべての注を訳しているわけではない。

たとえば、英文テキストの注と片山の注釈を比較してみると、まず全八章のなかで、ウォラーの注がついている箇所と片山の本文注の数を、後者をカッコに入れて示すならば、第一章四箇所（なし）、第二章一〇箇所（三箇所）、第三章八箇所（六箇所）、第四章五箇所（五箇所）、第五章四箇所（四箇所）、第六章一一箇所（一〇箇所）、第七章一一箇所（九箇所）、第八章四箇所（二箇所）となる。

そのうち、省略が多い第二章を比較してみると、第二章にあたる片山の第二回では、ガリヴァーの持ち物を検査した上申書と民権党の関わりについて言及し、また、「刀劍」をさしだすガリヴァーに対して三千人の精兵に弓矢をもって囲ませた場面に関して、「同氏［スウィフト］が此の説を作りし意は民權黨の長たるものがジャコバイト黨と羅馬法王と其國とを保護てんと欲ひて後來の為めに設けたる數多の計策は恰らリヽプットの國民が設けし計策と同じく無用にして且つ條理に背きぬることとなるを知らせんとする所以にて」(60) と説明を加える。また、火薬や弾丸もろとも二丁のピストルと刀をさしだした場面については、民権党による政敵に対する探索に関する詳しい注釈がつけられている。

いいかえれば、片山が翻訳した注は、政治、特に民権党（ホイッグ等）に関する隠喩を中心にしている。この傾向は、その他の章でもおおむね同様で、たとえば、『ガリヴァー』のソースや文学技法等に言及した第一回の注はすべて、削除されている。こうした注の取捨選択などからも、片山平三郎が政治的側面に注目し、翻訳したことがわかる。

では、片山は『ガリヴァー』の政治的比喩だけではなく、原作の風刺とくに政治風刺をどの程度、重視していたのだろうか。すでに言及したように、時の政権であるホイッグ党への攻撃が水面下にあることに言及しているうえに、たとえば第四章では、履いている靴の高さで二大政党（トラメクサン党とスラメクサン党）に分かれているリリパット国で、皇太子の靴の片方が高い理由は、後にジョージ二世となった皇太子の政治的な行動に対する風刺的なほのめかし（sarcastic allusion, 43）」にあると指摘した英文注を、片山は、「譏《そし》りたる」（112）とそのまま翻訳し、その他、類似の内容についても、注で「嘲りたる言葉」（116）「寓意を發見す」（118）とそのまま訳していることから判断し、少なくとも原作は政治風刺を含んだ作品であると考え、その政治背景や宗教的な説明の注釈を選択して翻訳したことは確かであるが、作品全体を政治風刺ととらえていたかどうかは、残念ながら断定できない。

その他、きわめて限定的ではあるが、日本の読者にわかりやすいような日本語へのいいかえが使われている。それは、主に尺度に関するもので、たとえば、二〇フィートを「二尺」（102）と尺貫法で表現しているが、「インチ」（112）などがそのまま使われている場合もあり、日本の事物への変更はあまり大きいとはいえないだろう。

翻訳上の変更として最も注目されるのは、リリパットにおける男女の教育であろう。リリパット国では、親は子どもを保育所に送り、その扶育ならびに教育を一任するのが親の義務である。学校は「階級別および性別に従っていくつもの種類がある。学校には、それぞれ両親の身分、子供自身の能力性向に応じ、生活に入る適切な教育を施す老練な教師がいる」(70)。男女の教育は別の学校で行われるが、名門の子女の教育は男子とほとんど変わりがない。

> とにかく女性であるというために、少しでも教育の仕方が違うといった風なことは少しもみられない、強いて言えば、女児の運動は男児ほど激しくないこと、家庭生活に関する二、三の規定があること、そして学問の範囲が多少狭いという、それくらいのものである。というのは上層階級にあっては、妻はつねに理性的な快い人生の伴侶にならなければならない。いつまでも若くていられるものではないのだから、というのが彼らの処世訓なのである。　(72)

この箇所が、片山の翻訳では、次のように微妙に変更されている。

> 抑も小女の教育法と男兒の教育法とは斯くまで同じきものなるを何ゆゑに又斯くまで同じきものなるを何ゆゑに又此く男兒と女兒との學校を區別ちたるや小生之を解らず然は然りながら其運動の法方は男兒と異なりたるありて又女兒には專ら家政の事に関りたる業を授け敢に大く文學を教へざるの別あり故に其道理を聞に上等社會の妻たらんものは常に爽快にして且つ其夫の為めに莫逆良友とならで能ふまじきぞ然れば終身までも年少かるものならざれば後來他に嫁ぎぬる時の實箴となすべきことにこそ曰へり　(傍点筆者　156–157)

「妻は常に理性的な快い人生の伴侶」にならないといけない箇所が、「妻たらんものは常に爽快にして且つ其夫の為に莫逆良友」つまり、妻は明朗で逆らわないよき友にならないといけないと、変更されている。邦訳では、女性教育における理性と人生のパートナーシップが省略されているが、明治の良妻賢母教育という時代背景を考えれば、大きな変更とは言えないのだろう。

以上、片山平三郎の初訳は、参考にした原文にかなり忠実な翻訳であり、一部の省略もあるものの、その概説や注釈にいたるまで、政治的背景を中心に紹介している点、明治初期における初訳としては、翻訳としても、政治小説あるいは文学作品としても、かなりな出来だといえるのではないだろうか。

五・二・二　大久保常吉編譯・服部誠一校閲『南洋漂流　大人國旅行』(一八八七年)

一八八七(明治二〇)年、大久保常吉編譯・撫松服部誠一校閲で出版された『南洋漂流　大人國旅行』は、第二渡航記の初訳である。校閲者である服部誠一は、撫松居士と署名した「大人國旅行序」において、「大男總身に智慧が廻わりかね」ということわざを引用し、「英國の如きは。小人國とも云ふべき小國なれども。山椒は小粒で辛らく。魯西亜支那は大人國とも云ふべき大國なれども。大男總身に智慧が廻わりかね」と、小人国を英国に、大人国をロシアや中国にたとえ、英国と小人国を評価している。

目次には、第一回から第三二回までの小見出しがついているが、これは原作の第一章から第八章までを、大久保が自由に細分化したのであろう。各回の下には原作のように、それぞれの回のわかりやすい内容が二行程度で要約されている。たとえば、原作の第一章は、「大暴風雨の描写——給水のために長艇を出すこと——著者、同行してたまたま巨人国を発見するに至る——著者、ただ一人海岸に取り残され、国人の捕うるところとなりて、農家に連行さる——著者の受けたる歓待、その他——住民の描写」(99) と説明されているが、大久保の訳では、第一回から第三回にわかれ、それぞれ「第一回　漁船を雇ふて大洋に乗出し——暴風に遭ふて南洋に漂流す」

「第二回　高丘に登りて雑草の長大に驚ろき――麦田に隠れて大人の指頭に撮まる」「第三回　農家に到りて小児の口に呑まれ――寝床に臥して大鼠の爪に悩さる」となり、訳者のアイデアも散見される。

翻訳全体の特徴としては、第一に、文体は流麗であり、彼なりの人生訓がかなり自由に付け加えられている点があげられ、第二に、原文の内容やエピソードにかなり大胆な変更省略が加えられている点がある。

まず、第一の文体の流暢さと独創的な日本語表現の一例をあげてみよう。たとえば、ガリヴァーが暴風に遭う場面は、「海神激怒ましく〳〵て船舶を悩ます」(2)、あるいは「我々の性命は今にも海藻となりはてゝ魚の腹に葬られんか性命だけでも助かりたしと心の中に頼むものは神より外にはあらずして生きたる心地もあらざりし」(4) などと、修飾語句を多用し、暴風雨の臨場感が伝わるように表現されている。また、大人国の海岸に大人国の巨人が突然出現した様を、「俄かに天より降り来りしか将た地より湧き出せしか」(7) と形容し、文語調のなかなか達者な文章で描写する。

また、子猿だと思ったガリヴァーを抱えて大屋根に逃げた猿は、原作では、「てっきり我輩を同じ猿の仔だと間違っているらしかった」(152) と記されているに過ぎないが、大久保は自分の見解を入れながら、「我が同種族の嬰児ならんと誤認し斯くは愛憐の心を生ぜしものか其取扱は毫も是等の下等動物が自己の嬰児を取扱ふに異ならず」(傍点筆者 105) と詳しい描写をする。

農家の娘であるグラムダルクリッチは、原文では外見などへの言及はなく、単純に、「家の細君には九つになる娘があった。年の割には早熟っ子で、針仕事も巧ければ、赤ん坊に着物を着せるなどは手に入ったものだった」(115) とその器用さが描写されているに過ぎない。一方、大久保訳では

此小女は年齢僅かに九歳を出てざれども天性美麗にして柳腰花顔も啻たならず愛嬌さへ溢るゝばかりにて眞

に照る月の姿あり是れぞ絶世の佳人とも称すべきか殊に性質慧敏にして學術にも富み實に幼者には稀れなる伎倆ありと云ふべし就中裁縫の如きは最も巧みなるものと看へ（25）

と、その見目麗しさを、日本風な美人の形容を使って追加表現する。

また、原作に大久保独自な人生訓を加える配慮も怠らない。たとえば、大久保の翻訳の第一二回、原文の第五章で、ガリヴァーはその矮小さゆえに、彼の家である箱からだされ庭を歩いているときに、さまざまな災難に会う。侏儒がゆすったリンゴが背中にあたり、雹に打ちのめされ、迷い込んできたスパニエル犬にはくわえられる。大久保はこの冒頭にも次のような人間観や人生訓を追加する。

凡そ安きを望んで危機を悪むは人の常情なり人の福あるを悪み人の禍あるを喜ぶは人の通弊なり然れとも安きに居て危きを思はさるも亦是れ人の常情と云ふべきか想ふに求めて安寧に處らす倒まに危害を試るが如きは蓋し無事に苦しむの時なりと云ふべし（79）

第二の特徴である、原文の内容やエピソードの省略変更に関しては、次の二点——性描写や暴力的な場面の省略と、英国批判や風刺の省略——に要約できる。まず、女官たちがグラムダルクリッチにガリヴァーを伴って訪問するように要請し、そこでガリヴァーに性的に露骨ないたずらをする場面は、比較的あいまいな「此美人は余を取扱ふに最も懇切の情を尽くしたり」（91）と要約され、赤裸々なスカトロジー描写や性的描写は、まったく省略されている。また、郊外を散歩しているときに、飛び越えることができず牛糞に落ちた場面は、あまり心証の悪くない「溜水《たまりみづ》」（114）へと変更されている。さらに、ガリヴァーが農家で寝室に侵入したネズミを短刀で切りつけ、さらに多少息のある一匹の息の根を止める場面は、大久保の翻訳では、傷を受けたネズミがそのまま死ぬ場面に変更され（24）、さらなる残虐な一撃は省略される。

また、原文にみられる英国への強い政治風刺は比較的軽減されている。すでに言及した序で、校閲者の服部誠一は、大人国をロシアや中国に、英国を小さくてもピリリと辛い山椒にたとえて比較的ポジティブに評価しているが、さらに続けて「原著者は……想ふに英國の一大政治家が。萬國の大勢を看破したる。大活眼の餘影なるべし」と論じ、もとのブロブディンナグ国への第二渡航記を、当時の諸国の体勢、言外に特に政治情勢に関係があると結んでいる。そうした校閲者服部の観点を加味しても、大人国に対するネガティブな姿勢、いいかえれば、原作にはある大人国の美点を弱め、英国への風刺の矛先を減じる姿勢が大久保訳にみられるのは、致し方のないところであろう。

また、スウィフト原作にみられる英国への強い批判風刺箇所は省略されている。たとえば、国王に乞われヨーロッパの政情を説明したガリヴァーに対して、国王は手厳しい批判を次のような言葉で締めくくる。

……君は君の祖国に対して実に立派な称賛の辞を述べた。時には実に無知と怠惰と悪徳のみが立法者の適性要件であるということ、しかもその法は、ただそれらを歪曲し、混同し、回避することにのみ興味と才能を持っているような人々によってかえって、最もよく説明され、解釈され、適用されるものだということを、君は見事に証明した。なるほど、君の国の制度にも、本来ならば多少見るべきものがあるようだ、だが、それも腐敗のために、あるものは半ば効果を失い、その他に至っては完全に抹殺されたも同然であるといってもよい。また君の話から判断すると、君の国ではいかなる位置の獲得にせよ、徳などというものはいっさい必要ないという風に思える。いわんや人が有徳によって貴族になったり、聖職者が敬虔と学問とにより、軍人が行為と勇気とにより、裁判官がその廉直により、議員がその愛国心により、顧問官がその知恵により、それぞれ昇進するというようなことがあろうとは考えられない。

（166–167）

大久保は、原文の立法者の要件や法の運用、腐敗についての詳しい言及を避け、ガリヴァーの祖国である英国への具体的な批判の矛先を、「地球上を飛行する有害的の動物」へと、鈍らせる。

> 朕が親友なる汝よ汝は自國の最も満足なる栄誉を顕はしたり汝は一も事を隠蔽することなく眞實なる談話をなしたり汝へ此談話を以て汝が國の立法者を満足せしむるに足るへし汝の國の法律は汝の説明に依て明瞭ならしむるを得たり今汝が談話に上りたる事柄よりして推すときは汝が國の人民は地球上を飛行する有害的の動物にあらさることを信ぜりと
>
> （傍点筆者 140）

さらに、それ以外の変更の工夫もみられる。たとえば、ブロブディンナグでは、農家の主人の一〇歳ぐらいの末っ子が、いきなりガリヴァーの足を持って宙高くぶら下げるのをみた父親に、左耳をしたたか殴られ、別室に連れていかれそうになるのを、ガリヴァーのとりなしでようやく許される。しかし、大久保訳では、子どもはぶたれることもガリヴァーがとりなすこともない。ただ、「元来は注意に乏しく動やもすれば失策を来すと恰かも雛鳥や狗児の如きものなるにより」（19）父親がガリヴァーの身体をもって、子どもに食卓を離れるように命じるに過ぎない。この子どものいたずらに体罰を与えるより、子どもの動揺しやすさを察知しその場を去るように命じる対応は、日英の子ども観の相違とも推しはかれよう。

また、宮殿で王妃とともに食卓につくのは、原作では二人の王女であるが、大久保訳では二人の王子となる。

また、宮殿の女官たちは身体の大きさに比例し体臭が強いが、大きさの同じ英国の婦人たちや恋人同士ではそのような不快感はないという場面が、かなり意訳され、ヨーロッパと大人国における女性の態度の相違へと変更される。

……歐州の人民は濫りに男女同權の説を唱ひ天然の女徳を害して貴婦人に似べからざる擧動あれども恬として愧るの色なし此國の貴婦人は此の如き浮薄者流の婦女子とは日を同ふして語るへきものにはあらす歐州婦人の及はさるや遠しと云ふべし豈に鑑かみざるへけんや且つ此國の禮として総て高客貴賓を待遇するの後貴婦人等は香を焚きて座中に薫らしむるを常とす然れども人体の巨大なるに比較して焼き方の多量なるより余は殆んと其香氣を嗅くに堪へざりき　（90–91）

上記のヨーロッパの男女同権と対比させ大人国の女性の徳をあらたに論じるこの箇所はスウィフト原作にはみられないのだが、大久保の誤訳なのか意訳なのかは判然としない。しかし、先の王子への変更とも相まって、単なる内容の追加変更にとどまらない翻訳者の意思表示は、先の乳母の形容にあるように、男女同権への戸惑いとも考えられ、大久保邦訳の重要な特徴のひとつと考えられよう。

その他、詳細な尺貫法の変更や、ミスなどもあるが、おおむね当時の明治の時代背景から考えると、初訳としてはその役目を十分とはたしていると考えられる。

いわば、大久保の『南洋漂流　大人國旅行』は第二渡航記の初めての邦訳であるだけではなく、片山平三郎の初訳と同じように、随所に彼なりの人生訓を加味しつつ、政治小説として流麗な文体で書き下ろした翻訳であった。

五・二・三　松原至文・小林梧桐共譯『ガリヴァー旅行記』(一九〇九年)

一九〇九(明治四二)年、松原至文・小林梧桐共譯で、東京本郷の昭倫社から出版された『ガリヴァー旅行記』は、日本最初の第一から第四渡航記全訳である。このもとの英文エディションの確認にはいまだあいまいな点もあるが、現時点では、一八九五年に、ロンドンのジョージ・ラウトリッジ社(George Routledge)から出版された『ガリヴァー旅行記』(*Gulliver's Travels*)で、内表紙に"Adapted for the Young""New Edition"と記された版ではないかと、推測できる。

まず、「はしがき」の最後で、「尚譯者は本書の全部を缺漏なく譯出せん事を欲せし者なり。然るに不注意にも原書は皆同じきものと信じて、アスター文庫に據りたる所、同書には些少抄略せし処あるを印刷に廻せし後発見せり。故に勉めて其を補充せしかど、尚二三の缺漏あるは譯者の大に遺憾とする所なり」と記している。アスター文庫がわかれば確実なのであるが、残念ながら、ブリティッシュ・ライブラリーにも主要な書誌にも掲載されていない(52)。

しかし、第一に、詳細は後に論じるが、このラウトリッジ版で省略・修正されているかなりの箇所が、松原・小林訳でも省略されていることが多い。第二に、後の挿絵の章で論じるが、松原・小林版に掲載されている白黒の図版四枚のうちの三枚がラウトリッジ版に掲載されている挿絵である(それ以外の一枚はラピュータの運動を示す図版の一部であり、一七三五年版の初版に挿入されている)。また、表紙の図像はラウトリッジ版と構図が完全に一致しているわけではないが、ガリヴァーの服や帽子などが影響を受けたと考えられる。むろん、図版は別にして、アスター版が英文テキストであった可能性も完全に否定できないが、本書では大久保が述べるアスター版がラウトリッジ版あるいはそれに近い抄訳であると考え、スウィフトの原書にも言及しながら、翻訳を比較していきたい。

日本最初の平易な完全翻訳

この翻訳の特徴として、特記すべきことは、「はしがき」で簡単にまとめられている。

本書は前に云へるが如く其諷刺の意味を取り去り、単に伽話又は冒険談として之を讀むも中々面白きものなれば、今日尚盛んに歐米少年子弟に愛讀せらるゝ名著なり。然るに我國に於ては未だ本書の全部を飜譯せしものなきが如し。是れ譯者が不才を顧みずして本書の譯述を試みし所以なり。譯文は成るべく通俗平易を旨とし、少年諸子にも解せらるべき事を務めり。又語學の参考に資せんが為め日本文として讀み得らるゝ限り遂字譯とせり。（5）

第一に、本書は、初めての第一から第四渡航記の『ガリヴァー旅行記』の完全邦訳である。第二に、上記で述べたように原作の取り違えはあるが、訳者の意図は忠実な翻訳にある。第三に、先に論じた片山と大久保の邦訳とは異なり、かなり平易な文章で書かれ、大人だけではなく少年子弟の読者もターゲットにしているといえる。最後に、当時の日本の読者にもわかりやすい日本の尺貫法などへの最低限の置き換えも試みている。

まず、先に述べたが、片山平三郎の『鵞瓈皤児回島記』も大久保常吉の『南洋漂流　大人國旅行』もともに部分翻訳であるのに対し、この松原・小林共訳は初めての第一渡航記から第四渡航記までのほぼ完全邦訳として注目されるが、訳者自身も、この書物の翻訳理由はその点にあると述べている。さらに、先に述べた簡略版から翻訳をはじめたために、スウィフト原作とは一部齟齬があるものの、訳者自身が「通俗平易を旨とし」た「遂字譯」と述べているように、明治の先の二つの翻訳に比較すると、かなり正確で読みやすい文章となっている。その一例をみるために、第一渡航記第三章の冒頭を、スウィフト原作、片山、松原・小林訳と比較してみたい。

My Gentleness and good Behaviour had gained so far on the Emperor and his Court, and indeed upon the Army and People in general, that I began to conceive Hopes of getting my Liberty in a short Time. I took all possible Methods to cultivate this favourable Disposition. (33)

小生は穏當なる所為と善き品行とを以て遂に帝を始め以下、廷臣、兵卒より一般の國民等の人望を得るやう至りけるにぞ茲に始めて暫時が間の赦免を得ばやと欲ひ千態萬様に策を盡し方を變て親愛の情を増せんことを企てけるに……　（片山：67）

私が温和で且つ行ひを良くして居たものだから、國王や、朝廷の人々や、軍隊其外一般人民の人望を得て、近い内には自由の身體となれる望みがある様になつた。此有難い身の上にして貰ふ為めには、自分は出来る丈けのこと盡した。　（松原・小林：37）

なお、松原・小林が原文として使った可能性のあるラウトリッジ版も、名詞の冒頭が大文字で表現されている以外は引用した原文と同じであるために、比較が容易であるが、片山の邦訳と比べると、訳者が意図したように、子どもでも読みやすいように、表現を簡単に、文章を短く区切っていることがわかる。

むろん、松原・小林の邦訳が少年だけを読者と考えたわけではなく、正確な完訳をめざしていることはすでに述べたが、わかりやすい説明に変えている箇所もある。たとえば、第一渡航記の冒頭、ガリヴァーが航海に出る前に、医師のベイツ先生の死後、「同業者のほとんどたいていのものがやっている不正、そいつを真似ることだけは我輩の良心が許さなかったからだ」（中野訳：14）という箇所が、片山訳では、「殊に余が本心にては當時同業者中に流行りける種々の悪風を學ぶことを肯はざるゆゑ」（大久保：4）となり、松原・小林訳では、「其には又同輩の連中の様に拙劣い手術を度々することを、良心が許さなかつたとの理由もある」（傍点筆者　松原・小林：3）となり、同業者が行っている不正を、「拙劣い手術」と読者がわかりやすいような具体的な内容を付け加えている。

その他、内容をわかりやすくするためだろうか、一部、原作とラウトリッジ版を要約した箇所もみられるが、松原・小林版がもとにしたアスター版の特定ができないために、果たして要約なのか直訳なのかの断定はむつかしい。しかし、片山と同じように、一部の語句は日本風に変えられている。たとえば、日本風な尺貫法、たとえば、「二マイル」は「二里」と表記され、「まいる」とルビがうたれ、海上の距離をあらわす“half a Cable's length of the Ship”（16）は、半ケーブル（九二・六メートル）であるが、それを「五六間」（5）と、日本の尺貫法に置きかえている。その他、「四里」（5）「四寸」（20）や「座蒲團」（361）（もとは「むしろ」）などもみられるが、たとえば、「三百五十噸《とん》」（345）などもとの英語表記を残す工夫からもわかるように、日本化は最低限にとどめている。

風刺作品

スウィフト原作がもつ『ガリヴァー旅行記』の風刺性について、先の翻訳者たちはあまり強く意識して翻訳したわけではなかったが、松原・小林はどのようにとらえていたのであろうか。まず、「はしがき」のなかでは、風刺作品としての原作にきちんと言及する。「ガリヴァー旅行記は疑もなく彼の一大傑作なり。此書は固とジョルジ一世の社會を諷刺したる寓意小説なり」。しかし、さらに続けて「然し其諷刺寓意の點を取除き、單純に娯楽として之を讀むも、中々興味津々たるものなり」(4)と、先に引用したように、風刺と、お伽話あるいは冒険譚としての両面に着目する。

さらに、著者の略評として、「スウヰフトの特色は諷刺にして、彼は諷刺家として殆んど完全の資格を備へり。其頭脳は明晰冷静にして、社會の卑近の實情には通暁し、人生の弱處缺點を洞察せり。機智は涌くが如く、頓才は識るが如し。而して其筆端は巧妙犀利なり。彼は斯の天賦の才能を如何なる場合、如何なる目的に對して應用するべきかを迅速に感知し、個人、黨派、人生のきらひなく其筆鋒を向けり」(3)と、彼の風刺の対象は、個人、党派、人生に及ぶと述べている。それ以前の邦訳とは異なり、彼の風刺が政治政党だけではなく人間や社会にまで及ぶと判断しているのである。

しかし、参考にした原書が省略版であり、一応、ラウトリッジ版と比較するものの、もとの原書が限定できないために、判断はむつかしいが、松原・小林訳には、風刺全般のうち、性、暴力、スカトロジーに関わる風刺は、かなり省略変更されているという特徴がある。

まず、ラウトリッジ版で省略されている箇所は、松原・小林訳でも省略が目立つ。性にかかわる場面、たとえば、夫の面前で平気で愛人といちゃつくラピュータの女性の描写や、スカトロジーにかかわる場面、ラガードの学士院での「人類の排泄物をふたたび原植物に還元しようという」(230)実験なども省略されている。

さらに、スウィフト版から変更省略されたラウトリッジ版とは異なったケースもある。たとえば、きわどい性的な描写がそれである。たとえば、フウイヌム国の牝ヤフーの若い牡ヤフーに対する媚や、知らない牝ヤフー同士の諍い、女性の本能などの描写も、ラウトリッジ版では、数行簡単にふれられている(360)に過ぎないが、松原・小林訳では完全に削除されている。また、スカトロジーに関わる部分では、第一渡航記の皇妃の宮殿火災を消火する場面は、ラウトリッジ版では、ガリヴァーが身体をあらったままにしておいた水を使って消火する（61）方法に変更されるが、松原・小林版では完全に省略される。

また、スウィフト原作およびラウトリッジ版では省略されていないのに、邦訳では省略されている箇所もある。たとえば、フウイヌム国で水浴しているガリヴァーに発情する若い牝ヤフーの描写や、ブロブディンナグ国の罪人処刑のシーンなど、性や残虐性にかかわる場面はかなり省略されている。

さらに、スウィフト版とも、ラウトリッジ版とも微妙に異なる部分もある。その二例を挙げてみよう。まずはブロブディンナグ国での農家の赤ん坊への授乳の場面である。スウィフト版では、乳母が泣き止まない赤ん坊にガラガラで遊ばせようとしたが、効き目がなかった。そのため、授乳をしようとする。その描写は、「あの巨大異様な乳房、我輩あれほど不快きわまるものをまだ知らない」（中野：111）ではじまり、小さなガリヴァーからみた六フィートばかりも聳え立つ乳房の描写がこれでもかと続き、英国の婦人の美しい肌も拡大すれば「とんだ汚い凸凹だらけの鳥肌だ」（111）と断じ、さらに、リリパット国での体験をふまえて、大小の視点の相違によって見方や外見の印象がいかに変わるのかについて言及する。一方、ラウトリッジ版では、赤ん坊用のガラガラに言及しているが、それ以外はまったく省略されている。さらに、松原・小林版では、ガラガラの描写から、乳母の乳房を赤子の肌の描写に変え、そこから英国の婦人の肌との比較へ、さらに、リリパット国での経験へと邦訳を変更する（130–131）。

はたして、訳者の記述通りに、上記の変更がアスター版にもともとあったのか、それとも、松原・小林がアスター版の性的で露骨な部分を省略し、乳母の乳房の代わりに赤ん坊の肌に変更するように意図したのか、現時点では即断できない。しかし、大小の視点のコントラストは興味深いが、少なくとも女性の乳房の詳細な描写は好ましくないと考えたのは確かであろう。

二例目は、フウイヌム国で遭遇したヤフーの詳細な外見描写である。背中から脚足首にかけて長々とした毛が生えているが、それ以外の毛が生えていない部分の描写とその理由説明に関わる比較的露骨な描写は、ラウトリッジ版では、以下のような簡潔な描写に変更される（"... but the rest of their [Yahoos'] bodies were bare, so that I might see their skins, which were of a brown buff colour. They climbed high trees as nimbly as a squirrel..." 296）。

一方、松原・小林の和訳ではラウトリッジ版をそのまま日本語に訳し、そのあとに、傍点のようなスウィフト原作の一部を換骨奪胎して追加し、露骨な描写を省略する。

> 其他の所は皆んな裸體で、鳶色の固げな皮膚であった。尾はなくつて、座ったり、臥たり、又後足で歩つたり、して居た。先の尖つて鈎になつて居る強い大きな爪が前後の足にあつた。だから栗鼠の如に敏捷く木に上ることが出来た。
> （傍点筆者　350）

この部分の修正省略に関しても、訳者がラウトリッジ版に基づき翻訳した後、スウィフト原作を読み、傍点の部分を修正追加したのか、翻訳と同じ原文を参考にしたのかいまひとつわからないが、この例から判断すると、ラウトリッジ版を参考にした傍証のようにも考えられる。

次に、性、暴力、スカトロジー以外の箇所と原作との相違について考えてみたい。この変更は、比較的微細で、あまりに愚かしくみえないようにと意図したためと考えられる。たとえば、通りを歩くバルニバービ人の描写は、原作では「通行人はすべて急ぎ足で、眼は据わっているし、妙に物凄い顔つきだ」（224）（"The People in the Streets walked fast, looked wild, their Eyes fixed, and were generally in Rages." 162）と描写されているが、松原・小林邦訳では、「往来を歩つて居る人は急いで歩き、目はきょろ〳〵として居り」(269)と直され、彼らの異常さは軽減されている風がある。また、ラガード学士院のキュウリから日光を抽出する実験では、「なんでも八年間胡瓜から日光を抽出する計画に没頭しているのだそうで、つまりこの日光を瓶の中にしっかり密封しておいて、冷々する不調な夏などにこれを放出して空気を暖めようというのである」(229)が、松原・小林訳では「此者は胡瓜から光線を抽出ると云ふ問題を八年間研究して居た。胡瓜を瓶の中へ入れて、化學的に目張りをして、激しい夏の空氣に晒して置た」(傍点筆者 277)となる。果たして、傍点部分の変更が、意図的な変更か誤訳なのか、少し判断のつきかねる箇所である。

まとめ

ではここで簡単に、松原・小林共訳についてまとめてみたい。まず、同邦訳の日本の『ガリヴァー旅行記』邦訳史上における意義は、少年少女でも理解できる簡潔な、初めての四渡航記の全訳であることにある。

第二に、従来の邦訳が、原作の政治性に特に関心を示していたのに対し、松原・小林翻訳は、原作の風刺性と同時に、はじめて、原作がもつ冒険物語的、おとぎ話的ファンタジー性を評価した点にある。特に、先に述べた少年読者を含む読者が楽しめる邦訳としても、それ以降日本でも一般的になる『ガリヴァー』の抄訳や児童文学としての作品受容の先駆けとしても、高く評価されるであろう。

第三に、明治時代の社会的・文化的背景の影響を受けている。まず、スカトロジー的描写や性的で残酷露骨な描写はほぼすべて省略あるいは変更されている。さらに、翻訳上、男女の差異に微妙な変更がみられた。先にあげたように、第二渡航記でガリヴァーが王妃とともにテーブルを囲む王女が王子となり、女子教育の場面では、夫の理性的な相談役であるべき妻を教育する原作の発想が、夫の楽しい相談役へと、その理性的な要素が一部削除されている点などもその一例であろう。

要するに、この翻訳のガリヴァー邦訳史における意義は、原作がもつ冒険性と風刺性の全貌を、わかりやすい文章で初めて日本の読者に紹介したという点にあると結論づけられるのである。

五・三　明治の翻訳図像

次に、明治期に大人の読者を対象に出版された『ガリヴァー旅行記』邦訳に掲載された挿絵について論じていきたい。なお、少年読者を対象に抄訳された巌谷小波の「小人島」「大人國」は、後に別章でとりあげるので、本節では論じない。とりあげる邦訳は、先の明治期の翻訳の章で取り上げた三作品――片山平三郎の『鵞瓈皤児回島記』（画家名未記入、一八八〇年）、大久保常吉譯『南洋漂流　大人國旅行』（画家名未記入、一八八七年）、松原至文・小林梧桐共譯『ガリヴァー旅行記』（画家名未記入、一九〇九年）――に加え、島尾岩太郎譯『政治小説　小人国発見録』（夏井潔画、松下軍治発行、一八八七年）、松浦政恭譯『小人島大人島抱腹珍譚』（画家名未記入、東西社、一九〇八年）、吉岡向陽譯『大艦隊の捕獲』（鰭崎英朋画、春陽堂、一九一〇年）、近藤敏三郎譯『ガリヴァー旅行記　小人國大人國』（画家名未記入、精華堂書店、一九一一年）、風浪生譯『ガリヴァー小人島大人國漂流記』（画家名未記入、磯部甲陽堂、一九一一年）の、計八種類である。

『鵞瓈皤児回島記』挿絵

まず、日本最初の『ガリヴァー』翻訳である、『鵞瓈皤児回島記』にそえられた挿絵は、イギリスの挿絵画家

図版5　モートン

図版4『鵞瓈皤児回島記』

であるT・モートンの模写であることはすでに述べた。『鵞瓈皤児回島記』は四六判で、先に論じた緑色のクロス表紙に金の箔が押された挿絵と、彩色口絵が一枚、それ以外に計二七枚の白黒挿絵があるが、すべて一ページに一枚印刷されている。一方、T・モートンの挿絵は同様の構図の彩色口絵が一枚、その他、テキスト内に白黒挿絵が多数印刷されている。たとえば、一ページいっぱいにレイアウトされているものもあれば、本文中にカットとしてレイアウトされているものもある。枚数としては、第一渡航記に関しては三八枚、そのほかに、スウィフトの生涯を描いた‘Life of Dean Swift’ ‘Introduction’に挿入された挿絵が、一三枚ある。しかし、『鵞瓈皤児回島記』では、筆記者によるこの評伝部分に挿絵は挿入されていないために、モートンの第一渡航記の三八枚中二九枚が片山版に、構図描写など大きな変更を加えられずに模写復刻されていることになる。

彩色口絵（図版4、図版5）を比較すると、全体の構図やガリヴァーの容貌ポーズ、色調までほぼ瓜二つである。ただ、細部の描写が、微妙に省略あるいは変更されている。たとえば背後の空に浮かぶ雲の描写や左手背後の建物の描写が簡潔となり、ガリヴァーの足元に並ぶ騎馬隊の位置などが微妙にずれているなど、細部の描写が一部変更されていることから、おそらく日本の下絵画家がもとのモートンの挿絵を模写し、細密描写は一部省略変更したのであろう。

また、一部微細な変更の工夫もみられる。たとえば、日本版では、先の口絵同様、描線が簡略化されるだけではなく、ガリヴァーの風貌が日本風に微妙に変更されている。また、図版4の『鷲璨皤児回島記』と図版5のモートン版では、ガリヴァーの周辺にいる兵士の描写だけではなく数も簡略化され、背後の詳細な描写である草原や建物なども完全に削除されている。また洋装なども親しめなかったのか、胴から左足や靴にかけてのポーズやバランスが、モートン版に比べて不自然である。いずれにせよ、明治の初めての邦訳には、英国で出版されたモートンの挿絵をふんだんに再現しつつ、欄外に日本語の説明を加えるという意欲がみられ、『絵本　鷲璨皤児回島記』と銘打った趣旨もその挿絵の数の多さからも理解されよう。

大久保常吉編譯『南洋漂流　大人國旅行』挿絵

まず、一八八七（明治二〇）年一一月、大久保常吉が翻訳した『南洋漂流　大人國旅行』は、表紙一枚、そのほか、本文には五枚の白黒挿絵がそえられているが、挿絵画家の名前は記載されていない。

表紙（図版6）の中央には袖口にシャツと上着がみえる大きな左手がさしだされ、その掌の上では背広を着て右手にカバンを持った男性が、帽子を脱いで挨拶をしている。この背広を着た小さな男性は風貌からはとても一八世紀の人間にはみえない。また、背後には荒い波間に漂い難破しそうな船がみえるが、同じように帆船ではなく煙を吐く蒸気船と、時代的な相違は明らかだ。[53] 男性は口ひげをはやしている日本人のようにも見受けら

図版 6 『南洋漂流　大人國旅行』表紙

図版 7 『南洋漂流　大人國旅行』

れ、表紙からはいずれもガリヴァーの時代の人物・事物というよりは、この翻訳が出版された明治の時代背景を映しだした図像のように思われる。挿絵画家の名前も明記されていないが、この画家が、大人国への旅行記と銘打った題名から判断して、内容を読まずに、現代風に仕立て上げたのか、それとも「序」にも本文にも原作者ジョナサン・スウィフトおよびイギリス一八世紀の時代背景への言及がないために、作品を読み、架空のイギリスの物語として、比較的自由に旅行記として描いたのか明らかではない。いずれにせよ、この大きな手はブロブディンナグ人を、そしてこの手の上の人物はガリヴァーを示していることだけは確かであろう。

一方、『南洋漂流　大人國旅行』に添えられた四枚の挿絵が、この表紙を描いた画家と同じ画家によるかどうかも、わからない。線描のタッチや詳細な描写などから判断して、同じ人物とも考えられる。本文のほうは比較的、西洋の『ガリヴァー』図像に似通った雰囲気もあり、いずれかの欧米版挿絵を参照にした可能性もある。

たとえば、王宮内でのボート遊びの最中に、紛れ込んだカエルに飛びつかれる場面（図版7）に描かれた丸い水槽や床のタイル

"The ladies gave me a gale with their fans."—Page 137.

図版8　モートン

図版9　グランヴィル

の西洋風な描写などから判断して、なんらかの西洋の挿絵を参考にした可能性は高いと考えられる。しかし、この『南洋漂流　大人國旅行』が出版された一八八七年以前に出版された調査済みの英仏版の挿絵と比較しても、そのソースを断定することはできなかった。たとえば、先のモートンでは、ボート遊びのシーン（図版8）はあるがカエルの場面はなく、水槽も丸形ではない。また、モートンが参考にしたトムソンもガリヴァーとカエルが対峙したシーンはあるが、まったく構図等が異なる。

しかし、一八八三年にフランスで出版されたグランヴィルの挿絵（図版9、10）からアイデアを得た可能性は否定できない。大久保版のガリヴァーが犬にくわえられた場面（図版11）でも、トムソンの挿絵とはまったく異なっているが、グランヴィルの挿絵（図版12）とは、同一とはいえないまでも、アップにした犬の頭と口元にくわえられたガリヴァーという構図のコントラストは、左右逆転ではあるが似ていないともいえない。さらに、鷲にさらわれたガリヴァーが空に運

図版 10　グランヴィル

図版 12　グランヴィル

図版 11　『南洋漂流　大人國旅行』

図版 14　グランヴィル

図版 13　『南洋漂流　大人國旅行』

ばれる場面でも、大久保版（図版13）とグランヴィル版（図版14）は、飛ぶ方向は異なるものの、背後の山並みや、空中に舞う鷲の羽根やガリヴァーの移動用の箱の形まで、両者は類似している。いわば、先行のグランヴィルの挿絵を一部参考にした可能性は否定できないが、たとえそうであっても、大久保版の挿絵はかなり自由に加筆され、独自な画風を出した初めての日本人画家による『ガリヴァー』作品といえよう。

島尾岩太郎譯『政治小説　小人國発見録』挿絵

明治二一（一八八八）年二月に出版された第一渡航記翻訳の第二弾、島尾岩太郎訳『政治小説　小人國発見録』にも七枚の図像が添えられているが、ガリヴァーがブレフスキュの敵艦を引いて帰る場面は、表紙と本文の挿絵が同一であるため、種類としては六種類ある。そこには、「夏井潔画」[54]「潔画」あるいは「K・N」といったサインが入っている。

この島尾岩太郎訳『小人國発見録』の六葉の画は、それ以前に出版された欧米図像と比較検証した結果、E・J・ウィーラーのカラー図版を収録したイギリスのラウトリッジ社から出版された *Gulliver's Travels*（一八九五年）掲載の白黒挿絵と、構図描写等が瓜二つであることがわかった。この版はタイトルページに“A New Edition”と記載されているが、この白黒挿絵が、それ以前の古い版ですでに出版されていたかどうかは、不明である。[55]

アイザック・アシモフ（Issac Ashimov）の *The Annotated Gulliver's Travels* にもラウトリッジ社版と同一の白黒図版が二枚掲載され、それぞれに“Anonymous artist, 1895”（アシモフ 1980: 59）、“Rouget, 1895”（1980: 65）と出典記載がある。島尾の翻訳が一八八八年に出版されていることから判断すれば、それ以前にこのイラストが出版されているはずである。英国版の原画には“E. Forest”、“E. F”、“Rouget”とサインされていることから類推して、アシモフにおける記述である“Rouget”あるいは“E. Forest”のいずれかが画家名あるいは彫版師名、または、両者が画家名と考えられる。しかし、ラウトリッジ社版の白黒のイラストの画家が複数か否かなど、詳しいことはテキストに記載されていない。

しかし、夏井潔がこの版を模写したのは、たとえば、島尾の表紙（図版15）とラウトリッジ版（図版16）を比較すれば、一目同然である。他の五枚の挿絵の場面は、リリパット国の海岸で身体じゅうを紐でつながれ横たわるガリヴァー、身体検査で時計を取り出す場面、リリパットの首都を訪問する許可を申請した場面、宮殿の高官が内密に彼を訪問する場面、そして最後はブレフスキュの港で歓迎されるガリヴァーのシーンであるが、いずれの描写や構図も、このラウトリッジ社版のイラストと酷似していることから、それを模写し日本版に掲載したと考えられる。

政治小説
小人國發見録

図版 15 『政治小説　小人国発見録』
国立国会図書館蔵

Gulliver captures the fleet of the Blefuscudians.

図版 16　ラウトリッジ版
『ガリヴァー旅行記』

松浦政恭譯『小人島大人島抱腹珍譚』挿絵

松浦政恭訳『小人島大人島抱腹珍譚』は、第一渡航記と第二渡航記の簡略版であり、日英対訳版である。日本女子大学校教授である訳者松浦政恭は、緒言に「全國の中學校高等女學校の男女學生諸子に推薦するを躊躇しない」と記しているように、英文は比較的平易で、和文の下には詳しい注がついている点から、学生用のテキストとして出版されたのであろう。

表紙（図版17）は、大きな手のひらに乗るガリヴァーと、そのガリヴァーの手のひらや肩ひざにのる小さな兵士が描かれ、小人国と大人島の両方のイメージが一枚の挿絵に重なりあう。ガリヴァーの衣服は西洋風であるが、顔は東洋風な引き目引き眉の風貌である。輪郭を筆で一気に描き、陰影は墨の濃淡で描写されていることから、明治の日本画家の作によるように思われるが、画家名は記載されていない。

一方、口絵（図版18）にはリリパット国の建物に座るガリヴァーが描かれているが、ガリヴァーのポーズは表紙と瓜二つである。一方、英国のT・モートンの同場面の挿絵（図版19）と比較すると、モートン版の模写であることがわかった。いわば、邦訳口絵のガリヴァーは、モートン版の構図や描写を模写し、ガリヴァーの表情をやや柔和で優美に変えていることがわかる。この口絵と先の表紙を比較してみると、この表紙もモートン版の挿絵に基づいた口絵から背景を切り取り、そこに巨大な手を書き込むことにより、大人の国のイメージも重ね合わせたことが判明した。この松浦政恭訳の挿絵や片山平三郎訳の挿絵からも、明治の図像は、かなりモートンから影響を受けたといえるだろう。

松原至文・小林梧桐共譯『ガリヴァー旅行記』挿絵

先の翻訳の章でも述べたが、松原至文・小林梧桐共訳『ガリヴァー旅行記』に挿絵は挿入されているが、画家

『宛然一個の地球儀なり。これ大人の神なるなからんや』二七頁

図版 18 『小人島大人島抱腹珍譚』

對譯
西洋御伽噺叢書
第四
GULLIVER'S TRAVELS
IN WORDS OF ONE SYLLABLE.
松浦政泰譯註
小人島大人島抱腹珍譚
東京神田
東西社

図版 17 『小人島大人島抱腹珍譚』表紙

"These gentlemen made an exact inventory of everything they saw."—Page 25.

図版 19 モートン

の名前は無記入である。しかし、本文に挿入された三枚の白黒の口絵は、ラウトリッジ版のE・J・ウィーラーの挿絵のほぼ正確な複写を白黒図像に変えたものであることは、ラピュータ国王に拝謁するガリヴァーの挿絵（図版20、21）を比較するだけでも、明白である。他の二枚のうち、一枚は第一航海記でガリヴァーが全身をひもで地面につながれた場面と、もう一枚は馬の国で主人のフウイヌムと会話を交わす場面であり、さらに、挿入された図は、ラウトリッジ版には掲載されていないが、ラピュータがバルニバービを飛行するメカニズムを示す、初版本に掲載された地図の一部を左右逆転したものである。

表紙（図版22）は、オレンジ色のバックに、リリパット国の軍隊がガリヴァーの開いた足の下を行進する白黒の挿絵が中央に配されている。さすがに、表紙までラウトリッジ版の挿絵をそのまま復刻するのは気が引けたのか、ラウトリッジ版のウィーラーの同場面の挿絵（図版23）を少し変更して左右反転させて使用しているように思われる。両方の挿絵にみられるような帽子の形は、現在までの調査によると、松原至文・小林梧桐共訳が出版

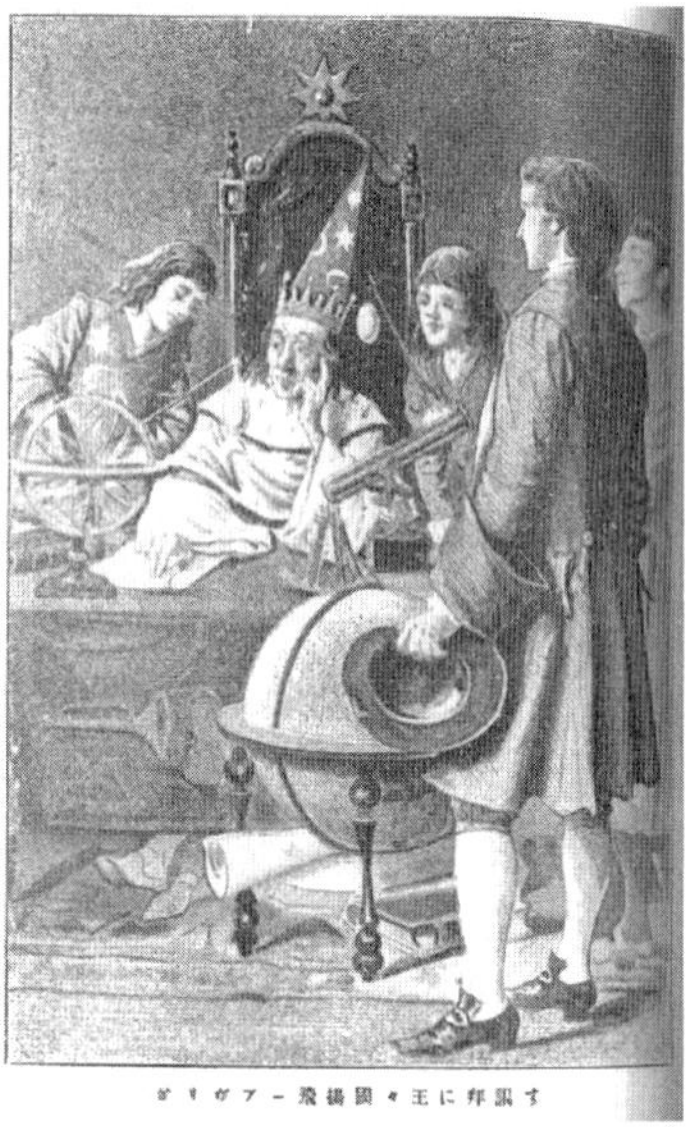

図版 20　松原至文・小林梧桐共訳

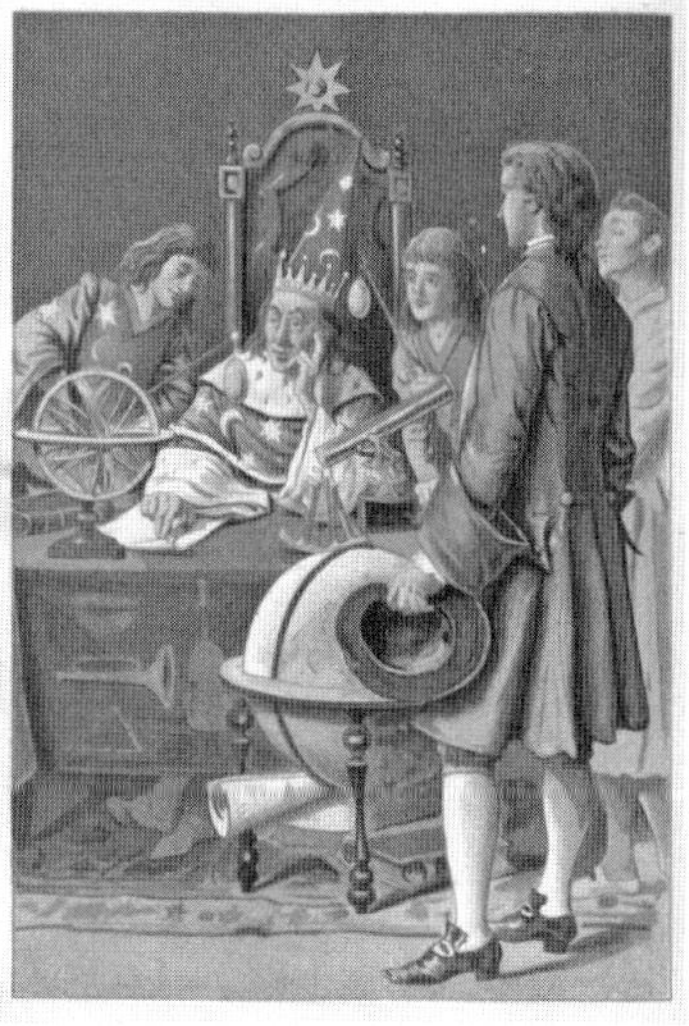

図版 21　E. J. ウィーラー

図版22　松原至文・小林梧桐共訳　表紙

図版23　E. J. ウィーラー

された一九〇九年までの英版『ガリヴァー旅行記』挿絵史においては、グランヴィルとこのウィーラーの図版にしかみられない。

まず、グランヴィルの挿絵の軍隊の行進の場面（図版24）とラウトリッジ版、松原・小林版を比較してみよう。グランヴィルの挿絵では、足を開いたガリヴァーが真正面から描写され、両挿絵は左右反転しているが、ウィーラーの挿絵では邦訳と同じようにかすかに正面からわきの視点から描かれている。さらに衣類に関しても、フランス版ではやや短いベストの上にベルトを締めているのに対し、邦訳とウィーラーの挿絵は同じように、やや長い膝まで達するポケットのついたベストを身に着け、上着もグランヴィルでは上襟と下襟がついているが、ラウトリッジ版、松原・小林版では、同じ立ち襟である。また髪型もグランヴィルでは両サイドから長い髪がみえるが、ラウトリッジ版と松原・小林版では髪を後ろに束ねているからか正面からはみえない。行進は横一列の隊列が何列も続いており、馬上の将兵が行進を先導しているのも共通している。しかし、邦訳のガリヴァー

図版24　グランヴィル

はやや優し気な雰囲気を漂わせ、左手を小さな建物に置き整列した行進を見下ろし、西洋版は両手を腰あるいは脚に当てている。どちらの影響を受けているかを断定できないが、この邦訳版の他の口絵がウィーラーの複写である点と、帽子や衣服などの共通点から考えて、この邦訳の画家も、ラウトリッジ版を参考にし、少し描写を変更したと考えられる。しかし、この表紙のガリヴァーの容貌や雰囲気の相違以外、あまり独創的な要素もなく、残念ながら、日本の『ガリヴァー』図像としては比較的凡庸だといえよう。

吉岡向陽編『大艦隊の捕獲』鰭崎英朋画

本書は「家庭お伽話」の第三九篇にあたり、目次には吉岡向陽の『大艦隊の捕獲』と高野斑山『待賢門の戦』の収録が記載され、表紙、口絵、挿絵の挿絵は鰭崎英朋が担当と記されている。鰭崎英朋（一八八〇—一九六八）は、挿絵画家、浮世絵画家、日本画家として活躍したが、新聞や雑誌の挿絵も多く描いていた。『大艦隊の捕獲』は第一渡航記の簡単な抄訳であり、わずか二二ページ程度の書であるが、うち一〇ページが挿絵で占められている。内容はリリパット（邦訳ではリリプット）国にいる大きなガリバーがブレフスク国の大艦隊を捕獲し、両国が講和し、めでたし、めでたしで終わる。

しかし、『大艦隊の捕獲』の図像は、二色刷りの表紙、カラー口絵、そして、見開き二ページにわたる挿絵が

図版 25　鰭崎英朋　大阪府立国際児童文学館蔵

図版 26　モートン

五枚であることから判断して、この雑誌はかなり絵が主体の子ども用と判断することができるだろう。鰭崎英朋による表紙（図版25）は、モートンの同場面（図版26）の模写である。（なお、片山邦訳にはこの挿絵は挿入されていない。）しかし、残念ながら吉岡のテキストには、このガリヴァーを反逆罪に問う陰謀を秘密裏に注進に来た高官の話に耳を傾ける場面はなく、「ナルダックの爵位」を賜った後に、国王からブレフスク国の軍艦を残らず引いてくるように乞われたのに対し、ガリヴァーは「「自由勇敢の人民を奴隷にする道具になることわどうしても出来ませぬ。」と、明らかにお断りを申し上げました」（1909：22）となり、講和が成るので、この場面は鰭崎が本文を十分吟味せずに（あるいは文章を読まずに）モートン版を参考にして描いたものと考えられる。鰭崎は筆で一気に描写しているために、まったく同じ構図描写であるものの、英文挿絵以上に、臨場感と彼独自の解釈がみられる。

　つまり、錆茶色を背景とした墨の濃淡のコントラ

図版27　鰭崎英朋　口絵

図版28　モートン

ストなどから、夜遅く訪ねてきた高官から自分に対する陰謀を耳にするガリヴァーの心中——瞳孔のはっきりとみえる目に宿る猜疑心や疑念など——が、オレンジ色の灯に浮かびあがる彼の横顔から、モートンのイラスト以上に、よりいっそう鮮やかに浮かび上がる。

口絵（図版27）も、モートンの同場面（図版28）の模倣である。しかし、この口絵は筆で描いたのかペンで描いたのかは詳しくわからないが、細密描写であるためか、先の表紙ほど、特徴的ではない。モートンが線を使い陰影をつけているのに対し、鰭崎は彩色でその陰影を表現する。しかしながら、ほぼモートンの描写に近く、表紙ほど彼の日本画家としての醍醐味はみられない。ただ、彩色されているために、レモンイエローを背景に、船の茶色と海の群青、さらにガリヴァーの衣装の白が際立つ。軽やかな色使いで、艦船を何隻も捕獲し海の中を引いていくガリヴァーの大胆さと軽やかさを、効果的に描き出し、読者の少年少女の好奇心をわくわくさせ魅了

図版 29　鰭崎英朋

図版 30　モートン

する。

さらにテキスト内の挿絵では、見開き二ページを使い、モートンとは異なる、シンプルな線描を駆使する。たとえば、白黒の挿絵の一枚（図版29）は、ブレフスク国の艦隊をリリパットに捕獲してきた場面であるが、鰭崎はモートンの原画（図版30）をもとにしながら、二ページ見開きを使って、彼が捕獲した艦船を右ページいっぱいに描く。その結果、艦隊の威容とガリヴァーの力が、よりいっそう、誇示される。その他の四枚の挿絵は、モートンの挿絵から直接影響を受けていない分、日本の伝統技法を使っている。たとえば、背景に余白をとることにより、前景の人物や対象を、より鮮明に生き生きと浮き出させている。

要するに、鰭崎のガリヴァー図像は、モートンの原画をかなり忠実に再現しながらも、随所に日本画の技法を駆使ししている点に特徴があったといえよう。

近藤敏三郎訳『ガリヴァー旅行記　小人國大人國』挿絵

一九一一年、近藤敏三郎が翻訳した『ガリヴァー旅行記　小人國大人國』は、タイトル通り第一・二渡航記の翻訳であるが、画家名は明記されていない。しかし、彩色表紙には“SK”あるいは“SKT”を省略したようなサインのマークがあり、また二枚の白黒口絵には、左下に同じマークと“Kondo”というサインがある。果たして、訳者の近藤敏三郎が自分で描いたとしたらかなり絵心があったと考えられるが、同一人物かどうかはわからない。

まず、表紙（図版31）の人物描写はかなり独創的である。右手の白いひげを生やした老人は、農地でガリヴァーを見つけた農夫であろうが、従来の画像ではよくみられる鎌ももたず、また普通は農夫がかぶらないような帽子をかぶってガリヴァーを指さす。背景の黄緑の茂みは麦畑というよりは草むらのようにみえる。一方、左手のガリヴァーは同じような帽子をかぶり、大人に見つけられて立ちすくんでいるようだ。

この近藤の挿絵を、欧米の主要な画像と比較すると、まず、フランスのグランヴィルの挿絵（第五章図版56）とはまったく異なっていることがわかる。グランヴィルは、矮小なガリヴァーの視点から見上げるように巨大なブロブディンナグの農夫の威圧感と、その前の麦の影を逃げ惑うガリヴァーの恐怖と不安、矮小さを際立たせる。

図版31　近藤敏三郎訳『ガリヴァー旅行記　小人國大人國』表紙

また、日本の邦訳でよく使われてきたモートンの挿絵では、ガリヴァーの恐怖をさらにクローズアップして、頭上に迫る農夫の靴が迫真的に描かれている（図版32）。一方、島尾岩太郎訳『政治小説　小人国発見録』の挿絵が参考にしたラウトリッジ版のウィーラーのカラー（図版33）と近藤敏三郎の表紙を比較すると、構図などの類似性はないわけではない。というのも、両方の図像では、農夫は右手に立ち、左下のガリヴァーを見下ろし、背後に広がる背

図版 32　モートン

図版 33　E. J. ウィーラー

の高い麦畑や、左右逆転ながらその麦畑の後ろにみえる木立などのアイデアをウィーラーの挿絵から得た可能性が否定できないからだ。もちろん農夫の帽子や衣服などの服装品は微妙に異なり、英版にみる農夫の鎌やかばんなども邦訳では省略されるなど、小さな相違点もあるが、農夫とガリヴァーの左右の構図、互いが見合う瞬間を選択した点、農夫が右手を出しているポーズとその比較的長い顎鬚など、先に出版された『南洋漂流　大人國旅行』の挿絵などともまったく異なる点などからも勘案して、このウィーラーの挿絵からアイデアを得て、日本風に描写し直した可能性が高いように思う。

　次に近藤訳のモノクロームの口絵二枚を取り上げてみよう。まず、小人国でガリヴァーが右手にリリパット人を乗せて立つ場面（図版34）は、結論からいうと、まったく同じ挿絵を西洋で見つけることはできなかった。しかし、ガリヴァーが被る帽子のつばの形は、知る限りの西洋挿絵のなかでは、グランヴィルとウィーラーでしか見つけることができなかった上に、

図版 34 『ガリヴァー旅行記 小人國大人國』口絵

図版 35 『ガリヴァー旅行記　小人國大人國』口絵

衣服がそれまでのほとんどの挿絵に描かれている上着にベストさらに短いズボンで、靴も従来のガリヴァー図像と同じであることを考え合わせると、何らかの西洋挿絵、特にラウトリッジ版を基本に、物語のエピソードを組み合わせ描いた可能性が高いと考える。あるいは、ラウトリッジ版に影響を受けた松原・小林版の表紙絵から影響を受けたとも考えられる。ガリヴァーはエレガントな風貌と物腰で、左手を腰に当て、右手の手のひらの上の三人のリリパット人を優しく見下ろ

図版 36　E. J. ウィーラー

している。その足元や左手の通りでは、手のひらのリリパット人よりはるかに小さいリリパット人が描かれている。墨の濃淡で描かれ余白を残す日本画に特有な手法と考えられる。

もう一枚の白黒挿絵（図版35）では、鷲がガリヴァーの箱をくわえ、翼を広げて大海原を悠々と飛行している。海上の波は泡立ち、箱から小さなガリヴァーが叫んでいる様子がみえる。ウィーラー（図版36）をはじめとして多くの西洋画家がこの場面を好んで描いているが、この邦訳挿絵の特徴は、鷲の翼の描写に違和感があることである。眼光は鋭く飛翔感はあるものの左右の翼と左手背後の鳥の身体の位置が、不自然で、鳥の形態を忠実に再現しているようにみえない点、あるいはプロの画家の作ではないのかもしれない。

要するに、近藤の邦訳図像は、従来の西洋挿絵の模倣ではなく、場面選択においても、対象の形態においても、独自の解釈を加えている点、興味深い作品ではある。しかし、ある種、余技的な作品とも考えられ、サインを残している点から考えると、あるいは訳者本人やその家族の可能性も否定できないのではないだろうか。

風浪生訳『ガリヴァー小人島大人國漂流記』挿絵

一九一一年、磯部甲陽堂から出版された、風浪生の『ガリヴァー小人島大人國漂流記』には、二色刷りの表紙と裏表紙、二枚の挿絵を重ねたモノクロの日本画風口絵が一枚ある。画家名は不明であるが、口絵には、雅号であろうか「研磨」とサインされているようであるが、詳細はわからない。

まず、表紙（図版37）は煙をたなびかせ波間を進む蒸気船が描かれているが、ガリヴァーの時代の帆船ではない。また、裏表紙（図版38）には巨大な手に乗り小さな剣をつるしたガリヴァーと思われる人物が描かれている。時代考証などのずれはあるが、いずれも航海記や小人島をイメージさせる画像である。あるいは、先に論じた大久保の『南洋漂流　大人國旅行』の表紙の影響をうけたのかもしれない。

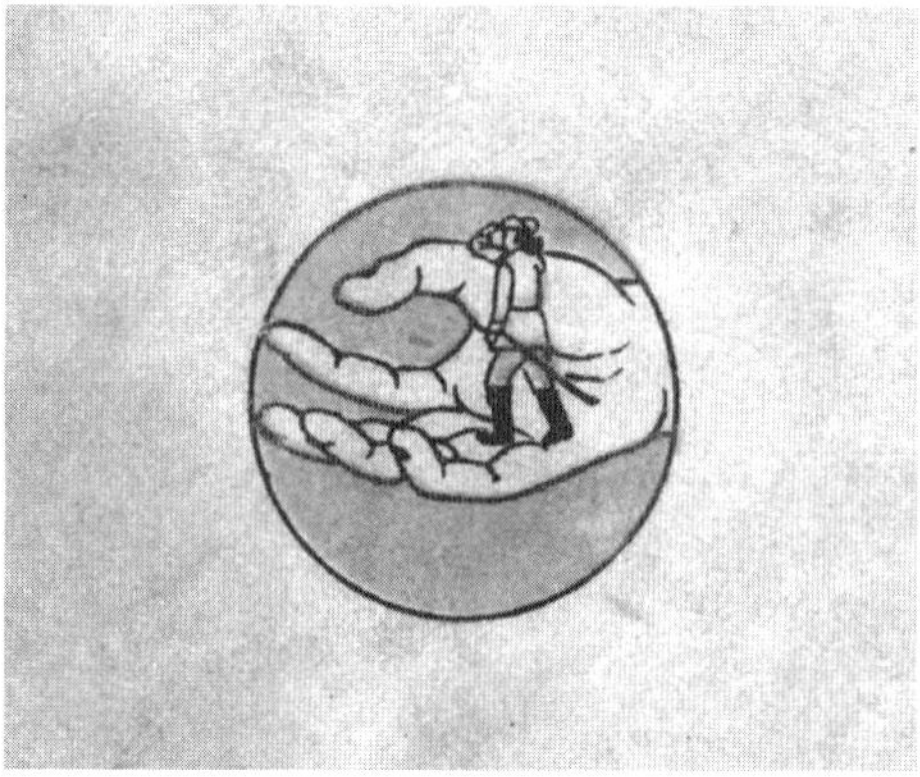

図版 38　『ガリヴァー小人島大人國漂流記』裏表紙
国立国会図書館蔵

図版 37　『ガリヴァー小人島大人國
漂流記』表紙
国立国会図書館蔵

図版 39　風浪生訳『ガリヴァー小人島大人國漂流記』口絵　国立国会図書館蔵

反面、口絵（図版39）は水墨画あるいは日本画風で、二枚重ねの大きな絵では、ガリヴァーが車台に座っているが、テキストの内容とは齟齬がある。英文テキストでも、邦訳でも「又動くと不可いといふので、余をば車へシッカト括りつけたのである」（風浪生 1911：20）と訳されているが、珍しい横縞の靴下を履き水玉模様のスカーフとカフスをつけているガリヴァーは車台の上に括り付けられる代わりに、車台で小人島の人々を楽し気に眺めている。一方、左手上部の口絵では、日本風な衣類を着た位の高そうな女性が岩の上に座り、小さなガリヴァーを見下ろしている。風浪生の翻訳に出てくるそれらしい登場人物のなかでは、宮殿の女王が一番近いが、女王がガリヴァーに対面するのは宮殿内であるので、この海岸での対面とは内容が一致しない。詳細はわからないが、おそらくガリヴァーと女王の対面を、風光明媚な海岸あるいは平原に配置して描いたのか、テキストまで詳しく読み込んでいなかったのか、断定はむつかしい。女王は東洋風な風貌で長い黒髪に冠のような髪飾りをつけ、上半身は着物、下半身は長い袴のようなものを身に着けている。長い首飾りが胸元を飾り、右手を挙げて何かを誓っているガリヴァーに答えているようにもみえる。背景はやはり余白を多用し、遠景は日本画の技法により山河を薄墨で描き、遠近感を効果的に出している。いずれの口絵も明治期の邦訳に添えられた挿絵のなかではかなり独創的である。おそらく、ある程度腕の立つ画家が描いたのであろう。

まとめ

明治期に出版された大人用の翻訳は、原作の政治的なアレゴリーや風刺に関心を示したものが多く、その多くが第一・第二渡航記を中心としている。そのためか、あるいは図像にはあまり注意を払わなかったのか、初訳である片山平三郎の邦訳も「絵本」と題しているにもかかわらず、モートンの挿絵をそのまま日本の職人が再現した図像となり、あまり個性が感じられない。また、多くの挿絵は、画家名が無記名であり、あったとしても欧米の挿絵を参考にして、構図や場面選択、登場人物や情景をそのまま再現した作品が多かったのは、実に残念であるが、出版社あるいは訳者は大人用の翻訳であるがために、物語の冒険性や想像性のようには、挿絵としての視覚性が読者の興味を引くとは考えなかったのかもしれない。あるいは、一部「絵本」と銘打っていても、子ども用の読み物として限定していなかったために、絵に多くの関心を払わなかったのかもしれない。

なかでも、最も興味深い作品は、風浪生訳『ガリヴァー小人島大人國漂流記』に添えられた水墨画の口絵であろう。画家はテキストを十分に読み込んでいるわけではない要素もあるが、かなり自由な想像力を駆使して、日本の伝統的な身分の高い女性や優雅な風情のガリヴァーを、墨の濃淡を使って描き出す。さらに大きくとった余白や墨の濃淡を使い、背景を薄墨で描くことにより、前景の人物を際立たせている。

残念ながら、明治期の多くの邦訳図像は西洋図像の復刻であり模倣であった。しかし、子ども用の再話は、大人の物語以上に視覚性を重視する。その意味で、次章で論じる、少年用に抄訳された巌谷小波の『小人島』『大人國』は、文字テキストとしても視覚テキストとしても、外国文化の明治日本への受容という意味で、興味深い資料といえるだろう。

五・四　明治の児童文学翻案——巌谷小波『小人島』『大人國』（一八九九年）

はじめに

巌谷小波は、明治の児童文学、特に、日本の少年文学において、きわめて重要な貢献を果たし、多岐にわたる活躍をした。児童雑誌の編集、『こがね丸』の創作、世界の名作のリテリングの執筆編集を体系的に成し遂げ、ドイツのベルリン大学で日本語を講じ、日本の近代児童文学の創設に多大な貢献をした。

本節では、明治の『ガリヴァー旅行記』翻訳、とりわけ、巌谷小波が『世界お伽噺』シリーズのなかに挿入した『ガリヴァー旅行記』翻案『小人島』『大人國』をとりあげ、日本の帝国主義政策と少年教育という明治日本の思想との緊密な関わりと、文学・図像作品としての巌谷の翻訳作品の特徴とその独自性について考察したい。

少年教育とポストコロニアリズム――帝国主義教育と立身出世主義

中江和恵は、日本の近代化に大きな影響を与えた思想家として福沢諭吉をとりあげ、当時の子どもがいだく立身出世の理想について次のように論じている。

> とはいえ、この時代の少年たちの多くが、学問による立身出世の到達点として思い描いたのは、民間にあって自分で産業を興し、商店や町工場からブルジョアにと発展するという図式ではなく、官職に就き、軍や政治の世界に身を置き、高い社会的地位と安定した収入を得るという姿であった。
>
> （中江和恵・森山茂樹 2003：279）

この学問による立身出世志向は、「明治中期以降は、中産階級の家庭で育った少年たちだけでなく、明治初期にはまだ競争に参加することの少なかった平民の子どもたちも、豊かな生活を求めて上級学校への進学を目指すようになるのである」（中江 2003：292）。しかし、学問による立身出世は、少年のものであり、同じ子どもでも、少女たちの教育目標は、社会や学問ではなく、家庭にあった。いわば、小学校で優秀な成績を修め、向学心に燃えて女学校に学び、結婚して母となった少女たちの多くは、社会で活躍することなく、中産階級の家庭の主婦となり、良妻賢母のスローガンのもと家庭で夫や子どもの立身出世を支えることになる。

こうした明治期の児童教育の中核は、学校教育とくに教科書に集約される。一八八六（明治一九）年、教科書は検定制となり、一九〇四（明治三七）年には国定教科書が使われはじめる。いわば、立身出世主義に基づき、日本の帝国主義的政策に合致した軍国少年の育成が、明治政府の一つの教育理念となり、教科書がそれに深く関与したのである。教科書の検定や統制に従うかのように、子どもの読み物の内容も変化していく。「日本の近代社会と児童観」のなかで、佐藤忠男はその変遷について、次のように具体的に語っている。

明治の一〇年代、二〇年代、三〇年代でどんどん内容が子どもっぽくなっていきますね。これは非常にはっきりした現象です。

近代になればなるほどそれは非常にはっきりした現象で、それが完成するのは、だいたい日露戦争を境にしてじゃないか、それ以前というのは、たとえば金もうけというのはいいこととして、投機なんかちゃんと教科書で教えていますよね。……明治五年から一〇年ころには、おとなの世界の壮士調の天下国家に関する議論がそのまま教科書に入ってくるわけです。……つまりおとなの世界の議論を多少かみくだいた形でそのまま子どもに読ませる。それが二〇年代くらいになると、さっきのおとなの政治談義は排除されて、しかしふつうの庶民の処世術はそのまま残っています。……要するにおとなの世界の中の教えにくい部分は全部消毒されるというのは、だいたい明治三〇年代に完結するんじゃないですか。つまり日本の国家が形を整えるのに歩調をそろえて、子どもはおとなの世界の実態から目をふさがれていきますよね。（1974：189–190）

子どもがおとなと同じ読み物を共有しなくなった明治三〇年代、巌谷小波が子どもの文学を創設したのは、偶然ではない。しかし、巌谷の創作活動は、子ども自身の興味や関心に沿うだけではなく、明治の風潮である帝国主義的立身出世主義・啓蒙主義と同時に、それ以前の江戸期の勧善懲悪主義に根ざした旧態依然たる教訓主義をも、内包しているのである。船木枳郎は、巌谷小波をはじめとする当時の児童文学を評して、「みんな勧懲的で当面の明治政策を肯定して「進取的勇武、忠義、任侠のおとな」または少年を主人公として「生命を鴻毛のごとく軽んじ」、「国家権力に従順、忠誠」」(船木 1976: 48) な人間像を希求したと述べているが、とりわけ、少年の読物として一世を風靡した少年冒険小説や海洋冒険小説、軍事探偵小説などは、教訓性や娯楽性を兼ね備え、少年の好戦心や海外覇権を煽る読み物であった。たとえば、ジュール・ヴェルヌ (ベルヌ) の原作『二年間の休暇』(*Deux ans de vacances*, 一八八八年。『十五少年漂流記』とも題される) は森田思軒によって『十五少年』として、明治二十九年に『少年世界』誌上で翻訳連載され、子どもたちの人気を博し、押川春浪による英雄冒険小説の興隆へとつながっていく。この冒険小説の系譜は、巌谷の文学理念に合致し、支持されるが、その後、第二次世界大戦後にいたるまで、少年文学において重要なジャンルとして継承発展していくのである。滑川道夫は、この冒険小説の流れと、巌谷小波や軍国主義的な時代思潮の関係について、次のように論じている。

春浪は処女作『海島冒険奇譚　海底軍艦』を小波に認められ文武堂 (明33) より出版、以降「英雄小説」とよぶ冒険小説を続々と発表した。……日露戦争前後の高揚された国民感情にむかえられ、海外発展・富国強兵の理念に同調し、青少年の志気を鼓舞する役割を果たした。……

かれは小波の関係で、博文館の「冒険世界」の主筆 (明治41) となり、四十四年には辞任、翌一月、自ら「武侠世界」を発行し、作品を発表した。ベルヌや矢野竜渓の影響を受け、構想雄大な空想性を非合理の世界に生かして、少年層の刺激的興味を誘い、日本帝国の海外発展の立志をあおった。

(1988: 180)

こうした押川に代表される英雄冒険小説は、日本帝国主義の海外覇権と荒唐無稽な空想性が結びつき、明治の少年たちの心を捉えたのである。いわば、ファンタジーと冒険譚がナショナリズムとヒロイズムに結びついたといえる。

この英雄冒険小説のジャンルは、巌谷小波の児童文学雑誌の編集方針にも合致し、さらに少年の心を捉えるようになるのであるが、その興隆に寄与したのが、先のヴェルヌの『十五少年』にみられる翻訳小説の流行である。すでに江戸末期や明治初期より、『イソップ』、『アラビアンナイト』、『ロビンソン・クルーソー』等の外国文学作品が、『魯敏遜漂行記略』(横山由清訳、安政四年)、『魯敏遜全伝』(斉藤了庵訳、明治五年)、『通俗伊蘇普物語』(渡辺温訳、明治六年)、『開巻驚奇暴夜物語』(永峯秀樹訳、明治八年)、『回世美談』(ロビンソン・クルーソー)(山田正隆訳、明治一〇年)、『鵞瓈皤児回島記』(片山平三郎口訳、明治一三年)などの邦題で、大人の読者を対象とした翻訳文学として刊行され、西洋文化の紹介に寄与していたのであるが、この大人の読み物としての外国文学紹介を、子ども特に少年を対象にした読み物である「少年文学」として嚙み砕いて啓蒙し、あらたな西洋お伽噺というジャンルを創設したのが、巌谷小波の博文館を中心とした児童・少年向き雑誌における「少年文学」活動だったのである。

滑川道夫は、明治期の児童文学の時期を総括的に二つの時期、明治初めの巌谷以前の「未明期」である移植海外文学の翻訳紹介期と、明治二四年から末までの「お伽噺期」である小波を中心とするお伽噺・お伽文学・少年小説の形成過程をふくんだ時期に、大別している(滑川 1988：171)。いわば、明治後半期における、巌谷小波の編集者・作家としての児童文学活動は、単なる『こがね丸』にはじまる作家活動にとどまらず、日本や西洋の作品を子どものための文学として啓蒙し、広く紹介する一大運動となったのである。

巌谷小波と帝国主義教育と立身出世主義

桑原三郎は、巌谷小波の児童文学における偉業について、次のように総括している。

小波はといえば、『こがね丸』を書いた時が満二〇歳という若年であって、その後、二四歳で博文館の雑誌『少年世界』の主筆となり、以来、昭和八（一九三三）年、六三歳で亡くなるまで、その社会的活動のほとんどを、日本の少年文学、児童文化の発展のために捧げた観があるのである。その膨大な業績は、単に前人未踏というにとどまらず、今日まで、あとに続く者を寄せつけないほどである。

どういう仕事があったかといえば、まず第一には、『少年世界』『少女世界』『幼年世界』『幼年画報』などの博文館の子供の雑誌に寄せた創作児童文学——お伽噺と小波は名づけた——があげられよう。……

第二は、『日本昔噺』や『世界お伽噺』で代表されるリテリングの仕事である。『日本昔噺』が全二四編、『日本お伽噺』が同じく二四編。『世界お伽噺』が全一〇〇編……。

第三に、小波の仕事は、お伽噺の創作や再話にとどまらず、日本の児童文化全般の進歩向上にかかわっていたことである。子供のための唱歌や芝居の創作も忘れてはならないし、絵本などの出版文化の改良にも精力的に取り組んでいる。さらには、歴史、地理その他の啓蒙的な著作もある。教科書の改良や、仮名遣いの改革運動もある。それから、直接に子供に語りかけるお伽口演の活躍など、多方面に及ぶ貢献があげられるのである。

（桑原三郎 1983: 62–63）

明治の児童文学を一人で牽引したかの観のある巌谷小波は、一八七〇年六月六日、巌谷一六の三男として、東京麹町で生まれる。父は旧水口藩の藩医で、明治新政府の太政官の内吏を務め、後に貴族院議員となる。小波の本名は季雄。将来は西洋医学の医者として立つために、八歳から課外でドイツ婦人クララからドイツ語の薫陶を受ける。しかしドイツに留学中の兄から送られたメルヘンに触発され、将来を文学に舵を取り、多岐にわたる児童文学活動に生涯を捧げることとなった。なかでも、彼の代表作『こがね丸』(一八九一年)は、こがね丸という犬を主人公にしたあだ討ち物語であるが、森鷗外の序文もあいまって、人気を博す。「筋が明快で、しかも波乱に富んだ展開が、好奇心をかりたて、少年少女に深い感銘を与えた。漣[小波]の名声は一躍高まった。その時の漣の喜びはひとかたならぬものがあった。これによって、漣の『少年文学』への決意は固まったのである」(巌谷大四 1974: 70)と小波の四男大四が『波の跫音——巌谷小波伝』で、当時二〇歳という若さであった父の文学への自負を回想している。

一九〇五(明治二八)年、巌谷小波は主筆として少年雑誌『少年世界』を創刊したが、その背後には、日清戦争後の高揚した時代背景と、時代の要請に呼応した帝国主義的少年教育があった。勝尾金弥は、『巌谷小波　お伽作家への道——日記を手がかりに』のなかで、巌谷の『少年世界』創刊構想について、「より幅広い層の読者対象に、より多角的に日清戦争についての情報を提供し、彼らの考えを深めるというのは、大いにやる気をそそられる新たな事業あるいは挑戦だった」(2000: 189)と述べ、『少年世界』に掲載した広告文を引用しているが、以下に一部紹介したい。

○論説=少年が警醒し、発奮し、進取すべき活きた問題を論ずる。
○史伝=中外英俊の伝記、有名な内外の戦争や歴史上の出来事の記録。……
○文学=明治文壇作家による詩歌文章の作り方についての解説。

○小説＝明治文壇の著名作家や新進作家の新作。
○征清画談＝征清戦役の経過、海軍陸軍の将士の試勲の詳細な記録、内外の情勢報告。……

（勝尾 2000：190）

勝尾は、巌谷が時局や英雄小説、少年への意識高揚などの時代精神を生かした編集を目指していたと、その心中を忖度しているが、反面、文学者巌谷自身の文学や小説に対する意識は、広告文をみる限りは、意外と低調であることがわかる。彼は文学者としては「西洋お伽噺」「少年文学」というあらたなジャンルを打ち立てようと意気込んでいたのであるが、雑誌の主幹としては既成の著名あるいは新進の作家に文学的作品を依頼するという編集方針をとっていたことは興味深い。しかしながら、上記の広告からも、『少年世界』が日清戦争前後の時代背景のなかで軍国的な帝国少年啓蒙教化に力を入れていたことがわかるのである。

巌谷は、その後、『少年世界』から『幼年世界』（一九〇〇年）、『日本お伽噺』（一八九七年）、『世界お伽噺』（一八九九年）へと、博文館を中心として、編集翻訳者として活躍の幅を広げていくが、まさに当時の日本は欧米列強の仲間入りを果たすべく、国を挙げて日清・日露戦争に連勝して、海外覇権を目指し、植民地拡大をめざしていた。こうした時代背景のなかで、少年文学作品が、時代の要請に応じたかたちで翻案創作されていったのである。

明治三一年、巌谷は二九歳で二〇歳の勇子と結婚し、『世界お伽噺』の連載をはじめる。明治三二年には、『ガリヴァー旅行記』の翻案『小人島（ガリバア島廻上編）』が第九編に、さらに『大人國（ガリバア島廻下編）』が一二編に、収録出版される。翌年一〇月、巌谷はベルリン大学付属の東洋語学校に日本語科講師として招聘される。いわば、巌谷が西欧文化をドイツで意欲的に取り入れるその直前の時期、『こがね丸』出版から一〇年を経た、文学者としても翻案者としても十分な経験をつんだ時期、三十歳で、『小人島（ガリバア島廻上編）』『大人國（ガリバア島廻下編）』を、翻案したのである。巖谷は二年間のドイツ滞在後、一九〇三年には早稲田大学文学部の講師となり、一九〇六年には文部省嘱託として国定教科書の編纂に参与し、一九三三年に没する。

『世界お伽噺』

巖谷は『世界お伽噺』第一篇の「諸君！」と題する緒言のなかで、このシリーズの性格について次のように解説している。

> 殊に此度の世界お伽噺は、従来の昔噺、お伽噺と異ひ、總て材料を世界各國から取らなければ成りません。而も此種の著述書は、日本にまだ類が無いのですから、……。
> さて今度の「世界お伽噺」、これは何に属するかと云ひますと、今一概には云へませんが、主としてザアゲ［古来の云ひ伝え］を取り、それにメェルヘンの有名なものを補つて、全部を完成させる心算です。……只成るべく愉快な、成るべく活發な、そして成るべく大きな噺を、選んで見やうと思ふのです。
> この大きな噺とは、只話の長いのを云ふのではありません。其事柄の壮大な、其意味の積極的なのを云ふので。これは讀者の精神を、之に依つて引立たせ、少年諸君の気性をば、之に依つて鼓舞しやうと思ふ、云はゞ編者の用意であるのです。
> （傍線筆者、1899：1–6）

巖谷は世界各国の伝説や童話を選び、読者である少年の「精神を引立て」「鼓舞する」意図をもって、『世界お伽噺』を編集した、と述べる。彼はこのシリーズで、日本の読者である少年たちに世界の冒険小説や英雄小説を紹介し、「愉快」で「活発な」「壮大」な話で、明治の帝国少年の眼を世界に向け、彼らを「鼓舞」育成する意図をもっていたのである。桑原三郎は、巌谷の『世界お伽噺』のリテリングの仕事に言及して、「ラジオもテレビも無かった明治の日本の少年達の想像力にどんなに強力に訴えたか、今日となっては想像に絶するものがあったように思います」(1979: 314) と述べている。この『世界お伽噺』は、ほぼ九年の歳月を費やし、明治四一年に一〇〇巻の発刊を終了するが、そのなかには、『ロビンソン・クルーソー』の翻案である『無人島大王』なども含まれ、世界の名作を原作のアウトラインに沿いながらも、日本の子どもが面白く楽しめるわかりやすく生き生きとした話として伝えようという意図が、その編集方針からも窺える。『世界お伽噺』の親しみやすさは、日本人画家による挿絵にもみられる。

瀬田貞二は、『日本昔噺』二四冊、『日本お伽噺』二四冊、さらに『世界お伽噺』一〇〇冊および『世界お伽文庫』五〇冊の刊行という、巌谷の外遊前後の活躍について、その功績を次のように評価している。

これは『世界お伽噺』」、神話伝説昔話はもとより、アンデルセンやハウフの童話からロビンソンやガリバーまで、六十余ページのなかに墨版の挿絵十余を配して月刊にして約十年にわたる事業となって、そのうち明治三十三年九月から三十五年十一月まで小波はベルリン大学の東洋語学院に教えることがありました。博文館は彼の渡独を見こんで長期百冊の企画を立て、その稿料を外遊費にもあて、またドイツでの材料漁りを頼んだのかもしれません。ともかくバラエティをつくした少年読物全集のような百冊を成功裡に終えた明治四十一年、その一月に矢継早に、その続集にあたる「世界お伽文庫」五十冊を企画発足したのは、小波の自信によるものでしょう。文庫の方はさらに百十余ページで前集の倍に近く、これは完結に大正四年の年末までかかりました。そして、二十二年ほどの年月に蓄積せられたこの四つのシリーズの作用は決して小さくはありませんでした。明治なかばから大正へかけて少年時代を持った者は、例外なくあの紙表紙の月刊冊子のどれかを待ちこがれた記憶を残すと思います。

（1982: 216–217）

いわば、『世界お伽噺』をはじめとして、明治の児童文学に巌谷小波のリテリングが与えたインパクトと功績は計り知れなかったのである。

『ガリヴァー旅行記』翻訳史における巌谷翻案の位置づけ

『ガリヴァー旅行記』邦訳史に関する研究書と書誌についてはすでに明治の翻訳の項で説明したが、子ども用の『ガリヴァー旅行記』邦訳としては、明治三二年（一八九九年）一〇月に出版された巌谷の『小人島（ガリバア島廻上編）』と同年一二月の『大人國（ガリバア島廻下編）』が、最初である。大正一〇年一月平田禿木訳の『ガリバア旅行記』が冨山房から刊行されるまで、明治四四年の大溝惟一訳註の語学書を除けば、巌谷の作品が、唯一日本の子ども特に少年のために翻案された作品であった。

巌谷は『小人島』の解題のなかで、この本の原作と翻案目的を次のように述べる。

これは世界中知らない者も無い、有名な冒険小説、『ガリバア島廻リ』の前編、小人島（リ、プウト國）だけの事を書いたので、後編の大人國は、別に改めて此次に出します。原書は英吉利名代の小説家、スヰフト氏の拵へたもので、政治上の寓意があるのですが、それは少年には用の無い事です。

いわば、スウィフト原作の政治的風刺や寓意を排除し、少年用の冒険小説に書き直した巖谷本人の意図が、この解題ではっきりと述べられている。

原昌は、『ガリヴァー旅行記』翻訳史における巖谷翻案の位置づけについて次のように述べている。

巖谷小波編の『小人島』『大人國』は、挿絵入りで、まったくの子ども版であった。……原作に潜んだ寓意を捨て、不思議な冒険談のダイジェスト版となっている。それに、内容的に歪曲が見られる。また、一九一一年（明四四）の近藤敏三郎訳『ガリヴァー旅行記・小人國大人國』……にしても、同年の風浪生の『ガリヴァー小人島大人國漂流記』にしても、すぐれた訳出とは思えない。明らかに誤訳と思われる箇所すらある。

ところで、この二人の訳述の基礎はその〈緒言〉または〈凡例〉に示されているように、ここでも風刺を捨て、〈お伽噺〉として子どもの世界に移植することであった。（1991：138–139）

こうして『ガリヴァー』の訳述・再話は、それぞれの時代の影響で、大きく変質している。少なくとも、明治期においては、小波を別にして原作を歪めない形での抄訳、言いかえれば原作のなかのお伽噺的な要素を取り出したような訳述であったが、大正末期以降、単なる抄訳でなく、原作を筆者の主観によって歪める傾向が現れてきた。再話というジャンルが定着したのも、この時期であった。（1991：145）

いわば、日本における『ガリヴァー旅行記』受容史から判断すると、巖谷の『世界お伽噺』は、日本の読者が、スウィフトの原作を、大人の風刺文学から子どものためのお伽噺へと読み解くその分岐点となった作品と考えられるが、巌谷の作品は翻訳の範疇をはるかに超えた文学作品としての特徴を備えているといえるのである。

巌谷小波の『小人島（ガリバア島廻上編）』と『大人國（ガリバア島廻下編）』

すでに言及した「解題」にみられるように、『小人島』は、政治上の寓意を排除した少年用読物である。一方、明治一三年八月に出版された日本初の『ガリヴァー旅行記』邦訳、『鷲璙皤児回島記』は、主として一般の読者を対象としていた。そのためか、すでに前述したように、片山の訳は、省略等もあるもののかなり原作に近い翻訳作品といえた。同書巻末の出版社薔薇楼蔵版目録の宣伝には、「此書ハ英國有名ノ小説家ノ所著ニシテ暗ニ當時施政ノ流弊ヲ諷刺セシ者ナリ……」と、記述されていることからも、原作には政治的な諷刺が含まれることを認識し、その精神を翻訳にも残そうとする翻訳者の意図が窺える。いわば、片山と巌谷の作品を比較すると、一般の読者を対象に、原作に含まれる政治諷刺を残した片山平三郎の翻訳に比較して、巌谷の『小人島』は、スウィフト原作に含まれた政治的（そして、言及されてはいないがその他のありとあらゆる）寓意や風刺を削除し、少年用読物として編集しているところに特徴がある。

まず、原作の第一渡航記の邦訳について検証してみたい。初期の邦題はさまざまだ。まず、片山版の邦題は『鷲璙皤児回島記』、副題は背表紙に記述された「初編小人國之部」、目録には「リリプット國（小人國）渡海の事」とそれぞれ異なった表記がなされている。一方、巌谷版は、邦題は『島』であるが、解題で原作を、「有名な冒険小説、『ガリヴア島廻リ』の前編、小人島（リ、プウト國）」と説明し、片山、巌谷ともにリリパットを「小人」と邦訳している。「小人」は日本や西欧に伝説的に存在するが、船木枳郎は、この小人言説について、日欧の意識の相違について次のように述べている。

しかし、小人の見方については、ヨーロッパのとわが国のとでは相違があります。ヨーロッパの小人観は、身体の釣合を失わずに全体として異常に小さい畸型的な人間を小人と云います。また宇宙万有の生物を生命あるものと見る汎神的自然観から万物の精霊を小妖精のフェアリーとして見る小人観とがあります。

わが国の小人観は、容貌、身体とも整い、おとなをごく小さくしたような人間を小人としています。そして神仏の授り子であり、子宝であるその小人は神仏の加護によって「一寸法師」のように立身出世をするという利益幸運の功利的思考の産物として文学に現れています。（船木 1967：46）

船木の定義に即すると、片山、巌谷いずれもがリリパット国を小人島と訳しているが、その意味は、日本の民間伝承にあるような利益幸運や神仏の授かり者としてではなく、むしろ全体に身体の小さな人間というヨーロッパ的小人観を踏襲した翻訳であった。一部、伝説などで日本人にはなじみのある用語を、邦題に使ったようであるが、日本の「小人」「小人島」伝説を、『ガリヴァー旅行記』翻訳に重ねあわせ、あらたな民話再話を創作しようと意図したものではないのは、西洋小説の翻訳という制約からであろうか。

巌谷小波の『小人島』の特徴としては、戦争、冒険など子どもがわかりやすいテーマに内容を絞って、編集している点にある。第一に、スウィフト原作のかなり複雑な政治・社会・学問や人間にかかわる諷刺を、その毒を抜き、政治や戦争、つまり、国と国の関係や国家と個人（国王や大臣などと臣下）の関係へと、簡潔化している。巌谷が、『少年世界』の編集に際しては、日清戦争下、少年たちの士気を鼓舞する意図があったと先に論じたが、巌谷の『ガリヴァー旅行記』翻案においても、外交や戦争にテーマを絞り、さらに、当時の日本の軍国少年の血を沸かせるような説明も追加している。たとえば、スウィフト原作では、ガリヴァー(56)はその温厚な性格ゆえに釈放され、隣国ブレフスキュ国からの侵略に対し、自ら名乗り出て加勢鎮圧するが、巖谷の小人島では、次の引用にあるように、王がガリバアを軍事的な理由で家臣にする。

又王様は、ガリバアの身體が大きいので、名を人山とつけまして、時々御談話に入らっしやる中、段々御心安く成りましたが、寧そのことかう云う人山を家臣にして、自分の國に置いたなら、定めし國が強く成って、何處と戦争が初まつても、決して負けることはあるまいと、かう思召しました……。(『小人島』23–24)

いわば、小人島の王様とガリバアの繋がりは、彼の巨体でありそれを使った戦争兵器としてのガリバア利用なのである。王様の意図はあたり、隣国ブレフスクが小人島に五十艘の軍艦と一万人の兵隊を驅って攻め寄せてきたとき、「かう云う時こそ人山に頼めば、吃度役に立つに相違無いと、やがてガリバアを呼び出して、今度の大将を云ひ付け」(33)る。スウィフト原作では、軍事力としてだけではなく、その性格の温厚さや、知性や知識、礼節も重んじられたガリヴァーであったが、『小人島』では、ガリバアの存在価値は、「人山将軍の腕一本で、大勝利」(38)に導いたことにあり、それゆえ、王様はガリバアを「一層御贔負に」するのであった。

また、巖谷は、冒険物語としての『小人島』に、力点を置いている。すでに『小人島』冒頭で、「ガリヴアが、小人島と大人國の、島巡りをした御話で」(1–2)と能書きしている。ガリバアはしけにあい、小人島に漂流し、王様の臣下として、他国との戦争に貢献するも、彼の一人前は、この国の人々の「千七百二十八人前」(40)を食すために、食料調達もむつかしく、また、国庫を疲弊させてしまうため(原作では、皇妃の宮殿の消火方法をうらんだ理由もあるが)、餓死させられそうになる。彼は、結局、隣国ブレフスクに小人島の軍艦を引いて逃れ、最後には、英吉利に帰港する。いわば、巖谷作品は、原作に含まれる複雑な風刺や寓意、たとえば、学問や国内の政争やガリバアを弾劾する裁判等を省略し、巨人ガリバアの単純な冒険譚へと変更している。

巌谷が目ざすのは、子ども、特に少年が興味を抱き楽しめる西洋お伽噺の構築であった。まず、子どもの読者に配慮して、先に述べたように、おとなの世界のわかりにくい寓意や諷刺のみならず、たとえば学問や政治、皇妃の宮殿の炎上や、裁判などを排除する。さらに、子どもの読者を意識した語りのうまさが、際立っている。たとえば、人山を餓死させようとする陰謀を知らせに来た友達との会話には、読者を引き込む語りのうまさがある。


『人山さん、大變だよ〳〵。』『なに、大變だと？　何が大變だか知らないが、君達の大變なら、僕にはやつと小變か中變だろう。』『處が眞實の大々變！　もう一つおまけに大々々の變だよ、』はゝア、して見るとよく〳〵の事だな。』『大變にも大變にも、君の命を取らうと云ふのだ。愚頭々々しちやア居られないよ。』『僕の命を取る？　それは成る程大變に相違無い。……』　(46–47)

おそらく子どもたちは、「大々變」「中變」「も一つおまけに大々々變」という、キャロル顔負けの響きのよい造語に、ひきつけられよう。

また、難しい言葉が理解できない子どもたちのために「しけとは海の中の暴風雨の事です」と、わかりやすい解説をはさむことも忘れないし、明治の子どもになじみのない単位や事柄、たとえなども日本風に変えている。たとえば、巌谷は、初訳者片山平三郎にならって、小人島の人々を「六寸斗りの、小さな人間」(8) と形容しているように、寸や分といった日本の古い測量単位を使い、その小さな人間たちは、ガリバアが声を上げると「まるで爆裂弾でも喰つた様に……一目散に逃げ出」(8–9) すが、ガリバアの声の大きさを爆裂弾にたとえるところなど、子どもにはその爆発的な声の大きさが一瞬にして理解できるであろう。さらに、大きなガリバアを

「妖怪《ばけもの》」（9）に、ガリバアが住むことになったお寺を「犬小屋」（19）に喩える。また、ガリバアが撃ったピストルの音を「今度はズドーンと云ふ、恐ろしい音がしましたから、『そら雷だ、桑原々々！』と、耳を抑へて突伏してしまひましたが、其癖夕立も来ませんので、變だと思つて顔をあげて見ますと、これは雷の落ちたのでは無く、今のピストルを撃つたのでした」（27-28）と、雷に喩えてその常用語句の「桑原」と付け加えるところなど、子どもたちも雷が来たと思って共に耳を抑えてうずくまる様子など、目に浮かぶようである。いわば、巖谷は、明治の子どもの読者にわかりやすい身近な事物にたとえる翻案の工夫をこらし、外国の物語への親しみやすさや興味や関心を引く努力を怠らなかったのである。

第二編『大人國』は、スウィフトの第二渡航記を編集したものであるが、『小人島』が戦争を中心とした冒険譚として編集されていたのに対し、『大人國』は、ガリバアの冒険そのもの醍醐味を味わうべく編集されている。第一渡航記と同様に、政治や国家、学問に対する諷刺や寓意は完全に影を潜め、戦争さえも姿を消す。ストーリーは、『小人島』でその巨体ゆえに小人を圧倒したガリバアが、『大人國』では矮小さゆえに数々の受難に遭遇することになる、そのコントラストの妙味に焦点をあてている。

『小人島』と同じように、巖谷の語りはなかなか冴えている。大人國でガリバアはさまざまな災難にあうが、なかでも、猿につかまえられ、宮殿の一番高い屋根の頂上へ連れて行かれたまま、猿に屋根の上で放り出され気絶し、「二週間斗りは、起きる事が出来ませんでした」（56）というくだりは、スウィフト原作とほぼ同じであるが、その後の展開が巖谷の独壇場である。つまり、巖谷の作では、ガリバアはこの災難から回復するために、海辺に保養に行き、そこで、別にこしらえてもらった別荘を海辺においてもらい楽しんでいるところ、大きな鷲が、この別荘の屋根をつかみ、空に舞い上がる。巖谷のガリバアはそのとき、「座敷で快い心地に寝て居りましたが、急に家が動き出したので、吃驚して目を覺まし」（58）、自分が風船に乗ったように空中を飛んでいることに気づく。スウィフトの作では辺境を巡行する王に同行したガリヴァーが、旅行用小箱である自室のハンモックで寝ているところを鷲に箱ごとさらわれる。ハンモックを座敷に変更するだけではなく、ヨーロッパの政情や政治、学問、法律軍事、政党などに関するガリヴァーと国王の話を省略し、猿のエピソードから、鷲にさらわれた話へとうまくつなげるのであるが、巌谷の自由自在な筋の換骨奪胎は見事である。

また、先の『小人島』でもみられたように、『大人國』の喩えも、日本の読者にはわかりやすい。ガリバアが大人國の海岸で仲間に置き去りにされたとき、仲間の船を追っていった巨人の圧倒的な大きさを、「五重塔を見る様な、恐ろしく大きな人間」(4)と形容し、ガリバアが逃げ込んだ麦畑は、「まるで千里の竹薮の様です」(6)と、日本の建物や地名に喩える。また、農夫の娘である乳母グラムダルクリッチとガリヴァーの関係を、日本の庶民の子どもと母の関係に喩えて、「その娘の事を『阿母さん〳〵!』と云へば、またその娘の方からも、このガリバアを『小僧や〳〵!』と云つて、大層可愛がつて居りました」(21)と描写する。スウィフトのガリヴァーは、その身体の矮小さゆえに、数々の武勇伝や宮廷つきの大学者や国王との論争にもかかわらず、宮廷の女官や侏儒に侮蔑され、さらには猿にまで小猿扱いを受ける。しかし、巌谷の『小僧や』『阿母さん』という呼びかけには、彼の身体的な矮小さを、知識や生育レベルにまで及ぼし、スウィフト原作のガリバアの知識や学問や自尊心をまったく軽視し、幼児扱いする姿勢がみられる。反面、こうした喩えは、日本の子どもたちに大人國における小人ガリバアの危うさ弱さを再認識させ、大人に対する自らの子どもとしての立場をガリバアに重ね合わせることによって、親近感を増すという効果をもつ。

さらに、巌谷の『大人國』の特徴として、先の『小人島』で前述した、日本的な事物への置き換えがある。見世物にされたガリバアは巌谷の作品では「『さア〳〵御覧じろ!これは大人國大麦村で生捕ました、世界一の豆男で御在!』」(22)と、木戸番に囃し立てられ、呼び物にされる。また、このような見世物になるのは「自分が小人島で取て来た獣を、英吉利で見世物にした罰」(23) だと、因果応報が原因だと考える。また、侏儒によってクリームの鉢に放り込まれたガリヴァーは、巌谷の作では牛乳《ちち》をたくさん飲んで、「あわやこの牛乳の中で、土佐衛門に成ろうとした」(36) と日本的比喩を使って形容している。

　しかし、巌谷のガリバアは必ずしもこうした苦労に耐えているだけではなく、むしろ積極的に状況を楽しもうという、楽天的な姿勢も見せる。たとえば、先に述べた大人國で自分が見世物にされる場面でも、屈辱的な感情を押し殺したスウィフトのガリヴァーと異なり、巌谷の版では「『いつそ思ひ限り働いて、英吉利人の藝の多いのを、大人に見せて驚かしてくれやう』」(23–24) と、状況を肯定的にとらえさまざまな芸を意欲的に披露する。

　さらに、擬態語・擬音語とその繰り返しを、多用する。たとえば、「バッと明るく成つて」(11)、「キヤア〳〵云つて」(20)、「さア〳〵御覧じろ！」(22)「アブ〳〵悶掻いて」(34–35)、「バラ〳〵バラ〳〵落ちて来ました」(38) など、枚挙に暇が無い。さらに、物語や冒険に臨場感をあたえるように、会話体で生き生きと表現している。こうした変更はすべて、子どもの読者の興味を引きつけるための巌谷の努力の賜物であろう。

　ここで、巌谷の『小人島』と『大人國』の特徴をまとめてみたい。第一に、大胆な変更や省略によって、子どもが親しめるように、テーマの統一を図っている。『小人島』は、戦争を中心とした冒険小説、『大人國』は、小人島と対照的なガリバアの矮小さゆえの苦難と勇気を示す空想冒険物語である。そのために、スウィフト原作にある政治、学問、法律、習慣や子弟教育などは省略されている。反面、原作にはないエピソード、たとえば、ガリバアをアルコール漬けにして博物館に展示する案が、大人國の女王の温情で撤回された逸話などが追加されているが、概して、皇妃宮殿の火災、女官たちの羞恥心が欠如したいたずらや、罪人処刑の場面など、人間世界の現実を赤裸々に描いた箇所は、完全に削除されている。それは、『世界お伽噺』が日本政府の開国路線にそった明治日本の明日を開く少年たちの教化、啓蒙、鼓舞という目的の延長線上にあり、冒険小説を通じて、従来の勧善懲悪を廃するとともに（一部残っているが）、西洋列強の近代化の影響のもとに、感傷性を廃し、勇気や男らしさを教化するという、日本政府の帝国主義的軍国少年育成政策の一翼を担っていたからである。

佐藤忠男は、「少年の理想主義について」と題した一文のなかで、大正期の『少年倶楽部』に連載された少年小説について「佐々木邦の穏健なリベラリズムから、積極的に反米反ソの国家主義を鼓吹した山中峯太郎や平田晋策の冒険小説までの幅があったが、そこに共通していることは、どの作品をとりあげても、たいてい、なんらかの明確な主張を持っていることであった」（1991：44）と、述べている。明治中期の巌谷の翻案は、大正期に創作された少年小説とは異なり、「読者である子供たちを、大人には持てない純粋な使命感や義務感の持主としてとらえるやり方をうち出し、進んで子供たちにその主義主張を述べさせ」（佐藤 1991：45）るほどの強硬な帝国主義的な軍国少年育成を、いまだ目的にしていない。しかし、後の時代に発展していく帝国少年育成教化路線の萌芽が、巌谷の作品にすでに色濃く窺えるのである。

巌谷の少年教育に対する考えの一端が、『大人國』巻末の付録として掲載された巌谷の一文「家庭と兒童」にみられる。そのなかで、巌谷は日本の児童の頭脳改造の必要性を訴え「其の島國的根性を打破して、更に大きな、更に廣いものとしなければなりません。……何事をなすにつけても、消極的であつては、迚も是から世界列強國の仲間へ入つて、盛んに活動して行く事は出來まいと思はれます」(4) と、西洋列強に負けないような積極性を子どもに求める。と同時にまた、「要するに小兒といふものは、何るべく放任して置く方がよい」(5) と、少年教育の理想を語る。

第二に、巌谷の『ガリヴァー旅行記』翻案の特徴として、子どもたちの冒険心や空想、興味を掻き立てる編集方針がある。これは、『小人島』『大人國』に限らず、巌谷の児童に対する基本姿勢であった。彼は先の「家庭と兒童」のなかで、日本の島国的性質を批判し、放任主義の児童観を展開していたが、同時に「兒童に早くから人情を味はすといふ事は、誠に好ましからぬこと」(9)として、「人情的で、また何時も悲劇が多い」(10)小説も子どもには好ましくないと論じる。巖谷は想像や空想というものが子どもにとって大切であり、「兒童には、何處までも無邪気なお伽噺か、勇ましい軍事談、冒険談などが一番可いのです」(10)と述べるが、巖谷の空想や冒険は、『アリス』のようなファンタジーというよりむしろ、ガリヴァー的な勇ましい少年の冒険譚、視点を日本国内から海外にむける勇敢さや冒険心と関係のあるような空想を念頭においているのである。

第三に、巖谷はスウィフトの原作を日本の読者にわかりやすく楽しめる作品に編集するさまざまな努力を怠らなかった。

第四に、従来の勧善懲悪的な香りをうすめて、欧米列強に負けないような広い視野を読者にもたせるという啓蒙意識が見て取れる。「家庭と兒童」の最後は次のような言葉で締めくくられる。

要するに日本の社會は、まだ〳〵中々不完全である、もつと大いに、改良しなければならぬものである事は、私の喋々するまでもありませんが、其社會を改良するには、其根本なる家庭を改良し、其萌芽なる兒童を改善し、以て卑きより高きに、小より大に及ぼすのが、最も急務にして、且つ最も策の得たものであらうと思ふのです。(11–12)

結局、巖谷が目ざしたものは日本的な狭い世界から世界の列強に肩を並べるべく、日本社会と児童を啓蒙教化し、冒険心と勇気に満ちた広い視野をもった軍国日本の少年を育成、啓蒙し改良することであり、新しい世界に船出する一八世紀イギリスのガリヴァーの根底にイギリスの帝国主義的な植民地政策があったように、ガリバアの勇気と冒険心は、欧米列強の後を追い日本の帝国主義的植民地拡大を期す十九世紀末の日本の少年育成には格好のモデルでもあった。

五・五　『小人島』と『大人國』の挿絵

挿絵つきの作品を論じる場合、作家と挿絵画家の関係に注目する必要がある。その関係は、歌における作詞と作曲の関係に似ている。どちらに主導権があったのか。また、どちらが先に制作されたのか、相互の相談や協議があったのかなどが重要な要素になってくる。『小人島』と『大人國』は筒井年峰が挿絵を描いているが、作者巌谷小波とその挿絵画家の関係について、勝尾は、巌谷は『日本昔噺』においては「新聞小説の場合と同じように、作家が口画や挿絵の大凡のプランあるいは下絵を描いて、指示事項を書き込んで、予め送ることになっていた」（勝尾 2000：168）と述べている。そのことから判断して、『日本昔噺』以後の巌谷の作品、たとえば、『世界お伽噺』に収録された『小人島』『大人國』の挿絵でも同様の方針、つまり、挿絵の構図や場面選択などに関しては、作家である巌谷が指導的な役割を果たし、筒井年峰に指示したと考えられる。いわば、参考とする欧米版の挿絵の指示、場面選択や大体の構図などは、巌谷のアイデアが優先したと考えられるのである。

図版 40　筒井年峰

図版 41　『鷲瓈皤児回島記』

図版 42　T. モートン

筒井年峰は、日本画家・浮世絵画家であり、雑誌や新聞の挿絵を担当していたが、詳しいことはわかっていない。また、彼の『小人島』『大人國』の挿絵は、図録などで表紙絵が紹介されたことはあるが、まったく研究がなされていない。今回の調査で、筒井の作品を西洋および日本の『ガリヴァー旅行記』挿絵と比較検証したが、西洋の挿絵画家の作品をなんらかの形で参考にした形跡は窺えるものの、先の片山平三郎の初訳のようにイギリスの既成の画家の作品をそのまま模写、あるいは、一部日本人向けに変更しながらも原画の香りをそのまま伝えた作品ではなく、当時としては、構図等にかなり独創的な解釈を加えていることがわかった。先の片山平三郎の挿絵は「石版」（瀬田 1982: 94）であるが、巌谷の翻案は石版よりは木版に近いと考えられるが確証はない。また、人物や事物の描写は西洋風であるのに対し、線は日本画の特徴である比較的太い筆致で一気に描かれ、構図においても日本画の特徴であるアシンメトリーが随所にみられる。

まず、筒井年峰の『小人島』『大人國』挿絵と、それ以前に日本で出版されたガリヴァー図像との関連を考えてみたい。第一部「リリパット国渡航記」の初訳、片山平三郎の『鷲瓈皤児回島記』の挿絵の画家名は未記載であるものの、イギリスの挿絵画家であるT・モートンの模写であることは、すでに指摘した。さらに前章で、明治に出版された『ガリヴァー』翻訳の挿絵についても言及したが、まず、こうした先行の日本版挿絵と筒井の

図版43　筒井年峰

図版44　筒井年峰

挿絵の影響関係についての調査報告からはじめよう。筒井の『小人島』の挿絵と、片山版の挿絵を比較してみると、ガリヴァーの風貌や髪の長さ、上着やボタン、ズボンのスタイルなど、図版40（筒井年峰画）と図版41（片山版）にみられるように、類似点も多く、片山が使用したモートン版（図版42）の西洋風な風貌より、日本の初版である片山版を参考にした可能性が高いと考えられる。むろん、こうした服装は西洋の他の『ガリヴァー』挿絵の衣装においても共通しており、必ずしも決め手になるとはいいがたいが、場面選択においても筒井の一二枚の白黒の挿絵のうち、片山版にはまったく出てこない場面が三枚しかないことから考え合わせると、なんらかの形で、片山版を参考にした可能性は高い。

さらに、島尾岩太郎訳『小人國発見録』の夏井潔の絵と比較すると、潔の六葉の画が、E・J・ウィーラーのカラー図版を収録したイギリスのラウトリッジ社から出版された *Gulliver's Travels*（出版年未記載）掲載の四三枚の白黒挿絵と、構図描写等瓜二つであると前述したが、筒井年峰が、この島尾版のイラストから直接的な影響を受けた形跡はあまりみられない。しかし、西洋風なガリヴァーの容姿や背景描写から判断すると、なんらかの形で片山版を含めた西洋の挿絵を参考にしたことはほぼ間違いないのではないかと考えられるが、片山や島尾の邦訳挿絵とは異なり西洋原画のソースを特定するにはいたっていない。

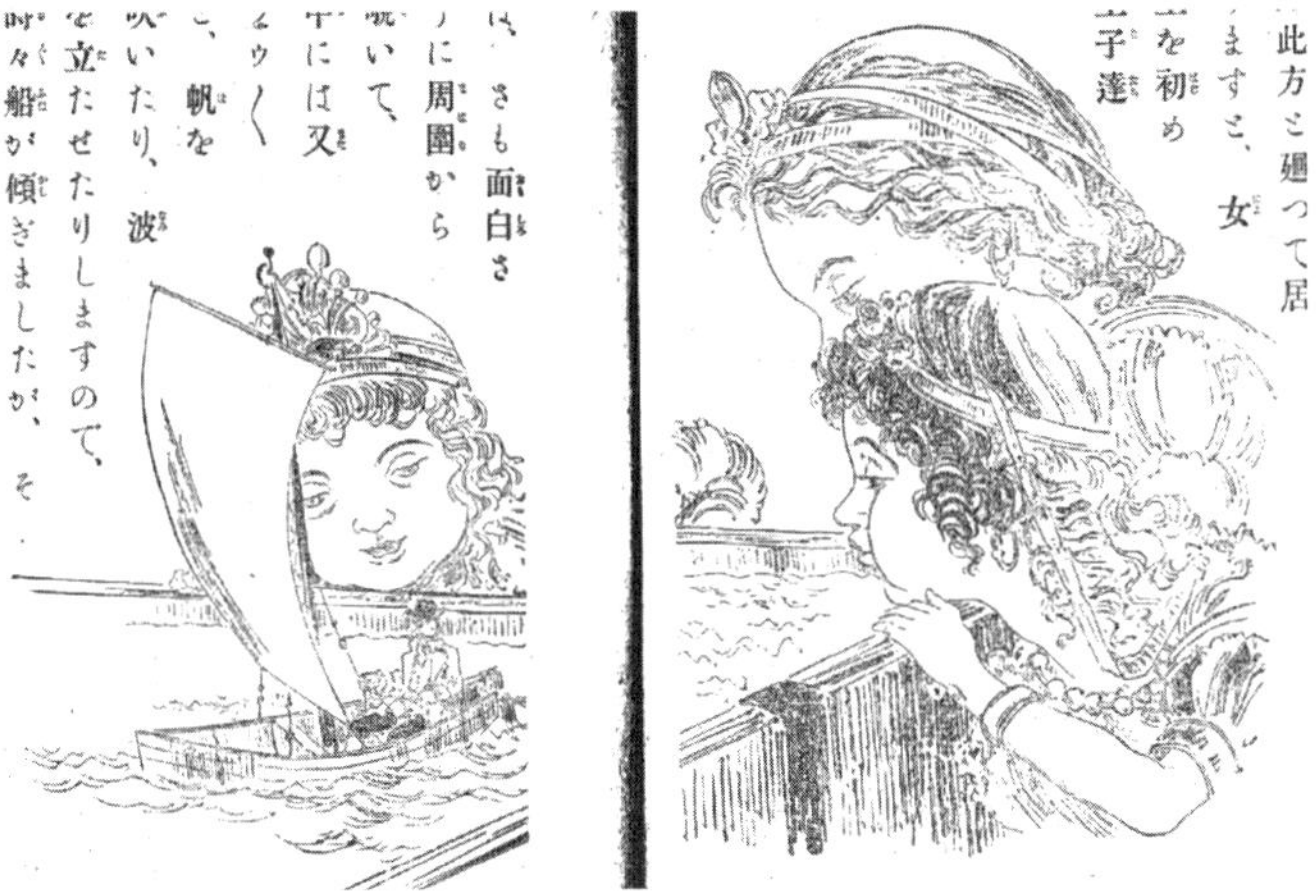

図版45　筒井年峰

次に、筒井年峰の『大人國』と他の日本版の挿絵と比較してみたい。まず、一八八七（明治二〇）年一〇月、大久保常吉が翻訳した『南洋漂流 大人國旅行』に添えられた四枚の挿絵は、先に論じたようになんらかの西洋の挿絵を参考にした可能性は高いのであるが、手元に所有している一八八七年前に出版された英仏版の挿絵と比較しても、そのソースを断定することはできなかった。しかし、筒井年峰の『大人國』の挿絵は、その二年前に日本で唯一出版された大久保版の挿絵の一部からアイデアをえていることは、少なくとも二つの場面から、推測がつく。一つは、犬にくわえられたガリヴァーの場面であり、もう一つは、鷲にさらわれたガリヴァーの場面であるが、年峰と大久保版（図版43、11と図版44、13）を比較すると、左右逆転の構図とガリヴァーの描写の些細な相違を除くと、犬の毛並みや、空中に舞う鷲の羽根まで、両者は酷似している。むろん、その他二枚の大久保の挿絵、たとえば、本章の図版7は、同場面を描いた『大人國』（図版45）の挿絵とは、水槽の形から王宮の女性たちにいたるまでまったく異なっているが、筒井が、先行の大久保邦訳の挿絵を一部参考にした可能性は否定できない。

海外のイラストの影響

次に、欧米挿絵の影響について考えてみたい。巖谷小波が、『世界お伽噺』シリーズを編纂したときに、外国の原文、あるいは英仏独の挿絵入りテキストを日本の子ども用にわかりやすく書き直し、なんらかの挿絵、あるいは指示を、挿絵画家に示した可能性があると言及した。しかし、この参考にした外国語テキストが、『ガリヴァー旅行記』の場合、果たして原書の英語であったのか、小波得意のドイツ語訳であったのかはわからない。英語版の『ガリヴァー旅行記』書誌（"Checklist of Illustrated Editions of *Gulliver's Travels*, 1727–1914" や *A Bibliography of the Writings of Jonathan Swift*）では、ドイツ人画家によるイラストについて十分な確認ができない。イギリス版、フランス版の有名な挿絵がドイツ語をはじめとする他の外国語のテキストに使用されることは多々あったが、こうした英仏などの有名な挿絵が巖谷の翻訳挿絵に使用されたのか、あるいはドイツ人画家独自のものが使用されたのかは、残念ながら確認できない。しかし、先行の邦訳には掲載されていない場面が西洋風に描かれていることから判断して、なんらかの西洋版を参考にした可能性はあると推測される。

現在、収集入手している資料から推論すれば、筒井年峰が模倣したと結論づけられる作品は少なくともイギリスには存在しない。しかし、おそらくなんらかのかたちで参考にしたのではないかと推測される画家は、フランスの著名な諷刺画家J－J・グランヴィルである。しかし、筒井の作品がグランヴィルの作品と完全に似ているわけではないことから判断すると、次の三つの可能性――（一）グランヴィルを含めた西洋画家の作品を参考にしつつ、独自の作品を描いた、（二）グランヴィルなどの作品の影響を受けたドイツ人あるいは、その他の現在の書誌には記入されていない英米の作家の作品をある程度、踏襲した、（三）ドイツあるいはその他の未発掘の画家の作品を定本にした――が考えられる。いずれにせよ、現時点で結論を出すことはできないが、アイデアや構図その他描写などに類似点の多いグランヴィルの作品を中心にして、欧米の作品と、筒井の作品を比較してみたい。

すでに、先にも言及したが、J－J・グランヴィル（一八〇三―一八七四）は、フランスの諷刺画家、挿絵画家であり、グラフィック・アーティストである。『ロビンソン・クルーソー』の挿絵なども描いているが、彼の『ガリヴァー旅行記』の挿絵が出たのは一八三八年、パリが最初である。その後、彼の挿絵は、一八四〇年にはロンドン、ストックホルム、さらに、一八四一年にはアムステルダム、さらにミラノ、ニューヨークなど、世界中で版を重ねる。また、グランヴィルの大胆な作品解釈や技法、風刺的解釈は独創的であり、それ以降の『ガリヴァー』イラストレーターに深い影響を与えている。

筒井の『小人島』（図版46）と『大人國』（図版47）の表紙の特徴は、表題や作家名を記述した掲示（いまでいうポスター）を主人公であるガリヴァーがかざしている構図である。J－J・グランヴィルの作品でも、各航海記の口絵で、こうした掲示が、地図（リリパット国）（図版48）や用紙（大人の国）（図版49）、ラピュータ（飛島）から吊り下げられた広大な広告（第三航海記）や、タピストリー（馬の国）として、描かれている。グランヴィル以前の英米仏版にはこうした表示はみられない。T・モートンにもよく似た絵があるものの、モートンを参考にした片山版には使用されず、また、モートンのその他の挿絵（たとえばガリヴァーの帽子など）が筒井の作品とあまり類似点がないことから判断すると、やはり、筒井に特徴的なこうした掲示物は、グランヴィルあるいはグランヴィル風の作品から影響を受けたと考えるのが自然である。

『小人島』の表紙とグランヴィルの図版48を比較してみると、筒井ではグランヴィルの掲示地図に代えて、救命浮きをつけたガリバアがポスターを両手で広げて持ち、その周りを日本の伝統文様である海波が意匠的に配され、『小人島』の物語がガリヴァーの漂流によってはじまると暗示している。一方、グランヴィルの作品は、壁

図版 46　筒井年峰

図版 47　筒井年峰

図版 48　J.-J. グランヴィル

図版 49　J.-J. グランヴィル

にかかったガリヴァーの帽子と海図、画面下に置かれた分度器やコンパス、ロープなど航海の必需品によって、ガリヴァーの物語が航海記であると暗示している。いわば、筒井の表紙絵はグランヴィルの航海譚以上に、波と救命具の描写によってガリヴァーの難破と救助というプロットをより生き生きと象徴的に表象しているのである。

図版50　グランヴィル

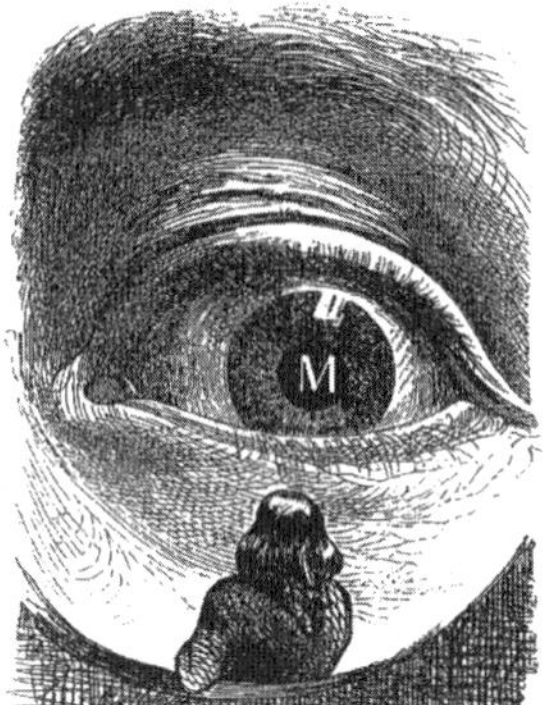

図版51　グランヴィル

グランヴィルと筒井の作品を関連づける要素として、他に、大小のコントラストを強調する構図、アングルの妙味がある。グランヴィルは、遠近法、構図、角度などさまざまな技法を駆使して、彼の特徴の一つである大小のコントラストを表現している。たとえば、図版50は、ガリヴァーの腕の一部とリリパットの群集を対比させることにより、ピストルの強力なパワーと、その煙に恐れおののく小人の群集を、対照的に描いている。また、図版51では、巨人の威圧感と圧倒感をガリヴァーの眼前に広がる巨人の瞳という斬新な構図を駆使し、表象する。ブロブディンナグ人の巨大な瞳にみつめられ、矮小なガリヴァーは居すくまったねずみのようである。筒井の作品にもこの対比の技法は多くみられる。たとえば、小人島（図版52）では、二ページ見開きで何隻もの軍艦を綱で引き寄せるガリヴァーの巨大さを、大人國（図版53）では、見世物にされ舞台で踊ったりはねたりするガリヴァーの矮小さとその舞台を見つめる巨人の圧倒的な大きさを、大小のコントラストを効果的に使用して描き出している点、グランヴィルの斬新な

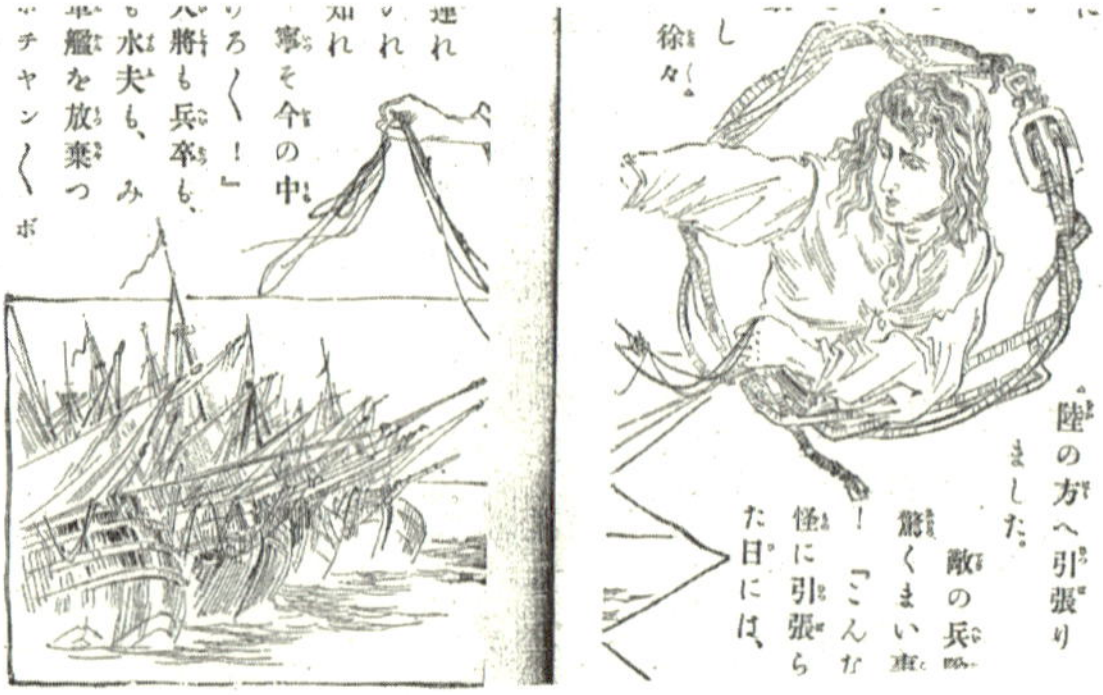

図版 52　筒井年峰

図版 53　筒井年峰

構図と描写には及ばないものの、彼の技法の特徴に、類似している。

グランヴィルと同様に、このコントラストを多用した描写は年峰の場合も『大人國』に多くみられる。おそらく、巨人に圧倒されるガリヴァーの脅威や恐怖感をガリヴァーの目線から描いているからであろうが、その描写力、構成力、諷刺性の卓説性、大胆さは、同様の二場面（図版54、55と図版56、57）をみても、グランヴィルに比べようもない。グランヴィルがガリヴァーのアングルから聳え立つような巨人を見上げるのに対し、年峰は大小のコントラストを駆使しながらも、ガリヴァーの眼前に迫りくるカマと同じ目線視点で描いている点など、諷刺の徹底性に欠ける。また、全般的に言って、構図や描写においては、グランヴィルの作品からの逸脱や不一致が目立つこともあり、完全に参考にしたと断定することは難しい。

いわば、筒井の挿絵は、西洋のイラストのなかでおそらくグランヴィルあるいは彼の影響を受けた挿絵を参考にした可能性があるが、かなり独創的な解釈を加えていることもあり、現在までの研究では、特定の欧米の挿絵

図版 54　グランヴィル

し
さも
「折角生
のものを、ア
ル漬なぞにするのは、
も可愛さうて御在ます。」

図版 55　筒井年峰

図版 56　グランヴィル

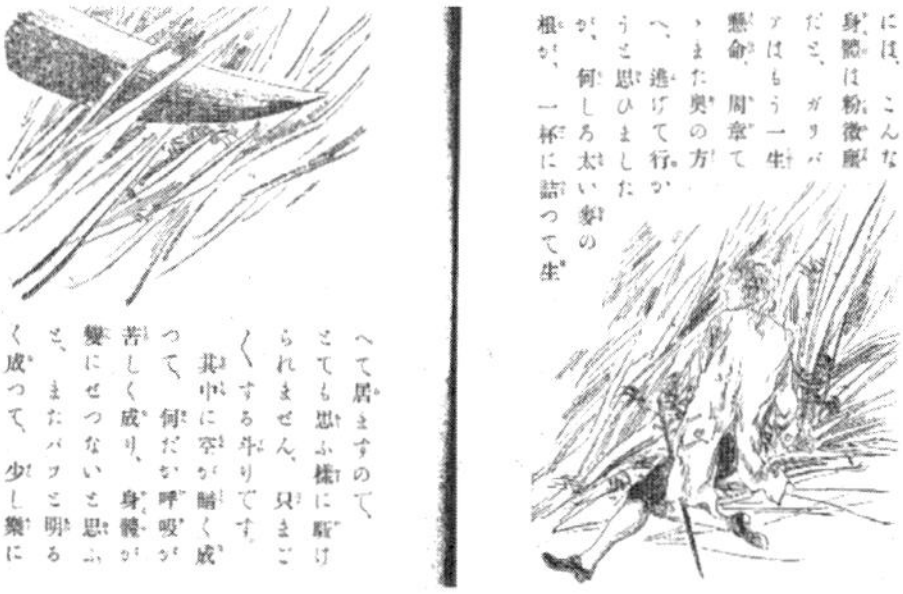
には、こんな
身體は粉微塵
だと、ガリバ
アはもう一生
懸命、周章て
ゝまた奥の方
へ、逃げて行か
うと思ひました
が、何しろ太い麦の
根が、一杯に詰つて生
へて居ますので、
とても思ふ様に駈け
られません、只まご
くする斗りです。
其中に空が暗く成
つて、何だか呼吸が
苦しく成り、身體が
變にせつないと思ふ
と、またパツと明る
く成つて、少し樂に

図版 57　筒井年峰

を定本にしたと断定することはむつかしく、先に書いた第一の推論、英仏日本で出版された幾つかの挿絵を参考にしながら独自の挿絵を創作した、と考えるのが一番妥当であろう。

筒井年峰挿絵のオリジナリティー

ここまで、筒井の挿絵を既存の日本と西洋の『ガリヴァー旅行記』挿絵と比較検討してきたが、つぎに年峰の『ガリヴァー旅行記』作品の芸術性と作品解釈について検証してみたい。

まず、『小人島』の表紙を取り上げてみよう。すでに、グランヴィルとの比較を通じて、年峰の表紙のテキスト表象と技法のデザイン性についてふれたが、まず、表紙の構図や描写について検討していきたい。浮き輪をつけ広げた両手でポスター（口上）をもつガリヴァーが画面の中央に、具象的に描写される。その姿は、黒一色に塗られた背景と抽象的にデザイン化された波のなかで、際立つ。背景を大胆に省略する構図や、日本文様によく使われる波状、さらに写実的なガリヴァーの描写もかなり平面的で太い筆で一気に描写されている点など、日本の版画や日本画の様式を踏襲しているといえよう。また、作品としても画面右下から左上部に覆いかぶさるような波の動きにアシンメトリーな日本美術の構図を感じさせるだけではなく、大胆なデザイン化された波に水玉文様が描かれ、ガリヴァーに襲いかかる嵐の激しさと砕け散り泡立つ波を暗示し、さらに、右上部を占める背景の黒が、嵐のなかを漂流する闇とガリヴァーの不安を表象している点、実に象徴的独創的である。

さらに、色彩も効果的かつ伝統的な日本美術の美意識に貫かれている。ガリヴァーのベストは濃い朱、口上書が薄い朱で彩色され、画面の中央に配され印象的である。さらに彼のシャツは海の水に染まっているのか、下部の波と同じ水色の濃淡で彩色されている。さらに左上部に立ち上る波は、ガリヴァーに襲いかかり空中に砕け散る高波を表象しているためか、同じ水玉文様がより暗い薄茶色で描かれている。全体の色彩を白黒の無彩色で統一しながら、効果的な部分に生命の朱と海の青を使用している点など、実に色彩処理が、秀逸である。先に言及したように物語の内容を象徴的かつ意匠的に表現した点などを考えあわせると、かなりな力量のある画家の作であろう。

『大人國』の表紙も『小人島』と同じように、カラーで描写され、蝶が飛ぶ大振りな花を描いた大きなポスターを、小さなガリヴァーが両手を広げて支えている。ガリヴァーは画面の右下で、グランヴィルの挿絵にも描かれているような帽子をかぶり上着を着ているが、左上部を圧倒する大きく華やかな色彩の花や白黒の蝶々は、スウィフト原作にも巌谷小波の翻案にもまったく登場しない。おそらく、ガリヴァーの矮小さと対比させるために書き加えられたと考えられるが、こうした技法は日本画や文様によく使われる花鳥風月的な装飾である。『小人島』の作品解釈と比較すると、作品の内容とあまり関係のない描写もみられ、幾分、作品としては劣るような印象も否めないが、色彩の華やかさとあいまって、画家の遊び心が感じられ、楽しい作品に仕上がっている。大きな蝶や花と小さなガリバアとの対比や、大胆な一筆書きで題名や著者名が描かれているガリバアがもつ口上に、読者の少年たちは、夢や冒険心を喚起されたことであろう。

　ここで、筒井年峰の『ガリヴァー』図像についてまとめてみよう。このイラストは、明治二二年という『ガリヴァー』翻訳史・挿絵史のなかでは初期に位置する作品でありながら、作品解釈においても芸術的な完成度においても、日本における初めての本格的・独創的な図像であるといえよう。

図版 58　グランヴィル

　年峰の描写は、主人公がイギリス人ということもあり、人物や事物が西洋風に描かれ、他の西洋の挿絵の影響が窺える。しかしながら、その技法は日本的かつ独創的である。たとえば、その平面描写、色彩、意匠性、テーマ表象の象徴性など、いずれをとっても明治期の日本画に精通した画家の作風である。たとえば、図版52における、ガリヴァーの半身を囲う円形は、彼が軍船を引くロープ、あるいは、船を捕縛するために丸めて投げたロープとも考えられるが、単なる装飾の可能性もある。しかし、意匠的に使われ、日本の工芸で多用されるように画面分

図版 59　筒井年峰

図版 61　T. モートン

図版 60　グランヴィル

割の工夫が施されている。同じシーンを扱った、フランスのグランヴィル（図版58）や英国のモートンのイラストと比較してもそのユニークさがあきらかである。

また、筒井のガリバアが剣を振りかざし蜂と格闘するシーン（図版59）は大小のコントラストの技法を駆使しているが、蜂と格闘するガリバアのエピソードを四角の画面で仕切り、巨人がその背後からのぞくという構図に変更している。この仕切が、西洋の挿絵——グランヴィル（図版60）やモートン（図版61）——にはまったく使われていない日本の伝統的な平面処理であるが、この仕切りは、衝立のような働きをし、ガリバアの個室とも、また画面の分割による時間の変遷とも考えら

図版 62　グランヴィル

図版 63　ブロック

図版 64　筒井年峰

れる。原作ではガリヴァーはブロブディンナグ人にこの場面を目撃されていないことから、年峰独自の解釈であろう。テキストからの逸脱の可能性もあるが、反面、巨人の顔をアップで背景に加えることにより、ガリヴァーの矮小さを、より効果に際立たせる。グランヴィルが他の場面で駆使した大小のコントラストを、筒井が日本技法を使って独自にこの場面に応用したとも考えられるのである。

最後に、筒井の猿のイラストをグランヴィル（図版62）やブロック（図版63、一八九四年）の作品と比較し、筒井作品の独自性を解明したい。まず、二人の英仏のイラストと比較すると、年峰の挿絵の特徴は、猿の生き生きとした躍動感にある。大きく見開いた眼光鋭い威嚇をするような猿のまなざし、助けを呼び逃れようと手足をばたつかせるガリバアの恐怖と、そのガリバアを両手で抱え込み動きを封じようとしながら、毛を逆立たせて歯を剥き追手を威嚇しようとする猿の攻撃性と狡猾さが、リアリスティックに描写されている。この猿の描写は鳥羽僧正の『鳥獣人物戯画』にはじまり、室町や江戸の襖絵、さらに近代にいたると一八九三年シカゴ万国博覧会に出品され海外で高く評価された高村光雲の木彫『老猿』など、日本美術が得意とする動物描写である。

筒井の猿（図版64）と光雲の『老猿』を比較すると、筒井が光雲の作からヒントを得た可能性は否定できない。光雲の作が、一九八三年に出品され世界的な脚光を浴びたこと、さらに猿のポーズや毛並みなど似通った要素も否定できない。むろん、明治の木彫を代表する光雲の老猿にみなぎる闘志と孤独に比べるべくもないが、筒井の作では、ガリバアを抱えた両腕の強さと、この狡猾で人々を嘲笑するような猿の眼差しが、生き生きと描かれている。

いわば、筒井年峰は、従来の日本版挿絵にみられたような西洋挿絵の模倣や踏襲を超え、構図や視点を大胆に変更することによって、場面解釈に新境地を生みだすとともに、日本美術の伝統や意匠を駆使した芸術的香りのある『ガリヴァー旅行記』挿絵を構築することに成功したのである。

まとめ

原昌は、日本における『ガリヴァー旅行記』の再話に言及して、その将来的な新しいヴィジョンを提唱する。「そして『ガリヴァー』を単に〈お伽噺〉〈空想冒険話〉としてきた従来の解釈から、むしろ視点を変え、その豊かな空想性を生かしながら、『ガリヴァー』のもつ社会的広がりと、寓意と笑いの回復という立場から子どもたちが空想の世界に遊びながら、人間とは何か、社会とは何かの真相にふれうる訳述・再話が現われることを期待したい」（原 1991：161）と。

さらに、砂田弘は、児童文学を含めた子どもの本の世界で、その商品としての市場が確立するのは、「わが国では資本主義が飛躍的な発展を遂げる日清戦争後である」（1974：12）と述べるとともに、「明治以降第二次大戦が終わるまでのほぼ八〇年間の子どもの本の世界は、教育勅語と帝国憲法に集約される絶対主義的国家体制にきびしく束縛され、ついに真の意味での近代的な児童観が根づくことがなかった」（1974：13）と、結ぶ。

巌谷小波が『世界お伽噺』シリーズに入れた『ガリヴァー旅行記』の再話である『小人島』と『大人國』は、日本の『ガリヴァー旅行記』邦訳史において、一時代を画する作品である。第一に、『ガリヴァー旅行記』の初めての翻案であり、初めての子どもの読者、特に少年読者を対象にした再話であり、現代にまで続く子どものための『ガリヴァー旅行記』再話の先駆けとなった作品である。第二に、筒井年峰の挿絵は、それ以前に出版された邦訳に添えられた日本版挿絵と異なり、欧米挿絵の模倣を脱し、西洋図像の影響と日本美術の伝統を融合させるとともに、独自の解釈を加えた日本人画家による初めての本格的な『ガリヴァー旅行記』図像である。

しかし、巌谷の『小人島』と『大人國』は、単なる『ガリヴァー旅行記』受容史のみならず、日本の児童文学の潮流をも具現化した作品であるといえる。巌谷が目ざした『ガリヴァー旅行記』再話は、原昌が述べるよう な、子どもが人間あるいは社会について考えるために創作した作品ではなかった。むしろ、その諷刺のとげを抜き、冒険や空想性を羽ばたかせることにより、欧米列強に肩を並べようとする日本の軍国少年の育成と、海外覇権を目指したといっても過言ではない。ポストコロニアル的観点に立てば、巌谷の『ガリヴァー旅行記』は、日本の国家政策である教育勅語と帝国主義的憲法を堅持するために、日本の帝国主義政策に束縛されるというよりは、むしろ植民地拡大という国家戦略を、意識的、あるいは、なかば無意識に、擁護し協力しようとして翻案された作品である。明治期に初めて子どものための少年文学を創設し、日本の児童文学の先駆けとなり牽引したかの観のある巌谷小波は、彼の『ガリヴァー旅行記』翻案に表象されるように、その先取性においても封建制においても、まさに、近代化をひた走る明治日本とともにあったのである。それが、巌谷小波の偉業であり、また、限界でもあった。

第六章　大正期の邦訳と図像

六・一　はじめに

明治期の外国文学翻案は、冒険心に富む少年に夢をあたえることを目的としていたが、大正期にあらたに本格化した外国文学受容は、様相を異にする。西田良子は、明治期の翻訳・翻案・受容と大正期の違いに言及し、大正期に外国文学の翻訳・翻案が流行した文化的・社会的背景について、次のように述べている。

第一次世界大戦後に誕生した市民階層の間では、豊かになった経済力を背景に、外国への関心が高まり、ヨーロッパのデモクラシー思想や自由主義文化を積極的に摂取しながら、近代人らしく生活をエンジョイしようとする気風が生まれてきた。それは、子どもの読物にも大きく反映し、教養ある中産階級では、封建的色彩の強いお伽噺よりも、ヒューマニズムに根ざした外国童話を与える傾向が強くなってきた。こうした時代の要求にこたえ、一九一四年に刊行された博文館の『世界少年文学叢書』、『世界少女文学叢書』は非常な好評を博し、これにならって、一九一五年には冨山房が『模範家庭文庫』を、一九一七年には春陽堂が『世界童話集』を刊行した。……その後三重吉は、引き続き春陽堂の『世界童話集』の翻訳を行った。こうした外国童話の翻訳によって、彼は童話に対する見識を深め、やがて、画期的な童話童謡雑誌「赤い鳥」創刊へと進んでいったのである。

（西田 1976: 54–55）

大正期における『ガリヴァー旅行記』翻訳の隆盛の理由もまさにここに集約されている。いわば、教養ある中産階級の西洋志向に合致したものであった。一九一八年七月、鈴木三重吉の『赤い鳥』が創刊され、一世を風靡すると、類似の児童雑誌――『金の船』『おとぎの世界』『童話』など――が次々と創刊される。一方、一九二〇年一月、雑誌『少年少女譚海』が創刊される。『譚海』は、児童文学雑誌としてはあまり一般には知られていないが、『赤い鳥』などの芸術的児童文学雑誌よりもっと大衆的な『少年倶楽部』や『少女倶楽部』よりもさらに、階層的には一段下にある雑誌である。この庶民的な『少年少女譚海』の創刊号から第二巻第三号（一九二〇―一九二一）に、鹿島鳴秋が、「ガリバー譚」と題して、翻案を連載するのである。[57] 第一巻第一号のみ金子茂二画、初山滋挿絵であるが、それ以降の号はすべて初山滋が表紙、口絵、挿絵を担当している。なお、この鹿島鳴秋の翻案は、原昌の『児童文学の笑い』や『児童文学翻訳作品総覧 イギリス編1』の書誌にも掲載されていない。

さらに、同じ一九二〇年、外国文学の再話翻案が主に掲載された『赤い鳥』誌上で、『ガリヴァー旅行記』の第四航海記が、野上豊一郎によって、「馬の國」として翻案され、清水良雄によって挿絵が描かれる。続く一九二一年、平田禿木が、冨山房の『模範家庭文庫』の一冊として『ガリバア旅行記』を訳し、岡本帰一が豪華な彩色口絵とイラストを担当する。冨山房から出版された『ガリバア旅行記』は、巻末の広告に、「大人國、小人國、飛島、馬の國の巡行物語」と銘打っているように、第四航海記までの四部すべてを網羅し、編者は、「序」において、「皮肉な、辛辣な諷刺がこの『ガリバア旅行記』である。……が、これを以て単なる荒唐無稽の物語とのみすることは出来ない。見方に依つては、一種の理想郷とも見られよう」（13–14）と、スウィフト作品が風刺作品であり、ユートピア（逆ユートピア）小説であると、明言している。この『模範家庭文庫』には、他に『アラビヤンナイト』『グリムお伽噺』『ロビンソン漂流記』など外国の古典が収録されているが、「新訳絵入」と角書し、「模範家庭文庫は我國に於て始めて着手せられたる世界家庭文學の古典全書なり。……今特に現文壇の名流俊秀に嘱し、平明自在流麗にして趣味深き文章に書き和げ、毎册畫壇の才人諸家が意匠に成る大小の挿畫幾百個を挿み、文と畫と相扶けて興趣無限ならしむ」と『ガリバア』の巻末で紹介しているように、翻訳のみならず挿絵にも入念な注意を払って製本した美しい高価な豪華本であった。当時の定価が、三円から三円八〇銭、都会の裕福な中産階級の家庭でしか購入できなかったのは、瀬田貞二の「私たち下町のしがない家の子には手が出ませんでしたが、これほど入念な美しい造本を、私は今に至るまであまり記憶していません」（1982：262）という、回想からもわかる。

本章では、多くの大正期の『ガリヴァー』邦訳のなかから、大衆雑誌『少年少女譚海』に掲載された第一渡航記と第二渡航記の翻訳である鹿島鳴秋文・初山滋画「ガリバー譚」と、近代的な児童雑誌『赤い鳥』に掲載された野上豊一郎文、清水良雄・深澤省三画の「馬の國」（一九二〇年）、さらに、一九二一年に平田禿木譯・岡本帰一画で冨山房から出版された『ガリバア旅行記』と濱野重郎著・奥村博装幀『ガリバー旅行記』（イデア書院、一九二五年）をとりあげる。

六・二　大正雑誌『少年少女譚海』の鹿島鳴秋文、初山滋挿絵「ガリバー譚」(一九二〇年)

『少年少女譚海』に連載された「ガリバー譚」の翻案者である鹿島鳴秋(一八九一―一九五四)は、童謡詩人、童話作家であり、日本最初の児童文学者グループである「少年文学研究会」の創立にも加わり、主宰誌『少女号』などを中心に、自作の童話や童謡を発表していた。彼の「ガリバー譚」は、第一航海記と第二航海記を子ども向けに翻案した連載物である。

この雑誌を収録している公立図書館はきわめて限られている関係からか、従来、鹿島鳴秋の「ガリバー譚」の翻訳に関する論考は、ほとんどみられなかった。おそらく拙論「大正日本の『ガリヴァー旅行記』図像――岡本帰一と初山滋」(二〇〇七年)で紹介したのが最初ではないかと考える。この「ガリバー譚」は第一渡航記の「ガリバー譚」(第一巻第四号からは「小人島奇譚」と題されている)と、第二渡航記の「大人國奇譚」からなる。第一渡航記の「ガリバー譚」は一九章、「大人國奇譚」は二三章からなり、それぞれ独自の題がついている。たとえば、第一渡航記の第一章は「難破船から遁れて」、第二章は「縛られた両手両足」と、具体的に内容を的確に表現している。また、「大人國奇譚」の最終章は「また来た處は小人島か」となり、巨大な大人国に慣れたガリバーの視覚的な錯覚をうまく使った題となる。(58)

こうした題の命名からも推測できるように、鹿島の再話は、風刺の毒をとりさり、当時の庶民の少年少女にも原作の筋が理解できるような工夫を凝らす。まず、第一に、明治の翻訳にみられるようなスカトロジーはまったく影を潜めるとともに、明治の大人の翻訳にみられた政治や学問、人間風刺も省略され、スウィフト原作に共存する子どもを魅了するファンタジックなエピソードや物語を抽出している。第二に、物語は、子どもたちが理解しやすい語りの口調で、情景が生き生きと想像できるような描写に特徴があり、第三に、当時の子どもの読者が好む、たとえやオノマトペが多く使われている。

まず、第一の特徴である物語の骨子を換骨奪胎した子どもの読者を魅了する物語性について、具体的に第一渡航記から検証してみよう。たとえば、第一渡航記では、冒頭のガリバーの生い立ち、航海に出る顚末は省かれ、反面、日本の読者が理解しやすいように航海の説明からはじめる。


それは今のやうに、楽しい愉快な航海のできる汽船といふものがまだ世界の何處にもない時分のことでした。年にして數へると、二百二十年も前の昔ですから、航海をするにも、帆を船に一杯はつて、風の力で走るより外に、仕方のない時分でした。

丁度日本と同じやうに、四面海でかこまれた英國に、航海をするのが、大層すきな男がありました。名をガリバーといつて、終始船に乗り込んでは、航海をする船醫者でした。

或る年ガリバーは、アンテロープ號といふ船に乗つて、英國の港から東印度へ向ふこととなりました。

（鹿島 1-1：65–66）


日本の読者にわかりやすように航海術について平易な説明を付け加える一方、子どもには不要なガリバーの生い立ちや結婚、開業に至る経緯、さらに過去の航海などは省略し、ガリバーの小人島への旅に、読者をともにいざなう。

その他、リリパット国の政情や学問などは鹿島の小人島では省略され、また、明治の大人用の翻訳でも省略された皇妃の宮殿の火事の場面は、そのスペクタクル性が読者を魅了すると考えたのか、消火方法を、ガリバーが履いていた靴下を両手にはめた消火にかえ、彼の罪状を「皇居の中へ、跣足で立ち入ったものは、いかなる身分のものでも、重罪にあたる」（2-5：85）というこの国の掟に反すると変更する。そのため、お妃様がガリバーをひどく恨み、廷臣の嫉妬からもガリバーが両目を刺され餓死に至らしめられる前に、隣国ブレフスク国に逃れるのは、原作の通りである。

つづく「大人國奇譚」でも、子どもには難解な学者との論争や国王へのヨーロッパ政情説明、それに関する論争、大人國の状況など、政治描写は省略される。さらに、女官のガリバーへの性的ないたずらや、大人國の女性の露骨な肌描写、農家での授乳シーンや死刑の見物など性的で残酷露骨な描写は省略される。またガリバーの音楽の妙技なども省略されている。

第二の特徴である鹿島の口語調の会話を交えた語りの妙味について、検証してみよう。まず、第一渡航記で、言葉の通じない小人島の大将にガリバーが身振り手振りで飲食物を要求し、その後、葡萄酒をもう一樽ほしいと所望する場面が、鹿島の語りでは、次のように面白おかしく記述される。

もう一樽あつたのも同じやうに飲んでしまつて、また『おかはり』と言ひましたら、
『もう品切れです！』
と断られたのには、ガリバーもさすがに悄氣てしまひました。（1-2：74）

いわば、内容をわかりやすく子どもに伝えるとともに、紙芝倍のような臨場感あふれる語りの妙で子どもたちの興味を引きつける。

また、裸足で宮殿に入ったために、重罪に問われる場面では、「『あの火事を消したのが、身の仇となつて、そ

んな恨みをうけるとは、俺もいよ〳〵運の盡だ！』と、ガリバーは思はず溜め息をつきました」（1–5：85）となる。また、原作で、ブロブディンナグ国の海岸に上陸し清水を求めていた仲間の水夫たちが巨人に驚いてボートで逃げ去る後を怪物が追いかける場面をみるガリバーの心情を、鹿島は「『これは大變だ。水夫達は、今に喰ひ殺されるぞ。』と、ガリバーははら〳〵して、其方を見て居ります」（1–7：53）と、「今に喰ひ殺される」と感想を付け加えて、巨人への恐怖感をそそる。原作では、説明されるに過ぎないガリバーの心情が、邦訳では会話体で表現されることにより、子どもの共感を呼ぶわかりやすい文章となっている。

第三に、鹿島は多くの比喩や擬態語・擬音語を使い、日本の子どもの読者を魅了する。比喩の例は、数多くみられる。第一渡航記では、難破し海中に漂うガリバーを「海月のやうに浪の上に浮いてゐる」（1–1：66–68）と、クラゲにたとえる。また、第二章の「縛られた両手両足」では、海岸に縛り付けられまぶしい太陽にさらされた自分を「その中に日はかん〳〵と照つて來て、暑くはなりますし、眼は眩しくつて、今にも人間の干物が出來あがりさうです」（1–1：69）と、当時の日本の海岸でよく目にした干物にたとえるなど、海岸の風物や雰囲気が髣髴でき、興味深い。

また、すでに本文の一部で紹介したように、擬態語・擬音語を多用しているのは、子どもの読者を意識してのことであろう。先にあげた「かん〳〵」や、ガリバーの体の上にあがってくる小人を形容する「よち〳〵」（1–2：34）や、ガリバーを車の上にあげるさまを、「千人ばかりの小人が、力を合はせて、ゑんやゑんやと、ガリバーを一種異様な、車の上に引きあげました」（1–2：38）などもその一例である。

いわば、鹿島は先に述べた臨場感あふれる会話やたとえ、オノマトペなどを交え、火事の場面や大きなハエ（鹿島の邦訳ではハチがハエに変更される）やネズミとの勇敢な戦い、宮殿の猿にさらわれて屋根に連れていかれるエピソードなど、子どもが好奇心を抱く場面はもれなく描写する。一方、風刺の毒は極力抜き、教育上不適切な箇所も大胆に省略変更する。いわば、大正期における『少年少女譚海』掲載の鹿島の邦訳は、日本の一般の子どもの読者の心をひきつけた邦訳として、明治期の巌谷小波の翻訳にも匹敵する作品であると、いえるだろう。

鹿島鳴秋「ガリバー譚」の画家初山滋

挿絵や口絵を担当した初山滋は、すでによく知られているので、ここでは、一九二〇年前後までの初山について簡単にふれるにとどめる。芸術家としての初山を語る場合、まず大切なことは、彼が既成の美術教育を受けず、独力で画を描いてきた点にある。初山は浅草で育った江戸っ子で、少年期に模様画工「宇佐美」に奉公に出て着物の染めの絵柄を描き、その後日本画家井川洗崖に弟子入りし、浮世絵の影響を受ける。初山の意匠や技法色彩は、職人をしていた時期に修得したものであり、彼が挿絵画家として活躍をはじめる一九一九年頃にはすでに伝統的な日本美術の意匠と色彩に熟達していた。

同時に、初山は初期において、西洋美術の影響、一九世紀末から二〇世紀初めにかけての西洋の美術運動やオーブリー・ビアズリーやラッカムからも影響を受けていたと論じられている（岡田隆彦 1985 : 113）が、初山本人は「デューラーの線が大好きです。ビアズリーよりデューラーだな。私は外国のものより、浮世絵が好きだ。歌麿がいい。北斎はきらいだった。清長はこのごろいいと思う。なんといっても師宣だね」（瀬田 1985 : 351–352）と自分の日本美術への傾倒について述懐し、修行時代に日本美術の名品を鑑賞し、模写した経験についても述懐している（上笙一郎 1974 : 90）。いわば、初山が西洋美術からなんらかの影響を受けていたとしても、かなり早い時期にその影響から脱していたといえるのである。

初山滋の「ガリバー譚」図像

初山滋は、大正期の傑出した『ガリヴァー旅行記』画家である。一九二〇年から翌一九二一年まで、『少年少女譚海』に掲載された「ガリバー譚」の挿絵を描いた頃、初山は、すでに挿絵画家として世に認められ、日本や西洋の多くの物語に挿絵を描いていたが、すでに述べたように、この時期の彼は、西洋絵画の技法と日本の伝統文様や色彩を融合させ、独自の画風を模索しつつあった。

それゆえに、筆者が初山滋の「ガリバー譚」の挿絵をはじめて見たとき、日本および西洋の『ガリヴァー旅行記』図像と比較しても、比類のない、モダンで斬新な作品に興味を引かれると同時に、彼の図像、とりわけ、彩色口絵や表紙は彼のオリジナルであり、他の西洋の挿絵からの影響はまったくみられないと、考えた。しかしながら、図版1の初山の挿絵をみたとき、日本でも西洋でもあまり一般にはみられない、木製の背の形が、気にかかった。これは、第二航海記で、農夫の娘であるグラムダルクリッチが、ガリヴァーにブロブディンナグの言葉を教える場面であるが、J-J・グランヴィル、T・モートン、さらに、アーサー・ラッカムにいたる多くの西洋の同じ場面を扱った図像と比較してみると、初山の『ガリヴァー』図像（図版1）が、岡本の挿絵（図版2）と同様、ウィリー・ポガーニー（Willy Pogany）のイラスト（図版3）を参考にしていることがわかったのである。この初山の挿絵は、画面構成、少女の服の花柄模様や髪型、椅子に腰掛けるポーズ、そして何にもまして、椅子とテーブルの形がうりふたつである。しかし、グラムダルクリッチの描写は、初山とポガーニーでは、微妙に異なる。初山の少女は、農夫の娘然としたポガーニーの田舎娘よ

図版1　初山滋

図版2　岡本帰一

図版3　ウィリー・ポガーニー

り、はるかに洗練され魅力的である。また、ガリヴァーとグラムダルクリッチの関係性も微妙に変化している。ポガーニーにおいてはテーブルにいたガリヴァーが、初山の作では、彼女の手のひらに坐り、互いに同じ目線で視線を交わしあっている。いわば、初山の作では、ガリヴァーと少女の親近感がはるかに効果的に表現されているといえる。

他方、同場面を扱った岡本帰一の作品（図版2）は、画面構成、色彩、その他あらゆる表現において、初山とは比較にならないほど、ポガーニーの作に酷似している。しかし、岡本の少女はポガーニー以上に素朴な、あるいは、カラフルな服や赤い家具に不似合いなほど、野暮ったい風貌であるが、机の上の小物を一掃し、高い机に立つガリヴァーのサイズを大きく描き、グラムダルクリッチが心もちガリヴァーの方に顔を寄せるポーズに変えることにより、二人の関係をより際立たせる。

他方、初山滋は日本の伝統芸術と西洋美術を融合させることに成功した、先駆者の一人であり、彼の童画は他に例をみない独創性にあふれている。とりわけ、初山の彩色画は、その翻案テキストの解釈においても、画面構成、描写、色使いにおいても、実に革新的である。図版4は、「小人島奇譚」の表紙絵として描かれたものであろうが、この場面はスウィフトの原作にもまた鹿島鳴秋の翻案にもない。難破しリリパット国に流れ着いたガリヴァーが、目を醒ました様子を、スウィフトは、次のように描写している。

> 起きようと思ったが、身体が動かない。なるほど見ると、我輩仰向けに寝ていたのだが、手も足も左右に大地にしっかり縛りつけられ、長く房々としていた髪の毛も同様である。さらに同じように、腕の下から太股へかけて幾重にも細い紐が我輩の身体をからんでいるのに気がついた。（中野訳：16）

図版4　初山滋

図版5　J.-J. グランヴィル

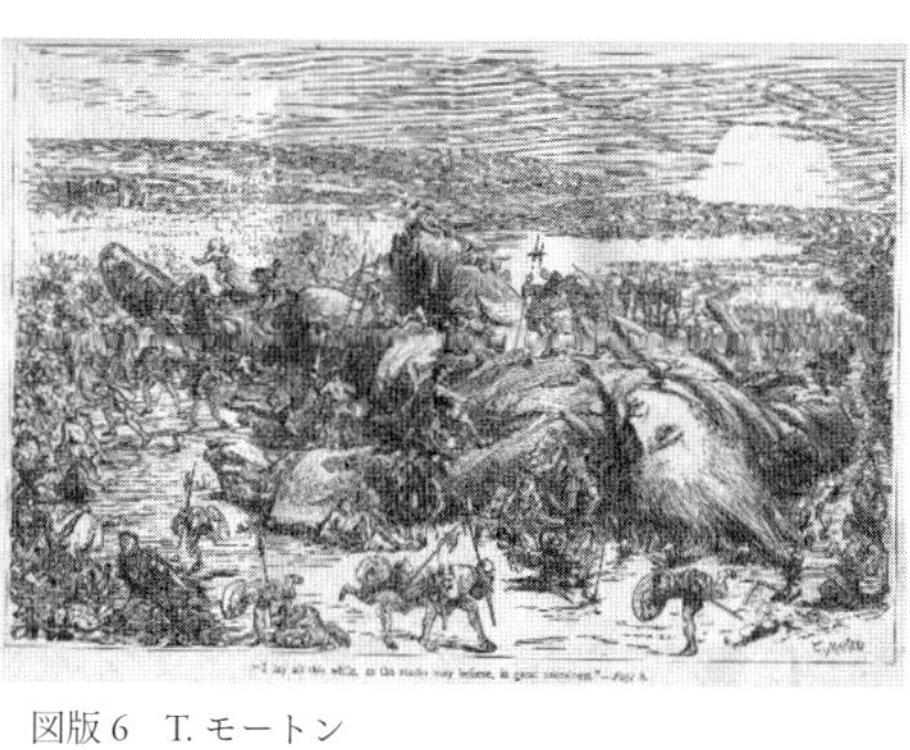
図版6　T. モートン

図版7　C.E. ブロック

この場面は、初版にはじまり、J－J・グランヴィル（図版5）、T・モートン（図版6）、C・E・ブロック（Brock, 一八九四年）（図版7）、ウィリー・ポガーニー（図版8）など、多くの西洋画家によって、現在に至るまで描き継がれてきた有名なシーンである。しかるに、初山は、偏狭なテキスト解釈に終始することなく、大胆なテキスト解釈と変更を試みている。この初山の挿絵は、スウィフトの原作にも鹿島鳴秋の翻案にも、直接、記述されていない。たとえば、ガリヴァーの髪の毛は地面に繋がれず、頭上で兵士らしき人物が三人ほど、彼の金髪の中を検分している様子がみえる。しかし、これは日英両テキストの内容とは、異なっている。瀬田貞二は、初山の作品について、「心情でかもされ彩られる一回ごとのイメージが、初山の絵の世界である。……初山の作画には人格的な異次元のモチーフはなかった。感情の選んだものを、詩的な万華鏡でみごとに変貌させることが、持ち前だったのである」（1985：356）と述べているが、いわば、初山滋は、スウィフトの原文に忠実な西洋挿絵と異なり、翻案を大胆に解釈し、変容させ、独自のシーンを再構成したのである。

また、初山は、きわめてユニーク、かつ、西洋にも日本にも前例がない構図や画面処理を施している。斜め側面からガリヴァーの全身をとらえる他の挿絵画家のアングルとは対照的に、初山はやや下方上部からガリヴァーの顔をとらえる。頭上を見上げる大きく見開いた青い目と半ば開いた口元が、ガリヴァーの好奇心を生き生きと表現している。しかし、なににもまして、この絵のすばらしさは、伝統的な着物の意匠性にも例えられる、背後の縞模様と赤と白の色彩のコントラストと、装飾風な文字で書かれたタイトルの藍色にある。大胆な赤い波形の縞模様を背景に、中央の丸い顔とその周りのブロンドの髪が、効果的に配されている、きわめて独創的な意匠性をもつ『ガリヴァー旅行記』図像である。

初山滋の『ガリヴァー旅行記』描写は、きわめてモダンかつ斬新である。それは、『少年少女譚海』という大衆雑誌に掲載された因習的な他の画家の挿絵や口絵のみならず、近代のガリヴァー図像史のなかでも、きわめて特異な存在である。しかし、大胆で革新的な色彩やデザインにもかかわらず、概して、全体の作風は洋風であり、必ずしも、完全に日本独自の『ガリヴァー旅行記』図像とは、いい切れない要素も認められる。おそらく、それは、友人の日本画家である島多訥郎が、「正直言って僕は、初山君の絵は、才気は充分すぎるほどあるが甘いと思う。そして、対象にがちっと四つに組むようなところはなかった。あくまでもさらさらと流れていってしまう。このことは、僕はいつか初山君にも言ったことがあります。しかし、この甘さ、このさらさらと流れるところが彼の絵の特徴でもあるのでしょう」(1974：84)と述べた、初山の特徴にある。瀬田貞二は、対象に対峙しない「感性の表現」(瀬田 1985：356) としての初山の絵について、「その線、その色に感情をたくして構図しようとする場合には、庶民的な立脚点からは、きまって甘美な様式化が起こる」(1985：356) と論じている。このある種のセンチメンタリズムが、この図版にも窺えるのではないだろうか。初山のガリヴァーは、スウィフ

図版8　ウィリー・ポガーニー

図版9　初山滋　大阪府立国際児童文学館蔵

図版10　初山滋

トのテキストに描写された妻子のいる外科医とはまったく異なり、ピンクの頬をもつ少女とも見まごう若さにあふれた、現代のファンタジー・アニメーションの主人公のような「甘美」で「かわいい」風貌をしている。ガリヴァーはあまりにも無害で幼く、センチメンタルであり、スウィフトのテキストや他の『ガリヴァー旅行記』絵画にみられるエネルギーも、スウィフトの震撼させるような鋭い風刺の毒もみられない。初山のもう一枚のガリヴァー図像（図版9）も、ファンタジックでメルヘン風な作品である。西洋や岡本帰一の挿絵と比較しても、英文原作の毒々しさや残酷さ、リアリズムも、お伽噺や『譚海』の他の挿絵にみられる因習性もない。いわば、初山の挿絵は、スウィフトのテキストに顕著にみられる人間の無骨さ荒削りさといったネガティブな側面を表象することなく、あくまで澄んで美しい。しかし、これは単に初山一人の責任ではなく、鹿島の翻案はいうまでもなく、戦前の『ガリヴァー旅行記』翻訳、特に子どもの読者を対象とした邦訳自体が、原昌が「こどもを善童としてとらえる児

図版12　ジャン・ド・ボッシェール

図版11　J.-J. グランヴィル

童観が、子どもの世界から醜いもの、残酷なもの、性、そして社会批判・人間（大人）批判をおのずから追放していったのであろう」（1974: 239–240）と指摘するように、原作の毒や残虐さ、醜悪さを排除したことと も、深く関係しているのである。

しかしながら、図版10は、初山の色彩と構図、そして何にもまして、幻想性が生み出しえた『ガリヴァー旅行記』図像の傑作である。この絵は、第一航海記における皇妃の居室炎上の場面を描いているが、洋の東西を問わず、初山作品が制作された一九二〇年までに、挿絵画家がこの場面を選択する機会は、きわめて珍しかった。というのも、西洋の『ガリヴァー旅行記』挿絵においては、場面選択が比較的一様であり、この場面はほとんど描かれず、日本語翻訳では、第二次世界大戦以前は、この場面がそのまま翻訳されることがなかったため、独創的かつ稀有なのである。(59)

初山以前に、西洋で、皇妃の宮殿火災の場面を描いたのは、知る限りでは、フランスのJ－J・グランヴィルである。グランヴィルは、ガリヴァーの放水を避けるために女官（侍女たち）が逃げまどっている小さな場面を描き（図版11）、ジャン・ド・ボッシェール（Jean de Bosschère, 一八七八―一九五三）は、初山作品と同年の一九二〇年、火災の紅蓮の焰が画面一面に広がり、その赤い光のなかを、人々が逃げまどっている様子を、幻想的に描き出した（図版12）。

先に言及したように、鹿島鳴秋は、ガリヴァーの消火方法や罪状も、スウィフトの原作から変更している。原作では、ガリヴァーは生理的要求によって消火したのに対し、鹿島の作では、ガリヴァーは靴下を手にはめて、その手袋代わりの靴下で火災の延焼を食い止めるのであるが、結果、素足で宮殿内に立ち入ったことを、重大な犯罪として咎められる。鹿島のガリヴァーは、消火の功労にもかかわらず、スウィフトの原作と同じように、皇妃の深い恨みをかってしまうのである。

この初山の挿絵は、ガリヴァーの顔立ち、背後で驚き騒ぐ人々や宮殿、木々のシルエットそのいずれをとっても、洋風であり、幾分、エドマンド・デュラックやカイ・ニールセンの幻想的な西洋挿絵を彷彿させる要素もある。しかし、にもかかわらず、この絵において初山は、彼の絵画の特徴である色彩、意匠、構成を駆使し、ガリヴァーの超人的な、画面全体を圧倒するような劇的形体と躍動感、さらに、スウィフトの魔界的奇想を見事に表象しているのである。

具体的にみていくと、第一に、彼の色彩構成は、革新的である。紅蓮の焔を示す背後の深紅色と、日本伝統の色彩技法である墨の濃淡を思わせるようなキアロスクーロ技法を駆使した黒のモノクロームのコントラストは圧巻である。第二の特徴は卓越した画面構成にある。初山の平面描写は、また、浮世絵を彷彿させ、初山の日本趣味、特に、浮世絵や版画好きからきたものであろうが、絵の中央に立つガリヴァーの圧倒的な大きさと、背景に描かれた様式化された人々や木々の小さなシルエットが、北斎の浮世絵の風景画のような、強烈な大小の対比を生み出している。さらに、背景の左右対称の丘の前景中央にガリヴァーを配しながら、左右の彼の両手の動きや、建物と木々の描写は、左右非対称のジャパネスク様式の構図で、シンメトリーとアシンメトリーが効果的に配され、微妙なバランスと調和を生み出している。第三の特徴としては、曲線の妙味があげられる。宮殿と思われる画面左中央の建物から渦を巻き、立ち上る煙を象徴する曲線が、画面を垂直、水平さらに斜に横切り、広がっている。日本の意匠紋様ではすでに一般的である流水紋様が、この絵においては、焔が赤々と反射する画面を、煙となって、象徴的に描かれる。ガリヴァーの背後にみえる月と相まって、西洋風な趣のなかに、日本の伝統技法を取り入れた、初山らしい作品としてまとめられている。

いわば、このガリヴァー図像における西洋美術と日本美術の融合を、初山の色彩、形、意匠、そして曲線の妙技のなかに、窺うことができるのである。この作品が掲載された『少年少女譚海』は、児童文学や童画においても、洗練された民主的な雰囲気をもつ『赤い鳥』や『金の船』などの文芸児童雑誌ほど評価されることなく、庶民的な大衆児童雑誌として、どちらかというと大正期の華々しい児童雑誌の活躍のなかに埋もれてしまった感のある雑誌である。にもかかわらず、初山が、後年、研究社英文譯註叢書のなかで『ガリヴァー旅行記』の挿絵を描いた九年前に、この『少年少女譚海』に掲載した『ガリヴァー旅行記』挿絵は、鮮烈な時代を越えた革新性をもつ。いわば、この初山の図像は、生き生きとして、伸びやかな作品解釈ゆえに、当時、民主的な一流の文芸誌といわれた『赤い鳥』などの児童雑誌や、教養ある中産階級の読者を対象とした欧米や日本の挿絵本と比較しても、遜色がなく、きわめて優れた独創的な日本版『ガリヴァー旅行記』図像といえよう。

六・三　大正雑誌『赤い鳥』の野上豊一郎文、清水良雄・深澤省三絵「馬の國」（一九二〇年）

『赤い鳥』と『ガリヴァー旅行記』

『赤い鳥』に『ガリヴァー』邦訳が出版されたのは、大正九（一九二〇）年。五、六、八月号の第四巻第五号、六号、第五巻二号の三回の連載である。『赤い鳥』が創刊されたのが、大正七（一八一八）年七月であるから、創刊から二年後の連載となる。『不思議の国のアリス』の翻案「地中の世界」が鈴木三重吉によって連載されたのが、大正一〇（一九二一）年八月から翌大正一一年三月。『ガリヴァー』の翻案「馬の國」の連載は、それより一年早いことになる。

野上豊一郎（一八八三—一九五〇）が文を担当している。野上は東京帝国大学英文科に在籍中から夏目漱石の門下生であり、同じ漱石門下の鈴木三重吉とは一九〇六年頃に親しくなったようだ。(60) 野上は、東大在学中の一九〇六年、後に小説・翻訳・戯曲・随筆・評論・童話などで幅広い活躍をすることになる小手川（野上）弥生子と結婚した。翻訳者野上は、大学卒業後の翌一九〇九年、法政大学講師となり、その後、教授、総長を歴任するとともに、英文学者としてはバーナード・ショウなどのイギリス演劇を研究し、また、能楽の研究紹介なども行った。

『ガリヴァー』邦訳に関しては、野上は『赤い鳥』邦訳の七年後の一九二七年に、国民文庫刊行會から、四つの渡航記すべてを網羅した翻訳『ガリヴァの旅』を出版している。はたして、「馬の國」の連載に鼓舞されて、第一から第四までの全渡航記の翻訳に挑戦したのかどうかはわからない。読者層の相違や鈴木三重吉の編集上の見解なども影響しているのだろうが、「馬の國」はわかりやすい邦訳で、馬の国に内在する人間風刺や英国風刺などはほぼ省略されている。

さらに、この野上の邦訳は、児童雑誌における、はじめての第四渡航記の邦訳である。また、野上の一九二七年の単行本邦訳もかなり初期の「フィヌム国渡航記」邦訳であり、一九〇九年の松原・小林共訳、一九一一年の佐久間信恭訳、さらに、大正期の一九一九年の中村祥一訳に次ぐ。単独の翻訳本としては、種類の多い第一渡航記と第二渡航記とは異なり、初期の第四渡航記邦訳として注目される。また、野上が文芸児童雑誌『赤い鳥』に

「馬の國」の翻訳をなぜ出したのか、その意図ははっきりとしない。従来の『ガリヴァー』邦訳のなかでは、第四渡航記が単独で紹介されていないこと、またそれまでの児童雑誌に掲載された鹿島鳴秋の「小人島」や「大人國」に対抗し別の渡航記を選んだのか、その理由は、はっきりとしない。さらに、『赤い鳥』と同時代に出版された他の児童文芸雑誌である『金の船・金の星』や『おとぎの世界』、さらに『童話』や『コドモノクニ』に、なぜこの『ガリヴァー』作品の翻訳が紹介されなかったのかも興味深い点である。

また、一九二七年に出版された全訳の「はしがき」にも、『赤い鳥』の「馬の國」の翻訳については言及されていない。ただ、「はしがき」で「ガリヴァの旅」の四つの旅を詳しく説明するなか、「馬の國」には、スウィフトが最も強調したいところがあると、次のような説明を加えている。あるいは、それが野上の選択の理由かもしれないと感じる要素もあるので、長くなるが以下に引用しておきたい。

其處［「ガリヴァの旅」］には勿論その時代を批判した事項も少からず交つてはゐるけれども、諷刺の根本問題となつて居る所のものは悉く永久性を本質とするものであるが故に、今も尚ほその中に生命が躍動して鋭く我々に迫つて來るのを感じる。……作者の最も強調した所のものは、人性に深く根ざしてゐるべき正義、眞實、愛、克己純潔等の第一原理の稱讃である。また此れ等の美徳から常に離れようとする人類の堕落的傾向の非難である。此の目的を最も有効ならしめるためにスウィフトはガリヴァをして最後の航海に於いてフウインムの國を訪問させた。其處では馬が支配して、人間が支配されてゐる。理性と秩序は馬にのみあつて、人間は猿の状態にまで退化してゐる。我々はダンテの地獄に於いて人間の罪悪の恐るべき刑罰の有様をば見るが、併し我々が其處を彷徨してゐる時でも、我々の意識の半面には、更に明るい煉獄の光と最も輝かしい天國の光とが流れ込んでゐるのを感じる。フウインムの國にはその希望がない。我々はヤフウに於いて人間の卑しむべき姿をまざまざと見せられて、感じ得るものはただ絶望のみである。およそ人間を嘲弄してこれほどまでに辛辣を極めたものが他にあるだろうか。（野上 1927：3–4）

スウィフトが馬の国を執筆した目的が、「人性に深く根ざしてゐるべき……此れ等の美徳から常に離れようとする人類の堕落的傾向の非難である」と考える翻訳者野上が、『赤い鳥』の「馬の國」でそのメッセージをどのように子どもたちに伝えたのか、あるいは伝えられなかったのか、次に彼の翻案を具体的に探ってみたい。

野上豊一郎の「馬の國」

野上の「馬の國」は、先に述べたように、第四巻第五号、六号、第五巻二号の三回の連載である。第五号は原作の第一章、第六号は第二章、第五巻第二号は第一〇章と第一一章の翻訳である。その間の原作の第三章から第九章までの概略は、第六号の後半と、第八号の前半にコンパクトにまとめられている。

まず、野上の翻訳はかなり原文を生かした翻訳だという点に、特徴がある。むろん、スカトロジーや露骨な描写すべてが翻訳されていないのは、「子供の純真さを育てる児童文学をつくり出したいという願望とロマンがみられる」（『鈴木三重吉への招待』1982：82）肯定的な童心主義をむねとする『赤い鳥』の編集方針上、当然のことであり、たとえば、ヤフー（野上の翻訳ではヤフウ[61]）の身体の描写のうち、露骨な説明は省略されている。しかし、たとえば、ガリヴァー（野上の翻訳では、ガリヴァア[62]）がはじめて出会うヤフーに取り囲まれ、逆襲を受ける場面は、「ガリヴァは、一本の大木の幹に背中を凭せかけて、短刀を振り廻して防戦してゐましたが、その内に五六匹の怪動物は枝から梢の方へ攀ぢ登つて行つて――誠にきたない話ですが――糞便を雨のやうに散らしました。それをガリヴァは幹に身を擦り寄せるやうにして危ふく懸けられないですみました。それでもその臭氣が堪へられないので、うんざりしてをりました」(4–5:59) とほぼ原文どおりに訳される。

従来このヤフーの攻撃方法は、スウィフト特有のスカトロジーが発揮された場面であり、この第四渡航記を収録した従来の邦訳二種では省略されていた。先に言及した、一九〇九年の松原・小林訳だけではなく、一九一一年、小川尚栄堂から出版された、佐久間信恭の『新譯　ガリヴァー旅行記』でも省略されていることを考え合わせると、原文に忠実な翻訳を心した、野上らしいともいえよう。

しかし、原作の第三章から第九章に関しては、スウィフト原作にこめられた直截な風刺は省略され、物語の流れや概要が理解できるような簡単な補足説明が加えられているに過ぎない。まず、馬と人間であるヤフーの関係について、「人間はあるけれども、それは皆ヤフウで、智慧の光が頭の中へさし込まないで、身體ぢゆうには慾ばかりが詰め込まれてゐる下等な動物であります。之に反して馬はみんな知慧があつて、感情に富んで、社會といふものを組織して、文明を造り上げてをりました」(4–5:63) と、人間と動物の立場の逆転について説明を加え、さらに、英国の現状やヨーロッパ間の戦争、さらに馬の教育や至徳などの具体例を省略したうえで、「ガリヴァは聞かれるまゝに、自分の身の上話から、本國イギリスの話から、ヨオロッパ諸國の話から、人間とか文明とかいふやうな問題まで、機會のある毎に話し合つて、その結果、この國のフウインンム（馬）たちがいかに立派な理性を持つてゐる生物であるかといふことがわかりました。また同時に、この國ではヤフウ（人間）がいかに浅ましい動物の本性のみで生きてゐるかといふこともわかりました」(5–2:62) と結論づける。いわば、馬には理性が、ヤフーには獣性しかそなわっていないことを、ヤフーをカッコで人間と指摘し、簡潔に言及する。また、原作の大会議で決定されたガリヴァーのこの国からの追放については、具体的に言及せず、「この國のフウインンムたち」から言われたと、曖昧な説明に終始する。その結果、原作がもつ鋭い人間文明への風刺やヤフーに仮託した人間風刺、さらに、逆ユートピアとも考えられる無機無臭で集団主義的な馬の国に対する風刺はほとんど影を潜めることとなる。

第二の特徴は、すでに先に言及したように、読者に理解できるような説明を簡単に付け加えた点にある。たとえば、物語の連載のはじめに、省略した第一渡航記から第三渡航記までのいきさつを簡単に要約する。また、先に引用したヤフーの攻撃の場面に「――誠にきたない話ですが――」(4-5:59)という言い訳を差しはさむ。また、ヤフーとガリヴァーの身体を比較して、靴と服以外両者はそっくりであるという場面では、「ガリヴァはイギリスの紳士ですから、服を着て皮膚などは見せてをりません」(4-6:62)と、一言、子どもへの説明を加えることは怠らない。

いわば、野上は読者が物語のアウトラインを正確に把握できるような説明を加え、馬の国の第一・二・一〇・一一章の邦訳に関しては、かなり忠実な翻訳に留意し、馬の国の風刺の根幹である人間と動物の本性の逆転に言及しながらも、具体的な諸々の風刺を省略する。いわば、彼の邦訳は文芸的児童雑誌『赤い鳥』掲載の「馬の國」邦訳と紹介というかなり難しい難題を、ぎりぎりまで実現しようと試みた画期的な翻訳であり、それが、野上豊一郎の英文学者としての矜持であり、その意識と原作に忠実な翻訳をしたいというさらなる願いが、後の完訳につながったと考えられるのではないだろうか。野上はその完訳の「はしがき」の最後を次のような言葉で締めくくっている。

一九二七年初夏、「ガリヴァの旅」の書かれてより二百二年目、少くとも外形だけは日本最初の全譯と云ひ得べき此の文章の校正を終りてはしがきを書く。(1927:13)

「馬の國」と清水良雄の絵画

『赤い鳥』に掲載された図像は口絵一枚と、挿絵六枚に過ぎない。口絵は、第四巻第六号の清水良雄による一枚、挿絵は第五号と六号の清水良雄による三枚と、第五巻第二号の深澤省三による三枚である。

清水良雄は、一八九一年東京本郷に生まれ、東京美術学校西洋画家を卒業後、西洋画家として活躍するが、『赤い鳥』創刊に際して編集者鈴木三重吉に乞われて、挿絵を担当する。清水良雄と鈴木の関係については、すでに多くの書物で言及されているが、上笙一郎の『聞き書　日本児童出版美術史』のなかでの、清水の弟子、甲斐信枝の回想が確かであろう。

清水先生が鈴木三重吉に逢われたのは、「赤い鳥」の創刊より幾年か前のことで、紹介者は丸尾彰三郎さんとうかがっています。ちょうど三重吉が「世界童話集」シリーズをだしはじめるときで、『黄金鳥』の挿絵として描いた王子が鳥を見上げている絵を持っていったら、「これはええのう」と言われたそうです。それがきっかけで三重吉と親しくなり、大正七（一九一八）年七月の「赤い鳥」の創刊となるわけですね。「赤い鳥」には、鈴木淳さんや深澤省三さんも童画を描いておられますけれど、圧倒的に多く描いているのは、やはり清水先生でございましょう。（1974 : 69）

三重吉が信頼を寄せた清水良雄の画風と三重吉の編集方針について、同じ『赤い鳥』の画家深澤省三は次のように推測する。

［清水の画は］展覧会とおなじようにデッサンを主にしたもので。ぼくらも同じように、デッサン、デッサ

図版14　J.-J. グランヴィル

図版13　清水良雄

ンで、とにかく正確に描くと言うことで。それはなぜかというと、三重吉は『赤い鳥』を教科書にするつもりでやっていましたからね。それで、これは日本の教科書なんだから、デッサンのしっかりしたものでないといけない。あそこがいちばん清水さんの三重吉と合ったところですね。

（『「赤い鳥」と鈴木三重吉』1883：218–219）

東京美術学校を卒業し、西洋画家として帝展無鑑査の地位も確立していた清水が、的確なデッサンを目指していたのは、「馬の國」の彩色口絵（図版13）からも推測できるだろう。この口絵は、現在まで調査した同場面を扱った挿絵のなかでは、西洋はおろか日本の図像にも例をみない。口絵の説明では、この場面は第六巻六二頁の、馬たちがガリヴァーの周りに集まって彼とヤフーを比較している場面とある。

まず、西洋の図像と比較してみると、ガリヴァーとヤフーの身体を比較した挿絵は、フランスのJ－J・グランヴィル（図版14）をはじめ何人かの画家が同様の場面を残しているが、そこには二人をじっと見て比較しようとする馬たちは描かれていない。一九一三年にニューヨークとロンドンで出版されたルイス・リードの挿絵（図版15）では、三者が同一画面に描かれ、同じような葦毛と栗毛の二頭の馬が描きこまれている。しかし、構図やガリヴァーの衣類、さらに白黒画と彩色画の相違などまったく異なっているので、このリードの絵を参考に独自の挿絵を考案した可能性をまったく否定することはできないが、彼独自の想像力の発露と考えたほうが妥当であろう。また、日本の先行翻訳である松原至文・小林梧桐共訳にも、中村祥一訳にもこの場面の挿絵は掲載されていないため、日本で出版された挿絵を参考にした可能性はないだろう。むろん、『赤い鳥』の挿絵には、海外の挿絵を参考にした例があり、[63]清水の挿絵の一部もその例外ではないが、「馬の國」は彼自身が言うように「子どもだからといって甘く見ないで――というよりも、むしろ、子どもだからこそ油絵を描くのと同じに打ちこまなければ、立派な童画にならない」（上 1974: 69）という自負から生まれた作品のひとつといえよう。

図版15　ルイス・リード

清水が、他の『ガリヴァー旅行記』図像を参考にしなかったためか、あるいは、参考にしながら独創性を発揮して描いたのかはわからないが、従来の『ガリヴァー』図像の伝統的な描写とはかなり乖離している。瀬田貞二は清水の絵について、「おもにペンで水彩を使った単純にモディファイされたものが多く、いずれもいったんはかならずモデルを使ってスケッチをしたうえで、それを明快なフォームにまとめ、すがすがしい構図に練りあげていきました」（1982: 399）と、写実を大切にしたとのべている。この『ガリヴァー』図像では、モデルを使ったかどうかは詳しくわからないが、ガリヴァーの服装は船長の服装というより、普通の服を写実したといっても過言ではない。また、ひげを生やしているが、彼の容姿は西洋人とも日本人とも判別ができず、従来、日英で出版されたガリヴァー図像と大きく異なっている。さらに、馬やヤフーも、一応それぞれのオリジナルな形体を写実的に再現してはいるが、しぐさやまなざしなど一部擬人化され、その擬人化は、ほほえましくウィットに富む。

具体的にみれば、清水のこの作品の特徴のひとつは、淡くみずみずしい色彩にある。グランヴィルにみるような、馬の国の毒々しい人間の後裔ヤフーとガリヴァーの身体の露骨な比較が影を潜めるのも、絵全体に漂うグリーンと青と茶色の調和した色彩の濃淡にあるからであろう。左手の小柄なヤフーの褐色の色彩も、全体をつつみこむ同系色の淡い茶色であるクリーム色のなかに溶け込み、毒々しさは感じられない。また、中央に立つガリヴァーの上着の白とズボンと帽子の青は、絵全体の色調を引き締める効果を生む。補色であるズボンの青と、襟の黄色のコントラストが、白い上着に映える。

さらに、絵全体に漂うウィットとユーモアもさらなる特徴である。人物や動物の身振りや描写も子どもの心や興味を引くにじゅうぶんだ。顔を寄せ合い、背後から疑い深そうにガリヴァーを眺める栗毛とヤフーを見つめる葦毛の二頭の馬、その前で、まったくわれ関せずといった風情でポケットに両手を入れて、別の方向に視線を送るガリヴァー、そしてその背後には、ユーモラスな表情で馬を見上げるコミカルなヒヒのような風情のヤフーが立つ。ストーリーにはあまり忠実とはいえないが、擬人化された馬のしぐさと、小さな毛むくじゃらのヤフーの対比は、ウィットに富み、子どもたちの好奇心をかきたてるのにじゅうぶんであろう。

清水の白黒挿絵

清水が第四巻五号・六号に掲載した挿絵は、三枚。いずれも、口絵によく似た風貌のガリヴァーと馬が写実的に描写されている。連載の最初の題名の上部に、馬とともに描かれた黒いマーク（図版16）は何を意味しているのだろう。おそらく馬の蹄鉄を意味しているのかもしれないが、大きく馬の前面にレイアウトされているのは、この国の馬は蹄鉄から解放された自立した生物という意味なのか、あるいは、洋書の挿絵によく挿入される文頭の飾り文字なのか、なぞが多いが、興味深い。

その他の二枚の挿絵（図版17、18）に関しては、馬も、口絵ほど擬人化されているわけではなく、物語における馬とガリヴァーの関係を比較的忠実に挿絵として再現しているといっても過言ではない。いずれも白黒のカットであるためか、あまり個性的ではなく、「教科書風」な写実に終始している。しかし、こうした写実的な描写からでも、二頭の馬がコミュニケーションをとっているらしい様子や、ガリヴァーを自宅にいざなおうとする雰囲気、驚きと当惑で馬を眺めるガリヴァーの風情などが、おのずと画面から伝わってくる点、やはりなみなみならぬ技量を感じさせる。上笙一郎が「清水良雄の画面はまことに色感が豊かで美し［い］……しかし、文章に書かれていることがらを鮮明に〈説明〉したり、ひと目で子どもの〈興味〉を惹きつけてしまったりする要素は、非常に乏しい」（1980：29）と、厳しく評しているが、堅実で写実的で抑制的なタッチのなかから、静かに物語

図版16　清水良雄

図版17　清水良雄

図版18　清水良雄

の雰囲気や内容をさりげなく伝え、子どもの想像力や情動を掻き立てる要素はじゅうぶんにあることがわかる。

深澤省三の挿絵

第五巻二号に掲載された深澤省三の白黒の挿絵は、先の清水の作品とは趣が異なる。『赤い鳥』では、表紙画や口絵は、画家名が目次に明記されているが、挿絵や飾り絵は、目次に数人の画家の名前が記入されているだけで個々の挿絵には具体的な名前は記されていない。しかし、かなり雰囲気の異なる三枚の挿絵の一枚には、「省」のサインが左下に記入されていて、深澤省三の挿絵であることは、あきらかだ。

深澤省三（一八九九―一九九二）は、岩手県盛岡に生まれる。一九一八年東京美術学校に入学、一九二〇年帝展入選。一九年美術学校の先輩である清水良雄に『赤い鳥』に誘われる。妻であり画家でもある深澤紅子によると、「まだ美校の学生だった時代から赤い鳥のさし絵をかいていた」そうで、三重吉とは家族ぐるみの親しい交流が続いていたようである。(64) その後、『コドモノクニ』『子供の友』などでも活躍し、戦後は郷里の盛岡に帰り、大学で美術指導を行った。神宮輝夫は「『赤い鳥』時代のさし絵について」で、深澤省三の同時代の挿絵について、「深澤省三も、鈴木淳についで多くの挿絵をかき、表紙も一つかいている。彼は簡潔な筆で力動感と量感あふれる絵をかき、時には漫画に近づくほどにカリカチュアライズしたものもあった」（1965：280）と、評している。

「馬の國」の三枚の挿絵のなかで、彼の本領を発揮しているのは、ガリヴァーが栗毛の子馬を使って、「西印度土人の使ふやうな一種の丸木舟を造り上げ」（5–2：63）る場面である（図版19）。先の清水の写実的な挿絵とは異なり、馬はズボンにシャツ、足には靴まで履き、丸木に跨るだけではなく、手には金槌までをもっている。一方、後方のガリヴァーは、清水とはあまり相違はなく、シャツに縞模様のズボン、頭には帽子をかぶり、両手で斧をもち、丸木を切ろうとしている。野上の翻訳では、「ガリヴァは栗毛の子馬をつれて近くの森に入つてガリヴァはナイフで以つて、栗毛の子馬は尖つた石で以つて、手頃の樫の木を幾本も伐り倒して」（5-2：63）と、描写されていることから考えると、二人の道具は文章と齟齬があり、ナイフが斧に、尖った石が取っ手までついた金槌に変わっている。子馬の衣服については、もちろん、何も身に着けていないのが前提であるので、特別な描写はない。しかし深澤の子馬は、顔の描写以外は、人間であり、人間の衣裳を身につけ道具まで使っている。果たして、原文を読んでいなかったのか、意図的に擬人化して描いているのかわからないが、神宮が述べるような、「漫画に近づくほどにカリカチュアライズ」され、あるいは擬人化されているようである。開いた口からは目立った前歯がみえるが、振り向いた横顔は背後のガリヴァーに何か伝えているようでもあり、下を向いて斧を振り上げる覇気のないガリヴァーに何か命令し、リーダーシップをとっているようなコミカルで生き生きした雰囲気が感じられる。

　また、もう一枚のカット（図版20）では、清水のリアリスティックでウィットに富む描写とは異なり、さらにデザイン化されている。深澤の馬は擬人化されてはいないが、馬の形体や背後の太陽、さらに、足元までもが意匠化される。馬の身体の前面が縞模様になり、背後の太陽と光彩が花のようにもみえ、立ち姿の下部の描写

図版19　深澤省三

図版20　深澤省三

は、本来はおそらく草原などであろうが、銅像の土台のようにもみえ、興味深い。先の擬人化された子どもの喜ぶコミカルな要素は、半ば開いたとぼけたような表情にも少し認められるが、こちらは「馬の國」の文頭のカットとしては、近代的なデザイン化に特徴がある。最後の一枚（図版21）は、ガリヴァーが馬の国を漕ぎ出して、別の島で土人の襲撃を受け丸木舟にもどる途中、蛮人から弓を射かけられる場面である。

図版 21　深澤省三

こちらは、あまり特徴的な挿絵ではなく、比較的オーソドックスな描写である。ただ、ガリヴァーの服が以前の挿絵の服装とは異なっている点、馬の国の生活では、上着やズボンなどの衣服は作れないことを考え合わせれば、挿絵としては齟齬があり、少し矛盾がある。しかし、背後から矢を射ようとする土人に関しても、野上の文章では「男も女も子供も皆裸」（8–2：65）と描写していることから考えると、少し違和感があるが、大正時代の日本人が考える土人のイメージに合う上、童心を至上命題にしている『赤い鳥』の編集方針上もそのまま表象することはできないと三重吉あるいは深澤が考えたのであろう。ただ、この土人の表情やしぐさはコミカルであり、さらに、ひとりが弓を射ようとする方向は、ガリヴァーと微妙に異なり、左手の土人は弓を射るのをあきらめすでに両手を広げて逃げようとするガリヴァーを見つめている。しかし、ガリヴァーは両手をあげ急いで舟に逃れようと海の中を急ぐ、その絶妙な齟齬がまた面白い。

まとめ

以上、『赤い鳥』誌上に三回にわたり連載された野上豊一郎の「馬の國」の翻訳は、児童雑誌に掲載された、はじめての第四渡航記の抄訳であるとともに、単独で出版された、はじめての第四渡航記翻訳である。野上は、紙面の制約のなかで、英文学者らしく、原文を極力忠実でわかりやすい日本語に直し、原文の概要を伝える努力を怠らなかった。しかし、ヨーロッパ諸国や人間そのものに対する痛烈な風刺をこめた第四渡航記の概要を伝えることはできたが、特に人間の諸相に対する痛烈な風刺の詳細や、ディストピアとも想像できる無味乾燥とした馬の国の社会や文化、さらに理性のみを機械的・盲目的に信奉する馬の理性の限界を示すことはできなかった。しかし、この『赤い鳥』における初期翻訳を契機として、後年、「少なくとも外形だけは日本最初の全譯」と自負した完全翻訳が生まれたのであろう。

さらに、清水良雄の口絵は、馬の国の従来の比較的露骨でおどろおどろしい表象とはかなり異なったみずみずしい色彩の調和と、テキストを忠実に描写するリアリズムと、そこから子どもたちが想像力をかきたてられ思いをめぐらすことのできるような仕掛けや、ウィットとユーモアに特徴があった。

また、深澤省三の挿絵は、清水とは異なり、テキストの内容を逸脱したような自由闊達で大胆な筆致に特徴がある。この特徴により、馬はかなり極端に擬人化され、身体はもはや動物自体の形体を維持することなく、人間そのものとなり、衣服や靴まで身に着け、さらに道具まで使う。いわば、神宮が言及したコミックに通じるようなデフォルメが施され、一部のカットは、デザイン画と見まごうまでに、意匠化されている。また、写実に徹した清水以上に、描写や表情などが豊かになるよう誇張され、子どもたちの関心や興味をよぶ作品となった。

いわば、『赤い鳥』に掲載された「馬の國」は、そのきわめて珍しい渡航記選択にもかかわらず、正確な翻訳を期す翻訳者野上と、リアルで正確なデッサンをめざすイラストレーター清水の真摯な姿勢と、子どもの目線や興味にそったウィットやユーモア、さらに子どもが親しめる擬人化を期した挿絵画家深澤たちの尽力により、文芸的児童文学雑誌『赤い鳥』の名に恥じない「馬の國」に仕上がったといえるのである。

六・四　平田禿木譯・岡本帰一画『ガリバア旅行記』（一九二一年）

平田禿木譯『ガリバア旅行記』

平田の『ガリバア旅行記』が収録された『新譯繪入　模範家庭文庫』は、全二四巻、冨山房から大正四（一九一五）年に創刊され、一九三二年に終巻となる。第一集は一二冊、第二集は一二冊であるが、『ガリバア旅行記』は、第一集九巻にあたる。当初は装幀・挿絵に岡本帰一が起用され、楠山正雄編集で、冨山房が装幀挿絵を含めかなり精力を傾けて出版した箱入り豪華本である。その他、平田訳の『ロビンソン漂流記』、楠山正雄訳の『イソップ物語』、楠山正雄編『世界童話宝玉集』など世界の名作古典が揃う。

『ガリバア旅行記』の翻訳者、平田禿木は、オックスフォード大学にも留学し、英文学の紹介に寄与した著名な英文学者である。フェノロサとも親交があり、また、サッカレーの『虚栄の市』、オースティンの『高慢と偏見』など多くの訳書を手がけた。世界家庭文庫における平田禿木の翻訳としては、先に述べた『ロビンソン漂流記』があり、一九一七年に第一集第七巻として先に出版されている。一方、『ガリバア旅行記』は、スウィフトの原作の第一航海記から第四航海記までの全編を、当時の子ども用の読み物では珍しく、かなり原作に近いかたちで翻訳している。

まず、「序」から、平田のスウィフトおよび作品解釈を簡単に要約してみよう。平田は英文学者らしくイギリス一八世紀文学の文脈から『ガリヴァー』作品を位置づけ、さらに、スウィフトの略歴と意図、作品の特徴をのべ、子どもの読み物としての『ガリヴァー』にも、簡単に言及する。

平田は、一八世紀のポープとデフォーへの言及と対比から、『ガリヴァー』を読み解く。まず、デフォーの『ロビンソン漂流記』を「新聞記事の手法の一種の應用であつて、別に物語の世界に一新生面を開かうといふ意識した努力ではなかつた。……『ガリバア旅行記』は『漂流記』の暗示に依つて生れた気味がある」(1921: 9)と述べ、従来の貴族社会が求めた古典とは異なり、デフォーのような新しい読者層との関係から「著書のこれを欲するも欲せざるも『旅行記』は確かにこの氣運に乗じたのである」(1921: 10)と断じ、次のように結論づける。

それにしても、興味の中心は何うしても子供の物語たるにある、して、それは飽くまでその作り事の現實に基礎をおき、描寫の委曲を盡してゐるところから来てゐる　大を小に換へ、小を大と假定して、あとは殆ど数學の問題のごとく精確なといふ點にある。この意味に於いて『旅行記』は飽くまでその六年前に出た『漂流記』の後繼者たる傾きがある。高僧として政治家としてその志を遂げんとしたスヰフトは、却てこの遊戯三昧の文字と結んで、永くその名を記憶されてゐる、ポオプの後援者として英に翰林院の設立をも企てた彼は、却てその文運の史に於いて、賣文の徒のデフォオと、固く握手してゐる、天はスヰフトの筆にも増して、一段とまた皮肉を極めてゐるのである　(1921: 14–15)

いわば、平田は『ガリヴァー』の醍醐味は、子どものための物語にあるとしながらも、荒唐無稽な物語を、写実的な正確さをもって描いているそのスタイルにおいて、ポープではなくデフォーの系譜にあると論じている。

さらに、原作者スウィフトの略歴と作品について、次のような解釈をする。すなわち、政治的な挫折によって、「彼は全く失意の人となつた。別にまた　容易ならぬ心の縺れのその胸を悩すものがあつて、彼は愈執拗になり、皮肉になつた。虐げられたる彼は、虐げられたる民と結んで、その代辯者となり、擁護者となり、やがて狂ひ死に彼は追放の異郷に客死した」(13)と紹介し、さらに作品については、「彼の一生は悉く敗残の跡である。その敗残の跡を顧みて、王公宰相にはつくづく愛想が盡きた、人間社會にも愛想が盡きたとの、皮肉な、辛辣な諷刺がこの『ガリバア旅行記』である」(13–14)と作品の風刺性について明言し、「が、これを以て單なる荒誕無稽の物語とのみすることは出来ない。見方に依つては、一種の理想郷とも見られよう」(14)と、空想物語と、ユートピア物語としての『ガリヴァー』についても言及する。

本書では、一九二〇年に書かれた平田の作品解釈をそのまま紹介するにとどめ、スウィフト研究史における位置づけについては、コメントを控えるが、おそらく平田のこの序は、『ガリヴァー』邦訳史上、日本の翻訳者によるはじめてのかなり詳細な一八世紀英文学研究に基づく解説として評価されるだろう。

平田は、「序」のなかで、この翻訳の読者を子どもに限定しているわけではなく、一言、「興味の中心は何うしても子供の物語たるにある」(14)と述べるにとどめている。しかし、この邦訳が、冨山房の『新譯繪入　模範家庭文庫』の一冊として収められており、巻末に掲載された『新譯繪入　模範家庭文庫』の広告には、「我國に於て始めて着手せられたる世界家庭文學の古典全書なり。清新健全なる家庭讀本として少年少女諸君が團欒の優しき師友たる」ことを期すると添えられていることから、少なくとも教養ある家庭の少年少女を対象に編集したものである。そういう意味で、児童だけというより、少年少女を含む家庭で読まれるべき古典と位置づけられているのである。

平田禿木の邦訳

では、ここで簡単に平田の『ガリバア旅行記』邦訳を概観してみよう。第一の特徴は、明治期の翻訳と同様に、スカトロジーや性的な描写が省略されていることである。家庭文庫と銘打っている以上、これは当然であろう。第二に、上記の省略を除くと、かなり原文に近い内容を正確に読者にわかりやすい文体で翻訳している点にある。

まず、邦訳全体は、「序」と「小人國旅行記」「大人國旅行記」「飛島旅行記」「馬之國旅行記」の四つの旅行記にわかれている。各旅行記の章立ては、上記の省略等の関係で、「小人國旅行記」は、原作と同じ八章、「大人國旅行記」も同様の八章、「飛島旅行記」はかなりの変更があり、もとの一一章が八章となり、「馬之國旅行記」も同様な省略のため、もとの一二章が九章になっている。

第一の特徴である、スカトロジーや性描写の省略や大きな変更をあげてみよう。「小人國旅行記」では、火事の場面とその消火全部が削除されているが、それ以外の省略はあまり多くない。「大人國旅行記」では、農家での授乳の場面や乳房の詳細な描写が女性の肌の描写に変更され、女官のガリヴァーへの性的ないたずらは完全に省略されている。しかし、処刑の場面はそのまま翻訳される。

「飛島旅行記」では、飛島の女性の奔放な行動は省略され、そのためか、原文にみられる工、王子および懐妊期間の王妃は、飛島を離れることができないとの法律は削除される。また、ラガード学士院での実験はひとつの章に統合され、人間の排泄物を現食物に還元する実験などスカトロジーにかかわる実験や、国語の改善を図る実験なども省略されている。グラブダブドリップの叙述では、原文の二章が一章にまとめられ、カエサルとポンペイウスの戦闘や、デカルトとガッサンディの学説に対するアリストテレスのコメントや学問体系の推移、古代および近代史の訂正などは、あまりにも学術的と考えたのか、省略される。

さらに、「馬之國旅行記」では、遭遇したヤフーの身体の詳細な描写や樹上から排泄物を浴びせる攻撃、さらに牝ヤフーがガリヴァーを同族と考え抱きつくシーンなど性的スカトロジー的な箇所も省略される。それ以外にも、政治にかかわる、英国の君主や宰相への風刺、ヤフーと比較した人間の法律や政治の欠陥、さらに、人間の理性とくに徳性の欠陥に対する鋭い人間風刺、さらに、馬の結婚や家族計画など、かなり大幅に省略あるいは換骨奪胎がされているが、いずれも、家庭の読み物としては不適当だとの判断であろう。

反面、先に述べたように、風刺文学としての『ガリヴァー』の概要と神髄は平田の邦訳に、忠実に再現されている。さらに、翻訳はかなり正確でありつつも、日本の読者には理解しにくい事柄にはさりげない説明が加えられ、読みやすい文章になっている。

たとえば、「馬之國旅行記」第五章の内容紹介の箇所では、もとは「イギリスの現状を説く」（中野訳：319）となっているのを、わかりやすく「作者アン女王陛下統治の下にある英國の有様を説明す」（401）と、具体的に一八世紀の女王の名前を追加し、当時のイギリスの政情を知らない読者の興味をもひく。

具体的に、従来の翻訳とその相違を比較してみると、平田の平易な翻訳の一端が知られよう。

まず、第一渡航記の冒頭を例に挙げて、明治の初訳である片山平三郎訳と平田の訳を比較してみよう。平田の翻訳は、語りの手法を使い、文章も短く、漢字にはルビがつけられ、現在の少年少女でも容易に読める文体である。

私の父はノッティンガム州で僅ばかりの地所を持つてをりましたが、五人の息子のうちで、私はその三男だつたのです。十四の年に劍橋大學のエマニユエル學寮へ入れられて、三年間といふもの、ぢつと勉強をしてをりましたが、もうほんのかすかすの仕送りしきや受けなかつたのですに、その費用といふものが、何分にもか細い身代ではやりきれないので、已むを得ず當時倫敦で有名な外科醫のジエイムス・ベエツ氏の書生に住み込むことになり、この人の處に四年の間厄介になりました。（平田 1921：1–2）

一方、片山平三郎になると、以下のようにかなり硬い表現ではたして普通の家庭の子どもがすらすらと読めるかというと、不明である。

小生の父はノツチンハムといふ土地に僅かの家屋宅地を有てる者にて五個の男子あり小生はその第三の子なるが十四歳の時父は小生をカムブリツヂの大學校に入れ只管修學に従事せたり然るにこの學校にてはその入費とても極めて些少の額なりしか雖細き身代に取りては實に過分のことなれば父は終にこれさへも心に任せず成り果てしかば小生をこの大學校におきたること三個年にて更に當時にて名高いかゝりしゼームス、ベーツと云ふ醫師の許に托みてその寄食門弟と為しぬ（片山 1–2）

一方、明治後半の比較的子どもを対象とした松原・小林訳では、平田ほど口語的ではないが、平易で読みやすいルビを振った訳文となっている。

私の父はノッチンガムシャアーに些少許りの地面を持つて居たもので、私は其五人子息の三番目である。十四才の時に劍橋のエナニウェル専門學校へ遣られ、三年の間一心に勉強して居た。所が學費、と云つてもほんの少しであつたけれど、其が父の貧乏身代にとつては中々の重荷であつた。其故私は當時倫敦で有名の外科醫ゼームス、ベーツ先生の弟子となつて、四年間其處に居た。（松原・小林 1–2）

いわば、平田は英文学者としての確かな英語力をもとに、原文の内容を変えることなく、当時の少年少女が理解できる平易な口語調の日本語に直すとともに、一部、家庭文庫としては不要なスカトロジーや性描写、さらにあまりにも専門的すぎる記述や人間風刺を一部割愛しながらも、大正期の子どもたちがその全容を理解できる、当時としてはかなり正確な翻訳を出版したといえるのである。

『ガリバア旅行記』の挿絵画家岡本帰一

挿絵画家、岡本帰一は、洋画家を目ざしパリから帰国した黒田清輝が主催する白馬会に通ったが、一九一二年第一回フュウザン会に岸田劉生、高村光太郎などともに参加したため、白馬会から破門される。その後、翻訳家で当時『模範家庭文庫』の編集にたずさわっていた楠山正雄に見いだされ、一九一五年、第一・二巻の『アラビヤンナイト上・下』の装幀挿絵を担当し、イラストレーターとして、名声を博す。岡本は、小山内薫と関わり舞台意匠にも力を振るうが、その後、『金の船』の専属挿絵画家となり、さらに、雑誌『コドモノクニ』の絵画主任として活躍するが、一九三〇年、四二歳の若さで、腸チフスで惜しまれて他界する。

『模範家庭文庫』全二四巻のうち、岡本が挿絵を担当したのは、第一集一二巻の全巻、さらに、一九二四年に出版がはじまった第二集では、一巻の中島孤島訳『続・グリムお伽噺』のみで、その後の巻は、初山滋や小村雪岱、木村宗八、川上四郎など複数の画家が担当している。

瀬田貞二は、岡本帰一の初期の画風について、「大正八年ごろには、デッサンのしっかりした流麗な線で、やや劇的な動作を明るくまとめあげる帰一の西欧ふうなスタイルができあがっていました」(1982: 304) として、『ガリバア旅行記』にたずさわる頃には、すでによくいわれているエドマンド・デュラックやアーサー・ラッカムの筆致や構図の影響を強く受けた模倣に近い時代を脱していたと述べている。岡本は、夫人が「どんなに小さな仕事でも、ほどほどのところで仕上げるということのできない人」（上 1974：100）と回想し、『金の船』の編集者斎藤佐次郎は、「器用な画家ではなかった。遅筆で、一枚の画を描くのに、たいへんな努力をしていた。……ある時、水戸の梅を一緒に見に行こうということがあった。……その日の岡本さんは列車の往復とも、話のあいまに作品原稿をとりだして読んでいた。いずれも絵をつけねばならぬ原稿で、構想を考えていたのである。……それほどに岡本さんは、神経質に仕事を優先する人であった」（1996：381–382）と、岡本の画家としての熱心さと誠実さに感銘を受けている。しかし、岡本は生真面目な研究熱心さゆえに、逆に、『ガリヴァー』挿絵においては、彼の独創性をあまり発揮できずに終わる結果を招いたともいえるのである。

岡本帰一の『ガリババア旅行記』図像

岡本帰一の『ガリバア旅行記』挿絵は、端的に言うと、ウィリー・ポガーニーの挿絵を参考にした、きわめて模倣に近い作品である。岡本の三九枚のイラストのなかには、ほぼ同じ構図や描写色調を模倣にした挿絵、ポガーニーの原画を参考に一部変更した挿絵、最後に、ポガーニーにはない場面を岡本がポガーニーからアイデアをえながら自由に描いた挿絵の三種類がある。

第一の挿絵に関しては、少なくとも九枚が、ウィリー・ポガーニーの作を踏襲、あるいは、彼の作とほぼ同一といえる。たとえば、岡本の図版22は、ポガーニーの挿絵（図版23）と酷似している。構成、二人の農夫の服、帽子、ガリヴァーを見つめる視線や驚いたような仕種など、色彩を除いた多くの点で、ポガーニーの挿絵を直裁に参考にしているといっても過言ではない。

しかし、岡本帰一は、一部の挿絵のなかで、イギリス文学の日本語翻訳挿絵という制約のなかで、模倣にとど

図版 22　岡本帰一

図版 23　ウィリー・ポガーニー

まらない、大正時代の日本の子どもの読者が理解し親しみをもつことができるための彼なりの工夫をも、模索していたのである。たとえば、第二航海記で、大人の国ブロブディンナグ国の国王と妃を楽しませるために、広い鍵盤の上を動きまわり、二本のマレットをあやつりながら、スピネットを演奏するガリヴァーを、岡本は描いている（図版24）。しかし、ポガーニーの挿絵（図版25）とは異なり、岡本は好奇心と驚きをたたえてガリヴァーの演奏を見つめ耳を傾ける、巨大な国王と妃の顔を、ガリヴァーの背後に加筆することにより、矮小なガリヴァーと巨人のようなブロブディンナグ人の圧倒的なサイズの相違を鮮やかに浮きぼりにしている。岡本の工夫によって、この演奏がガリヴァーにとっていかに「これまでに殆ど覚えのない位な、非常に激しい運動」（平田 1921：225）であったかが、効果的にわかりやすく、画面からより生き生きと伝わってくる。

第三のタイプの挿絵としては、たとえば、第三渡航記の日本の将軍との謁見場面があるだろう。第八章のヘディングの上にレイアウトされた日本の武士と謁見するポガーニーの挿絵（図版26）では、武士の裃の着方がだらしなく、女性ぽい身体のしながみられるが、岡本の場合（図版27）それをかなり正確な毅然とした武士の姿に変更しているのは、日本人の矜持として当然であろう。もう一枚のポガーニーにはない、将軍との謁見の場面（図版28）でも、居並ぶ太刀持ちや武士を従えた将軍の態度や衣装はきちんとした日本風ではあるが、西洋人であるガリヴァーに関して

図版 25　ウィリー・ポガーニー

図版 24　岡本帰一

図版 26
ウィリー・ポガーニー

図版 27
岡本帰一

図版 28
岡本帰一

は、ポガーニー以上に、身分のある人に対する丁重な西洋風なお辞儀をした姿で描く。

　また、ラピュータ人の天文学への傾倒と、太陽や地球さらに彗星に対して絶えずもっている彼らの不安を、ポガーニーは図像化していないが、岡本はあらたに見開き一枚の挿絵（図版29）を追加する。黒っぽいスケールの大きい宇宙に浮かぶさまざまな形態

図版 29　岡本帰一

やサイズの壮大な天体を背景に、右手には天体に対する不安について語り合うラピュータ人の学者がいる。彼らの熱心さと彼らの不安の非現実性は、滑稽でありながら、また、読者である少年少女の心を宇宙やラピュータなどのファンタジーに誘うことは確かであろう。むろん、本文を読み込んでいれば、ラピュータ人はたたき役を伴わねばコミュニケーションもできないはずであるから、この場面はテキスト的には、少し違和感があるはずであるが、それ以前に出版された他の日欧『ガリヴァー』挿絵にはみられない、スケールの大きさや岡本の描写やテキスト解釈の妙味が感じられる作品といえよう。

　最後に、岡本帰一のポガーニー挿絵の受容と変容の過程を、第三航海記のラピュータの王と宮廷を描写した場面を例にとり、明らかにしてみたいと考える。この場面を扱った岡本の挿絵（図版30）とポガーニーの（図版31）を比べてみると、基本的な画面構成、国王や王座の前に置かれたテーブルの上の「地球儀や、圓體や、あらゆる種類の數學の機械」（平田 1921: 294）の描写は、似通っていることがわかる。しかしながら、岡本のこの作品は、単なる、ある

図版 30　岡本帰一

図版 31　ウィリアム・ポガーニー

いは、単純化された模倣以上の作品である。岡本の国王は、王というよりは年老いた学者のようであり、ポガーニーの国王がかぶる王冠の代わりに丸い帽子をかぶり、画面中央に鎮座し、ポガーニーの国王以上に、現在直面している難問に熱中し沈思しているようにみえる。岡本の簡潔な描線や、淡いピンク、ラベンダーそして赤やベージュなどの澄んだ明るい色彩構成が、抽象的な思索に耽るラピュータ人気質をより際立たせる。いわば、岡本は、ポガーニーの写実的な描写とは対照的に、スウィフトが原作で風刺した、ラピュータ人のこっけいさ、愚かしさを、生き生きと鮮烈に再構築したといえるのである。

岡本の絵の特徴は、親しみやすさ、温かさ、気取らなさ、子どもの心に直裁に訴えかけるわかりやすさにあったが、岡本は、西洋の原画をほぼ原型どおりに踏襲しながらも、いいかえれば、模倣のプロセスを通じながらも、なお、さまざまな創意工夫によって、日本の子どもの心や興味にまっすぐに訴え、驚嘆や関心をひきおこす工夫を怠らなかったのである。

要するに、岡本帰一の『ガリバア旅行記』の挿絵は、当時の他の日本の挿絵画家と同様に、西洋の画家、彼の場合はウィリー・ポガーニーの挿絵を参考にしたかなり模倣に近い作品である。しかしながら、絵画に対するまじめな姿勢は、このかなり初期の作品においてもその片鱗が見いだされる。一部の作品は完全な模倣でありながら、独自な解釈が加えられる作品には、彼本来の子どもの興味に沿った、親しみやすさや滑稽さなどが、目立たない形で加えられ、当時の日本の読者である少年少女の心をとらえたのは確実であろう。そういう意味で、彼の画家人生の出発点ともなった『模範家庭文庫』の挿絵は、単なる模倣という以上に、評価される一面があったといえる。岡本が、後年、『金の船・金の星』さらに『コドモノクニ』の主任画家として活躍し、夭折前に、幅広い子どもたちを魅了したその片鱗がみえる作品といえよう。

六・五　濱野重郎著『ガリバー旅行記』（一九二五年）

濱野重郎訳『ガリバー旅行記』

大正一四年九月一日に、イデア書院から児童圖書館叢書の一冊として出版された、濱野重郎著『ガリバー旅行記』は、読者を尋常二・三・四年生程度と規定している。この児童圖書館叢書のなかで同レベルの作品としては、『不思議の国のアリス』の翻訳である『ふしぎなお庭』などがあげられる。

濱野重郎は、「子供たちに」と題したはしがきのなかで、この翻案について次のように述べている。少し長くなるが、全文を引用してみよう。

今から二百年ばかり前、イギリスに、スヰフトといふ、名高い文學者がありました。この人は、いろんな書物を著しましたが、其の中でも一番すぐれてゐるのは、「ガリバー旅行記」です。こんなにおもしろい、好い本は日本にはむろん、外國にもあまりありません。あちらの國では、その本を大人でも子供でも大變よろこんで讀んでゐるさうです。私は英語のまだ讀めない日本の子供たちのために、そのガリバー旅行記を、やさしく、わかりやすく書きなほしました。
この『ガリバー旅行記』を讀んだ人は、大きくなつたらぜひ英語でかいた「ガリバー旅行記」を讀んで下さい。（濱野 1925：1–2）

ここで、濱野が述べた点は、主に三点。第一に、同書は、子どもを対象にした抄訳であり、英語のわからない子どものために、やさしくわかりやすく書き直していること。しかし、同時にできれば将来英語で原作を読むきっかけにしてほしいこと。第二に、原作者スウィフトは著名な文学者で、彼の一番の傑作である『ガリヴァー旅行記』は、面白く、好い本であるが、第三に、大人も子どももよろこんで読む、大人と子ども用の書物であることである。

さらに、原作を換骨奪胎し原作の概要を伝えることを目的としている濱野の意図にそったように、原作にみられる大人用の風刺や政治状況の説明や、子どもの読者を魅了するファンタジックな要素の両面を兼ね備えた作品となっている。

濱野は原作の第一渡航記から第四渡航記のなかから、主要なエピソードと子どもを魅了するエピソードを抽出し、まとめている。目次をみれば、そのだいたいの概要がわかるので、以下に記してみた。

第一編　小人國
㈠　難船
㈡　小人國の都へ
㈢　大功績
㈣　御前會議
第二編　大人國
㈠　山のやうな男
㈡　見世物
㈢　御殿
㈣　大災難
㈤　鷲だ！
第三編　飛島
㈠　不思議な磁石
㈡　大學
㈢　死なぬ人
第四編　馬の國
㈠　ヤフウ
㈡　馬とお話

㈢　左様なら

まず、第一編から具体的にみてみよう。原作の第一渡航記は全八章からなる。一方、濱野の抄訳は四章。第一章では、冒頭のガリヴァー（濱野の翻訳では「ガリバー」）の生い立ちや家族、出港へのいきさつは省かれている。また空腹感や食欲については描写されているが、自然の要求は省略される。この章の特徴を一言でいえば、内容が臨場感あふれる会話体で描写されていることであろう。たとえば、小人國の海岸で全身をひもでつながれたまま、自分を取り巻く小人を見る場面は次のように説明される。[65]

「何だか偉さうに指圖してゐるのは大將だな。」
「お馬が泡を食つて走つてるのはお使に行くのかしら、」
「おや梯子をかついて來た。小さな梯子だな。」
「あれマッチ箱のやうな材木を積んでゐる。舞臺をこさへてゐるんだな。」と思つてみてゐると、その舞臺の上に小人が四人も上がつて來た。

（濱野 1925：5–6）

濱野は、先の鹿島の翻訳のように、物語の臨場感を、会話体を使ってうまく高めている。

第二章の「小人國の都へ」では、小人たちが算数や理科に秀でていること、ガリヴァーの身体検査、その他、この国の習慣である高位を得るための綱渡りでの宙返りや、ガリヴァーの足下での小人の兵隊の行進、さらにガリヴァーの解放条件が述べられている。しかし、行進中に兵士が頭上を見上げる箇所はむろん上品ではないのでカットされている。

第三章の「大功績」では、ガリヴァーの首都見物や小人國内外の情勢が描写される。国内情勢に関しては、原作のように、靴の踵の高低をめぐって二つの勢力が分かれ長い間争い、外敵とは卵の長いほうから食べるか短いほうから食べるかをめぐって争いの最中であるというエピソードを紹介し、原作の政治風刺もかいつまんで紹介する。この難儀に助けを乞われたガリヴァーは、「ガリバーも男である。宮内大臣のこの話をきき、この國の難儀を知つては、もうぢつとしてゐる事が出来なかった」(22)と、男気を出す。このガリヴァーの男らしい態度に宮内大臣は、「うれし涙を流して」(22)早速、お城に帰り王様に報告し、他方、ガリヴァーは隣国の五〇隻の軍艦を一気に捕縛し、ナルダックの爵位を得るのであるが、時代がかったこうした表現も、大正期の少年読者にとってはより親近感を抱くものなのだろう。

第四章「御前會議」は、ガリヴァー弾劾のための秘密会議であるが、その弾劾文からは、重要な第一条である皇妃宮殿の火災は省略されている。その理由は、このシーンが他の多くの邦訳にみられるように、濱野の邦訳からも完全に省かれているからである。こうした相違はあるものの、濱野の邦訳の妙味は、会議に出席した面々の様子を語る描写にもみられる。たとえば、「……チユウインガムを嚙んだやうな顔をしてゐるのが海軍大臣、頭がてか〳〵光つて、ほつぺたが栗饅頭のやうになつてゐるのが大藏大臣、其向ふに、名古屋の金の鯱の恰好してゐるのが、陸軍大臣である」(30)などのたとえは、なかなかいいえて妙といえよう。

結局、この会議の決定は原作のようにガリヴァーの眼をつぶし、餓死させることになるのであるが、それを知つたガリヴァーが裁判に訴えようと考えるが、「ここの裁判は、何時も裁判官の勝手に都合のよいやうにするのだときいて、よして」(39)しまう。また、原作にあるリリパット国の学問・法律・習慣や子弟の教育方法などは、省略されているものの、愚かしい出世方法や他国とのいさかいの原因、宮殿内の嫉妬や抗争などの風刺の片鱗は、濱野の翻訳を通じて日本の読者にもつたえられている。

第二編「大人國」は邦訳の五章に対し、原作は八章からなる。第一章「山のやうな男」では、赤ん坊への授乳の場面は省略されているが、ここでも、たとえや子ども読者への工夫が凝らされたオノマトペなどが使われている。たとえば、ガリヴァーの航海の意気込みは、「ガリバーの夢を乗せた船は白波を蹴つて」(45)と訳される。また、大人國の海岸に上陸し、巨人の出現によってガリヴァーひとりが大人國に取り残される場面では、オノマトペが多く使われる。たとえば、四八ページだけでも「すた〳〵」「ごつ〳〵」「てく〳〵」「ざぶざぶ〳〵」など四種類も使われている。さらに、第二章「見世物」で、疲弊したガリヴァーは、第三章の「御殿」で、この国の皇后に助けられるが、その冒頭は「棄てる神あれば助ける神あり」(66)とのたとえではじまり、読者の興味をかきたてる。さらに、宮殿での生活に関しては、女官たちの性的いたずらや肌の汚さなどの女性風刺は避けるものの、皇后の大食、一寸法師にたとえた宮殿の小人によるいたずらや、ハエや蜂、リンゴや雹、犬の被害などは残らず描写され、小さなガリヴァーの災難を面白おかしく語る。さらに英国の国情を上奏したガリヴァーに対する、王様たちの英国批判の概要を次のように紹介する。

……總理大臣も又

「左様で御座います、この良くもない顔に念入りにおめかしもするので御座いませうし、格別、偉くもないくせに、何十人ものお供を伴れて歩くので御座いませう。また半紙半枚位の土地に、白萬人の命をかけて、戦争もいたすので御座いませう。

あんな小さいくせに、氣に入らぬと言つて噛合もするし、欺しもする、怠けもするので御座いませうよ。」(74)

と言つて王様と二人であざ笑つた。

こうした英国への侮辱に対し、最終的にガリヴァーは、「自分も今英国の模様を見たならば、きつと王様たちと同じやうに、見えるにちがひないとも考えた」(75)と、批判に甘んじるのも原文通りで、政治や英国への風刺もかなりもとの趣を伝えているといえよう。

さらに、第四章「大災難」で、ガリヴァーは水槽に隠れボートに飛び乗ってきた巨大な蛙を退却させるまではよかったが、いちばんの災難である猿に連れ去られる描写は、ユーモアに満ちている。「この猿は、二人も子供のある、お父さんのガリバーを、やつぱり猿の赤ん坊とでも思つたものか」(88)赤ん坊のお守りをするようにふるまう。また、この災難が去って病気から快復した小さなガリバーに王様は、「あゝ、大分大きくなつたな！どうだお母さんのお乳は、おいしかつたか」(90)とからかい、ガリバーを赤面させる。

さらに、最終章では、家族と団らんするガリヴァーをユーモア交えて次のように締めくくる。「この間まで、九歳になる、小さな乳母にお守されてゐたガリバーも、久し振りに家に歸つて、二人の子供のお父さんとなつて、一家睦まじく暮す様になつた」と。そして、読者の子どもたちに寄せて、「夕御飯がすむと、ガリバーはよく大人國の有様を奥さんや子供に話してきかせた。子供たちは、その面白い土産話に夜の更けるのも知らずにききと《〔ママ〕》れるのであつた」(105)と、結ぶ。

第三篇「飛島」では、原作の内容は精査され、飛ぶ島であるラピュータとその人々、さらにバルニバルビの首都ラガードの大学での実験や他方の思弁的学問の研究をわかりやすく紹介している。さらに第三章では、グラブダブドリップの幽霊やラッグナッグの死なぬ人を見物し、日本を経て英国に帰る。しかし、ラピュータの女性の放埓さなどへの直截な風刺は省略されている。一方、ラピュータ人の心配事や天文学や幾何学・音楽への傾倒、下の国を統治する荒療治や、役に立たない実験、さらにストラルドブラグである死なぬ人の存在を否定的に描写している点から考え、訳者である濱野は原作の学問風刺や不老不死願望への風刺などについては、換骨奪胎しながらも、そのまま邦訳に残しているといえよう。

第四編「馬の國」は、原作の一二章が、かなり簡略化された三章となっている。そのうち、第一章の「ヤフウ」では、ヤフーによるスカトロジーの攻撃は削除され、若い雌ヤフーがガリヴァーに飛びつくシーンも省かれる。しかし、ガリヴァーは、ヤフーとは恰好が瓜二つでありながら、汁の多い草（酒）や光る石（宝石）を好むヤフーの生態とは異なり、「行儀がよく、清潔にしてゐる」（146）と認識される。しかし、「ガリバーの住んでゐる欧羅巴、ことに英吉利の模様を聞きたがつたので、問はるゝまゝに、戦争の事や、政治の事、裁判の事、それから金を貯めること、御馳走を食べること、病氣を治す事等を詳しく話して聞かすと、馬たちは不思議さうに頭を傾けてきいて居た」（148–149）が、馬の主人の結論は、「お前の話によると、お前方人間の風俗、習慣は、お前の大嫌のヤフウそつくりではないか。こちらのヤフウ共の喧嘩は、お前方の戦争と同じだ」（150）と結論づけられる。しかし、幸い、濱野の邦訳では、スウィフト原作にある、馬の諸性質や至徳、子弟の教育や、ガリヴァーを追放することを決めた原作の大会議には言及せず、「他の馬たちの中に、ヤフウを家に飼つていて大事にすることを餘り好まないものもあ」り、「一日も早く、もと來た處へ泳ぎ歸るやうに言ひつけよと迫つた」（152–153）と変更される。しかし、「もつと居たい。死ぬまでもと名残を惜しむガリバーを乗せた船は、今朝日に輝く大海原に銀波をかきわけて沖へ沖へと乗出して行くのであつた」（155）というくだりで完となる。

すでに、述べたように、かなりな省略があり、また、最後の船長との会話もなく、さらに、馬とヤフーの中間にある人間への風刺もそれほど辛辣なものではないが、馬の有徳と理性は示されているものの、馬の国を理想の国とするガリバーの心酔は、風刺の域にまで達していない。

以上、濱野の抄訳をまとめてみると、次の特徴がみられる。まず、本書は、原作から子どもにとって興味深いエピソードや内容を選び、わかりやすい日本語に要約していること。そのため、スカトロジーや性描写、さらに子どもにはむつかしすぎる内容は大胆に省略されていること。また、オノマトペやたとえを使い、臨場感のある文章で、子どもの関心を引きつける努力をしていること。さらに、風刺のとげは弱めているものの、もとのエピソードにこめられた、風刺的要素を完全に払拭したわけではなく、その趣は残していることは、リリパットの政争や、飛島の人々の生態やラガードの学問、死なぬ人の描写、さらに、馬の徳と対比した人間や同類のヤフーの生態からも明らかである。

いわば、濱野の邦訳は、翻訳者濱野が「子供たちへ」と題したはしがきの意図通り、子どもに原作のエッセンスと面白さを伝えるとともに、読者の年齢などに留意した訳文の工夫を凝らし、わかりやすくその物語の骨子を解説した点が、評価されよう。

濱野重郎著『ガリバー旅行記』の挿絵——挿絵の西洋版ソースの発掘

本書の挿絵には画家名が明記されていない。このイデア書院の児童圖書館叢書の他の多くには、斎田喬のモダンな挿絵が添えられているが、斎田の名前はなく、奥村博と明記されている装幀は、おそらく表紙だけであろう。同書には、彩色口絵が二枚、さらに白黒の挿絵が一九枚添えられているが、いずれもイギリスの挿絵画家の『ガリヴァー』挿絵を基にした復刻である。まず、白黒挿絵に関しては、一八八六年[66]に初版が出版された、イギリスのゴードン・ブラウンの挿絵をもとにしていることは、二人の挿絵を比較すれば明白である。もとの挿絵のサインや年号が削除されている場合もあり、ゴードン・ブラウンの挿絵をかなり正確に複写したものもあれば、精密な線描が消えてしまったものもあるが、構図描写いずれをとっても瓜二つで、ブラウンの一〇〇枚以上の挿絵から適当な場面を選択し複写したとみて間違いがないだろう。

一方、一八八六年および一八九七年に出版されたゴードン・ブラウンの挿絵には、カラー画像は収録されていない。にもかかわらず、この濱野版には先に言及したように彩色挿絵が二枚ある。濱野版の口絵には、ガリヴァーの背中にはしごをかけて服を採寸している場面と、大人国の宮殿でボート遊びに興じるガリヴァーと女官たちを描いた彩色挿絵があるが、ブラウンの一八八六年および一八九七年版にはこうした図像は収録されていない。

しかし、その後の調査で、ゴードン・ブラウンの挿絵が、何版もブラッキー社から出ていること、その後の版ではもとの白黒挿絵も一部削除されていることがわかった。たとえば、一九〇八年版の白黒挿絵には、濱野版に挿入されている挿絵が一部削除され、彩色挿絵はない。一方、一九一〇年版では、白黒挿絵の数ははるかに減少しているものの、濱野版に掲載されたすべての白黒挿絵が挿入されている。しかし、タイトルページの隣にあるカラー口絵は、一九〇八年に同じブラッキー社から出版されたジョン・ハッサール(John Hassall)の挿絵が使われている。また、ケンブリッジ大学図書館が所有する発行年無記名の版[67]には口絵を含む合計八枚の彩色画がリストアップされている。そのうち一枚の口絵が、濱野版の口絵と瓜二つであるが、もう一枚は英版の八枚の彩色挿絵のなかにはみつけられず、白黒挿絵も初版から枚数が減り、濱野版の挿絵の多くが挿入されていない。さらに、この英版はケンブリッジ大学図書館の分類番号が「1927⑧225」となり、登録印は一九二七年一一月三〇日となっていることから、出版年はそれ以前の一九二七年か一九二六年と考えられるが、一九二五年に出版された濱野版のために使用された確率は低いと結論づけられる。

このように、イギリスのゴードン・ブラウンの挿絵がおそらくもとになって、この邦訳に挿絵が掲載されたのであろうと推測していたが、実際に使用した版が特定できず、もう一枚の彩色挿絵が果たしてブラウンのものか、その他の西洋人画家によるのか、あるいは、女性の一人がカーペットの上の座布団のようなものの上に座っているために日本人画家が描いたのか、わからない状態のなかで、たまたまインターネット画像で、同一の挿絵を見つけることができた。実際に、この書物を購入してみると、この版[68]には、四枚のカラー口絵があり、その表紙と口絵の一枚が、出典の限定できなかった邦訳カラー挿絵と同一であることがわかった。むろん、この版も出版年が無記名のために、果たして濱野の邦訳がこの版を使ったと断定できないまでも、二枚のカラー挿絵が同一であり、濱野訳に挿入されている白黒挿絵すべてが、この版の白黒挿絵に挿入され、この英版挿絵の一部に記載されている英文もそのまま邦訳版に掲載されていることから判断して、この版を使ったのはほぼ確実であろうと思われる。また、別のサイトで、一九一〇年版と記載した同じ表紙絵の'Blackie's Library of Famous Books'と記入されたおそらく初期の版を見つけたが、現物を調査できなかったために、入手した'Blackie's Famous Books'(出版年未記載)を使って以下論じていく。また、この版の本文は、濱野の邦訳と章立てなども相違しているために、この英文のテキストをもとに翻訳をしたかどうかに関しては不明であるが、おそらく挿絵だけを参考にしたのであろう。

ゴードン・ブラウンの挿絵

では、濱野の邦訳の内表紙の隣に口絵として添えられた、ゴードン・ブラウンの挿絵(図版32)を分析してみよう。まず、英版のカラー口絵の下には、英語で'Gulliver is measured by the tailors'と記載されているが、日本語版(図版33)では完全にカットされている。しかし、邦訳の本文でも、「王様は……仕立屋三百人を呼び寄せて、着物をおつくらせになつた」(12)と簡潔に説明されているので、読者もどの場面を描いているのか大体の見当がつくだろう。

この場面は、比較的多くの挿絵画家が描いた有名なシーンである。ブラウンのはるか以前の一八三八年にはフランスのグランヴィルが同じ場面(図版34)を描いているが、挿絵は本文中に小さくレイアウトされ、左手を向いたガリヴァーと背中にかけられた梯子と肩から垂直に垂らされたメジャーが、真横から描写され、背景はほとんど省略されている。

一方、英国では、一八九四年、チャールズ・ブロックもきわめて似た場面を描いている（図版35）。ガリヴァーの両手の位置や梯子の本数の相違など、ブラウンの描写とは微妙な違いがあるものの、同じような上着をはおり、背中に梯子を渡して採寸する小人のために膝をつき、姿勢を動かさないまま振り返ろうとするポーズや、床に広げた布地、さらに、背後のアーチもきわめて似ている。ここで問題になるのが、いずれが先に出版されたのかであるが、現時点ではわからない。

図版32　ゴードン・ブラウン

図版33『ガリバー旅行記』(1925)

図版34　グランヴィル

図版35　チャールズ・ブロック

　さらに、一九〇九年に出版されたアーサー・ラッカム版（図版36）にも似た場面がある。しかし、ガリヴァーの向きは左右逆転であり、ラッカムでは帽子をかぶり、仕立屋もそう多くはない、また背景描写も比較的シンプルである。しかし、同じような上着を着て、膝をつき、背中に梯子を渡して採寸する小人を振り返ろうとするポーズは、ブラウン、ブロックと共通であるものの、ブロックが白黒であるのに対し、ラッカムは彩色画であるために、絵全体の抑えたような色調がブラウンの色調と共通している。

濱野版がとりあげた二枚目の彩色口絵（図版37）の場面もブラウンの表紙と口絵（図版38）と微妙な色彩の相違はあるものの同一である。この場面は多くの画家が描いている。先にあげたグランヴィルの図像（図版39）では、西洋風な衣装を身に着けた女性たちが、木製のプールで帆を張るガリヴァーのボートに、扇で風を送る。女

図版36　アーサー・ラッカム

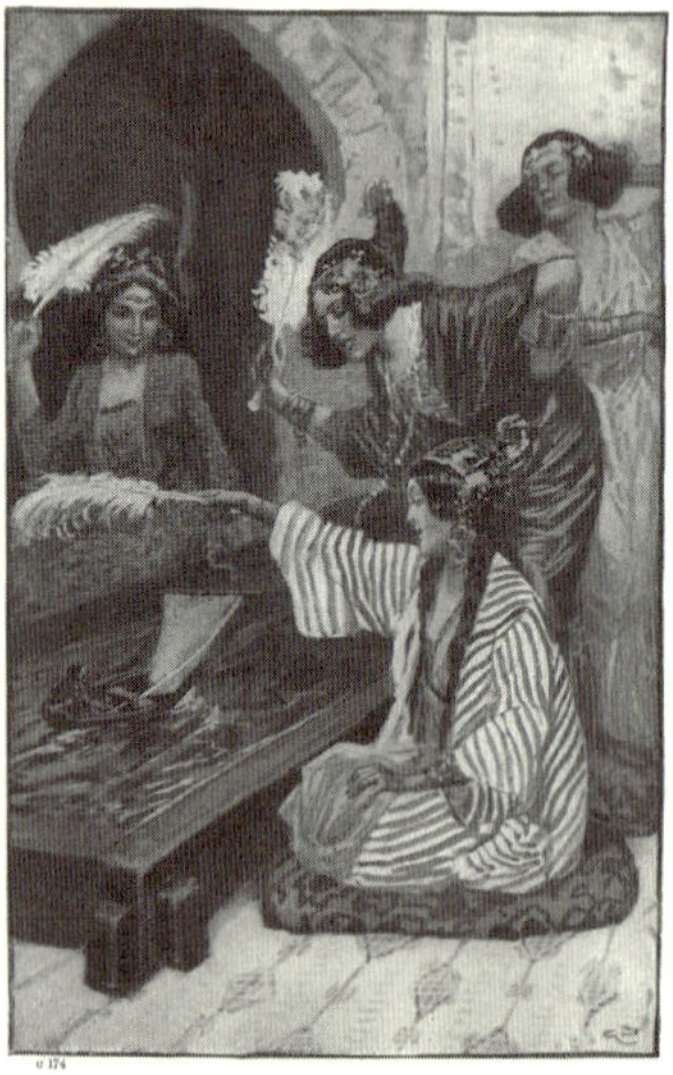

図版38　ゴードン・ブラウン

図版37　『ガリバー旅行記』(1925)

官たちの一部は膝をついたりかがんだりして小さなガリヴァーを眺めている。一方、ブロック（第三章図版11）になると、木製のプールは同じであるものの、女官たちの衣装や装束はもっと華やかになり、すべての女官が大きな扇を手にもち、豪華な髪飾りや装飾品で身を飾る。さらに、背後ではクジャクの扇を持ったアフリカ系の召使がさらに大きな風を送り、オリエンタルな雰囲気が漂う。このブロック以上に、オリエンタルな雰囲気が色濃くにじみ出るのが、濱野の翻訳に挿入されたブラウンの挿絵である。

ブラウンの挿絵では、先に述べたように、手前の女性は、カーペットの上に敷いた座布団のような敷物の上に座り、袖の垂れた水色のストライプのジャポニズム風あるいはオリエンタルなガウンを着ている。その背後の二人の女性はゆったりしたドレスを着ているが、髪型は背後の女官がボブ、手前の女性は少しわかりにくいが、ボブのように緩やかに両ほほに垂らした髪の後ろに高い髷を結い上げている。見方によれば、西洋からみた日本髪の変形とも考えられるヘアスタイルである。しかし、いずれの女性も髪の毛の色は黒あるいは茶色がかった黒色で、東洋風な雰囲気を醸し出している。さらに、手には白い羽根風の扇を持ちガリヴァーに風を送る。こうした全体の雰囲気は、かなり東洋風である。この第二渡航記、特に、王宮の描写は、従来から中東風に描かれることが多かったが、先に述べた英版『ガリヴァー旅行記』における、オリエント表象の最盛期であった一九世紀後半から二〇世紀初めの特徴を、ブラウンも有していると考えられよう。背後の従者こそいないものの、後ろのアーチなどからも、ブロックの挿絵との共通点がみいだされる。

図版39　グランヴィル

一方、白黒挿絵に関しては、濱野の挿絵は、第一編が四枚、第二編が六枚、第三篇が五枚、第四篇が三枚である。「小人國」では、海岸につながれた顔の上に集まった多数の小人（図版40）、綱渡り、敵の軍艦を拘引してくるガリヴァー、さらに、商船に救助され小人國の動物を前に冒険を語るガリヴァーのシーンが、選択されている。いずれも、子どもたちがガリヴァーの冒険を想像し、興味を示すシーンである。さらに、「大人國」では、海の海岸で小さな船を追う大人、小さなガリヴァーを囲む百姓たち、小さなガリヴァーを囲んで本をみながら意見を交換する学者たち（図版41）、ガリヴァーを掌に載せ姿見の前に立つ皇后、大きな鳥とガリヴァー、図書館での読書の六枚である。いずれも、大人と比較したガリヴァーの矮小さを効果的に表現したイラストを選択している。さらに、「飛島」になると、飛島を下から眺めるガリヴァー、召使にかしずかれた奇妙な様子の飛島の人々、バルニバービの首都ラガードの街の風景、さらに、大学の実験室の先生、幽霊島の見学の五枚である。不思議な飛島の様子や、たたき役を従えたラピュータ人の奇妙な様子など、読者が容易に想像できない場面を選択している。しかし、本文には掲載されている死なぬ人であるストラルドブラグの挿絵がないのはなぜだろうか。また、「馬の國」では、馬とガリヴァーの出会い、ヤフウの喧嘩、最後に馬に見送られ船出するガリヴァーの三枚である。最後の挿絵

図版 40 『ガリバー旅行記』（1925）

図版 41 『ガリバー旅行記』（1925）

図版42　『ガリバー旅行記』（1925）

（図版42）では、テキストのエンディングである「もつと居たい。死ぬまでもと名残を惜しむガリバーを乗せた船は、今朝日に輝く大海原に銀波をかきわけて沖へ沖へと乗出して行くのであつた」（155）の最後にちょうど合わせるように、左のページにレイアウトされ、見送る馬たちに背を向けて帆を立てて航海に出ることになった悄然としたガリヴァーの落胆した心情が、明確に視覚化されている。

濱野版におけるブラウンの図像

まず、なぜこの邦訳にゴードン・ブラウンの挿絵を使ったのか、邦訳にはその理由はどこにも書かれていない。先に述べたように、イデア書院のこのシリーズである児童圖書館叢書には、斎田喬や武井武雄などの日本人画家があらたに挿絵を描くことが多く、なぜ、今回は外国のものをそのまま使ったのか定かではない。また、このブラウンの挿絵は、筆者が知る限り、明治以降日本で出版された先行邦訳には使用されていなかったと考えられる。では、なぜ、数ある西洋の挿絵の中から、ブラウンのものを使い、ブラウンの数あるカラーあるいは白黒の挿絵から、なぜ、これらの挿絵を濱野の邦訳に選択し使ったのか、理由は定かではない。しかし、図版に関しては、邦訳に「白い帆を上げると、女官達は扇で煽いだり口で吹いたりして、風を送り船の走るのを見てやんやと喜んだ」（86）と、記載されていることから、日本風な床や座布団、東洋風な女性に親しみを感じたのかもしれない。もちろん、子ども用の同邦訳には少し官能的すぎる雰囲気があるような気もするが、宮廷の女官ということであれば、取り立てて言うほどの官能性でもないのかもしれない。むしろ、床に座る東洋風な女性と四角い水槽でボートをこぐ小さなガリヴァーの対比が、読者の興味を引いた可能性もあるのだろう。

いずれにせよ、明治から大正にかけてかなり多くの英国の『ガリヴァー旅行記』挿絵版が輸入され、大正時代に至っても、もとの挿絵がそのまま日本の読者用に使われたのは確実なようだ。その点、同じアルスから出版された『アリス』の邦訳『不思議なお庭　まりちゃんの夢の国旅行』が、新規に斎田喬によって図像化されたのとは対照的である。その理由は後にまとめるとしても、日本の『ガリヴァー旅行記』図像があまり多くの日本人画家によってあらたに視覚化されることが少なかったのは、『ガリヴァー』図像史上は、少し残念なような気がするのはわたくしだけではないであろう。

むすび

日本における大正期の『ガリヴァー旅行記』図像を検証してきたが、西洋画像の模倣に近い作品も少なくないなか、日本人画家として傑出しているのは、清水良雄と、岡本帰一と初山滋である。みずみずしい色彩で馬の国を描いた清水の彩色口絵も評価に値するが、とりわけ初山の作品は、大正期だけではなく、日本における『ガリヴァー』の傑作として、卓抜である。

日本における翻訳作品の挿絵研究の過程のなかで、つねに、心から離れない疑問がある。それは、芸術としての美術作品と挿絵作品の間に引かれた高い境界であり、純文学と児童文学との境界であり、大人の文学作品の挿絵と子どもの本に添えられた童画との間にある境界、いや、もっと正確に言えば、区別化であり差別化である。

日本の児童出版美術に関して、長きにわたり研究を続けてきた上笙一郎は、『児童出版美術の散歩道』において、日本近代の童画家が、大人のための芸術作品に感じてきた焦燥感や挫折感、寂寥感について、次のように、言及している。

わたしは、日本の童画家達の経歴を詳しくは知りませんが、しかし、おとなのためのタブローを目標として進みながら生活のため児童出版美術にたずさわり、いつしかそれを自己の生命と観ずるようになった——という例が多いのではありますまいか。そうだとすれば、その転身には深い挫折感が伴ったはずであり、その挫折感を癒したものは、おそらく、童画をとおしての自己の幼少時代の発見——この世のどのような汚濁にもまだ染まっていなかった幼少時代への精神的回帰だったにちがいありません。

（1980：31）

ファイン・アーツ（fine arts）としての芸術に対する、童画家としての劣等感を、もともと洋画家として立ちたいと考えていた多くの童画家もいだいていた。岡本帰一も、また、しかりである。岡本帰一の未亡人貴志子は、岡本の童画家として立つ苦悩について次のように述懐している。

好きな絵を仕事にしてはおりましたが、むかしのお仲間の岸田［劉生］さんや木村さんが油絵で世に認められるようになりました頃、自分も油絵をつづけていたならば——と、そばで見ておりまして痛わしいくらい悩みました。その苦しみから解放されましたのは亡くなる一年前くらいで、わたくしに、「これまで油絵に未練があって悩んできたが、自分の心は童画に生かす決心がついたよ」と申しましてね。それからは精神的におちついたようでございます。

（上笙一郎 1974：102）

また、児童文学や絵本に関する研究を長期にわたり続けてきた瀬田貞二は、一九八五年、初山滋を取巻く、童画や童画家の現実について、次のように語っている。

初山さんは惜しまれて亡くなった。しかし岡本帰一も昭和五（一九三〇）年にそうであった。童画家は社会的視野から、いちはやくやすやすと埋もれていく。そういう社会は、浅い文化しか持たない。どこでその崩壊現象を食い止めるか。子どもの文化を私たちが厚く深くすべきなのである。（1985：339）

大正昭和を通じて活躍した子どもの本のイラストレーターのなかで、武井武雄とならび、その独創性を評価され、画集や版画集が出版された初山滋においてしても、やはり、その芸術作品としての評価は、必ずしも高くはなかったのである。しかし、幸いにも、初山の場合、彼の画風は変幻自在であり、後年、童画のみならず、本の装幀や版画にも活躍の場を広げた初山には、他の童画家のような迷いはほとんどなかった。

児童文学や子どものための絵本が、長い歴史をもつ欧米と肩を並べるまでには、長い時間がかかった。やっと近年になり、日本の絵本や子どもの文化が評価され、脚光を浴び、多くの研究や研究書が出るようになった。消滅し散逸しはじめていた児童文学・文化関係の書物が収集、分類、出版され、時として、復刻されることは、日本の子どもの文化においても、また、児童出版美術作品の研究上、非常に重要である。

本章で論じた『ガリヴァー旅行記』のイラストレーターたちの地道な努力――西洋文学作品の移入という困難な文化的・社会的作業のなかで、大正時代の日本の子どもたちが、原作の香りを味わいつつ、日本語で読んで見て楽しめる芸術作品を目ざした努力――の一端が、歴史の闇の中に消えかけつつも、ここに浮かび上がってくる。初山滋は「絵は理解しなくっちゃいけないのかね。感ずるものとは違うのかね」といっていたという（上1980：213）。また、「既成の画壇に野心なく、油彩画家へのひけ目もない」と、ご子息の初山斗作氏が語っていた[69]初山滋によって、日本のみならず、欧米の『ガリヴァー旅行記』図像のなかでも、きわめてユニークで芸術的レベルの高い作品が生み出されたことは、特記に値する。

子どもの読者を対象とした翻案の内容的制約、児童文学作品としての編集方針の制約、さらに、ヨーロッパ的概念からみた近代的子ども観や児童文学概念がいまだ成立していない戦前の日本の文化的・社会的制約のなかで、初山滋や清水良雄・深澤省三などの『ガリヴァー旅行記』図像解釈は、自由で親しみやすい文化的・芸術的香りで、大正時代の子どもたちの心を満した、大正日本の『ガリヴァー旅行記』図像と考えられるのである。

第七章　昭和初期から戦前までの邦訳と図像

七・一　昭和初期の絵雑誌『幼年倶楽部』における『ガリヴァー旅行記』邦訳二種
――巖谷小波文・本田庄太郎絵「小人島」「大人國」と村岡花子文・井上たけし絵「小人トガリバー」

『幼年倶楽部』における『ガリヴァー』邦訳

『幼年倶楽部』には、二種類の『ガリヴァー』翻訳、正確に言うと抄訳が、掲載されている。ひとつは、巖谷小波文・本田庄太郎画の「小人島」と「大人國」で、二つ目は、村岡花子文・井上たけし画の「小人トガリバー」である。巖谷の「小人島」の出版は、昭和四年（一九二九）年三・四月（第四巻三号と四号）、「大人國」は同年五・六月（第四巻五号六号）、村岡の「小人トガリバー」は、その二年後の昭和六年六月（第六巻第六号）に掲載されているが、前者は合計四回の連載、後者は、おそらく『ガリヴァー』邦訳誌上、はじめての女性の翻訳者である村岡花子が執筆しているが、これは一回限りの第一渡航記のみの再話であり、翻訳とはいえない。

先行研究

『幼年倶楽部』に連載されたこの邦訳絵本は、従来の書誌や研究書には、部分的に紹介されているにすぎない。書誌学的な研究としては、巌谷の邦訳は、二〇〇五年に出版された『児童文学翻訳作品総覧　明治大正昭和平成の135年邦訳目録』の書誌にはない。また、二〇〇七年の『図説　児童文学翻訳大事典　第二巻　原作者と作品①』には、「小人島」と「大人國」の前半部分が、冒頭の文章と挿絵の一部として紹介されているが、第四巻四月号と六月号に関しては、言及されていない（2007：408–409）。

さらに、最近刊行された松菱多津男の『邦訳「ガリヴァー旅行記」書誌目録』（二〇一一年）には、この巌谷・本田版は未収録である。

一方、村岡花子の「小人トガリバー」は、松菱の書誌にはリストアップされているが、『児童文学翻訳作品総覧　明治大正昭和平成の135年邦訳目録』の書誌にも、二〇〇七年の『図説　児童文学翻訳大事典』にも、言及されていない。

また、研究書に関しては、この二種の邦訳については、著者が知る限り皆無である。いわば、『ガリヴァー』邦訳は第二次大戦終結までの昭和初期、かなりの数の版が出版されている上に、主要雑誌は別にして、すべての雑誌を網羅的に調査するには、相当のエネルギーと時間を要するであろうことから、今後、まだまだ新しい翻訳翻案が発掘される可能性はじゅうぶんあるだろう。

『幼年倶楽部』

まず、二つの『ガリヴァー』邦訳が掲載されている『幼年倶楽部』について考えてみたい。幼年雑誌は、もう少し年長の読者を対象にした少年少女雑誌に続いで、相次いで創刊された。まず、博文館からは、一九〇〇年

『幼年世界』、一九〇六年『幼年画報』が創刊される。実業之日本社からは、一九〇九年『幼年の友』、東京社からは、一九一五年『日本幼年』、最後に、講談社から、一九二六年『幼年倶楽部』が創刊される。いわば、『幼年倶楽部』は、主要出版社からの幼年雑誌のなかでは、かなり遅れて出版されていることになる。

まず、この雑誌について、『日本児童文学事典』の滑川道夫の解説を紐解いてみよう。

幼年雑誌。一九二六年（大正15）一月講談社より創刊。「少年倶楽部」「少女倶楽部」の読者年齢層より一段低い層を対象とした男女共読誌。創刊号は多田北鳥の男女児童の顔を描いた表紙絵で飾り、以降表紙絵のパターンとなった。野間清治社長が薫陶してきた少年部出身の笛木悌治が抜擢されて初代編集主任となった。一六八頁に双六と切抜玩具の付録をつけ五〇銭。三一年には九四万九千部の売行きを示した。執筆者には当時の童話作家のほか大河内翠山、吉川英治、大倉桃郎、宇野浩二、伊藤整らが登場。北原白秋、西条八十、野口雨情らの童謡詩人、宮尾しげを、河目悌二、岡本帰一、武井武雄らの童話画家が活躍した。

（1988 : 790）

後続の幼年雑誌にもかかわらず、多くの発行部数を誇り、また、著名な作家や画家が原稿を寄せていることがわかるが、これも講談社の『少年倶楽部』『少女倶楽部』の人気が影響していたのであろうか。この巌谷の『ガリヴァー』邦訳が掲載された一九二九年は、世界大恐慌の年であり、すでに『幼年世界』は廃刊され、一九三一年には満州事変が起こる。一九二八年には共産党員が検挙され、戦争の影響が絵雑誌にも影を落としはじめる時代に、『幼年倶楽部』は大きな成功を収めている。

では、『幼年倶楽部』の編集方針や読者層はどのようなものであったのだろうか。砂田弘は、「児童文学と社会構造」のなかで、「周知のように、児童文学が文学の一分野として成立するのは、近代以降のことである。……児童文学が成立するには、新しい児童観の確立とそれにともなう教育の普及という文化的側面、子どもの本が商品として成立するという経済的側面の二つの条件が、ある程度みたされることが必要である。……いっぽう、わが国の児童文学が一応の成立をみるのは、先にあげた条件のうち、教育の普及と市場の成立という条件がみたされる明治二〇年代のことである」(1974: 9–10)と、日本児童文学の成立時期は明治二〇年代であると述べている。この日本の児童文学が、大正時代になると、『赤い鳥』にみる童心主義的な児童観と、『少年倶楽部』に代表される大衆的児童観に二極化される。乾孝は『児童文学と社会』の「後記」で、「いわば上澄みだけを拾いあげるにおわった『赤い鳥』型の児童文学の補い部分として、『少年倶楽部』型の、立身出世努力的理想をうたい上げた大衆的児童文学がさかえたのです」(乾孝 1974: 229)と、述べる。後者の児童観は比較的一般の庶民に受け入れられていた。その思想は、国家主義と立身出世主義に基づきながらも、娯楽的側面を求めることであった。

では、大正時代の児童文学においては、中産階級と労働者階級の少年少女読者に二分されていた読者層や子ども観の相違は、後続の幼年雑誌においては、どのように分類されていたのか詳しくはわからない。しかし、児童雑誌と出版社から判断すると、『少年倶楽部』などと同じ講談社から出た『幼年倶楽部』は似たような大衆的・国家主義的な立身出世主義を目標にしていると考えるのが自然であろう。

事実、『幼年倶楽部』のあとがきに、それに類したコメントが、散見する。たとえば、第四巻第五号のあとがきである「おねがひ」には次のような、推薦の言葉がみられる。

◎皆さんが幼年倶楽部をおすゝめ下さる時には次のことをきつとお友だちにお話し下さい。

▲幼年倶楽部は、世界一の子供雑誌であること。

▲学校の先生や、お父さんお母さんが、おほめになっていること。
▲よめば、よいことがおぼえられて、きっとせいせきがよくなること。
▲毎月、美しいオマケがつくこと。
▲とても面白くてたまらない、「母いづこ」や「宮本武蔵」のつゞきものが出てゐること。

ここにみられるのは、親や教師が推薦する本であり、知識をえて、成績がよくなるという実学志向であり、さらに、オマケがついている上に、面白い連載があるという子どもの興味を引く推薦の言葉であろう。

さらに、第四巻第四号のあとがきには、おまけを強調し、「こんなよいおまけを、こんなにたくさんつける雑誌は、幼年倶楽部の他にはありません」と自画自賛し、さらに、「こんなよいおまけは、うまくつかひませう。面白いものは、それでたのしく遊び、ためになるものは、それでちゑをつけ、そして立派な人になるやうにお心がけ下さい」と、子どもたちの得になるものであり、さらに、楽しく遊ぶことも、また智慧を身につけ将来の立身出世にも役立つと説く。これは、『少年倶楽部』と共通の編集目標であると考えられるだろう。

さらに、内容も、時代を反映してか、軍事もの、時代物、偉人伝、教訓物語が多く、『赤い鳥』や『コドモノクニ』にみられたような、詩的な子どもの想像力をかき立てるファンタジックな作品はあまり多くない。また、西洋風の物語はあるにはあるが、たとえば、第四巻四号をみても、マルコ少年が遠く離れたお母さんを探して旅をする「母いづこ」や小人国に流れ着いて敵艦を撃破する「小人島」のような冒険ものなど三篇しかない。ただ、その他の詩や歌などには、自然の風物や子どもたちの日々の生活を描いたほのぼのとした作品もまだ多く掲載されている。いわば、国家に役立つ人間や立身出世や実学的・教訓的な雰囲気がかなり色濃く漂っているが、全体としてみれば、スウィフトの原作が、この雑誌で抄訳された理由も、小人島と大人国への荒唐無稽な冒険が子どもを楽しませるだけではなく、他の武者ものや戦記ものと同じように、軍国日本の海外進出の系譜である冒険小説として幼い子どもをひきつける意義があったからであろう。

巌谷小波の「小人島」と「大人國」

明治の邦訳の章ですでに述べたように、巌谷小波は、一八九九年、博文館の世界お伽噺シリーズのなかで、この二つの物語を子どものために邦訳出版していた。しかし、今回は、博文館ではなく講談社で、初訳から三〇年もの歳月が経過している。しかし、明治の少年文学を牽引したかのような巌谷小波は大御所であり、多くの作家に原稿を依頼した『幼年倶楽部』には、ガリヴァー以外の作品も寄稿している。

では、具体的に彼の二つの翻訳の相違について比較してみたい。まず、作品の長さに関しては、博文館の方が、はるかに長い。博文館の『小人島』が六二頁（内見開き二ページの挿絵一一枚と一ページの挿絵一枚）。講談社版は一七頁（内見開き挿絵が八枚）である。一方、『大人國』は、博文館版が六四ページ（内見開き挿絵は一二枚）、それに反し、講談社版は一八ページ（内見開き挿絵が八枚）である。博文館版は、講談社版に比べ、活字がかなり大きいが、講談社版は、幼年用であるためにすべてのページに、挿絵が配されている。博文館版は挿絵が全体の三分の一程度におさえられることから判断して、少なくとも講談社版は博文社版の三分の一程度の長さと考えられる。

また、表記も博文館版が、ひらがなと漢字で、ルビをふってはいるがかなりの数の漢字が使われているのに対し、講談社版は、カタカナで漢字数も少ない。ただ、もっと幼年用であるわかちがきは使用されていない。『少年倶楽部』掲載の他の話がひらがな表記で挿絵も少ないことから、巌谷の『ガリヴァー』邦訳は低学年の子どもが対象であった可能性が高い。

巖谷小波の翻案については、明治の章でかなり詳しくふれたので、ここでは簡単に両者の違いについて、検討していきたい。まず、二つの版の相違は、次の三点に要約される。（一）物語の文頭と最終部における変更、（二）それぞれの読者の年代と時代の違いにあわせた小さな変更修正（三）幼年読者のための省略に、大別される。
まず、（一）の物語の文頭の変更については、博文館と講談社の翻案の冒頭を、一例として、引用してみよう。明治の博文館版は世界お伽噺シリーズの第九編になるので、次のような付随的説明を加えている。

英吉利と云ふ國は、日本の様な島國で、四方を海で取り巻かれて居る故か、國士の者がみんな海好で、海を渡つたお話や、船で行く御噺が、昔から澤山あります中にも、一番愉快な御話は、此前のロビンソンと、それからこのガリバアが、小人島と大人國の、島巡りをした御話でありましやう。（1899: 1–2）

もちろん、雑誌連載である講談社版にはこのような英国やロビンソン・クルーソーの紹介はない。いわば、二つの翻訳では、世界お伽噺シリーズと幼年雑誌誌上の連載という出版形態や読者年齢の相違にあわせた、加筆修正が行われている。
では、この冒頭に続くガリヴァーの紹介を例に、（二）それぞれの読者の年代と時代にあわせた小さな変更修正の一例をみてみよう。博文館版では、まず、ガリヴァーは船医であると紹介される。

一體ガリバアと云ふ人は、英吉利の船の御醫師様であつたのです。それで終始船に乗つて、遠近を廻つて居りましたが、或時印度の方へ行く途中で、劇しいしけに遭ひました。しけとは海の中の暴風雨のことです。（2–3）

他方、講談社版では、幼年の読者にわかりやすく興味を持てるように語りかける。

皆サン、私ハ、ガリバアデス。私ハ長イアヒダ船ニノッテヰマシタガ、コノ間ヒドイシケ(海ノアレルコト)ニアッテ、船ヲコハサレテシマッテカラ、面白イ所ヘ行ッテキマシタカラ、ソノオ話ヲシテアゲマセウ。(4-3:72)

つまり、幼年用の講談社版では、船が具体的に行った「印度」などの地名や、ガリヴァーの職種などは、詳しく説明する必要はないと考えたのであろうが、省略される。また、「暴風雨」という難しい説明なども、「海ノアレルコト」とわかりやすい用語に変更していることがわかる。

その他、時代を反映し、尺貫法の「六寸」を「一八センチ」に変え、大人國で鷲にさらわれ空を飛ぶさまは「自分はまるで風船に乗つた様に、宙を飛んで居ります」(58)を、「私ハ、マルデ、ヒカウキニノッタヤウニ、シバラクトンデヰマシタ」(4-6:124)と、「風船」から「飛行機」へと、時代に合った比喩に変更する。また、児童の心理を考え、かわいく易しい表現に変更している。たとえば、博文館版の大人國では、農夫が小さなガリヴァーを自宅に連れ帰り、みんなが驚嘆の声を上げ、『これはどうも面白い、生きた人形の玩器が出来た。』(15)と喜ぶ場面の比喩が、講談社版では、「マアカハイイ人形ダネ」(4-5:132)と、「生きた人形」という少し生々しい表現を和らげる努力を怠らない。いわば、子どもの読み物に造詣の深い巖谷小波は、時代や読者の年齢等を考慮しながら、もとの文章に小さな加筆修正を加えていったのである。

さらに、(三)紙面や読者の年齢を考慮して、講談社版では、多くのエピソードを省略する。簡単にあげてみると、「小人島」で、ガリヴァーが車で都に運ばれる場面や、ガリヴァーをどのような方法で殺害するかの議論、友人がその内容を忠告に来る場面、そして、ブレフスキュ国での生活やその動物を英吉利に連れ帰り見世物にしたというような記述も完全に省略される。さらに、不思議なことには、「大人國」では、ガリヴァーを親身になって世話をした乳母の存在が完全に削除され、宮殿での災難のうち、りんごや雹に打ちつけられる場面も省略されている。

小人島でのガリヴァー殺害方法の審議は、おそらく残酷すぎると考えたのであろうし、また、友人の忠告やブレフスキュ国での生活から帰国までの描写の削除も、物語の筋を複雑にさせる可能性を避けるためであろう。一方、「大人國」で、なぜ物語の比較的重要な登場人物である乳母の存在を完全に排除したのかは、少し不可解である。もちろん、一九二九年という時代背景を考えれば、宮殿で女王さまの後援を受けるのはまだしも、幼い娘に冒険家ガリヴァーが世話をされるという設定が、あまり好ましくなかった可能性もある。半面、字数の関係で物語をシンプルにするために省略したとも考えられる。おそらく、前者の仮説が実際に近いと考えられるが、いずれも推測の域を出ない。むろん、巌谷がなんらかの意図をもって省略したことは確かであろうが。

挿絵画家本田庄太郎

「小人島」と「大人國」の挿絵画家本田庄太郎（一八九三―一九三九）はどのような画家だったのだろうか。大正昭和の著名な児童雑誌には必ず名前が出ているにもかかわらず、彼の絵についての詳しい研究書はあまり多くない。長く日本の児童出版美術研究に貢献してきた上笙一郎が、本田について、次のような論考を執筆している。

この〈童画〉の代表的な描き手は、岡本帰一・清水良雄・本田庄太郎・川上四郎・初山滋・武井武雄・村山知義・深澤省三・鈴木淳などといった人たちです。そして、大正期にはまだ編集者と書き手とが完全に分化していなかったジャーナリズム状況の反映として、これらの童画家たちは、自由業として独立しあらゆる新聞・雑誌の仕事を引き受けるというのではなく、ある特定の児童雑誌に密着してその作品を描いていたのでした。……ひとつの雑誌に密着しないで仕事をしていたのは、おそらく本田庄太郎ひとりくらいではなかったでしょうか。（1980：25）

いわば、本田庄太郎は、多くの童画家が寄稿する雑誌『コドモノクニ』が創刊された大正一一年以前は、児童雑誌の専属として活躍していなかったことが、彼の名前をあまり有名にしなかった理由とも考えられる。上笙一郎は、「本田庄太郎の復権を」と題する文で、「これまでに書かれた童画文献のなかに本田庄太郎の名がほとんど出て来ないのはなぜなのか」（1980：176）と問いかける。さらに、彼の童画の価値について、「すべての時期の作品が価値高いとは申せませんが、少なくとも大正中後期から昭和初期にかけての執筆にかかるものは一定の水準を保ち、他の童画家をもっては代えがたい内容をもっていたと評さなくてはならないのです」（1980：178）と述べ、このガリヴァー邦訳の『幼年倶楽部』執筆当時の彼の挿絵の価値に一定の評価を与えている。

さらにその特徴について、「庄太郎の童画は、好んで農山漁村の子どもを主題にするという点で川上四郎と似ていましたが、川上がどちらかといえば児童期の村童を描くのに、庄太郎は総体に幼児期の村童に眼をそそいでいたと言えましょう。そして彼は、その幼児期の村童の描出にあたってしばしば〈可愛らしさ〉や〈あどけなさ〉を強調しすぎ、そのことによって通俗性と紙一重の大衆性を内包するに至っているわけなのですけれど、しかし大正中後期より昭和初期、彼の若さの横溢していた時期の作品には、その大衆性も向日的でしかも非常に健康的であったのでした」（上1980:178）と、庄太郎作品に内在する「可愛さ」「あどけなさ」を、大衆的でありながら健康的なものであると、評価した。

続いて、本田庄太郎の略歴を、上笙一郎の『聞き書き日本児童出版美術史』から、簡単に引用してみたい。「童画家。静岡県浜松市出身、高等小学校卒業のみの学歴で画家に志を立て、大正初頭に早くも子ども向きの挿絵で一家を成す。……〈童画〉の先駆者。「コドモノクニ」等の絵雑誌で活躍」（1974:54）とある。友人であり画家でもある伊藤孝之によると、小学校だけ出て、ほとんど独学で絵を学んで、太平洋画会の研究所へ入った後、大正の二、三（一九一三、四）年頃から子どもの雑誌に挿絵を描くようになったそうである。最初はアルバイトのつもりであった、彼の童画に面白さが出てきたのが『コドモノクニ』創刊以降だとのことである。また、東京美術大学を出た清水や武井武雄へのコンプレックスをもっていたこと、さらに、武井や初山のような強烈な個性的な絵からは、ずいぶん甘くみられていたのではないかと、その複雑な内面の葛藤について推察する（上笙一郎 1974:54–62）。

上はこの伊藤の聞き書きを編集した後、日本童画史から庄太郎の影が薄くなった理由として、二つの原因をあげる。彼は、「独断に過ぎるとあるいはお叱りを蒙るかもしれませんが」と述べながらも、「第一は、学歴のないことに由来する庄太郎のコンプレックスとその表れとしての狷介性であり、その第二は、庄太郎のそれに対応するものとしての他の童画家たちの学歴的プライドと、庄太郎排斥ともいうべき一種の画壇的雰囲気である」（1980:179）と、推察する。

上の尽力もあるのであろうが、幸い、一九八〇年代以降に出版された書物――たとえば、『子どもの本・1920年代』（1991）や『こどもパラダイス 1920–30 年代絵雑誌に見るモダン・キッズらいふ』（2005）など――では、本田の名前は他の童画家と肩を並べ、重要な童話画家のひとりとして取り上げられている。

本田の挿絵のなかでも、日本の子どもを描いたものは、上が指摘したように、とりわけ可愛さやあどけなさに特徴がある。しかし、私見を述べさせていただければ、本田の日本の子どもを描いた挿絵には、たとえば、図版1のように、初期の挿絵画家である渡辺与平や竹久夢二の挿絵の影響がみられる。しかし、本田の挿絵の特徴はそれ以上に微妙な色彩の美しさ透明感にある。たとえば、夕刻を描いた本田の花火（図版2）と川上四郎の七夕（図版3）を比較すると、本田の挿絵は、同じ闇でも色調が微妙に異なりまるで印象派の絵を見るような趣がある。子どもたちの「可愛い」白っぽい肌や浴衣、夕顔がそのシルバーグレーとシルバーパープルの色調から浮き出てみえ印象的だ。彼の色彩は、透明感がある色彩自体の美しさと、色調の調和に特徴があるように思われる。

図版1　本田庄太郎

図版2　本田庄太郎

図版3　川上四郎

それが子どもの描写にみられるような類型的な描写との際立った特長であろう。

　さらに、本田の擬人化された挿絵は、単なる可愛さではなく、子どもたちを楽しませるウィットとユーモアに満ちている。たとえば、「カエル」と題された、『コドモノクニ』五巻九月号の扉（図版４）では、水草に座り、楽譜をもち、歌を歌うカエルの女の子と、それにバイオリンで伴奏するカエルの男の子が描写されている。睡蓮のような葉っぱや背の高い草には、露が光り、グリーンと青を基調とした背景のなかに、女の子のリボンと楽譜の赤が際立つ。しかし、何より興味深いのは、擬人化されたカエルの表情やポーズであろう。

図版４　本田庄太郎

　さらに、「木の葉の踊り」（図版５）では、北川千代子の文にあわせて、秋風が唱歌の先生に、凩が踊りの先生に擬人化され、森の木の葉が枝から飛び降りて踊りだすという話である。赤い衣装を着た楓、銀杏、さらに栗や柿桜の葉もみんなくるくると踊りだすが、常緑樹の松だけが、枝から離れず歌を歌うという、秋から冬にかけての木々の紅葉とその舞い落ちるさまを楽しげに描いた挿絵である。葉っぱや木の実が顔になり、そこに人間のような手足が伸び木の葉たちは軽やかに踊り、頭上から松の枝がみおろし、凩の先生が灰色のドレスでみんなを指揮して踊る。なんともほほえましい画であるが、ここには、類型的な可愛さだけではない、子どもさえも踊り歌いだしそうな、ウィットやユーモアがあふれている。色彩も秋らしい黄色と赤で統一され、中央の凩の先生の灰色のドレスも、踊りに合わせてスウィングしているようだ。彼

図版 5　本田庄太郎

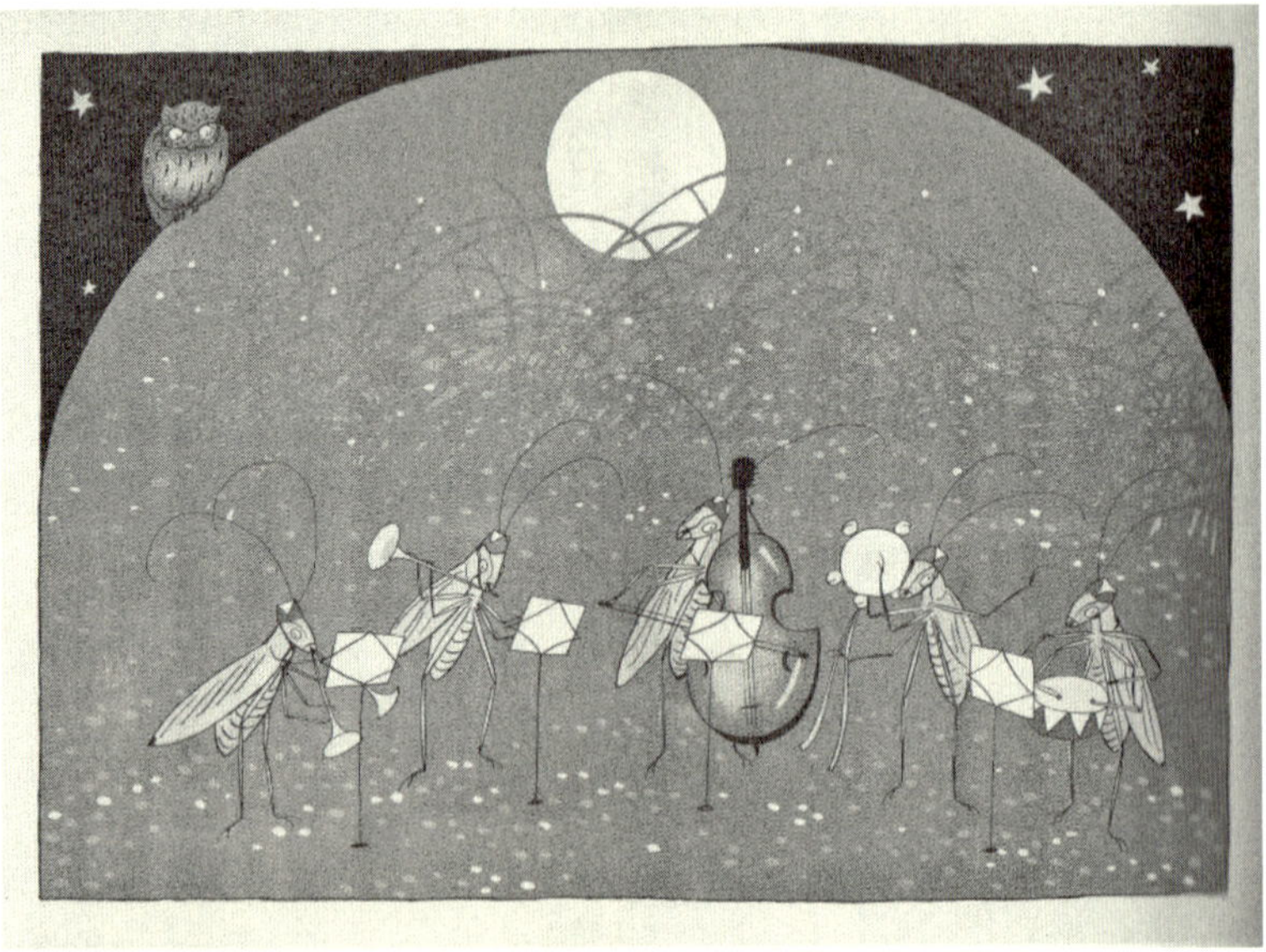

図版 6　本田庄太郎

の日本の子どもを描いた作品とは、一線を画する作品である。

また、「虫の楽隊」（図版6）では、月を背景にした草むらで鳴いている虫を楽隊にたとえる。虫の身体は擬人化されず昆虫の身体のそのままの形態を維持しているが、そのコミカルな演奏やしぐさ、草むらを照らす半円形の月の光と、その光に点々と白く輝く露と、青とグリーンの草むらの色彩のコンビネーションの美しさは印象的だ。さらに、その背後には、黒い星空が広がり虫の楽隊を見つめるふくろうが描かれる。子どもにユーモアと夢を与える挿絵といえる。描写は異なるが、スイスのエルンスト・クライドルフの昆虫の擬人化などを連想させる作品である。

本田庄太郎の『ガリヴァー』挿絵

では、本田の「ガリヴァー」挿絵は、従来の西洋の挿絵、および日本の挿絵とどのように違っているのだろうか。さらに、そこに本田の特徴や独創性は現れているのか、次に考えてみたい。

西洋の挿絵との比較と、日本の先行挿絵との比較を試みたい。まず、本田の挿絵と英米仏の『ガリヴァー』挿絵を比較すると、直接的な影響を受けた画家を特定することはできなかった。たとえば、初期のフランス版J－J・グランヴィル、片山平三郎の初版が模写したイギリスのT・モートン、さらに、岡本帰一や初山滋が参考にしたウィリー・ポガーニーなどからの明確な影響はみられなかった。また、その他の比較的よく知られた西洋の画家の挿絵をそのまま模倣したような形跡もみられなかった。しかし、では本田がまったく独自に描写したのかというとそうではなく、構図や細部の描写から判断すると、何らかの西洋版の挿絵、あるいは日本の挿絵から着想を得た可能性を完全に否定できない要素が、随所にみられることがわかった。

では、邦訳に掲載されていた日本人画家、あるいは西洋版の復刻の影響は、どうであろうか。先に述べたように、些細な影響を無視することはできないが、初版の片山版をはじめとする明治期の邦訳で、一番可能性があるのが、本田の挿絵に文を書いた巌谷小波が、明治期に「世界御伽噺」第九編と第一二編として出版した『小人島』と『大人國』に掲載された、筒井年峰の挿絵であろう。

まず、本田の挿絵のなかで、筒井が描いた場面と共通していないのは、各八枚中「小人島」では一枚、「大人國」では二枚に過ぎず、かなりの確率で同じ場面を選択していることがわかる。いわば、「小人島」でただひとつ筒井の挿絵と微妙に異なっているのは、物語冒頭の最初の挿絵である（図版7）。筒井の挿絵（図版8）では、ガリヴァーは波に洗われながらも岩礁のある陸にたどり着いたようにみえる。ただ、印刷がはっきりしないため、ガリヴァーの足元にあるのは波と考えられるが、左手は果たして陸地の植物なのか波なのか、あまりはっきりとしない。右手に岩がみえることから、今海岸にたどり着いた刹那であろう。一方、本田の挿絵では、すでにガリヴァーは難破船の切れ端である木片などが打ち付けられた浜辺に横たわり、背後の帆船を振り返る。船がこわれ、陸地に着いたときはすでに日が暮れ、目が覚めたときはすでに身体は縛られていたわけであるから、本文の記述とは齟齬があるが、これも愛嬌であろうか。

図版7　本田庄太郎

「大人國」における、筒井の画面選択と異なる本田の二枚は、ネズミとの戦い（図版9）と、大きなテーブルの上に置かれたカップに上る、あるいは牛乳のコップのなかに茶坊主によってほうりこまれそうになるガリヴァー（図版10）である。ただ、筒井の挿絵（図版11）も同じような食卓のシーンを描いている。筒井の場合は、食事をしている女王様がメインでその食卓の上に座る小さなガリヴァーが描き加えられている。そのため、筒井の挿絵の一部を、場面を変えて描いたとも考えることもできる。いわば、こうした場面選択がかなり重複していることから判断すると、本田が挿絵選択の際、筒井の挿絵を参考にしたのは確実であると考えられる。

しかし、画風はかなり異なる。というのも、筒井は日本画系の画家で、本田は童画出身である。さらに、時代が、明治三〇年代と昭和初期、読者も少年と幼年と異なり、印刷も白黒とカラーという相違がある。その結果、

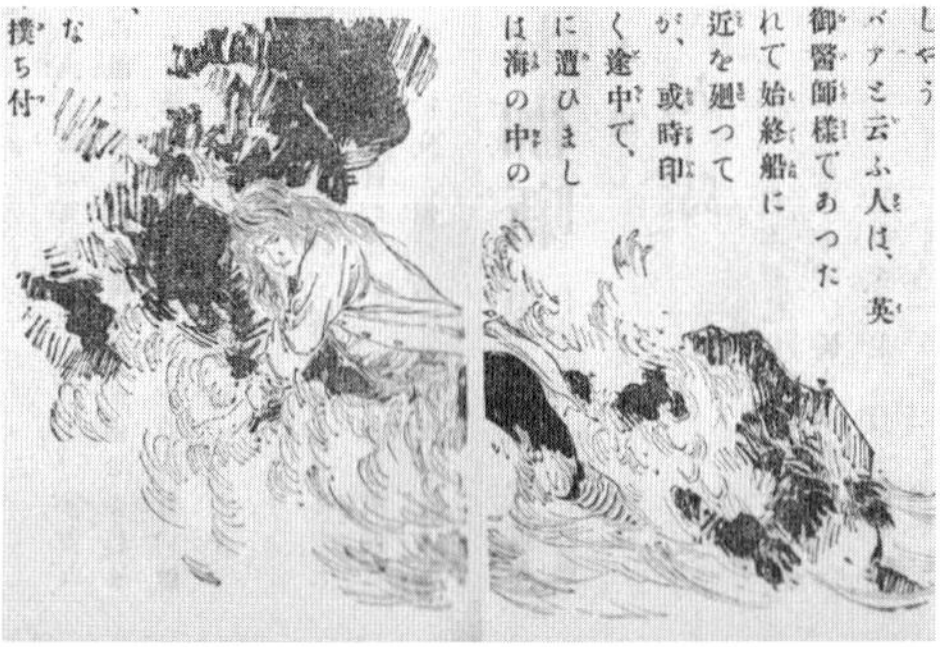

図版 8　筒井年峰

図版 9　本田庄太郎

図版 10　本田庄太郎

本田は描写や構図に相当の変更を加えることとなった。

では、それ以前の邦訳に掲載された日本人画家の挿絵が、こうした描写と構図に、何らかの影響を与えた可能性があるのだろうか。まず、筒井以外の明治の日本人画家の影響はあまりないが、その後の大正以降、同じ童画で活躍した初山滋と岡本帰一の挿絵の影響は否定できないだろう。

まず、初山の挿絵（図版12）と比較すると、本田の挿絵（図版13）ではガリヴァーが小人島で滞在していた「コノ國デ一番大キサウナオ寺ノ本堂」（4-3：79）は、屋根の上の十字架やアーチ形の入り口など一部似ている。むろん、初山版ではガリヴァーは後ろ向きに入ろうとしているのに対し、本田の挿絵は、このお寺のなかに座

図版 11　筒井年峰

図版 12　初山滋

図版 13　本田庄太郎

り、見物の人々を眺めるガリヴァーの顔がクローズアップされている。

一方、岡本帰一との共通点は、小人がガリヴァーの足の下を行進する場面であろう。岡本の邦訳の外函（図版14）には、ガリヴァーの両足とその下を行進する小人の軍隊が、クローズアップされる。一方、同じクローズアップではあるが、本田の場合（図版15）は、行進をのぞき込む彼の顔と大きな両手が描きこまれる。また、ガリヴァー

図版 14　岡本帰一

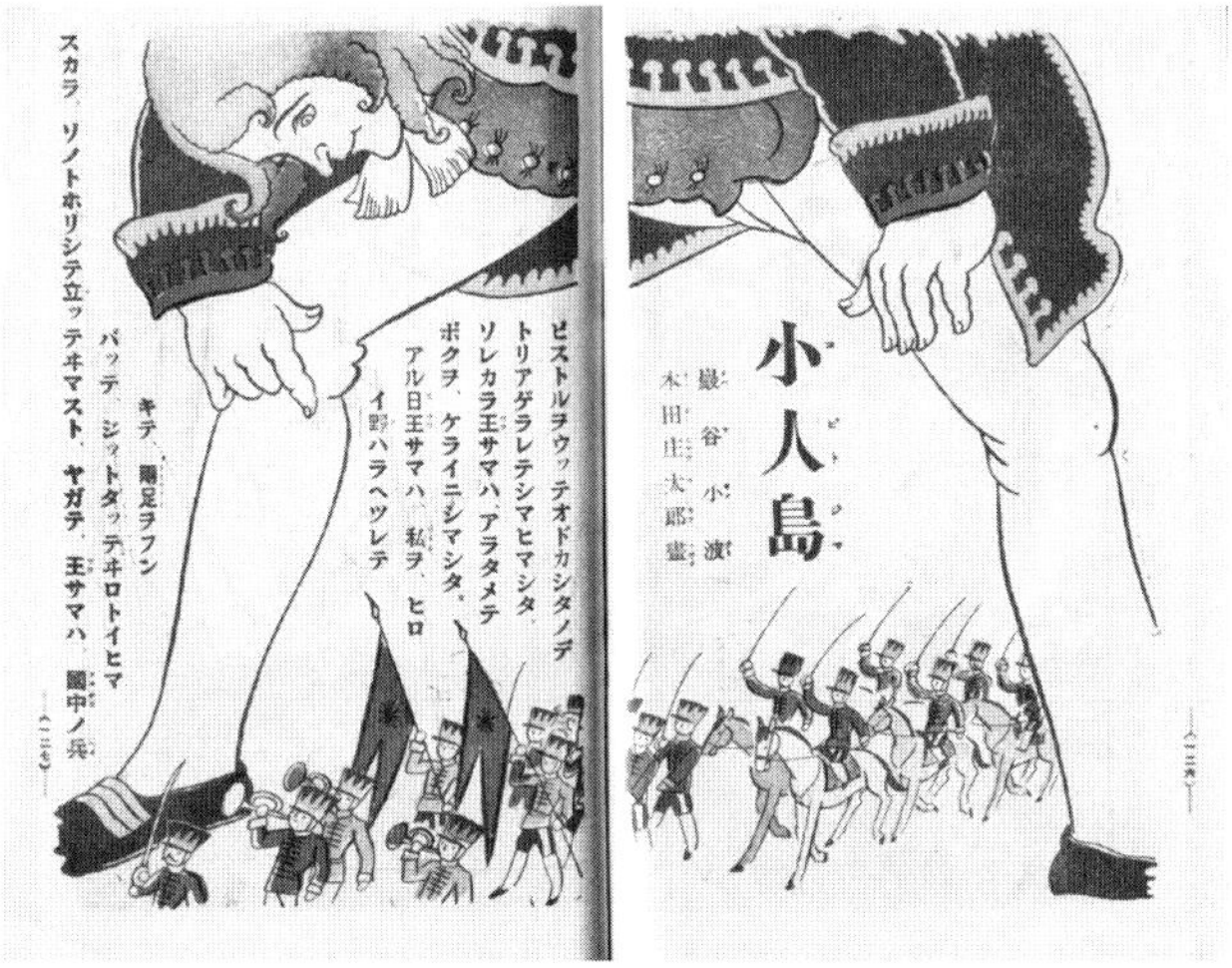

小人島
巖谷小波
本田庄太郎畫
ピストルヲウッテオドカシタノデ
トリアゲラレテシマヒマシタ。
ソレカラ王サマハ、アラタメテ
ボクヲ、ケライニシマシタ。
アル日王サマハ、私ヲ、ヒロ
イ野ハラヘツレテ
キテ、兩足ヲフン
バッテ、シットタッテヰロトイヒマ
スカラ、ソノトホリシテ立ッテヰマスト、ヤガテ、王サマハ、國中ノ兵

図版 15　本田庄太郎

がネズミと戦う画面も、岡本の挿絵とよく似ている。むろん、こうした共通点は他の西洋の挿絵にもないわけではないが、入手困難な西洋の画家の作品よりは、同時期に出版された他の日本人画家の作品から、何らかの着想を得たと考えるほうが自然ではないだろうか。

その他、「大人國」で女の子が中東風なターバンを巻き、男の子がロシア風な帽子をかぶっている描写（図版16）なども、どこか西洋の挿絵を参考にした可能性はあるが、現時点では特定できなかった。

いわば、本田庄太郎のガリヴァー作品は、具体的な西洋の挿絵画家の影響や、日本の大正期の童画家である初山や岡本の『ガリヴァー』挿絵と一部共通したところがないわけではないが、限定的であり、筒井年峰の場面選択以外は、彼なりの努力を重ねて、日本の幼い子どものために制作したと考えられよう。

本田庄太郎の『ガリヴァー』挿絵の独自性

では、本田の『ガリヴァー』挿絵の独自性は、どういう点にあるのだろうか。第一に、上笙一郎が述べた「向日性」、もう少し現代的に言えば、日本の子どもたちの心をとらえるかわいさである。第二に、その後の絵本に通じる人形や動物の擬人化、さらに、それと関連した、ユーモアとウィットのセンスであろう。

たとえば、眠っているガリヴァーの髪の毛を地面の杭につなごうとする場面（図版17）では、ガリヴァーは眠りながら笑みを浮かべる。さらにその周りを走り回る兵隊は同じ帽子と制服を着て人形のように槌や剣をかざし、ほほえましい印象を与える。また、ガリヴァーが「マルデ犬小屋ニイレラレタヤウデシタ」（4-3：79）と形容するお寺の本堂に入った姿（図版13）や、メルヘンチックで中東の宮殿のようなお寺などをとっても、子どもたちにエキゾチックな夢を与える挿絵となっている。お寺に座るガリヴァーも、見物している小人島の人々も、すべて向日的で、かわいい。武者物や教訓物語、戦争などの『幼年倶楽部』の代表的な紙面は言うに及ばず、それ以外にも散見するいくつかのほほえましいファンタジー的な雰囲気を感じさせる挿絵のなかでも、本田の挿絵のかわいさは際立っている。

さらに、ガリヴァーが剣をもって戦うネズミや蜂、さらに水中から飛びかかる蛙や、大きな爪でガリヴァーの家をつかんで空を飛ぶ大鷲も、すべて固有の形体はそのままであるが、動作などが擬人化されている。最も擬人化がむつかしそうな蜂との戦いのシーンをみてみよう（図版18）。戦っているはずのガリヴァーは、口を開き、蜂と語り合っているかのようだ。一方、一番右側の蜂は両手でまあまあとおしとどめているようでもあり、

図版 16　本田庄太郎

図版 17　本田庄太郎

図版 18　本田庄太郎

画面の一番左側の蜂は左手を挙げ、何かガリヴァーに語りかけるようにもみえる。また、中央の蜂も、剣を振りかざし、お芝居をしているようなガリヴァーを、攻撃するというよりは、まあそんなに真剣にしなくてもいいではないか、あるいは、そんな彼をからかっているような雰囲気もあり、愉快である。また、水中から突然飛び上がり、船に乗り込もうとするカエル（図版19）は、筒井の水しぶきを上げ逃げ去るカエル（図版20）とは異なり、両手両足を広げ、口を大きくあけて、小さなオールで撃退しようとする右手の矮小なガリヴァーを威圧する。このコミカルなカエルの表情など、漫画の『ど根性ガエル』に出てくるピョン吉、あるいは赤塚不二夫の『おそ松

図版 19　本田庄太郎

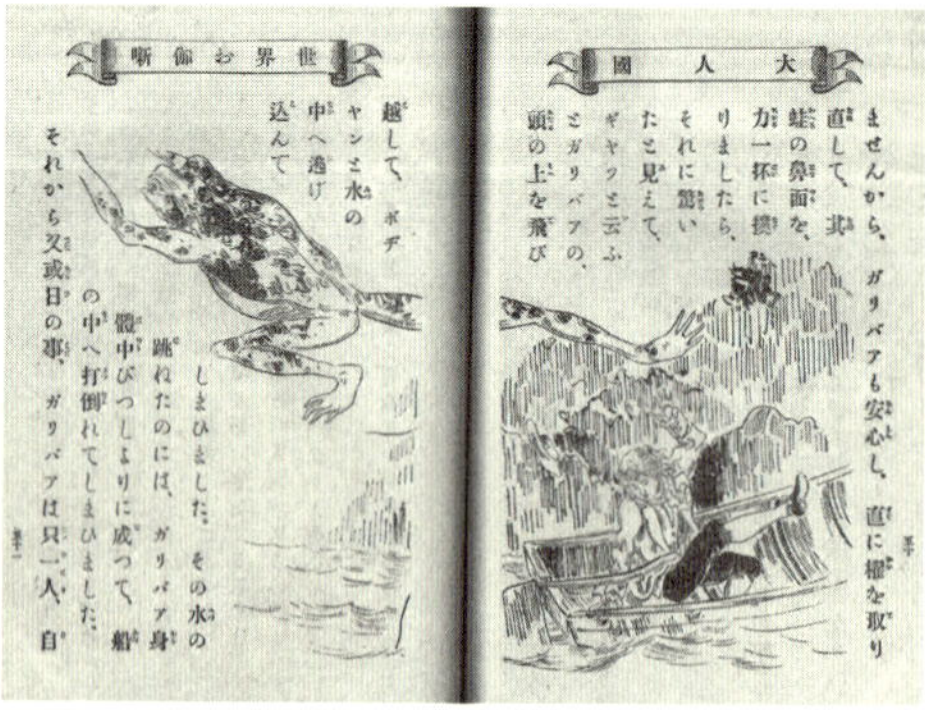

図版 20　筒井年峰

図版 21　本田庄太郎

くん』に出てくるカエルなどに発展するようなキャラクター性を感じさせる。

第三の特徴である、ウィットやユーモアについて考えてみよう。たとえば、先に論じた小人島で大きく広げた足のあいだを兵隊が行進する場面（図版15）を取りあげてみると、従来の西洋や日本の筒井・岡本の挿絵と比べて、ガリヴァーの好奇心——大きくかがんで行進を近くで見ようとする好奇心——が前面に出ている。一方、前面の兵隊や馬はおもちゃのように特徴がなく一様である。反面、大きく屈んで行進をもっと身近で見ようというガリヴァーは、表情もポーズも生きた人間のように写実的に描かれ、ガリヴァーに肉薄している様子がみてとれる。従来の挿絵が、大きなガリヴァーの足の下を行進する小人というスペクタクル性に注目したのに対し、本田の挿絵では読者の子どもたちと同じ人間であるガリヴァーの興味や関心を優先し描いている点、かなり画期的である。

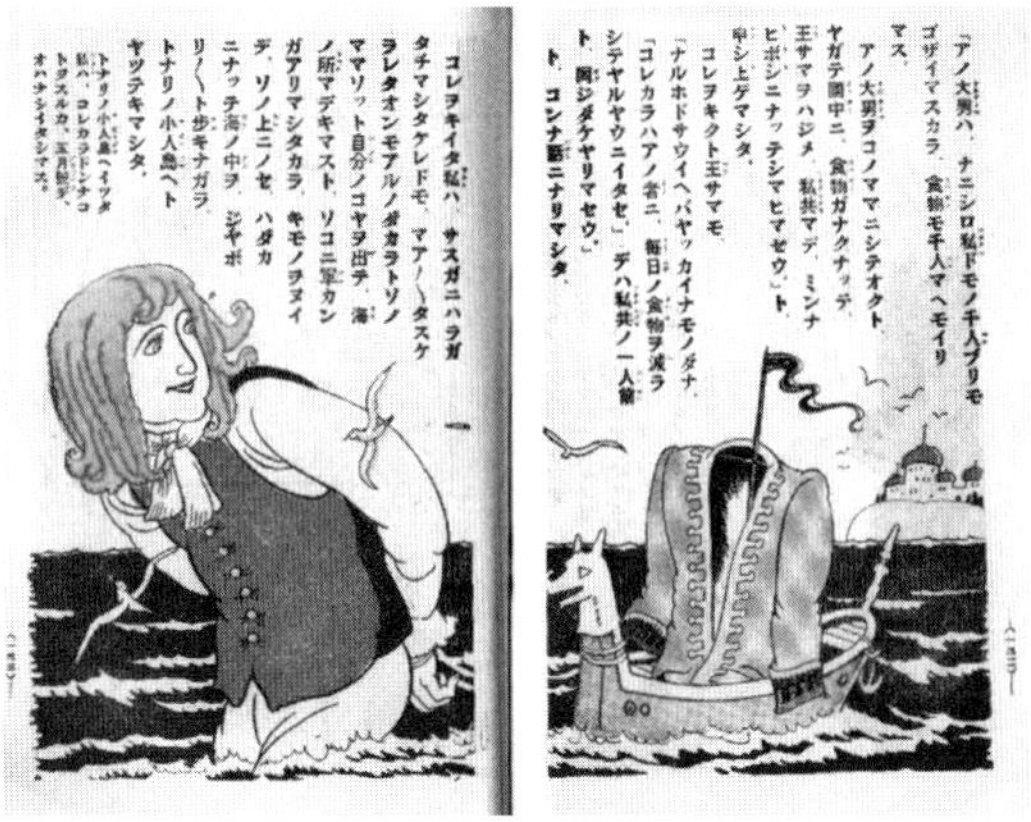

図版22　本田庄太郎

さらに、隣の小人国の軍艦を捕獲する場面（図版21）でも、人形のように小さい小人が船の上で慌てふためく背後で、右手を軽く上げてあいさつするガリヴァーの茶目っ気がみられる。また、小人島から隣の国に逃れる場面（図版22）でも、従来の挿絵では、脱ぎ捨てられた上着は船の上に置かれているが、本田の挿絵では、マストに上着がかけられ、まるで後ろから見るともうひとり巨人が従っているかのようにみえる、工夫とウィットがみられる。また、その船の舳先の動物の顔の飾りも、喜んで彼に付き従う犬のようにもみえ、周りを飛び交うカモメもそれを歓迎し、付き従っているようなウィットとユーモアに満ちている。

しかし、残念ながら、彼の特徴である色彩の豊かさと透明感はあまり顕著ではない。おそらく、同時代の高踏的な絵雑誌である『コドモノクニ』や表紙絵口絵のような多色刷りの印刷技術を駆使していなかったためであろう。

以上、本田庄太郎の『ガリヴァー』図像は、その「かわいさ」「擬人化」「ウィットとユーモア」に特徴があった。『幼年倶楽部』には、すでに漫画などが掲載されているが、本田の「小人島」「大人國」は、時代的に、昭和初期から戦後にかけて盛んになる『ガリヴァー』の絵本や漫画(70)などに通じる、エポックメイキングな作品のひとつと考えられるのである。

村岡花子文・井上たけし絵「小人トガリバー」

『少年倶楽部』第六巻第六号掲載の「小人トガリバー」は、五ページにしか満たない小品である。また、物語はスウィフト原作の第一渡航記のリリパット国でのガリヴァーの身体検査の場面から着想を得た再話であり、クイズである。

本文には、原作者の名前も明記されていないが、『ガリヴァー』に関しては、すでに多くの翻訳や翻案が出版されていたことから、読者の幼児は「あああのガリヴァーだ」とすぐに思い浮かべたはずである。また、先の『幼年倶楽部』掲載の巌谷の文章には、ガリヴァーの所持品を調べる場面もあり、そこで、このクイズの答えのひとつである「時計」にもふれられている。

作者、村岡花子(一八八三―一九六八)はこの時期すでに翻訳家・児童文学作家として著名であった。ここでは、ごく簡単に村岡の略歴についてふれてみたい。彼女は山梨県甲府市生まれ。東洋英和女学校高等科を卒業。

山梨英和女学校で英語を教えた後、女性や子ども向け雑誌の編集者となり、結婚後、創作や英語児童文学の翻訳に従事する。一九二七年、マーク・トウェインの『王子と乞食』を翻訳、一九三二年から一〇年間、ラジオの「コドモの新聞」の放送を担当。戦後は、『赤毛のアン』などの少女が主人公の小説を数多く翻訳する。「小人トガリバー」を執筆した一九三一年頃は、児童文学作品の翻訳紹介に本格的に従事しはじめる時期にあたる。

村岡花子の作品の特徴は、その流れるような文章の読みやすさ、語りのリズム感にある。文字はカタカナ表記で、漢字数も少なく、わかちがきで書かれている。また、幼い子どもがとりわけ好む擬音語（「ポーン」や「チックタック　チックタック」）、擬態語（「エッチラ　オッチラ」）、さらに、繰り返し（「サスリサスリ」）など、先にふれた文章のリズム感とあいまって、幼い子どもが、読むだけではなく、聞いても楽しめる作品となっている。(71)

内容は、先に言及したように、ガリヴァーの身体検査のエピソードを彼女なりに脚色した再話である。ハンカチと時計を推測させる趣向のため、スウィフト原作にも記述されていないエピソードが加えられている。

まず、ハンカチに関しては、「大キナ　シロイ　キレ」と説明されるが、あらたなエピソードを加える。

ガリバー　ハ　ソノ　シロイ　キレ　デ　イキナリ　ハナ　ヲ　カミマシタ。ソノヒヤウシニ　コビトノ　ケライ　二人　ハ、ポーン　ト　フキトバサレテ、オヘヤ　ノ　スミッコ　ヘ　コロガッテ　ユキマシタ。

（村岡 6–6: 51–52）

イギリスでは、ハンカチで鼻をかむのは普通であるが、現代の日本ではそのような習慣はない。はたして、昭和初期にはそのような習慣があり、このように説明したのか、それとも、村岡が外国人のガリヴァーだから、ハンカチで鼻をかむのは普通だと考えて付け加えたのか、少し不可解である。しかし、ハンカチで鼻をかむという方法は別にして、大きなガリヴァーの鼻息で、小人の家来が吹き飛ばされたという出来事は、子どもを驚かせ面白がらせ楽しませたに違いない。

また、時計に関しては、子どもにぴったりなヒントを出す。

……ガリバー　ハ　ソノ　マルイモノ　ノ　上デ　ウゴイテ　ヰル　ハリヲ　ミセテ、「モウ　オヒル　ノ　ゴハン　ノ　ジカンダ　ト　イッテヰルヨ。」ト　イヒマシタ。　（花岡 6-6：53）

授業の時間ではなく、お昼のご飯の時間と聞けば、時間と仲良くすればすぐにお昼になると聞いたアリスでなくても、大喜びだろう。「チックタック　チックタック」という擬音語とともに、子どもの心に響く文だといえよう。こうした小さな作品でも、子ども、特により幼い子どもの気持ちに沿うように書かれた再話であるといえよう。

要するに、村岡花子の「小人トガリバー」は、翻訳とは呼べないが、比較的よく知られた『ガリヴァー』のエピソードを少し脚色し、幼い子どもが興味をもつようなクイズ形式のお話に仕立て上げたというのが、実状であろう。ただ、後年『アン』シリーズの翻訳で脚光を浴びる村岡の、子どもの心に響く文章作り――日本語としてのわかりやすさ、さらに擬音語や擬態語、言葉の繰り返しにより、生まれる日本語のリズム感など――には、みるべきものが大いにある。

「小人トガリバー」の挿絵画家井上たけし

「小人トガリバー」の挿絵画家井上たけしは、この時代に活躍した童画家として、あるいは児童文学雑誌に作品が掲載された画家としては、一般にあまりよく知られていない。『幼年倶楽部』の兄弟誌『少年倶楽部』に挿絵が掲載されているが、あまり多い枚数ではない。そのため、ここでは、彼の「小人トガリバー」の挿絵についてのみ、論じていきたい。

まず、井上たけしの「小人トガリバー」は、ある程度力のある画家が、まじめに描いた挿絵のようにみえる。しかし、たとえば、ガリヴァーの顔や表情に一貫性がなく、服装や髪型は同じでも、同一人物とは思えないような難点もみえる。しかし、見開き二ページにわたる、文字と挿絵が一体となった紙面のなかで、挿絵を斜に配する構図など、興味深い。一枚目は、くしゃみをする寸前かあるいは、くしゃみをした後かわかりにくいが、鼻に手をやるガリヴァーの足元の床には、ハンカチと思われる白い布の四方をもった小人がおり、左手には、吹き飛ばされた二人の小人が床に転がる（図版23）。

図版23　井上たけし

右手のガリヴァーの上半身から、ハンカチ、さらに、左手の吹き飛ばされた小人まで、視点を右から左に移せば、話の流れがわかるような仕組みであり、興味深い。もちろん、残念ながら、物語の内容とはいささか異なっている。というのも、原文では、次のように描写されている。

コビト　ノ　クニ　ノ　王サマ　ハ、二人　ノ　ケライニ　イヒツケテ、ガリバー　ノ　ポケット　ノ
ナカ　ヲ　シラベサセマシタ。

図版 24　井上たけし

図版 25　井上たけし

一ツ　ノ　ポケット　カラ　大キナ　シロイ　キレ　ガ　デ
テ　キマシタ。ソレハ　王サマ　ノ　ゴテン　ノ　オザシキ
イッパイニ、ヒロガリサウナ　大キナ　キレ　デシタ。
ガリバー　ハ　ソノ　シロイ　キレ　デ　イキナリ　ハナ
ヲ　カミマシタ。ソノヒヤウシニ　コビト　ノ　ケライ　二人
ハ、ポーン　ト　フキトバサレテ、オヘヤ　ノ　スミッコ
ヘ　コロガッテ　ユキマシタ。
（51–52）

つまり、小人たちが調べたハンカチが、御殿いっぱいに広げられそうな大きさとの記述はあるが、実際、小人たちはハンカチを広げたかなど明白ではない。むろん、本文の記述とはいささか齟齬があるかもしれないが、画面の右手から左手に文字を読むと同時に、もっと幼い子どもたちは、絵を見るだけで話の推移がわかる仕掛けである。

また、時計を持ったガリヴァーの挿絵（図版24）では、左手の時計を持って座るガリヴァーから右手に画面を斜交いに横切った梯子がかかっている。その梯子を小人たちが急いで右手の王様のところに走ってお昼を知らせにくる構図である。しかし、お昼だと知らされた小人が、びっくりして梯子を滑り下りる方向は、先のハンカチ

とは逆方向で、物語の展開とは逆方向となる。代わりに次のページでは、注進に及ぶ小人一人と王様がクローズアップで描写されている（図版25）。昼食の時間だと聞いて、ガリヴァーの膝にかかった梯子を滑り降り王様に知らせる必要があるのか、時計の存在を知らせようとしているのか文章的には少し不可解であるが、この左右非対称の構図自体は面白い。

しかし、井上の挿絵は、本田庄太郎の『ガリヴァー』挿絵にみられたような、子どもを楽しませるユーモアも、子どもが興味を抱くようなかわいさもなく、絵自体が真面目ではあるが、幼児のための絵としては、凡庸な印象を受ける。それが、おそらく、井上たけしの絵が、本田や初山、岡本のように同時代の児童雑誌にあまり多く掲載されなかった理由かもしれない。

まとめ

以上、『幼年倶楽部』に掲載された、二種の『ガリヴァー』について論じてきた。巌谷の翻訳は、明治の翻案に比べ、時代と子どもの年齢の変化に合わせた修正を加えていた。また、挿絵は、まったく傾向の異なる童画系の本田が担当したため、昭和初期の子ども、幼い幼児にアピールするようなさまざまな工夫が凝らされていて、興味深い。

村岡花子の文は、小品ながらも児童文学者らしい子ども受けをする文章の妙味が随所にみられる。そこに添えられた井上たけしの挿絵は、色鮮やかな画面や画面構成の工夫にもかかわらず、子どもの心に直接訴えかけるような要素が、やや欠如しているうえに、作品としても比較的凡庸な挿絵に終始していた。しかし、すでに戦争の影や教訓主義的な雰囲気が日本の児童文学に影を落としつつある時代、幼児のための『ガリヴァー』邦訳絵本が、『幼年倶楽部』で出版された意味は大きいといえよう。

七・二　初山滋のもう一冊の『ガリヴァー』挿絵（一九二九年）——初山滋とラッカム

先に論じた『少年少女譚海』掲載の初山滋の『ガリヴァー』挿絵以外に、もう一冊彼が同じ『ガリヴァー』を描いた図像がある。それは、一九二九年「研究社譯註叢書」として出版された対訳本『ガリヴァの旅行記』で、清水繁の訳注に初山が挿絵を添えている。

「研究社譯註叢書」における初山滋の挿絵については、拙著『表象のアリス——テキストと図像に見る日本とイギリス』で論じた（2015: 149–173）ので、本書では詳しい言及は避けるが、初山は一九二〇年代から一九三〇年代にかけて出版された「研究社譯註叢書」のほとんどに口絵や挿絵を描いた。この『ガリヴァの旅行記』は、先に論じた最初の初山の『ガリヴァー』挿絵が掲載されている『少年少女譚海』の九年後に出版された。『少年少女譚海』掲載の初山の挿絵がウィリー・ポガーニーから発想を得たことについてはすでに言及したが、この「研究社譯註叢書」の挿絵のほうは、アーサー・ラッカムからの影響が考えられる。

アーサー・ラッカムは数ある『ガリヴァー』画家のなかでも卓越した画家のひとりである。彼の『ガリヴァー』挿絵としては、一二枚のカラー挿絵が収録された一九〇九年版が有名であるが、同書は図像としても洗練され、審美的にも満足させるものである。ラッカムはスウィフトの風刺のまじめな要素とおかしみを描出した秀逸な画家のひとり（セナ 1990: 122）と評価されている。細密なペンの描線とその上を半透明の水彩で彩色した挿絵にみる確かなデッサン力と色彩感覚とテキスト解釈力から判断し、ラッカムは卓抜な挿絵画家と呼ぶにふさわしいといえよう。

一方、初山滋は先に述べたように、この譯注叢書で再び同じ『ガリヴァー』挿絵に挑戦することになる。瀬田貞二は、「この『訳註叢書』の挿絵をこなしたことが、初山の挿絵概念をひろげたにちがいない」（1985：353）と評する。いわば、この時代は、彼が画家としてさまざまな東西の名作に挿絵を描くことに没頭していた時期であり、こうした試行錯誤のなかに、戦後、児童画や版画でさらなる活躍をすることになる初山の独自性が粗削りなまま垣間みられる。この対訳本のなかで、彼はカラー口絵を一枚、その他白黒（原画は一部彩色）を四枚描いている。

先に述べたように、初山の『ガリヴァー』挿絵はラッカムの挿絵の影響を受けている。初山が描いた五枚のうち、四場面がラッカムの場面選択とほぼ同一であり、従来描かれた他の画家の『ガリヴァー』の構図と比較しても、一二枚に過ぎないラッカム画との類似頻度は高いと考えられる。「研究社譯註叢書」に掲載される予定であった『不思議の国のアリス』の挿絵が、ジョン・テニエルの原画を参考にしたように(72)、ラッカムの原画を参考にしたと考えられる。

図版 26　アーサー・ラッカム

具体的にみれば、ラッカムの一九〇九年版はグレーの表紙にリリパット国王を手のひらに載せたガリヴァーの横顔が金で刻印されている（図版26）が、これは初山のリリパット国の住民を手のひらにのせた『譚海』の挿絵（図版27）と譯註叢書の挿絵（図版28）と場面選択、構図とも共通している。研究社版ではガリヴァーが王様を手のひらに載せたという記述をテキストから削除したために、代わりに彼にいたずらをしたリリパット人を手のひらに載せた類

図版 27　初山滋

図版 28　初山滋

似の構図に変えたとも推測することができる。デイヴィッド・S・レンフェストが、「一七二七年から一九一四年に出版された挿絵版『ガリヴァー旅行記』目録」において、この場面を選択した画家はラッカム以来わずか二名しかなかったと記していることから判断して、初山がこのラッカム版を参考にした可能性は高いと考えられる。

さらに、初山のカラー口絵（図版29）はガリヴァーの開いた足の下をリリパットの軍隊が行進している場面だが、描写のアングルがラッカムの場合（図版30）はいくぶん斜めから描かれているものの、ガリヴァーの姿勢、服装は類似している。むろん、初山の衛兵はより簡潔・抽象化され、旗には〝MADE IN JAPAN〟の文字が記され、また左右に馬と兵隊が模様のように描きこまれているが、これはラッカムの原画の左右に同様の衛兵と軍馬が描写されているところからアイデアをえて、これを初山風に抽象化させ図案化させたと推測できる。

二人の挿絵の特徴を比較すると、ラッカムのは細密な描写と透明感のあるセピア色の色調に特徴があるのに対し、初山の絵は岩絵の具で描かれ、濃紺のバックに原色に近い赤やグリーンをアクセントに利かせた現代的な色彩、いっきに引かれた迷いのない美しい細い線と太い線のコントラスト、意匠的な構図と大胆な画面構成、甘美な表現を特徴としている。しかしながら、初山がスウィフトが原作にこめた風刺性をラッカムのようにじゅうぶんに視覚化できずにおわったのは、彼の人間の深みに踏み込まぬ意匠性によるだけではなく、もともとテキスト自体から風刺的要素の強い箇所や第三・第四渡航記が省略されていることに起因する。そのためスウィフト本来の風刺性が、初山の挿絵に反映されずに終わらざるをえなかったことは残念だが、原作のおかし さ滑稽さはじゅうぶんに再現されているといえる。

さらに、初山はラッカムと同じように、テキストを一部再解釈し再構成している。麦畑でブロブディンナグ人に追われて逃げるガリヴァーを見下ろすかのような上部からの視点、さらに彼の両サイドに縦に塗られた影が、スウィフトのテキストには描写されていないガリヴァーを威圧する巨人の両足とそれを見上げる彼の驚愕を暗示

GULLIVER'S TRAVELS
図版29　初山滋

THE EMPEROR OF LILLIPUT REVIEWS HIS TROOPS
図版30　アーサー・ラッカム

する（図版31）。

初山滋は、小川未明の童話を何度も描いたことに対して、『聞き書　日本児童出版美術史』で次のように述懐する。

話がそれたが、『未明童話集』に戻ると、あのなかの「赤い蠟燭と人魚」や「牛女」なんかの童話だね。あのときは精いっぱいに描いたし、その後も何度か描かされたが、今になると、もう描けない。どう描いていいかわからないから、手も足も出ないんだな。年を取って、小川さんの童話にたいする解釈が変わってきたということもあるだろう。――が、所詮、ひとつの童話にたいしてひとりの童画家が描ける童画は一枚なんで、それを何回も描かせたり、また、のめのめと引き受けて描いたりしたことが、まあ、間違っていたんだねえ！

（上 1974：95）

図版 31　初山滋

この初山のいくぶん自虐的で謙虚な述懐にもかかわらず、むろん、彼の『ガリヴァー』図像は素晴らしい。にもかかわらず、そこには本人のみが知るある種の真実もある。確かに、『少年少女譚海』掲載の「小人島奇譚」や「大人國奇譚」に比較して、この「研究社譯註叢書」の挿絵は、版のサイズや、カラー口絵の枚数などの点で、彼が本領を発揮できなかった要素もあるにはあるが、やはり最初の版にみられたような燃えるような好奇心と新奇な挿絵を創作したいという熱意より、少し、小手先の作品という印象が否めないかもしれない。

にもかかわらず、ヨーロッパにおけるような定型化した先行するイメージの少ない当時の日本において、ポガーニーとラッカムから着想を受けた初山滋の二種の『ガリヴァー』図像は、幾分かの甘さをもちつつも、その多彩な色彩、大胆な画面構成、そして線や色を大胆に変幻させる想像力ともとのテキストへの解釈力において、大正から昭和初期の日本の挿絵のなかで、群を抜いていた作品のひとつと考えられる。

七・三　大正末から昭和初期にかけての『ガリヴァー』表紙と外函

すでに先の章で論じた『ガリヴァー旅行記』邦訳に添えられた挿絵以外にも、画家名不明ではあるが西洋の物まねではない、興味深い挿絵がいくつかみられる。そのほとんどは、表紙や外函にカラーで印刷されている。ここでは、簡単な紹介を兼ね、人目につかずひっそりと埋もれた邦訳に添えられた興味深い『ガリヴァー』図像をいくつか紹介しておきたい。

中村祥一譯『ガリヴァ旅行記』(一九一九年)

まず、最初に紹介するのは、大正八年九月二〇日、東京の國民書院から出版された、中村祥一訳の『ガリヴァ旅行記』の外函に印刷された挿絵(図版32)である。本文には口絵も挿絵も添えられていないが、この函の挿絵は、一部変色したりシミがついたりと保存状態があまりよくないが、それでも色彩と構図は大胆で鮮烈である。色彩は、オークルを背景に、黒とオレンジの濃淡と青のコントラストの三色刷り。構図は、大きなガリヴァーが、リリパット国の騎馬の兵士に近づき手で触れようとして驚かす、大と小のコントラストが鮮やかな作品であ

図版32　中村祥一訳『ガリヴァ旅行記』外函

る。構図は、先に論じた、本田庄太郎や岡本帰一の構図に似ているが、かなり異なる点も多い。

とりわけ、青と錆朱を効果的に使った色彩構成は、独特であり洗練された色使いである。また、プロフィールで描かれたガリヴァーは、青い目で好奇心旺盛に、小さな騎馬兵に手を伸ばす。そのガリヴァーのクローズアップされた上半身と、驚きに身を後ろにそらす騎馬兵との大小のコントラストは、騎馬兵を一騎に限定することによって、その驚愕がより効果的に描き出されることとなる。また、描線も簡潔化され、平面描写に徹することにより、物語のコンテキストを直截に伝え、大人の読者も子どもの読者をも魅了する、外函となっている。画家はわからないが、腕のある洋画系の画家による作品かもしれない。

池田永治装幀『ガリバー旅行記』（一九二五年）

次に取り上げたい興味深い図像は、大正一四年二月一五日、博文館の「模範童話選集３」として収録された『ガリバー旅行記』である。この書物には、画家名は記載されていないが、巻末の広告欄には、「模範童話選集　全一二冊　池田永治畫伯装幀」と明記されている。この本には口絵が四枚あるが、これは英国のゴードン・ブラウンの挿絵にきわめて似ているが、彩色の表紙と外函は、従来の日英の挿絵ではまったくみられない独創的なもので、おそらく池田英治の作と考えられる(73)。

池田永治（一八八九—一九五〇）は、京都府出身の洋画家・挿絵画家・漫画家である。丸山幸子の「池田永治の世界——花袋との出会いとその業績」から、簡単に略歴を紹介してみよう。

木版業を生業とする家に生まれた永治は、画家を夢見る少年であった。……明治四十二年十一月、前年の春に父を亡くし家督を継いだ永治は、本格的に画業を進めるためにひとり大阪から夜汽車で上京した。……明治四十三年一月、……太平洋画会の付属研究所に入り、夢の一歩を踏み出した。（1998：4）

丸山によると、その後、洋画家としては、文展に入選後、帝展、新文展、日展と、二三回の出品歴を残す。その後、太平洋美術学校の教授に任命され、挿絵・装幀画家としても活躍する。明治四五年頃から博文館発行の雑誌（『文章世界』『中学世界』『農業世界』）の挿絵や表紙、単行本の装幀を担当するようになった。その他、大正四年の東京漫画会、大正一二年の日本漫画会設立に関与し、大正期から昭和初期における漫画全盛時代の一翼を担ったという。また、俳漫画の連載も、『読売サンデー漫画』などで行ったという（丸山 1998：4–5）。

池田の『ガリバー旅行記』の表紙には、大人国の貴婦人と思われる女性がガリヴァーを掌に乗せ、裏表紙は彼女が立っている庭園と木立が意匠的に描かれている。さらに、背表紙の下には、ガリヴァーと思われる小さな人物を抱いた猿が描かれる（図版33）。いずれも、大人国でのエピソードを、あらたに描き起こした図像であり、興味深い。また、表紙や背表紙の書物の題名は金彩で刻印されかなり豪華なつくりである。巻末の広告に「製本

図版 33　『ガリバー旅行記』表紙・背・裏表紙

背クロース、金文字入南京綴表紙鳥の子紙極彩色八度刷石版三色刷箱入美本」とあるように、表紙絵は上質な鳥の子紙に多色刷りを施し、かなり微妙な色彩を再現した意欲作である。

ただ、表紙の小さなガリヴァーを手に取っている人物が、誰なのか、少しわかりにくい。というのも、王妃だと想像すると、その背景の庭の情景は、テキストの内容と齟齬がある。邦訳では、「御殿の廣間の卓子の上で」（1925：212）得意の芸当を披露したガリヴァーを気に入った王妃が、主人から金貨一枚で買い取り、「ガリバーをお手に取られ、其のまゝ王様のお居間へお入りになりました」（217）、と記述されているため、王妃がお庭にいるのはおかしいことになる。一方、この貴婦人を乳母と考えると、御殿の後ろにある深い森で、一人になったとき犬にくわえられて戻ってきたガリヴァーを、乳母である娘が、「掌に受けて、又森の方へ」（252）帰る場面がある。ここから、この貴婦人を乳母と考えることもできよう。もとは農家の娘であるが、カリヴァーの依頼によって宮殿で生活できるようになった彼女が、こうした高貴な髪形や服装をするの

図版34　『ガリバー旅行記』（1934）函

は不思議ではなく、容姿なども若々しい。そういう意味では、乳母が貴婦人のいでたちで、ガリヴァーを掌に受けて庭園でたたずむという、この構図はほとんどの日英の挿絵では描かれてこなかった珍しい場面とも考えられる。

また、場面だけではなく、その描写も興味深い。まず、この女性の表情は人形のようである。顔の描写は、引眼に、点描の鼻とおちょぼ口、表情は、あまり陰影がなく、単純化されている点など、後に漫画家として活躍した池田の片鱗が窺われる。しかし、彼の挿絵の特徴は、なによりも、微妙な色彩の美しさであり、対象の意匠化であろう。まず、娘の顔だけではなく、髪形も衣装も、ポーズさえもかなりデザイン化され、その最たるものは、幾何学的に刈り込まれた庭の木々であり、小石あるいは花が点々と散らばる灰色の地面の描写とその傾斜であろう。また、色彩に関していうと、背景は鶯色あるいは若草色。一方、女性のドレスとガリヴァーの服は、柿色と茜色のコンビネーション、さらに靴と髪の毛は黄色と辛子色、そして、木々は青の濃淡から赤紫へのグラデーション。裏表紙の下には、出版社名が刻印されている。全体の色彩色調の調和といい、微妙な色使いの落ち着いた品のある表紙となっている。

半面、外函はまったく雰囲気が異なった赤と緑の目立った三色使いで、描写ももっと漫画化された子ども向きである（図版34）。表の外函には、ガリヴァーの図像でよくみられる帽子にジャケットを着たガリヴァーが左手を腰に当てて立つ。背後の建物や船と比較するとガリヴァーの身体が大きいように思われるのでこれはリリパット国の挿絵かと思うと、背から裏函に至る部分に描かれた花はとても大きく描かれ、また背後の建物は遠景に描かれているのかとても小さく描写されている。実寸上の正確さよりも、建物や人物を誇張しているのであろう。ガリヴァーの顔もさらに漫画的になり、色彩とともに子どもの目を引く外函となっている。これも、漫画で活躍した池田の面目躍如というところだろうか。

丸山幸子は、「永治の挿絵の特徴は、太い線で描き、社会を凝視して何ものをも見逃さない厳しい視線を持ちながらもユーモアを持っている点にある」（1998: 4）と論じているが、一気呵成にひく太い線描やユーモアのセンスは十分感じとれるが、残念ながら、社会に対する鋭い風刺的視線が、この装幀からは感じられないのは、児童用の読み物の装幀としては、当然といえるかもしれない。

小西重直・石井蓉年撰『ガリバー旅行記』（一九三四年）

この訳書は、木村書店から一九四三年に出版されたが、筆者の所持している一九三五年版の再版には、松菱多津男の書誌には明記されている、はしがきがない。そのために、松菱の書誌に記載されている装丁者である平賀晟豪の記載は、この再版にはない。しかし、表紙と函の挿絵は同じなので、以下、これを平賀晟豪の装丁として、論じていく。

表函（図版35）ではピノキオのような木造の人形風のガリヴァーが、目の前に広げた手のひらに乗りガリヴァ

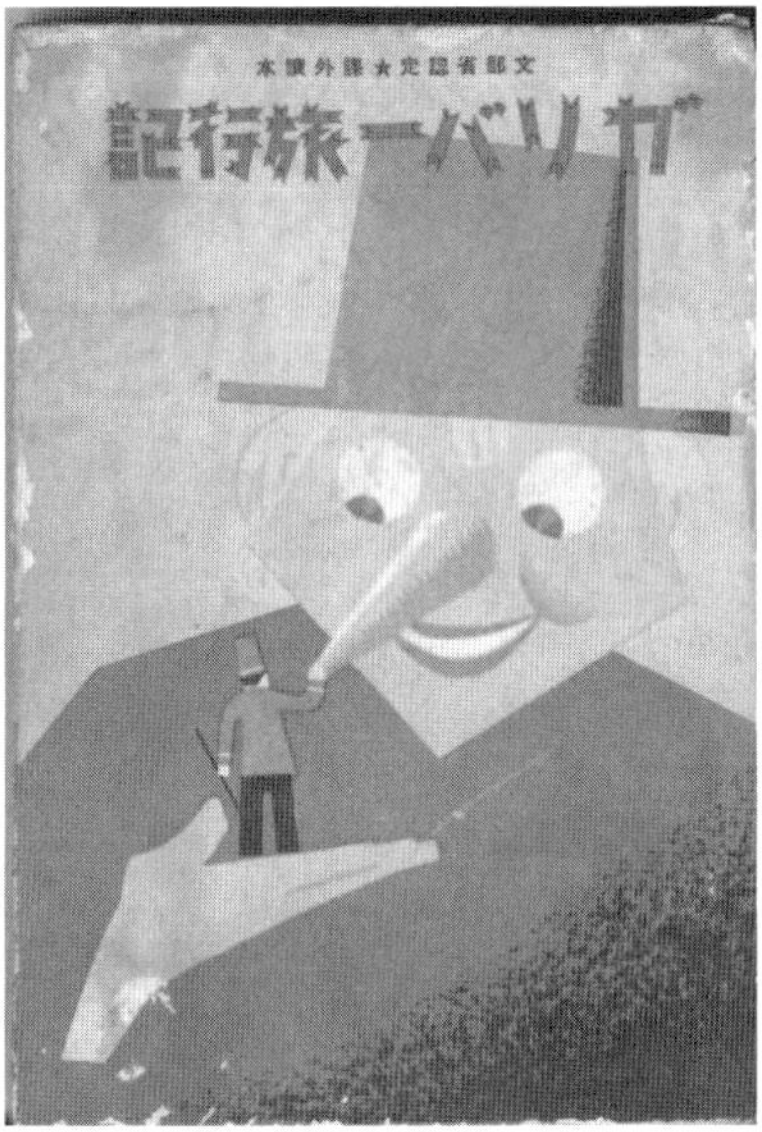

図版35 『ガリバー旅行記』（1934）

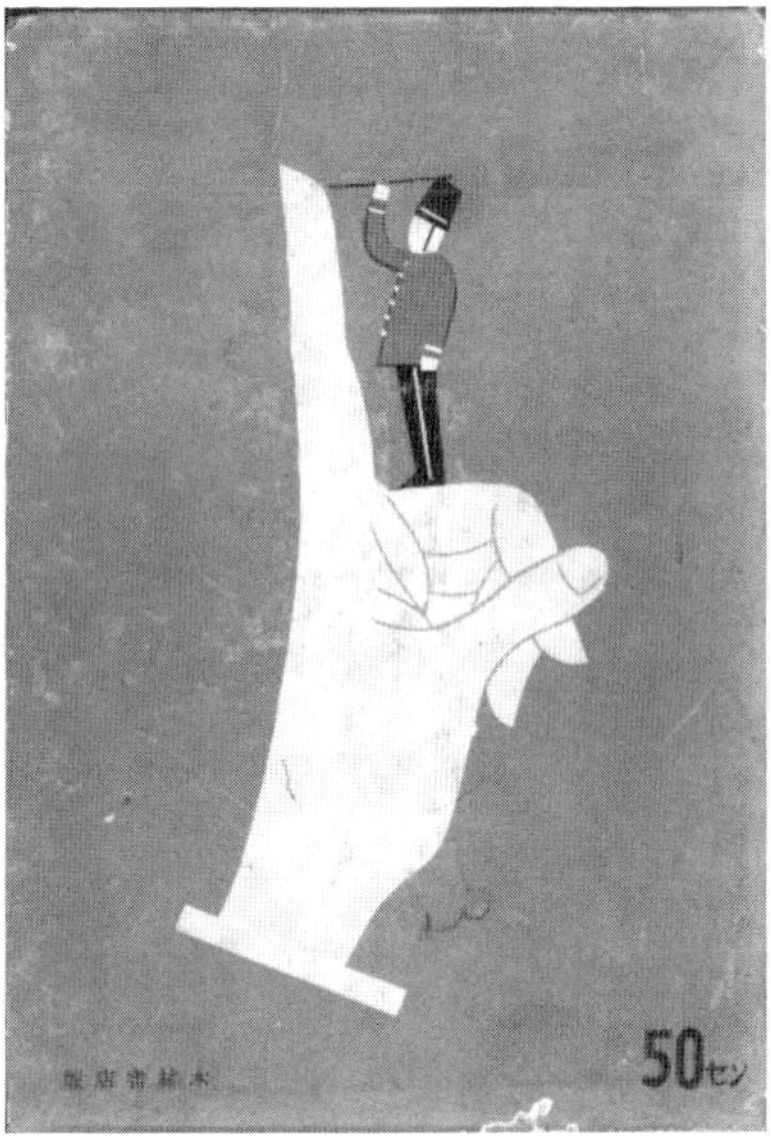

図版36 『ガリバー旅行記』（1934）

ーの飛び出た円錐形の鼻を手でさわっている兵隊を、みつめる。表情はコミカルで、従来のガリヴァーとはまったく異なった風貌服装であるが、意匠化された描線も現在風でわかりやすい。裏函（図版36）はオレンジを背景に、ガリヴァーの大きな片手と小さな兵士だけがクローズアップされる。兵士は、人差し指を立てた大きなガリヴァーの左手の指の上に立ち、ガリヴァーの人差し指の先を剣で検分している。いずれの兵士も、衣服や帽子の色彩は異なるものの、西洋の衛兵が被るような帽子と制服を身に着け、人目を惹くオレンジ色とブルーの二色が効果的に使われている。この表紙は、色彩もシンプルで、わかりやすいデザインである。構図も図案化されたガリヴァーの顔と手の一部がクローズアップで描かれ、小人の兵士も、中村祥一訳の図像のように、それぞれひとりに限定することにより、ガリヴァーとの大小の対比を誇張的に描き、物語の内容が一目でわかりやすいデザインとなっている。

巻末の広告によると、同書は「少年少女課外讀本」シリーズとして刊行した二〇巻のなかの第一〇巻にあたり、同シリーズには二〇巻に幼年小学生用の「カナガリバー」があるとのことであるが、現時点では、残念ながら、その邦訳も挿絵も確認できずにいる。

七・四　西条八十文・吉邨二郎絵『ガリバア旅行記　小人島物語』（一九三八年）

講談社の『世界お伽噺』

昭和一三（一九三八）年一月、講談社から出版された絵本、西条八十文・吉邨二郎絵『ガリバア旅行記　小人島物語』は、『世界お伽噺』叢書の一冊である。明治期の巌谷小波の「小人島」の本文には白黒挿絵が挿入されているが、挿絵のないページも多く、絵本とはいいがたい。一方、この吉邨二郎の絵本は、雑誌ではなく単行本絵本としては初めて出版された『ガリヴァー旅行記』抄訳として注目される。

上笙一郎は、講談社の絵本(74)の意義を次のように概説している。

「講談社の絵本」は、絵雑誌中心であった日本の絵本界にはじめて単行本形式の物語絵本を持ちこんだこと、および令名ある画家に執筆を依頼して絵本の美術的水準を一挙に高めたことでは日本絵本史に一期を画したのだけれど、それとともにいまひとつ、いわゆる赤本絵本をレベル＝アップして行く契機ともなったのであった。大日本雄弁会講談社という近代と封建時代との混交した名を持った出版社のこの絵本叢書がなかったならば、日本の赤本絵本――近代日本における圧倒的多数の幼児たちの手に取るべく社会経済的に運命づけられた絵本類は、なお長きにわたって低迷をつづけていたにちがいない。その意味で「講談社の絵本」

叢書は、どうしても、日本絵本史の昭和十年代におけるひとつのメルクマールだと言わなくてはならないのである。（上 1980：343）

上が論じるように、『ガリバア旅行記　小人島物語』も、著名な著者である西条八十が文を、また、吉邨二郎が絵を担当している。戦前に出版された絵本としては、紙や印刷など、かなり優れた品質であり、本文五五ページと表紙と内表紙すべてがカラー挿絵である。従来出版された単行本や雑誌の挿絵の多くが、外国の挿絵の模倣であり、たとえ、独創的な日本の挿絵である場合でも、多くが白黒の挿絵で、カラー口絵や表紙は数葉しかない場合も多かったことを考え合わせると、上が述べるようにこの講談社版は、かなり画期的な『ガリヴァー』図像であったといえよう。

吉邨二郎絵『ガリバア旅行記　小人島物語』挿絵

吉邨二郎（一八九九―一九四二年）は、長崎に生まれ、東京美術学校図案科を卒業した、洋画家であり挿絵画家である。この『ガリバア旅行記・小人島物語』巻頭に掲載されている安倍季男の「『世界お伽噺』を推奨す」という文に、吉邨二郎の絵に対するコメントが書かれている。

繪は吉邨二郎氏の傑作だ。吉邨氏は童畫界の權威者で一點一劃をも苟くもせざる氏の努力苦心の跡は、巻中至る所に珠玉の光を放つて居る。……『ガリバア旅行記』は自己の想像力を驅使して、現實の自己以外に、新しき自己を創造し、假象の世界に没入することを好む想像馳騁期の兒童に最も喜ばれる作品で、現實世界を超越したかうした想像の世界が、どれだけその時代の子供の魂の成長を助けるかは喋々するまでもない。

つまり童画界の重鎮である吉邨二郎の挿絵は、細部に至るまで誠心誠意描いた絵画であるだけではなく、子どもたちの想像力を培うものだと述べている。

具体的に、彼の挿絵をみると、色彩、風景、人物描写においても、従来の挿絵に比べ、戦争後に出版された挿絵のように、現代的で洗練されている。描写は、講談社の編集方針を踏襲しているためか、比較的写実的な描写が多く、従来の『ガリヴァー』図像と比較すると、明治の筒井年峰のような、描線を簡略化し対象を二次元的に表象する作品とも、また、初山滋のような対象を自由な発想で抽象化しイメージ化する作品とも違い、対象をかなり具象的・写実的に描く点、岡本帰一の挿絵の写実的で真面目な作風を彷彿させる。

色彩も、中間色や微妙な色彩を組み合わせるのではなく、読者の目にまっすぐ飛び込んでくる鮮やかな原色を多用する。対象が画面から浮き出て見えるように、背景は、補色や淡い黄色や水色のグラデーションや青黒橙などの単色で統一する。半面、前面の対象は、はっきりとした鮮やかな色彩で描く。たとえば、ガリヴァーの服装――上着は赤から錆朱、半ズボンは青、フリルのついたシャツと靴下は白――は、（もちろん場面により一部色調を変えてはいるが）血色のいいピンクっぽい肌の色と、波打つ長いアッシュブラウンの髪の毛に、よくマッチしている。

図版37　吉邨二郎

また、構図は従来の挿絵を踏襲していることが多いが、背景の景色などかなり独自に考えたものだ。先に色彩

図版38　吉邨二郎

について述べたガリヴァーの衣装は、こうした異国での不便な生活にもかかわらず、いずれも新品に近い状態に描かれ、白いシャツのフリルやカラーなどもいつもパリッとしているうえに、彼の容姿は青い目にウェーブのかかった長い髪、頬と唇は赤く、ハリウッドの映画スターのように整った顔立ちに、スタイルの良さなど、子どもたちがあこがれる西洋の男性として描かれている。ただ、夢見るようなまなざし、ポーズをとったような肢体や指先など、少し大衆好みの風貌立ち振る舞いとも考えられる。これも講談社の大衆路線の一端なのだろうか（図版37）。

しかし、美しい色彩で再現された二ページ見開きの挿絵のなかでも、目を引くのは背景の自然や建物などの描写である。とりわけ魅力的であり独創的なのは、海などの自然描写である。たとえば、小人島の隣の小人島から攻めてきた軍艦を描く場面は、従来の挿絵にはあまり描かれていない構図であり、また、吉邨二郎の他の挿絵とは異なった美しい中間色で統一されているので、ここで具体的に論じてみたい（図版38）。

二ページ見開きいっぱいに入り江のようなグレーホワイトに輝く海面が描かれ、その周りにはパープルグレーに統一された陸地と紫の屋根のある塔のような建物が海岸の随所に配される。そのなかを、白い帆船の船団が、次々と手前のほうに、帆先を進めている。その数は、画面にみえるだけでも、大小合わせて少なくとも一六隻はみえる。しかし、この挿絵には、人物は描かれていない。ただ、グレーがかった海面を上から下へと差し込む太陽の光を浴びた白い光の筋と、白い帆船、そして、対照的な、入江を取り囲む青紫がかった陸地の深々とした静寂のみである。グレーと白さらに青紫とグレーの微妙な配色は美しく、さらに左手の光る海面の描写は印象的である。なにか、東山魁夷の日本画の静寂や、西洋のおとぎ話の挿絵、たとえば、ハリー・クラークのミステリアスで深みのある色彩を思い起こさせる。講談社版のほかの挿絵が子どもを対象としたわかりやすい絵であるのに比べ、この静寂のなかを静かに帆を進める人影のみえない多数の帆船が、同じく人影のみえない陸地である小人島の人々に与える衝撃、いいかえれば、大群によるこの襲撃のインパクトと驚愕を、人の姿ひとつ描かずに静かに表象する、興味深い一枚といえよう。

七・五　まとめ

大正末から昭和初期にかけて出版された『ガリヴァー』邦訳を、図像を中心にその流れを追ってきた。幼年雑誌『幼年倶楽部』に掲載された巌谷小波の翻案と本田庄太郎の挿絵や、村岡花子文・井上たけし絵のガリヴァー・エピソードに起因するクイズなどをみると、この時代、ガリヴァーが児童だけではなくもう少し年下の幼年の子どもにまで、知られ楽しまれたことがわかる。この絵雑誌としての『ガリヴァー』の潮流は、その後、講談社の絵本に引き継がれ、西条八十文・吉邨二郎絵『ガリバア旅行記　小人島物語』として結実する。とりわけ吉邨の挿絵は、戦後のよりいっそう一般に流通することになる絵雑誌を予兆するような、モダンさと華やかな色彩、少し大衆的な描写を彷彿させ、また、絵画としての質も高い。一方、有名無名の画家が制作した箱や表紙の装丁などにも、かなり力の入ったものもあり、明治期には西洋画家の模倣に近かった作品が、大正期の初山や清水たち童画系の画家の尽力により、よりいっそう、子どもの心に直截に訴える図版が増え、大正末から昭和初期に至って幼い読者である幼年雑誌や絵雑誌に掲載されることになり、『ガリヴァー』が幼年の読者にも受け入れられるようなった。半面、挿絵の役割はさらに重要になり、子どもの喜ぶかわいくわかりやすいカラー図像が多くなり、戦後の絵本や絵本雑誌の興隆につながった。残念ながら、英国を中心とした欧米の『ガリヴァー旅行記』の系譜を本書で詳しく紹介することはできなかったが、こうした潮流が、日本だけではなく英国でもみられることは、言うまでもない。

エピローグ

オリエンタリズムと「ガリヴァー」

スリニヴァス・アラヴァムーダン（Srinivas Aravamudan）は、著書『啓蒙オリエンタリズム』（*Enlightenment Orientalism*, 二〇一二年）のなかで、ジョン・トーランド（John Toland）の『ナザレヌス』（*Nazarenus*, 一七一八年）やエドワード・ギボン（Edward Gibbon）の『ローマ帝国衰亡史』（*The Decline and Fall of the Roman Empire*, 一七七六―一八八年）などの啓蒙主義のオリエント観に言及し、一八世紀のオリエンタリズムについて次のように述べる。

> このような例は、サイード的オリエンタリズムが始まる前に、多文化主義、国際主義、啓蒙主義的な変容したオリエンタリズムが少なくとも代替的な系譜として存在していたことを示唆している。
> （傍点筆者　アラヴァムーダン 2012: 3）

さらに、アラヴァムーダンは、こうした多文化的なオリエンタリズムが、反面、ヨーロッパ自身を批判する機能をも果たしたと評する。

東洋的な物語の特色は、非ヨーロッパ的な観察者であるオリエントに言及することによって、ヨーロッパの文化的慣行を非合理なものとして批判しようと試みることであった。そして、セクシュアリティ、宗教、政治についてより大規模な結論を導き出すために、ヨーロッパを東洋に、または東洋をヨーロッパに投影した。そこには、相対的にも普遍的にも文明の違いを理解しようとする強い願いが表れている。

（アラヴァムーダン 2012：5）

アラヴァムーダンの啓蒙オリエンタリズムが、西洋と東洋の文化的相違を理解しようとする架け橋をめざすとともに、西洋の非合理的な慣行を批判する重要な動きとしても機能した、とすれば、啓蒙主義の時代に執筆され、アラヴァムーダンも同書で言及している、スウィフトの『ガリヴァー旅行記』にみるオリエント表象は同じような意味合いをもっていたと考えることができる。すでに、本書で検証したように、スウィフト作品『ガリヴァー』におけるオリエント描写には、あまり否定的な意味合いはみられなかった。たとえば、第三渡航記の最初でガリヴァーを拿捕した二人の船長はオランダ人と日本人で、同じクリスチャンでありながら、日本人船長はガリヴァーにより深い温情や慈悲の気持ちを示す。一方、オランダ人船長に対する「やれやれ情けないことだ、基督教徒同士の兄弟よりも、異教徒の方によっぽど深い慈悲心があろうとは」（198）というガリヴァーの言葉も、啓蒙主義的オリエンタリズム的見地からみれば、ヨーロッパの不合理を鋭く告発しているともとれよう。

こうしたスウィフトのテキストにおける一八世紀のオリエント観が、サイード的な解釈である「オリエントを支配し再構成し威圧するための西洋の様式」（サイード：21）に変化するのが、一九世紀から二〇世紀前半に至る『ガリヴァー旅行記』図像においてであった。オリエント表象である中東・中国・日本表象のなかでも、特に中国に対する厳しい風刺的な要素がみられた『ガリヴァー』図像には、英国を中心とした植民地主義が垣間見られた。反面、フランスを中心とした日本表象には、単なるサイード的なオリエンタリズムだけでは説明のつかない、エキゾティシズムや東洋へのあこがれがみてとれた。

一方、このフランス的な『ガリヴァー』図像の神髄をさらに推し進めたのが、『アラジン』図像におけるオリエント表象であった。そこには、エキゾチックなオリエントへのあこがれや幻想、異国趣味と同時に、ジャポニズムという美術様式にまで結晶化したヨーロッパの異文化への憧憬があった。それは、探検や植民地政策だけの産物ではなく、万国博覧会やオリエント見聞記などの大規模な異文化間の交流によって西洋を魅了した文化的要素であった。

マッケンジーは『オリエンタリズム』のなかで、ジャポニズムに関し、「日本における機械化の発展と、それが日本の美術工芸へあたえる影響を、多くが危惧していた。おそらくそのために、日本を訪れた多くの「西洋の」芸術家が超時間的な空想化された日本を描くことを好んだのだろう」(1995: 132) と、述べる。さらに、「一八五一年の万博では日本の展示物は中国のセクションに展示されたが、一八六二年のロンドン万博では今や完全に中国を凌駕し、それ自体初めて注目を集め、途方もない分野の芸術家やデザイナーに多大な影響をあたえた。一八六七・一八七八・一八八九年のパリ万博、一八七六年のフィラデルフィア万博、そして一八九三年のシカゴ万博では、日本の展示物は熱狂的に受け入れられた」(1995: 124) のである。

いわば、この理想化され夢想化された日本の芸術品が西洋の人々——挿絵本に関しては一部フランスの『ガリヴァー』画家、そして、多くの欧米の『アラジン』画家——を魅了したのである。アラヴァムーダンが定義するような啓蒙オリエンタリズムに基づくスウィフトの文字テキストが、一九世紀から二〇世紀初めの英国の帝国主義的植民地政策に伴い、サイード風なオリエンタリズム的オリエント表象を生み、さらに、植民地的オリエンタリズムを文化的に補う美術様式としてのジャポニズム風オリエント表象が『アラジン』図像などで、時を同じくして創作されたのは興味深い。一八世紀から一九世紀、二〇世紀と時代を経るにしたがって、スウィフト作品と図像にみるオリエンタリズムも時代の影響を受けて推移してきたといえよう。

第二次世界大戦終結までの『ガリヴァー』邦訳

明治の『ガリヴァー』邦訳は、政治小説あるいはガリヴァーの政治的側面を重視した翻訳が多かった。たとえば、第一渡航記の初訳である片山平三郎や島尾岩太郎の邦訳などが、政治小説としての『ガリヴァー』に注目している。そして、その読者は大人が中心であったが、一部子どもの読者にもわかる翻訳であった。陶山国見は、「これらの翻訳文学のほとんどは、大人向きの本であり、児童にとってはかなりむずかしい翻訳文で、直接読むというのは特別な教育を受けた、ごく一部の児童にすぎなかった。しかし、知識欲に燃えた彼らは、手当たりしだいに読んだことも確かであった」(1983: 59) と言及し、滑川は明治初期のデフォーの『ロビンソン・クルーソー』や『イソップ』の邦訳に言及しながら、「表現面は成人向けであったが、その内容が「語り」として子どもの世界にはいりこんでいる」(1988: 191) と、子どもの読者への浸透についても言及している。

一方、ガリヴァー邦訳を論じた原昌は、「少なくとも、明治期においては、小波を別にして原作を歪めない形での抄訳、いいかえれば原作のなかのお伽噺的な要素を取り出したような訳文であった」(1991: 145) と評する。また、その後の『ガリヴァー』邦訳に関しても、「明治期における『ガリヴァー』は、寓意をもった風刺小説という本来の性格を失って、お伽噺として成立するのである。そして、こうした訳述への基本姿勢は、少なくとも大正期を経て昭和前期までの一貫した『ガリヴァー』像であった」(1991: 140) と、邦訳におけるお伽噺的側面を強調している。この点に関しては、先に言及した政治小説としての『ガリヴァー』邦訳にも関わりがあり、また、原による「お伽噺」の定義にもよるために、必ずしもほとんどの明治邦訳にその要素があるかどうかは異論の余地もあるが、明治の邦訳に関しては、全体的には、かなり原文に近い邦訳を志していたことは確かであろう。

一方、大正・昭和初期における大多数の邦訳は時代背景の影響もあろうが、比較的翻案・再話に傾いたきらいがある。児童雑誌の掲載のみならず、単行本の多くが大人用の完全翻訳ではなく、翻案・再話・抄訳であった。たとえば、松菱の書誌に掲載された大正期の単行本『ガリヴァー』邦訳二一種のうち、翻訳と明記されたものは、中村祥一の翻訳一種に過ぎない。また、昭和初期から大戦終戦の一九四五年までの五七種のうち明確な翻訳と考えられるのが中野好夫・野上豊一郎など七種、その他、学校教材あるいは対訳本と考えられるのが一一種、残りは再話あるいは抄訳と考えられる[75]。

この明治から大正昭和初期における子どもの本の世界に関し、砂田弘は「明治以降第二次大戦が終わるまでのほぼ八〇年間の子どもの本の世界は、教育勅語と帝国憲法に集約される絶対主義的国家体制にきびしく束縛され、ついに真の意味での近代的な児童観が根づくことがなかった」(1974:13)と、児童文学と日本の帝国主義政策との関連を問う。また、船木は、巌谷やその他の明治期の児童文学者などの、「海洋冒険小説、軍事探偵小説なども、みんな勧懲的で当面の明治政策を肯定して「進取的勇武、忠義、任侠のおとな」または少年を主人公として「生命を鴻毛のごとく軽んじ」、「国家権力に従順、忠誠」の人間像を目ざしていた」(1967:48)と、児童文学と日本の帝国主義政策や勧善懲悪主義的な倫理観が強く結びついていたと述べる。この傾向は、創作だけでなく、明治期の一部の子どもでも読了することのできた『ガリヴァー』邦訳から、大正・昭和期の多くの翻案再話などにもみられた。

滑川は、日本の冒険小説の系譜を次のように述べる。

若い日本資本主義社会の発展の志向において、政治小説が台頭する。この時点で、青少年の理想主義的な立志と「万里遠游」の海外発展の意欲をあおりたてることになる。……この系列の発展が、押川春浪の英雄小説につながり、やがて大正・昭和期の冒険小説に脈絡をひくのである。……

春浪は……冒険小説を続々と発表した。……日露戦争前後の高揚された国民感情にむかえられ、海外発展・富国強兵の理念に同調し、青少年の志気を鼓舞する役割を果たした。その意味では軍事愛国英雄小説であった。

(1988：179–180)

日本の冒険小説を、政治小説から英雄小説にいたるその系譜から把握しようとするこの試みは、裏を返せば、この大正・昭和における『ガリヴァー』翻訳の受容・変容過程ときわめて似通っているといえる。いいかえれば、『ガリヴァー』の邦訳は、立身出世と植民地主義に裏打ちされ、さらに青少年の志気を高揚させる側面と、日本の冒険小説の発展とその受容の流れと潮流を一にする側面があったのである。あるいは、反面、こうした『ガリヴァー』や『ロビンソン・クルーソー』などの冒険小説の邦訳が日本の冒険小説の発展に影響をあたえたとも考えられよう。

さらに、滑川は春浪について、「ベルヌや矢野竜渓の影響を受け、構想壮大な空想性を非合理の世界に生かして、少年層の刺激的興味を誘い、日本帝国の海外発展の立志をあおった。……この脈流は、やがて『少年世界』や『日本少年』(明39、実業之日本社)『少年倶楽部』(大3創刊、日本雄弁会)などの連載冒険小説へつながる」(1988：180)と評する。たしかに、こうした非合理の世界をあつかい幻想性(ファンタスティックな要素)を駆使し子どもの興味を刺激したことは事実であるが、はたして大正期から昭和初期の『ガリヴァー』邦訳にも、日本帝国の海外発展の立志を煽る要素が強くあったのであろうか。むろん、ガリヴァーの場合は、編集者や社会的観点に立てば、こうした植民地的教育観が存在したのは事実であるが、読者である現実の子どもたちの立場に立てば、立志にあおられる以上に、逆に軍国日本が海外侵略にひた走る暗い世相のなかで、不条理な物語がもつファンタジックな要素に、子どもたちが大いに興味をもち、刺激され、魅了されたのではないかと考えられる。先に引用したように、ジェフリー・リチャーズは、『帝国主義と児童文学』(*Imperialism and Juvenile Literatue,* 一九八九年)のなかで、『ガリヴァー』は楽しませ、教示するという児童文学の目的に合致している」(3)と述べていたが、とりわけこの時代の幼年・少年用の翻案再話には、日本帝国主義の海外発展の立志をあおるという公的な目的以外に、子どもが楽しむことのできる要素が強く残っており、子どもの視点に立てば、子どもを魅了したのは、この楽しいという要素ではなかったかと推測できる。

そして、『ガリヴァー』テキストが本来もつ物語性、そのファンタスティックな要素を子どもたちに印象づけるのに一役買ったのは、巧みな邦訳とその語り以上に、そこに添えられた画像資料、特に幼年・少年用の絵本やイラストであった。

邦訳図像

戦前までの日本の『ガリヴァー』図像を概観すると、まず、ヨーロッパの図像にみられるようなオリエント表象は、みられなかった。むろん、もとのテキストに描かれた日本人は、日本人として描かれたが、サイード的な植民地的な表象は皆無であった。たとえば、日本にとっての他のアジア諸国をどうしてそのように表象しなかったのか、理由は明確ではない。おそらく、原作の風刺内容を日本語の翻訳になおし、その挿絵を日本の植民地的観点に立ったアジア図像に変更する余裕はなかったであろうし、編集者や出版社あるいは翻訳者以上に、画家に自由な解釈力がじゅうぶん与えられていなかったのであろう。さらに、英国の植民地的なアジア観を、アジアの一国である開国間際の日本の翻訳者も画家も、風刺的に視覚化する技量や力量、自由裁量もなく、また、邦訳テキスト、特に子ども用の挿絵においては風刺が重要な目的ではなかったからであろう。

第二に、『アリス』の日本図像などに比べると『ガリヴァー』は、版の種類も多いにもかかわらず、西洋図像と比較すると、あまり個性的で独自的な日本版図像が少なかったことも注目に値する。明治のほとんどの図像は西洋の模倣に近く、つづく大正昭和初期の図像にも西洋の模倣が多くみられた。

第三の特徴は、独創的な図像作品は、主に児童や幼児用の雑誌あるいは翻案に多くみられたことである。たとえば、明治期の巌谷小波の翻案に添えられた日本画風の筒井年峰の作、大正期の『少年少女譚海』掲載の初山滋の挿絵、さらに『赤い鳥』の清水良雄や深澤省三、『幼年倶楽部』の本田庄太郎、講談社絵本『ガリバア旅行記小人島物語』の吉邨二郎などにはみるものがある。

第四の特徴として、彼らの絵は、いずれも西洋の挿絵を参考にしながらも、それぞれ独自の技法や解釈を加えることにより、西洋の挿絵を受容融合し、各時代に合った邦版『ガリヴァー』図像を創作したことに特徴がある。たとえば、筒井年峰は、西洋の挿絵を日本画の技法を使い、明治の子どもたちがヴィジュアルで楽しめる絵本を作った。初山滋は、一般的に作品解釈や画風が甘美すぎ甘いという評価もあるが、構図や描写は西洋風のスタイルを踏襲する一方、自由な想像力と日本の伝統技法を融合させた瑞々しい色彩や流麗な線描に特徴がある。また、清水の作品は的確なデザイン力と色彩に特徴があり、深澤の作品はそのデザイン性とデフォルメ、ウィットに特徴があった。本田庄太郎の挿絵は子どもの心に沿うようなウィットとユーモア、かわいさ、吉邨のそれは、本格的な描写力と日本人が想像する外国人ガリヴァーの表象にみるものがあった。

しかし、いまだ、未解明な要素や疑問も多く残る。まず、なぜ、大人が中心の翻訳版の挿絵はあまり独創的ではなかったのだろうか。一つの理由は、完全翻訳では自由な解釈や想像力をあまり駆使することができず、画家独自の想像力を掻き立て作品を再構築する以前に、安易に西洋の挿絵をそのまま複写あるいは模写してしまったからであろう。また、日本の文学伝統に風刺というジャンルがあまりなく、せいぜい寓意としてとらえることが多く、さらにスカトロジーや性的な表現が省略されたために、イラストに鋭い風刺的要素を加えることもできず、また、日本の出版社が編集方針上、完訳版の挿絵をあまり重視しなかった可能性も考えられる。

第二に、なぜ『アリス』の挿絵のような面白い挿絵が、出版数や種類が多いわりに、少なかったのだろうか。明治期の初期の邦訳には西洋版の挿絵の復刻あるいは模写に近い作品が挿入されてしまった結果、後続の画家の意欲を刺激しなかったのか。あるいは、読者が少年であるために、少女が主人公で読者である『アリス』ほど挿絵に関心が払われなかったのか。それとも冒険小説であり主人公が大人のガリヴァーであるためにあまり想像力を喚起しなかったのか。理由はいまだ不明である。

第三に、なぜ『ガリヴァー』が掲載された児童雑誌のうち、『赤い鳥』は別にして、他の文芸雑誌である『金の船』などには掲載されず、比較的大衆児童雑誌と考えられる『少年少女譚海』や『幼年倶楽部』などに連載されたのか。おそらくこれは先に言及した児童読み物とくに少年読み物である大衆冒険小説としての『ガリヴァー』、軍国日本の海外覇権の一環としての『ガリヴァー』の位置づけと関係があると考えられるが、詳しい検証をすることができなかった。

多くの、未解決の疑問はいまだ残るものの、ここで『ガリヴァー』図像をまとめてみると、リチャーズが述べたように、この作品は、子どもを楽しませ、教示するという児童文学の目的にきわめて一致する作品である。教示は文字テキストによって、一方、楽しませる要素は主に視覚テキストによってなされたと考えられるが、この『ガリヴァー』の楽しさを読者が味わうのに一役買ったのが、イラストである。そこに、児童や幼児用の『ガリヴァー』図像にとりわけ独創的で興味深い作品がみられた一因があったと考えられる。

将来の展望

本書で論じられなかった多くの課題がある。それをこのエピローグの最後に将来の課題として例示し、後続の研究に待ちたいと思う。

まず、本書では、先に述べたように明治から現代にいたる完全翻訳を網羅的・体系的に考察することができずにおわり、『ガリヴァー』の風刺的側面が日本の邦訳のなかでどのように受容継承されたのかを考察することができなかった。とりわけ、戦前の代表的な中野好夫や野上豊一郎の邦訳も、紙面の関係もあり十分に検証することができなかった。それは、本書の関心の中心が、明治以降から大戦前までの翻案や視覚テキストである日英図像にあったことに起因する。

第二に、第二次世界大戦後の翻訳・翻案や図像にはほとんどふれることができなかった。原昌は、一九九一年の「『ガリヴァー旅行記』移入考」で戦後の『ガリヴァー』とその低年齢化について論じるなかで、「『ガリヴァー』を単に〈お伽噺〉〈空想冒険話〉としてきた従来の解釈から、むしろ視点を変え、その豊かな空想性を生かしながら、『ガリヴァー』のもつ社会的広がりと、寓意と笑いの回復という立場から、子どもたちが空想の世界に遊びながら、人間とは何か、社会とは何かの真相に触れうる訳述・再話が現われることを期待したい」（原 1991：161）と、結んでいる。本書は、『ガリヴァー』の受容を単なる〈お伽噺〉あるいは〈空想冒険小説〉としての視点で論じてきたわけではないが、大戦以降の『ガリヴァー』翻訳と図像における受容と変容は、児童文学だけではなく、比較文化的にも興味深い研究分野であろう。

こうした将来的な課題を含めたテーマが、近い将来、さらに詳細に論じられることを願い、ひとまず本書のペンを置きたいと思う。

あとがき

　プロローグでふれたように、本書の構想は、二〇〇五年科学研究費の研究課題「ポストコロニアル的観点から考察した日英『ガリヴァー旅行記』図像にみる少年性」（2005～2008）が採択されたときにはじまる。以来、イギリスのケンブリッジ大学をはじめとする、多くの図書館での資料収集や調査研究に長い時間が費やされた。その間に、研究成果の一部をいくつかの共著や拙論で発表してきたが、断片的な研究成果であった。今回、二〇一五年に拙著『表象のアリス――テキストと図像に見る日本とイギリス』を上梓した法政大学出版局から、単著として出版されることが決まり、一冊の書物としての形態を整え、あらたに全体の章立てを構想してからほぼ二年あまりがすぎた。いくつかの章をあらたに書き加え、まだ若い三〇代に執筆した論考や近年出版した論考なども再度読み込み、加筆修正して、一部を本書に挿入した。

『ガリヴァー旅行記』およびジョナサン・スウィフトに関しては、卒業研究で科学風刺を、修士論文でアイルランド活動を論じた。その後、幾多の紆余曲折の末、スウィフトの厳しい風刺に身を置くことに耐えきれず、現実から逃避したわけではないが、ファンタジーやノンセンス文学であるルイス・キャロル研究に関心を移し、さらに比較文学、視覚表象文化研究へと軸足を移してきた。その間、この比較表象文化研究の一環として、『ガリヴァー旅行記』図像をポストコロニアル観点からあらたに見直したときに、スウィフトの風刺の行きつく先が、一九世紀半ばから二〇世紀初頭の英版図像においては、英国の植民地主義へと見事に歩みを一にし、時代とともに風刺の対象や方法が変容しているのに驚き、再度、一度は距離をおいたスウィフト研究に立ち戻ることになった。といっても、その間のギャップは大きく、スウィフトのテキストをどの程度論じられるのか、論じられたのか、いまだ不安のなかにいる。

共同研究者として名前を連ねてくださった、イースト・アングリア大学のクライブ・スコット教授、ケンブリッジ大学のジリアン・ビア教授とジョン・ハーヴィ博士、さらに、日本ジョンソン協会の原田範行先生、西山徹先生、武田将明先生などからは、多くの示唆をいただいた。原田先生からは、松菱多津男の書誌など研究資料を、武田先生からは、アラヴァムーダンの『啓蒙オリエンタリズム』など貴重な資料をご教示いただいた。ここに深くお礼申し上げます。一八世紀イギリス文学研究会や日本ジョンソン協会の研究会や会員との交流は、真摯で自由な雰囲気に満たされ、いつも楽しく刺激される機会ではあったが、自分の力不足を再確認する機会でもあった。にもかかわらず、多くの研究者の方々が未熟なわたくしを温かく導いていただいたことに、深く感謝したいと思う。

最後に、本書の資料収集と調査研究を可能にした、科学研究費基盤研究（C）を受けた三つの研究課題――「ポストコロニアル的観点から考察した日英『ガリヴァー旅行記』図像にみる少年性」（2005～2008）、「ポストコロニアル的観点から考察した日英文学図像にみるオリエント表象の分化と変容」（2009～2011）、「19―20世紀英版文学図像のオリエント表象にみる東西交差の系譜とポスト植民地主義」（2012～2014）を採択させていただくことになった日本学術振興会と、本務校帝京大学の教職員の方々にも、深くお礼申し上げげたい。帝京大学からは、本書出版に際して、出版助成金としてその経費の一部を研究費から支出いただいた。また、『ガリヴァー』の多くの挿絵本とその邦訳を、スキャンしデータベース化してくれたデュニ・ビロデュー氏の援助なしには、本書はこんなに早く出版することはできなかった。そして何よりも、本書の出版にご尽力いただいた法政大学出版局編集部長・郷間雅俊氏に深くお礼を申し上げたい。郷間氏の理解と支えがなければ、おそらく本書の出版は、まったく異なったものになっていたでしょう。

二〇一八年二月

千森幹子

注

（1）以降、『ガリヴァー旅行記』を『ガリヴァー』と略す。また、*Travels into Several Remote Nations of the World* および *Gulliver's Travels* を、いずれも *Gulliver's Travels* と通称する。

（2）*Travels into Several Remote Nations of the World* (London: Benjamin Motte, 1727).

（3）*Reisbeschryving na verscheyde afgelegene nation in de Wereld* (Gravenhage: Alberts & Vander Kloot, 1727) と *Voyages de Gulliver* (Paris: Chés Hypolite-Louis Guerin, 1727).

（4）J.G. Thomson は、フルネームでの表示がない。以降、画家の名前に関しては、基本的にはフルネーム表記を旨とするが、初出本に表記のない場合には、略式表記とする。

（5）David Lenfest, "LeFebvre's illustrations of *Gulliver's Travels*"（1972）と "Grandville's Gulliver"（1973）.

（6）その他の拙論二編は、書誌参照。

（7）一八五三年開催されたダブリン大産業博覧会で日本製品の展示がすでに行われている（東田 1998：66）。

（8）Tim Barringer, "The South Kensington Museum and the Colonial Project"（1998. 11）.

（9）東田 31.

（10）東田 59.

（11）John MacKenzie, *Propaganda and Empire* (Manchester: Manchester University Press, 1984：203).

（12）題の翻訳は、中野好夫訳による。ただし、本文中の名称の日本語表記に関しては、必ずしも、中野訳に準拠しない場合もあるが、表記を統一する。

（13）先の『徹底注釈』では、「作中の年代は一七〇六年だが、日本の鎖国体制は一六三九年に完成している。その過程で、一六三五年には東南アジア方面への日本人の渡航と帰国を禁じているので、この時代に日本人の海賊が東南アジアに出没するのは時代錯誤である」（276）との注がある。

(14) Marjorie W. Nicolson and Nora M. Mohler, "The Scientific Background of Swift's 'Voyage to Laputa'," *Fair Liberty Was All his Cry: A Tercentenary Tribute to Jonathan Swift, ed. A. Norman Jeffares* (London: Macmillan, 1967).

(15) Richard Olson, "Tory-High Church Opposition to Science and Scientism in the Eighteenth Century: The Works of John Arbuthnot, Jonathan Swift, and Samuel Johnson," *The Uses of Science in the Age of Newton* (Berkeley: University of California Press, 1983: 188).

(16) 一方、Gregory Lynall は、*Swift and Science: The Satire, Politics, and Theology of Natural Knowledge, 1690–1730* (2012) のなかで、王立協会の会長であり、ウッドの悪貨とかかわる造幣局長であったニュートンへの怒りを解き放つために、科学的知識を使ったと論じている (2012: 119)。また、Richard Olson は、"Tory-High Church Opposition to Science and Scientism in the Eighteenth Century: The Works of John Arbuthnot, Jonathan Swift, and Samuel Johnson" (1983) のなかで、トーリーの高教会派の宗教者としてのスウィフトに言及し、スウィフトの科学観を表面的であるととらえている (オルソン 1983: 185)。

(17) スウィフトも『桶物語』の第一章で、グレシャム・カレッジの名前を出している。

(18) リチャード・オルソンも、拙論の出版後の一九八三年、"Tory-High Church Opposition to Science and Scientism in the Eighteenth Century: The Works of John Arbuthnot, Jonathan Swift, and Samuel Johnson" (1983) のなかで、トーリーの高教会派の宗教者としてのスウィフトと彼の科学風刺に言及している。

(19) 実践幾何学という言葉から、ユークリッド幾何学に対するアルキメデス幾何学が連想されるが、スウィフトとアルキメデス幾何学との関連については、ここでは言及しない。本書では、ただユークリット幾何学の観点から、理論と応用、理論と技術という対立をとらえている。

(20) Gregory Lynall, *Swift and Science* (London: Palgrave Macmillan, 2012: 119).

(21) M. Jacob (1976: 18)

(22) 旧約聖書「詩篇」第九〇篇一〇節。

(23) Irvin Ehrenpreis, *The Personality of Jonathan Swift* (London: Methues, 1958: 147).

(24) この章は、拙論「不死人間 Struldbruggs における諷刺性」(一九八三年) をもとにしている。今回本書に挿入するに際し、その後に出版された批評や、医学や長寿不死に対する現代的視点を入れて、一部、修正加筆している。

(25) Jonathan Swift, *The Writings of Jonathan Swift*, ed. Robert A. Greenberg and William Browman Piper (New York: W.W. Norton and Company Inc., 1973: 562).

(26) B.H. Chamberlain, op. cit., VII, 1879. Eddy (1923: 168–169) からの引用。

(27) J. Swift, “Thoughts on Religion” in *The Prose Works of Jonathan Swift*, ed. Temples Scott (London: G. Bell and Sons, 1398, III, p. 309). 以下、*The Prose Works of Jonathan Swift* からの引用は、本文に、たとえば（*P. W.* III. 309）と、表記する。

(28) 拙論「Modest Proposal についての一考察――その諷刺の意味するもの」*Asphodel*, 16 (1982) 33–56.

(29) 調査した挿絵本は、科学研究費補助金基盤研究（C）を得た研究課題「ポストコロニアル的観点から考察した日英『ガリヴァー』図像にみる少年性」等で収集複写した資料の一部である。参考文献には、紙面の関係で、本文で論じた主要な挿絵版のみを掲載した。

(30) すでに先の章で論じたように、スウィフトのテキストにはオリエントへの言及、一部、東洋あるいは日本の国と描写された国もあるが、当初の挿絵には、オリエント的な図像表象はない。そのため、図像におけるオリエント表象は、本文で東洋と描写されているものも含めている。

(31) J–J・グランヴィルの一八三八年版の初版では、第一渡航記の第三章のガリヴァー解放のための誓約書が、東洋風な巻紙に書かれている。この巻紙の一番下には、掛軸にみられるような巻尾が左右についている。ただし左右の絵は西洋風なデザインであり、文字も横書きのフランス語であるために、本書では中国表象として、カウントしていない。

(32) この版には出版年は記載されていないが、一八六四年あるいは一八六五年と推定される。

(33) この Thomas Nelson 社から刊行されている版には、挿絵画家名は記載されていない。

(34) 詳細は、拙論「『ガリヴァー旅行記』図像とオリエント」参照。

(35) この本には、出版年は明記されていないが、所蔵しているケンブリッジ大学図書館の受入れ印には、一九五三年と記載されているので、それ以前のかなり早い段階での出版と考えられ、一九五三年頃と推測した。

(36) 科学研究費補助金基盤研究（C）を得た研究課題「ポストコロニアル的観点から考察した日英『ガリヴァー』図像にみる少年性」（平成17～20年）とその研究成果――拙論「『ガリヴァー旅行記』図像とオリエント」と「英版『ガリヴァー旅行記』図像における中国表象」等参照。

(37) Lionel Lambourne, *Japonisme: Cultural Crossings between Japan and the West* (London: Phaidon, 2005: 115).『アラビアンナイト博物館』(2004: 86)。

(38) Robert Irwin, *The Arabian Nights: A Companion* (New York: Tauris Parke Paperbacks, 2010: 296).

(39) Irwin の原文には “Prince Ahmed and his Sisters” と記述されている。

(40) 本論文の邦訳は、著者が行った。

（41）初版本には出版年は記述されていない。
（42）西尾（2007:198）
（43）拙論「『ガリヴァー旅行記』図像とオリエント――英仏挿絵に見る日本表象を中心として」と、「英版『ガリヴァー旅行記』図像における中国表象」参照。
（44）Kazue Kobayashi, "The Evolution of the *Arabian Nights* Illustrations in *The Arabian Nights and Orientalism*" (London: I. B. Tauris, 2006: 191).
（45）桑原三郎は『諭吉　小波　未明――明治の児童文学』のなかで、「それは兎も角、徳川期に入りますと、鎖国となります。……文学などは全く無視されて居たと思います。それでもスヰフトの『ガリヴァ旅行記』の翻案らしいものが出版されたり、シェイクスピアの『ロメオとジュリエット』の翻案らしいものがオランダ芝居として上演されたというような記録があるそうです」（1979: 305–306）と、述べているが、現時点では、確認できないので、本論では、片山平三郎訳を初訳として論じる。
（46）片山平三郎訳『繪本　鵞瓈皤児回島記』に掲載された挿絵が、T・モートンの挿絵の模倣である事実は、二〇〇五年一〇月三〇日、立正大学で行われた The First German-Japanese Conference on Jonathan Swift における、筆者による発表 "Images of Gulliver as Seen in Modern Japanese Illustrations" において、公表された。
（47）同書に掲載されている「日本の『ガリバー』考」は、その後、『比較児童文学論』のなかで、「日本の『ガリヴァー旅行記』移入考」として、改稿掲載されている。
（48）その他の拙論、「初山滋と Arthur Rackham ―― Gulliver's Travels 図像における日英比較」『日本ジョンソン協会年報』第21号（1997）6–9。
（49）この論考は、改稿され『比較児童文学論』（一九九一年）に収録されている。本論文での引用は、すべて一九九一年版に収録されている「『ガリヴァー旅行記』移入考」から行った。
（50）松菱多津男『邦訳「ガリヴァー旅行記」書誌目録』では、同翻訳を「再話」としている（2011: 5）が、後に論じるように、他の初期の邦訳にも同書と同じように省略等があり、同書も著者自身が翻訳と考えているため、本書では再話ではなく翻訳として論じていく。
（51）以降、『繪本　鵞瓈皤児回島記』を、『鵞瓈皤児回島記』と略す。
（52）松原・小林の邦訳の二九五頁には、スウィフトの初版本にはない「トリブニア王國」の話が挿入されているが、中野好夫は、翻訳の注で、この箇所が一七三五年版に挿入されていると説明している（405）。そこから判断して、アスター版は、一七三五年版を参考にした簡略版と考えられる。

(53)この挿絵の船が、勝海舟らをのせて米国に渡った咸臨丸難航図(鈴藤勇次郎画)に似ているとの指摘を、同僚の藤田敏明氏からいただいた。
(54)松菱多津男『邦訳「ガリヴァー旅行記」書誌目録』(2011: 2)。
(55)現在までにケンブリッジ大学図書館等で収集した図版資料のなかには見出されない。
(56)以下、スウィフトの原作の主人公は、「ガリヴァー」、巌谷小波の翻案の主人公は翻案と同じ「ガリバア」と表記して、区別する。
(57)土居安子は論文「『少年少女譚海』(博文館)の内容と特質――他誌との比較を通して」のなかで、この鹿島の邦訳が連載された第一期頃の特徴について、「『翻訳・翻案』作品は第1期、2期には多いが、3期以降は少なくなって」(2016: 17)いること、全体的な特徴として、「講談的な要素を持ち続けたということが言える。……明治期に大人が楽しんできた文化を大正期にも昭和期にも子どもに楽しませたいという姿勢が一貫していた。……そして、その読者対象は必ずしも学生とは限らず、学生以外の労働少年少女も含まれていたことも雑誌の内容から確認できた」(31)と、初期の翻訳翻案的傾向と、講談的で、庶民の読者も対象にしていた、全体的な特徴について、指摘する。
(58)以下、スウィフトの原作の主人公は、「ガリヴァー」、鹿島鳴秋の翻案の主人公は翻案と同じ「ガリバー」と表記して、区別する。
(59)原昌『比較児童文学論』(1991: 140–142)。
(60)赤い鳥の会編著、『「赤い鳥」と鈴木三重吉』小峰書店、鈴木三重吉略年譜参照(341)。
(61)野上豊一郎の翻訳では、「ヤフウ」と訳されているが、本書では一般論で論じる場合は、「ヤフー」と統一する。
(62)野上の翻訳では、「ガリヴァ」と訳されているが、本書では一般論で論じる場合は「ガリヴァー」と統一する。
(63)上笙一郎は『赤い鳥』創刊号の表紙画「お馬の飾」(清水良雄画)がウォルター・クレインの『花のおまつり』のアイシスの絵からヒントをえていると指摘している(1980: 155–162)。また、著者も『表象のアリス テキストと図像に見る日本とイギリス』において、『赤い鳥』における『アリス』邦訳「地中の世界」についての鈴木淳の表紙画「兎の時計」(一九二一年八月号)が、アメリカのイラストレーターであるベッシー・ピアス・ガットマンの一九〇七年版の『不思議の国のアリス』の挿絵からヒントをえていると論じている(千森 2015: 262–268)。
(64)深澤紅子「目白時代の三重吉先生」(21)
(65)濱野の翻案では、「ガリバー」と訳されているが、本書で論じる場合は、「ガリヴァー」に統一する。なおその他の名称も、同一とする。
(66)初版の記載年は、一八八六年であるが、たとえば、British Library の資料では '1886 [1885]' と記載され、また、Issac Asimov の

The Annotated Gulliver's Travels の巻末書誌には、一八八五年と記載されているが、本書では一応、初版の記載通りに、一八八六年とした。

(67) Jonathan Swift, *Gulliver's Travels into Several Remote Regions of the World in Four Parts* (London and Glasgow: Blackie & Son, ud)。この版には、タイトルページに、'with over one hundred illustrations by Gordon Browne, R.I.' 'New Edition' との但し書きが書かれている。

(68) Jonathan Swift, *Gulliver's Travels into Several Remote Regions of the World.* Illustrated by Gordon Browne (London and Glasgow: Blackie & Son, ud). この版は、注(67)の版とは別の版。出版年が未記入であるが、図版数などが異なる。

(69) 初山滋の長男初山斗作氏談(一九九六年一一月一四日、同氏の仕事部屋での筆者との対談において)。

(70) 二上洋一は『少年小説の系譜』のなかで、「昭和二年は『少年倶楽部』にとって忘れられない年であった。……まんがも、ようやく少年が喜ぶものとして意識的に編集企画として取り上げられるようになる」(1978: 216) と論じるが、二上が論じるまんがは、まんが一般であり、本書で言及しているのは、『ガリヴァー』漫画版である。また、一九三三年には、『マンガ倶楽部』が創刊されている。

(71) 竹内美紀は、『石井桃子の翻訳はなぜ子どもをひきつけるのか――「声を訳す」文体の秘密』の序章のなかで、「「音読の声」「声の文化」「作品の声」といった「声」の三つの側面から注目しながら、石井の「声を訳す」という翻訳姿勢を明らかにしていきたい」(2014: 16) と述べ、石井桃子翻訳における声の重要性について論じている。竹内の論点は、翻訳だけではなく、児童文学においては重要な論点である。しかし、本書では、村岡の「小人トガリバー」は原作とはかなりかけ離れた翻案あるいは再話であり、また紙面の関係で、子どもが耳から入る日本語のリズム感やわかりやすさ、言葉の流れを重視しているという側面からのみ論じ、翻訳における読み聞かせや、翻訳文学における、原作の声を聴くというような、イメージのリプロダクションに関しては、言及しない。

(72) 拙著『表象のアリス』(2015: 149–151)。

(73) この函と表紙が、池田英治の筆になるものかどうか、完全には断定ができないが、本文で言及したように、この『模範童話選集』が彼の装幀であるという指摘に従い、本書では、池田の作品として論じていく。

(74) 上笙一郎が、ここで言及する「講談社の絵本」は「大日本雄弁会講談社が昭和十一年十一月にスタートさせた絵本叢書である」(上 1980: 337)。

(75) 松菱の書誌にある、「80 『ガリヴァア旅行記　小人島物語』」と、「80–2 『ガリヴァア旅行記　小人島物語』」(29) は、訳者、出版社、出版年、版型等が同一のため、一種とカウントした。

初出一覧

第二章　『ガリヴァー旅行記』のオリエント描写と風刺
1981.「*Gulliver's Travels* における科学風刺」*Asphodel* 第一五号、二〇―三八。
1983.「不死人間 Struldbruggs における風刺性」*Asphodel* 第一七号、六〇―八一。

第三章　英版『ガリヴァー旅行記』図像とオリエント表象
2010.「『ガリヴァー旅行記』図像とオリエント――英仏挿絵に見る日本表象を中心として」『十八世紀イギリス文学研究』第四号、東京、開拓社、五八―七八。
2010.「英版『ガリヴァー旅行記』図像における中国表象」『日本ジョンソン協会年報』第三四号、一一―一六。

第四章　英版『アラジン』画像にみるオリエント　オリエントイメージの混在と融合――日本表象を中心として
2012.「英版『アラジン』画像にみるオリエントイメージの混在と融合――日本表象を中心として」『世界文学総合目録』第一〇巻（研究編）」東京、大空社・ナダ出版センター、四三〇―四五九。

第五章　明治期の邦訳と図像
2009.「明治の『ガリヴァー旅行記』とポストコロニアリズム」『図説　翻訳文学総合事典』第五巻、東京、大空社、五五―八一。

第六章　大正期の邦訳と図像

2007.「大正日本の『ガリヴァー旅行記』図像——岡本帰一と初山滋」『図説児童文学翻訳大事典』第四巻「翻訳児童文学研究」、東京、大空社・ナダ出版センター、九八—一二〇。

第七章　昭和初期から戦前までの邦訳と図像

1997.「初山滋とArthur Rackham —— Gulliver's Travels図像における日英比較」『日本ジョンソン協会年報』第二一号、六—九。

索　引

か 行

た 行

ま 行

や 行

ら 行

わ 行

参考文献

1．テキスト

Swift, Jonathan. 2005. *Gulliver's Travels*. Edited and intro. Claude Rawson. Oxford: Oxford University Press.

——. 1898. *The Prose Works of Jonathan Swift*. III, IV. Edited. Temple Scott. London: G. Bell and Sons.

——. 1980. *The Annotated Gulliver's Travels*. Edited, introduced and noted. Isaac Asimov. New York: Clarkson N. Potter.

——. 1726. *Travels into Several Remote Nations of the World*. London: Benjamin Motte.

——. 1727.——. London: Benjamin Motte.

1985.『アラビアン・ナイト別巻　アラジンとアリババ』前嶋信次訳，東洋文庫，平凡社 1985.

1824. *Arabian Nights Entertainment*. London: J. Limbird.

U.d. *Aladdin or the Wonderful Lamp*. London: Dean and Sons.

2．『ガリヴァー旅行記』主要邦訳書誌

1880（明治 13）年 3 月 23 日，『繪本　鶩瓈皤児回島記』片山平三郎口譯，久岐晰 筆記，東京：薔薇楼

1887（明治 20）年 11 月，『南洋漂流 大人國旅行』大久保常吉編譯，東京：久野木信善（東京新古堂）

1988（明治 28）年 2 月 28 日，『政治小説　小人國発見録』島尾岩太郎譯，東京：松下軍治

1899（明治 32）年 10 月 21 日，『小人島（ガリバア島廻上編）』巌谷（大江）小波編　筒井年峰絵　世界御伽噺 9　英吉利の部，東京：博文館

1899（明治 32）年 12 月 22 日，『大人國（ガリバア島廻下編）』巌谷（大江）小波編　筒井年峰絵　世界御伽噺 12　英吉利の部，東京：博文館

1908（明治 41）年 10 月 20 日，『小人島大人島抱腹珍譚』松浦政泰譯註　對譯西洋御伽噺叢書第四編，東京：東西社

1909（明治 42）年 11 月 18 日，『ガリヴァー物語』松原至文・小林梧桐共譯，東京：昭倫社

1910（明治 43）年 1 月 15 日，『大艦隊の捕獲』吉岡向陽編　鰭崎英明畫，東京：春陽堂

1911（明治 44）年 1 月 20 日，『ガリヴァー旅行記　小人國大人國』近藤敏三郎譯，東京：精華堂書店

1911（明治 44）年 4 月 28 日，『ガリヴァー旅行記大人國漂流記』風浪生譯，東京：磯部甲陽堂

1911（明治 44）年 1 月 20 日，『新譯　ガリヴァー旅行記』佐久間信恭譯，東京：小川尚栄堂

1919（大正 8）年 9 月 20 日，『ガリヴァ旅行記』中村祥一譯，東京：国民書院
1920（大正 9）年 1 月〜1921 年 3 月，『ガリバー譚』鹿島鳴秋，初山滋口絵，『少年少女譚海』第 1 巻第 1 号〜第 2 巻 3 号
1920（大正 9）年 5 月，6 月，8 月，『馬の國』野上豊一郎，清水良雄・深澤省三挿絵口絵『赤い鳥』第 4 巻第 5 号，6 号，第 5 巻第 2 号
1921（大正 10）年 1 月 25 日，『ガリバア旅行記』平田禿木譯，岡本帰一画，東京：冨山房
1925（大正 14）年 2 月 17 日，『ガリバー旅行記』童話研究會編，模範童話選集 3, 東京：博文館
1925（大正 14）年 4 月 20 日，『ガリバー旅行記』樋口紅陽譯，東京：いろは書房
1925（大正 14）年 9 月 1 日，『ガリバー旅行記』濱野重郎著，東京：イデア書院
1927（昭和 2）年 6 月 30 日，『ガリヴァの旅・沙翁物語』ヂョナサン・スウィフト作　野上豊一郎譯　チヤアルズ・ラム　メエリイ・ラム著　平田禿木譯，東京：國民文庫刊行會
1929（昭和 4）年 3 月・4 月，『小人島』巌谷小波，本田庄太郎畫，『幼年倶楽部』第 4 巻 3・4 号
1929（昭和 4）年 5 月・6 月，『大人國』巌谷小波，本田庄太郎畫，『幼年倶楽部』第 4 巻 5・6 号
1931（昭和 6）年 6 月，『小人トガリバー』村岡花子，井上たけし畫 『幼年倶楽部』第 6 巻 6 号
1929（昭和 4）10 月 5 日，『ガリヴァの旅行記』清水繁譯註，初山滋装畫，研究社英文譯註叢書，東京：研究社
1927（昭和 2）年 6 月 20 日，『ガリバー旅行記』スヰフト作，松尾毅譯，中学三・四年用　児童の讀物，東京：東興社
1932（昭和 7）年 12 月 18 日，『ひらがな　ガリバーの冒險』信田秀一編，平賀輝彦装幀，東京：金の星社
1934（昭和 9）年 4 月 10 日，『ガリバー旅行記』斎藤公一編，少年少女世界名作物語 18，東京：金の星社
1934（昭和 9）年 8 月 20 日，『ガリバー旅行記』木村茂市郎編，文部省認定　課外讀本，東京：木村書店
1938（昭和 13）年 1 月 1 日，『ガリバア旅行記・小人島物語』西條八十文，吉邨二郎繪，世界お伽噺繪 52，東京：大日本雄辯會講談社
1938（昭和 13）年 11 月 5 日，『ガリバー旅行記』斎藤光一編，世界名作物語，東京：金の星社
1980.『ガリヴァー旅行記』平井正穂訳，岩波文庫，東京：岩波書店
1997.『ガリヴァ旅行記』中野好夫訳，東京：新潮文庫

３．イラスト

『ガリヴァー旅行記』の主要イラスト

Swift, Jonathan. 1782. "*Travels into Several Remote Nations of the World.*" *The Novelist Magazine*. Illustrated. Thomas Stothard. London: Harrison and Co.
——. 1838. *Voyages de Gulliver dans des contées lointaines*. Illustraed. J. J. Grandville. Paris: Garnier.

——. 1864. *Gulliver's Travels into Several Remote Regions of the World.* Illustrated. J. G. Thomson, London: S. O. Beeton.
——. u.d. [1864] ——. Noted. John Francis Waller. Illustrated. T. Late Morten. London: Cassell, Petter, and Galpin.
——. 1884. *Voyages de Gulliver dans des contées lointaines.* Illustrated. V. A. Poirson. Paris: A Quantin.
——. 1886 [1885]. *Gulliver's Travels into Several Remote Regions of the World in Four Parts.* Illustrated. Gordon Browne. London: Blackie & Son.
——. 1894. *Travels into Several Remote Regions of the World by Lemuel Gulliver.* Illustrated. Charles Brock. London: Macmillan.
——. 1895. *Gullliver's Travels: Adapted for the Young.* Illustrted by E. J. Wheeler. A new ed., London: George Routledge and Sons.
——. 1900. ——. Illustrated. Herbert Cole. London: John Lane The Bodley Head.
——. 1900. *Gulliver's Travels.* Illustrated. Arthur Rackham. London: J. M. Dent.
——. 1908. *Gulliver's Travels into Several Remote Regions of the World.* Illustrated. Gordon Browne. London: Blackie & Son.
——. u.d. *Gulliver's Travels into Several Remote Regions of the World.* Illustrated. Gordon Browne. Blackie's Famous Books. London: Blackie & Son.
——. 1908. ——. Illustrated. John Hassall. London: Blackie and Son.
——. 1909. ——. Illustrated. Arthur Rackham. London: J. M. Dent.
——. 1910. *Gullliver's Travels.* Illustrated. H. C. Sandy. Lodon: Ward, Lock & Co., Limited.
——. u.d. [1910]. ——. Illustrated. A. E. Jackson. London: Ernest Nister.
——. [1912]. ——. Illustrated. Unknown illustrator. London: Thomas Nelson.
——. 1913. *Gulliver's Travels into Several Remote Regions of the World.* Illustrated. Louis Rhead. London: Harper & Brothers.
——. 1914. *Gulliver's Travels: A Voyage to Lilliput and a Vogage to Brobdingnag.* Illustated. Charles Copeland. Boston, New York, Chicago and London: Ginn and Company.
——. u.d. *Gulliver's Travels: Being his Voyage to Lilliput Brobdingnag Laputa the Houyhnhnms.* Illustrated. Jack Matthews. London: New Wolsey.
——. [1929]. ——. Illustrated. René Bull. London: Wells Gardner, Darton.
——. u.d. ——. Illustrated. Harry Theaker. London: Ward Lock.
——. 1919. *Gulliver's Travels.* Illustrated. Willy Pogany. London: George G. Harrap.
——. 1920. *Gulliver's Travels into Lilliput and Brobdingnag.* Illustrated. Jean de Bosschère. London: William Heinemann.
——. 1930. *Gulliver's Travels.* Illustrated. Rex Whistler. London: Crescent Press.
——. 1938. *Gulliver's Travels to Lilliput and Brobdingnag.* Illustrated. R. G. Mossa. London: The Bodley Head. London: Hodder & Stoughton.
——. 1946. *Gulliver's Travels.* Illustrated. Robert Högfelt. Stockholm: Jan Förlag.

『アラビアンナイト』『アラジン』イラスト

[1880]. *Aladdin or the Wonderful Lamp.* Illustrated. Unknown illustrator. London: Dean and Sons.
U.d. *Aladdin or the Wonderful Lamp.* Illustrated. P. Cruikshank. London: Read & Co.

U.d. *Aladdin: or, The Wonderful Lamp*. Illustrated. Walter Crane. London & New York: George Routledge and Sons.
U.d. *Aladdin and his Wonderful Lamp*. Illustrated. T. Blakeley Mackenzie. London: Nisbet.
U.d. *Arabian Nights*. Arranged. Helen Marion Burnside. Illustrated. Will and Frances Brundage and J. Willis Grey. London: Raphael Tuck.
1899. *The Arabian Nights Entertainments*. Illustrated. Willam Heath Robinson. London: George Newnes.
U.d. *Aladdin and other Stories*. Illustrated. Unknown illustrator. London: Wells Gardner.
1914. *Sindbad the Sailor and Other Stories*. Illustrated. Edmund Dulac. London: Hodder & Stoughton.
1920. *Tales from the Arabian Nights*. Illustrated. A. E. Jackson. London & Melbourne: Ward Locke.
1918. *Ali Baba and Aladdin*. Illustated. T. Blakeley Mackenzie. London: George and Harrap.
1933. *The Arthur Rackham Fairy Book*. Illustrated. Arthur Rackham. London: George G. Harrap.
1930. *Red Magic*. Arranged and Edited. Romer Wilson. Illustrated. Kay Nielsen. London: Jonathan Cape.

４．参考文献

赤い鳥の会編 1983.『「赤い鳥」と鈴木三重吉』東京：小峰書店
Aravamudan, Srinivas. 2012. *Enlightenment Orientalism: Resisting the Rise of the Novel*. Chicago and London: University of Chicago Press.
Barringer, Tim. 1998. "The South Kensington Museum and the Colonial Project." Edited. Tim Barringer and Tom Flynn, *Colonialism and the Object*. London: Routledge, 11–27.
Barroll, III, J. Leeds. 1958. "Gulliver and the Struldbruggs," *PMLA*, 73–1 (March): 43–50.
Benedict, Barbara M. 2001. *Curiosity: A Cultural History of Early Modern Inquiry*. Chicago and London: The University of Chicago Press.
バナール , J. D.（Bernal）1966.『歴史における科学』（*Science in History*）鎮目恭夫訳，東京：みすず書房
Brantlinger, Patrick. 1988. *Rule of Darkness*. Ithaca: Cornell University Press.
Brown, James. 1954. "Swift as Moralist." *Philological Quarterly*, 33: 368–387.
千森幹子 1981.「*Gulliver's Travels* における科学風刺」*Asphodel*, 15: 20–38.
――. 1982.「*Modest Proposal* についての一考察――その風刺の意味するもの」*Asphodel*, 16: 33–56.
――. 1983.「不死人間 Struldbruggs における風刺性」*Asphodel*, 17: 60–81.
――. 1984.「*Gulliver's Travels* における Yahoo 描写について」阪南大学紀要『阪南論集』人文・自然科学編 20–2: 89–104.
――. 1987.「スウィフトとキャロル――〈フウイヌム国〉と〈鏡の国〉をめぐって」京都外国語大学英米語科研究会発行 *Sell*, 4: 87–105
――. 1997.「初山滋と Arthur Rackham――Gulliver's Travels 図像における日英比較」『日本ジョンソン協会年報』21: 6–9.
――. 2007.「大正日本の『ガリヴァー旅行記』図像――岡本帰一と初山滋」『図説児童文学翻訳大事典』第 4 巻　「翻訳児童文学研究」東京：大空社・ナダ出版センター，98–

120.
——. 2009.「明治の『ガリヴァー旅行記』とポストコロニアリズム」『図説　翻訳文学総合事典』第 5 巻　東京：大空社，55–81.
——. 2010.「『ガリヴァー旅行記』図像とオリエント——英仏挿絵に見る日本表象を中心として」『十八世紀イギリス文学研究』第 4 号 東京：開拓社，58–78.
——. 2010.「英版『ガリヴァー旅行記』図像における中国表象」『日本ジョンソン協会年報』34: 11–16.
——. 2012.「英版『アラジン』画像にみるオリエントイメージの混在と融合——日本表象を中心として」『世界文学総合目録』第 10 巻（研究編）」東京：大空社・ナダ出版センター，430–459.
——. 2015.『表象のアリス——図像とテキストに見る日本とイギリス』東京：法政大学出版局
Christie, John. 1989. "Laputa Revisited." *Nature Transfigured: Science and Literature, 1700–1900*. Manchester and New York: Manchester University Press, 45–60.
Conklin, Alice L. and Ian Christopher Fletcher. 1999. *European Imperialism 1830–1930*. Boston: Houghton Mifflin.
Cortazzi, Hugh. 2009. *Japan in Late Victorian London: The Japanese Village in Knightsbridge and the Mikado*, 1885. Norwich: Sainsbury Institute.
Darton, F. J. Harvey. 1999. *Children's Books in England: Five Centuries of Social Life*. London: British Library & Oak Knoll Press.
土居安子 2016.「『少年少女譚海』（博文館）の内容と特質——他誌との比較を通して」『大阪国際児童文学振興財団研究紀要』29: 13–36.
Eddy, William. 1963. *Gulliver's Travels: A Critical Study*. New York: Russell and Russell.
——. 1923. *Gulliver's Travels: A Critical Study*. Princeton: Princeton University Press.
Engen, Rodney. K. 2007. *The Age of Enchantment: Beardsley, Dulac and Their Contemporaries 1890–1930*. London: Scala Press.
——. 1975. *Walter Crane as a Book Illustrator*. London: Academy Edition.
Ehrenpreis, Irvin. 1958. *The Personality of Jonathan Swift*. London: Methuen.
Erskine-Hill, Howard. 1993. *Jonathan Swift, Gulliver's Travels*. Cambridge: Cambridge University Press.
船木枳郎 1967.『日本童謡童画史』東京：文教堂出版
二上洋一 1978.『少年小説の系譜』幻影城評論研究叢書 4，東京：幻影城
Geering, R. G. 1957. "Swift's Struldbruggs: The Critics Considered." *Journal of the Australian Universities Language and Literature Association*, 7: 3–15.
Green, Martin. 1989. "The Robinson Crusoe Story." *Imprerialism and Juvenile Literature*. 34–52.
Gollwitzer, Heinz. 1969. *Europe in the Age of Imperialism 1880–1914*, London: Thames and Hudson.
Hackford, Terry Reece. 1983. "Fantastic Visions: British Illustration of the *Arabian Nights*." *The Aesthetics of Fantasy: Literature and Art*. Edited by Roger C. Schlobin. Indiana: University of Notre Dame Press.
Hancher, Michael. 1985. *The Tenniel Illustrations to the "Alice" Books*. Columbus: Ohio State University Press.
原昌 1974.『児童文学の笑い——ナンセンス・ヒューモア・サタイア』東京：牧書店

——. 1991.『比較児童文学論』東京：大日本図書株式会社
原田範行編 2012.『「ガリヴァー旅行記」を読む』東京：東京女子大学
——. 2015.「近代イギリス文学における日本表象——サルマナザール，デフォー，スウィフト」『岩波講座　日本歴史　月報』東京：岩波書店 16 (2015): 1–4.
原田範行・服部典之・武田将明注釈 2013.『「ガリヴァー旅行記」徹底注釈　注釈編』東京：岩波書店
東田雅博 1998.『図像のなかの中国と日本』東京：山川出版社
堀江あき子，谷口朋子 2005.『こどもパラダイス 1920–30 年代絵雑誌に見るモダン・キッズらいふ』東京：河出書房新社
細野正信 1987.『竹久夢二と叙情画家たち』東京：講談社
市井三郎 1971.『歴史の進歩とはなにか』岩波新書，東京：岩波書店
池内紀 1995.『風刺の文学』東京：白水社
乾孝 1974.「後記」『児童文学と社会——報告とシンポジュウム』猪熊洋子・神宮輝夫・続橋達夫・鳥越信・古田足日・横田輝編　講座日本児童文学第二巻，東京：明治書院，228–9.
Irwin, Robert. 2010. *The Arabian Nights: A Companion.* London & New York: Tauris Parke Paperbacks.
——. 2010. *Visions of the Jinn: Illustrators of the Arabian Nights*. London: Arcadian Library.
伊東俊太郎 1971.「十八世紀科学とスウィフト」『十八世紀イギリス研究』朱牟田夏雄編，東京：研究社，78–99.
巖谷大四 1974.『波の跫音——巖谷小波伝』東京：新潮社
上笙一郎 1974.『聞き書き　日本児童出版美術史』東京：大平出版社
——. 1980.『児童出版美術の散歩道』東京：理論社
木下卓・清水明編著 2006.『シリーズもっと知りたい名作の世界⑤　「ガリヴァー旅行記」』京都：ミネルヴァ書房
Jackson, Rosemary. 2003. *Fantasy: The Literature of Subversion*. London & New York: Routledge.
Jacob, Margaret C. 1976. *The Newtonians and the English Revolution 1689–1720*. Hassocks: The Harvester Press.
神宮輝夫 1965.「『赤い鳥』時代のさし絵について」日本児童文学学会編『赤い鳥研究』東京：小峰書店
Jones, R. F. 1944. “The Background of the Attack on Science in the Age of Pope.” *Pope and his Contemporaries*. Ed. James L. Clifford. New York: University of Oxford Press, 66–113.
勝尾金弥 2000.『巖谷小波　お伽作家への道——日記を手がかりに』東京：慶応義塾大学出版会
川戸道昭・榊原貴教 2005.『児童文学翻訳作品総覧　明治大正昭和平成の 135 年翻訳目録　イギリス編 1』東京：大空社　ナダ出版センター
Kallich, Martin. 1970. *The Other End of the Eggs: Religious Satire in Gulliver's Travels*. Bridgeport: Conference on British Studies at the University of Bridgeport.
Klima, S. 1963. “A Possible Source for Swift's Struldbrugs,” *Philological Quarterly*. 42: 566–569.
Kobayashi, Kazue. 2006. “The Evolution of the *Arabian Nights* Illustrations: An Art Historical Review,” *The Arabian Nights and Orientalism: Perspectives from East and West*. Edited by Yuriko Yamanaka and Tetsuo Nishio. Intro. Robert Irwin. London & New York: I. B. Tauris, 171–193.

小林一枝 2004.『「アラビアン・ナイト」の国の美術――イスラーム美術入門』東京：八坂書房
桑原三郎 1979.『諭吉　小波　未明――明治の児童文学』東京：慶応通信
――. 1983.「巌谷小波と創作文芸」『日本児童文芸史』福田清人，山主敏子編，東京，三省堂，61–73.
国立民俗学博物館編・西尾哲夫責任編集 2004.『アラビアンナイト博物館』大阪：東方出版
コッペルカム，シュテファン 1991.『幻想のオリエント』池内紀，浅井健三郎，内村博信，秋葉篤志訳，東京：鹿島出版会
Lambourne, Lionel. 2005. *Japonisme: Cultural Crossing between Japan and the West.* London: Phaidon.
Larkin, David, ed. 1975. *Dulac.* London: Cornet Books.
――. 1977. *The Unknown Painting of Kay Nielsen.* New York: Bantam Book.
Lenfest, David S. 1972. "LeFebvre's Illustrations of *Gulliver's Travels*," *Bulletin of the New York Public Library.* 76: 199–208.
――. 1973. "Grandville's Gulliver," *Satire Newsletter* 10. 12–24.
――. 1968. "Checklist of Illustrated Editions of *Gulliver's Travels,* 1727–1914." *Papers of the Bibliographical Society of America* 62: 85–123.
Lock, E. P. 1980. *The Politics of* Gulliver's Travels. Oxford: Clarendon Press.
Lynall, Gregory. 2012. *Swift and Science: The Satire, Politics, and Theology of Natural Knowledge, 1690–1730.* New York: Palgrave Macmillan.
MacDonald, Ruth K. 1982. *Literature for Children in England and America from 1646 to 1774.* Tony, New York: Whitston Pub. Co.
MacKenzie, John M. 1984. *Propaganda and Empire.* Manchester: Manchester University Press.
――. 1995. *Orientalism.* Manchester: Manchester University Press.
丸山幸子 1998.「池田永治の世界――花袋との出会いとその業績」『池田永治の世界――花袋著書の装幀を軸に』館林市教育委員会文化振興課，4–5.
松浪信三郎 1983.『死の思索』岩波新書，東京：岩波書店
Maxwell, Anne. *Colonial Photography and Exhibitions.* London and New York: Leicester University Press.
Menges, Jeff A, select and edit. 2008. *Arabian Nights.* Illustrated: Art of Dulac, Folkard, Parrish and Others. New York: Dover.
Michals, Teresa. 2014. *Books for Children, Books for Adults: Age and Novel from Defore to James.* Cambridge: Cambridge University Press.
向川幹雄 2001.「明治期の翻訳児童文学」『言語表現研究』17: 7–29.
中江和恵・森山茂樹 2002.『日本こども史』東京：平凡社
中川裕美解題 2010.『「少年少女譚海」目次・解題・索引』全 2 巻 金沢：金沢文圃閣
中村悦子 1989.『幼年絵雑誌の世界』東京：高文堂出版社
中野好夫 1969.『スウィフト考』岩波新書，東京：岩波書店
滑川道夫 1988.『日本児童文学の軌跡』東京：理論社
夏目漱石 1977.『文学評論㈡』講談社学術文庫，東京：講談社
Nicolson, Marjorie and Nora M. Mohler. 1967. "The Scientific Background of Swift's Voyage to

Laputa." *Fair Liberty Was All his Cry: A Tercentenary Tribute to Jonathan Swift 1667–1745*. Ed. A. Norman Jeffares. London: Macmillan, 226–269.
西田良子 1976.「第二章　日本児童文学の歴史　第二節　大正期」『日本児童文学概論』日本児童文学学会，東京：東京書籍，50–67.
西尾哲夫 2007.『アラビアンナイト——文明のはざまに生まれた物語』岩波新書，東京：岩波書店
——. 2004.『図説　アラビアンナイト』東京：河出書房新社
Nishio, Tetsuo. 2006. "The *Arabian Nights* and Orientalism from a Japanese Perspective." *The Arabian Nights and Orientalism: Perspectives from East and West*. Ed. Yuriko Yamanaka, Tetsuo Nishio. Intro. Pobert Irwin. London & New York: I. B. Tauris, 154–167.
荻原明男 1961.「十七世紀《科学革命》の独自性について」『科学革命』日本科学史学会編，東京：森北出版，96–124.
岡田隆彦 1985.「洋風童画から浮世絵の現代化へ——初山滋の出発と到着点」『別冊太陽　初山滋』東京：平凡社，113–116.
Olson, Richard G. 1983. "Tory-High Church Opposition to Science and Scientism in the Eighteenth Century: The Works of John Arbuthnot, Jonathan Swift, and Samuel Johnson," *The Uses of Science in the Age of Newton*. Edit. John G. Burke. Berkeley: University of California Press, 171–202.
Ono, Ayako. 2003. *Japonisme in Britain Whistler, Mortimer Menpes, George Henry, E. A. Hornel and nineteenth-century Japan*. London and New York: Routledge Curzon.
小野文子 2008.『美の交流——イギリスのジャポニズム』東京：枝報堂出版
Ornstein, Martha. 1938. *The Rôle of Scientific Society in the Seventeenth Century*. Chicago: University of Chicago Press.
Pagani, Catherine. 1998. "Chinese Material Culture and British Perceptions of China in the Mid-nineteenth Century." *Colonialism and the Object*. 28–40.
Peppin, Brigid. 1975. *Fantasy: Book Illustration 1860–1920*. London: Carter Nash Cameron Book.
Peterson, Leland D. 1964. "On the Keen Appetite for Perpetuity of Life." *English Language Notes*. 1 (June): 265–267.
Quintana, Ricardo. 1978. *Two Augustans: John Locke, Jonathan Swift*. Madison: University of Wisconsin Press.
——. 1955. *Swift: An Introduction*. London: Oxford University Press.
——. 1965. *The Mind and Art of Jonathan Swift*. New York: Peter Smith.
Reily, Patrick. 1982. *Jonathan Swift: The Brave Desponder*. Manchester: Manchester University Press.
Richards, Jeffrey, ed. 1989. *Imperialism and Juvenile Literatue*. Manchester and New York: Manchester University Press.
サイード，エドワード・W. 1993.『オリエンタリズム』上，今沢紀子訳，平凡社
斉藤佐次郎 1996.『斎藤佐次郎・児童文学史』東京：金の星社
榊原貴教 2005.「『ガリヴァ旅行記』に見る翻訳社会史」『翻訳と歴史』27: 1–15.
佐藤忠男 1991.「少年の理想主義について」『少年小説の世界』二上洋一編，東京：沖積舎
Sena, John F. 1990. "Gulliver's Travels and the Genre of the Illustrated Book." *The Genres of* Gulliver's Travels. Edited Frederik N. Smith. Newark: University of Delaware Press, 101–137.
瀬田貞二 1985.『絵本論——子どもの本評論集』東京：福音館書店

——. 1982.『落穂ひろい』東京，福音館書店
島多訥郎 1974.「初山滋の一時期」『銀花』17: 83–84.
Smedman, M. Sarah.1990. "Like Me, Like Me Not: *Gulliver's Travels* as Children's Book." *The Genres of* Gulliver's Travels. Edited Frederik N. Smith. Newark: University of Delaware Press, 75–100.
スミス，H. リリアン 1964.『児童文学論』石井桃子・瀬田貞二・渡辺茂男訳，東京：岩波書店
Smith, Frederik N. 1990. "Scientific Discourse: *Gulliver's Travels* and *The Philosophical Transactions*." *The Genres of* Gulliver's Travels. Edited Frederik N. Smith. Newark: University of Delaware Press, 139–162.
Sprat, Thomas. 1667. *The History of the Royal Society of London for the Improving of Natural Knowledge*. London: T.R. for J. Martyn.
Summerfield, Geoffrey. 1984. *Fantasy and Reason: Children's Literature in the Eighteen Century*. London: Methuen & Co. Ltd.
砂田弘 1974.「児童文学と社会構造——シンポジュウムのための報告」『児童文学と社会』講座日本児童文学第 2 巻，東京：明治書院，8–24.
鈴木三重吉・赤い鳥の会編 1982.『鈴木三重吉の招待』東京：教育出版センター
竹内美紀 2014.『石井桃子の翻訳はなぜ子どもをひきつけるのか——「声を訳す」文体の秘密』京都：ミネルヴァ書房
館林市教育委員会文化振興課編 1996.『田山花袋宛書簡集——花袋周辺百人の書簡』館林市
——. 1998.『池田永治の世界——花袋著書の装幀を軸に』館林市
Teerink, Herman. 1963. *A Bibliography of the Writings of Jonathan Swift*. Edited. Arthur H. Scouten, Philadelphia, University of Pennsylvania Press.
Thompson, Mary Shine. 2011. *Young Ireland*. Edited. Mary Shine Thompson. Chippenham: Antony Rowe.
トインビー，アーノルド他 1972.『死について』青柳晃一他訳，東京：筑摩書房
陶山国見 1983.「文明開化と児童読み物」『日本児童文芸史』福田清人，山主敏子編 東京：三省堂，48–59.
山田慶児 1961.「創立期の王立協会」『科学革命』日本科学史学会編 東京：森北出版，139–164.
——. 1970.「科学技術と価値の世界」『朝日ジャーナル』1 月 4 日号：5–10.
Watanabe, Toshio. 1991. *High Victorian Japonisme*. Bern, Frankfurt am main, New York, Paris: Peter Lang.
Wichmann, Siegfried. 1980. *Japonisme: The Japanese Influence on Western Art since 1858*. London: Tames and Hudson.
ウィリー，バジル 1975.『十八世紀の自然思想』三田博雄他訳，東京：みすず書房
吉田光邦編 1985.『図説万国博覧会史 1851–1945』京都：思文閣出版

図版リスト

口　絵

口絵 1. アルマン・ポワソン,『ガリヴァー旅行記』(1884)　【第三章図版 9】
口絵 2. ハリー・ティーカー,『ガリヴァー旅行記』(1912)　【第三章図版 13】
口絵 3. アーサー・ラッカム『ガリヴァー旅行記』(1909)　【第三章図版 22】
口絵 4. アーサー・ラッカム『ガリヴァー旅行記』(1909)　【第三章図版 23】
口絵 5. アーサー・ラッカム『ガリヴァー旅行記』(1909)　【第三章図版 42】
口絵 6. 画家名不明,『ガリヴァー旅行記』ネルソン社 (1912)　【第三章図版 24】
口絵 7. ハリー・ティカー,『ガリヴァー旅行記』(1912)　【第三章図版 26】
口絵 8. ハリー・ティカー,『ガリヴァー旅行記』(1912)　【第三章図版 27】
口絵 9. ポワソン,『ガリヴァー旅行記』(1884)　【第三章図版 34】
口絵 10・11. ポワソン,『ガリヴァー旅行記』(1884)　【第三章図版 35, 36】
口絵 12. 画家名不明,『アラジン』([1880])　【第四章図版 2】
口絵 13. ウォルター・クレイン,『アラジン』(出版年無記名)　【第四章図版 3】
口絵 14. クレイン,『アラジン』　【第四章図版 4】
口絵 15. フランシス・ブランデッジ,『アラビアンナイト』(出版年無記名)
【第四章図版 5】
口絵 16・17. エドマンド・デュラック,『船乗りシンドバット他』(1914)
【第四章図版 7, 8】
口絵 18. ブレイクリー・マッケンジー,『アリババとアラジン』(1918)　【第四章図版 11】
口絵 19・20. ブレイクリー・マッケンジー,『アリババとアラジン』(1918)
【第四章図版 13, 14】
口絵 21. カイ・ニールセン,「アラジンと魔法のランプ」『レッド・マジック』(1930)
【第四章図版 19】
口絵 22. カイ・ニールセン,「アラジンと魔法のランプ」『レッド・マジック』(1930)
【第四章図版 20】
口絵 23. マッケンジー,『アリババとアラジン』(1918)　【第四章図版 12】
口絵 24. マッケンジー,「アラジンと不思議なランプ」　【第四章図版 15】
口絵 25. 画家名不明,『南洋漂流　大人國旅行』表紙 (1889)　【第五章図版 6】
口絵 26. 画家名不明,『ガリヴァー旅行記』(1909) 大阪府立国際児童図書館蔵
【第五章図版 22】
口絵 27. E. J. ウィラー,『ガリヴァー旅行記』([1995])　【第五章図版 23】
口絵 28. 画家名不明,『ガリヴァー旅行記　小人國大人國大』表紙 (1911)
国会図書館蔵　【第五章図版 31】
口絵 29. グランヴィル,『ガリァー旅行記』(1838)　【第五章図版 56】
口絵 30. モートン,『ガリヴァー旅行』　【第五章図版 32】
口絵 31. E. ウィラー,『ガリヴァー旅行記』([1895])　【第五章図版 33】

口絵 32. 筒井年峰,『小人島』表紙（1899） 【第五章図版 46】
口絵 33. 筒井年峰,『大人國』表紙（1899） 【第五章図版 47】
口絵 34. 初山滋,『小人島奇譚』表紙『少年少女譚海』1 巻 6 号（1920）
大阪府立国際児童図書館蔵 【第六章図版 4】
口絵 35. 初山滋,『小人島奇譚』口絵『少年少女譚海』1 巻 5 号（1920）
大阪府立国際児童図書館蔵 【第六章図版 10】
口絵 36. ウィリー・ポガーニー,『ガリヴァー旅行記』（1919） 【第六章図版 8】
口絵 37. ジャン・ド・ボッシェール,『ガリヴァー旅行記』（1920） 【第六章図版 12】
口絵 38. 清水良雄,『馬の國』口絵『赤い鳥』4 巻 6 号（1920） 【第六章図版 13】
口絵 39. 岡本帰一,『ガリバア旅行記』函（1921） 【第七章図版 14】
口絵 40. 本田庄太郎,『小人島』『幼年倶楽部』4 巻 4 号（1929） 【第七章図版 15】
口絵 41. 初山滋,『ガリヴァの旅行記』口絵（1929） 【第七章図版 29】
口絵 42. ラッカム,『ガリヴァー旅行記』（1909） 【第七章図版 30】
口絵 43. 画家名不明, 函『ガリヴァ旅行記』函『ガリヴァ旅行記』（1919）
【第七章図版 32】
口絵 44. 池田永治装幀,『ガリバー旅行記』表紙・背・裏表紙（1925） 【第七章図版 33】
口絵 45・46. 吉邨二郎,『ガリヴァ旅行記』（1938） 【第七章図版 37, 38】

第一章

図版 1. Illustration from “An English village from a Japanese point of view,” from *Punch*, 28 February 1885.

第三章

図版 1. Stothard, illustration from Part 1 of *Travels from Several Remote Nations of the World by Lemuel Gulliver* (London: Harrison and Co, 1782) n.p.
図版 2. J. J. Grandville, illustration from Part 3 of Tom 2 of *Voyages de Gulliver dans des contées lointaines* (Paris: Garnier, 1838) 112.
図版 3. T. Morten, illustration from Part 2 of *Gulliver's Travels into Several Remote Regions of the World* (London: Cassell, Petter, and Galpin, u.d.) 104.
図版 4. J. G. Thomson, illustrations from Part 2 of *Gulliver's Travels into Several Remote Regions of the World* (London: S.O. Beeton, 1864) 112.
図版 5. T. Morten, illustration from Part 2 of *Gulliver's Travels into Several Remote Regions of the World* (London: Cassell, Petter, and Galpin, u.d.) 115.
図版 6. J. G. Thomson, illustrations from Part 2 of *Gulliver's Travels into Several Remote Regions of the World* (London: S.O. Beeton, 1864) 137.
図版 7. T. Morten, illustration from Part 2 of *Gulliver's Travels into Several Remote Regions of the World* (London: Cassell, Petter, and Galpin, u.d.) 139.
図版 8. V. A. Poirson, illustration from Part 2 of *Voyages de Gulliver dans des contées lointaines* (1884), *Gulliver's Travels* (London: John C. Nimmo, 1886) 165.
図版 9. V. A. Poirson, illustration of Part 2 from *Voyages de Gulliver dans des contées lointaines* (1884), *Gulliver's Travels* (London: John C. Nimmo, 1886) 137.

図版 10. Charles Brock, illustration from Part 1 of *Travels into Several Remote Regions of the World by Lemuel Gulliver* (London: Macmillan, 1894) 39.
図版 11. Charles Brock, illustration from Part 2 of *Travels into Several Remote Regions of the World by Lemuel Gulliver* (London: Macmillan, 1894) 135.
図版 12. René Bull, illustration from Part 2 of *Gulliver's Travels into Several Remote Regions of the World* (London: Wells Gardner, Darton, [1929]) 157.
図版 13. Harry O. Theaker, illustration from Part 3 of *Gulliver's Travels* (London: Ward Lock, u.d.) 203.
図版 14. J. G. Thomson, illustrations of Part 3 from *Gulliver's Travels into Several Remote Regions of the World* (London: S.O. Beeton, 1864) 195.
図版 15. T. Morten, illustration from Part 3 of *Gulliver's Travels into Several Remote Regions of the World* (London: Cassell, Petter, and Galpin, u.d.) 208.
図版 16. J. G. Thomson, illustrations from Part 3 of *Gulliver's Travels into Several Remote Regions of the World* (London: S.O. Beeton, 1864) 215.
図版 17. T. Morten, illustration from Part 3 of *Gulliver's Travels into Several Remote Regions of the World* (London: Cassell, Petter, and Galpin, u.d.) 224.
図版 18. Charles Brock, illustration from Part 3 of *Travels into Several Remote Regions of the World by Lemuel Gulliver* (London: Macmillan, 1894) 216.
図版 19. Charles Brock, illustration from Part 3 of *Travels into Several Remote Regions of the World by Lemuel Gulliver* (London: Macmillan, 1894) 230.
図版 20. Gordon Browne, illustration from Part 3 from *Gulliver's Travels into Several Remote Regions of the World in Four Parts* (1886 [1885]), *Gulliver's Travels into Several Remote Regions of the World in Four Parts* (London: Blackie & Son, 1908) 270.
図版 21. Herbert Cole, illustration from Part 3 of *Gulliver's Travels* (London: John Lane the Bodley Head, 1900) 213.
図版 22. Arthur Rackham, illustration from Part 3 of *Gulliver's Travels* (London: J. M. Dent & Co., 1909) facing 174.
図版 23. Arthur Rackham, illustration from Part 3 of *Gulliver's Travels* (London: J. M. Dent & Co., 1909) facing 200.
図版 24. Unknown illustator, illustration from Part 3 of *Gulliver's Travels* (London: Thomas Nelson, [1912]) u.p..
図版 25. Harry O. Theaker, illustration from Part 1 of *Gulliver's Travels* (London: Ward Lock, u.d.) 39.
図版 26. Harry O. Theaker, illustration from Part 3 of *Gulliver's Travels* (London: Ward Lock, u.d.) 209.
図版 27. Harry O. Theaker, illustration from Part 3 of *Gulliver's Travels* (London: Ward Lock, u.d.) 253.
図版 28. Louis Rhead, illustration from Part 3 of *Gulliver's Travels into Several Remote Regions of the World* (London: Harper & Brothers, 1913) 195.
図版 29. Louis Rhead, illustration from Part 3 of *Gulliver's Travels into Several Remote Regions of the World* (London: Harper & Brothers, 1913) 199.

図版 30. Louis Rhead, illustration from Part 3 of *Gulliver's Travels into Several Remote Regions of the World* (London: Harper & Brothers, 1913) 189.

図版 31. T. Morten, illustration from Part 3 of *Gulliver's Travels into Several Remote Regions of the World* (London: Cassell, Petter, and Galpin, u.d.) 209.

図版 32. T. Morten, illustration from Part 3 of *Gulliver's Travels into Several Remote Regions of the World* (London: Cassell, Petter, and Galpin, u.d.) 211.

図版 33. T. Morten, illustration from Part 3 of *Gulliver's Travels into Several Remote Regions of the World* (London: Cassell, Petter, and Galpin, u.d.) 266.

図版 34. V. A. Poirson, illustration from Part 1 of *Voyages de Gulliver dans des contées lointaines* (1884), *Gulliver's Travels* (London: John C. Nimmo, 1886) 5.

図版 35. V. A. Poirson, illustration from Part 1 of *Voyages de Gulliver dans des contées lointaines* (1884), *Gulliver's Travels* (London: John C. Nimmo, 1886) 92.

図版 36. V. A. Poirson, illustration from Part 1 of *Voyages de Gulliver dans des contées lointaines* (1884), *Gulliver's Travels* (London: John C. Nimmo, 1886) 69.

図版 37. V. A. Poirson, illustration of Part 1 from *Voyages de Gulliver dans des contées lointaines* (1884), *Gulliver's Travels* (London: John C. Nimmo, 1886) 44.

図版 38. V. A. Poirson, illustration from Part 3 of *Voyages de Gulliver dans des contées lointaines* (1884), *Gulliver's Travels* (London: John C. Nimmo, 1886) 289.

図版 39. Herbert Cole, illustration from Part 3 of *Gulliver's Travels* (London: John Lane the Bodley Head, 1900) 183.

図版 40. Herbert Cole, illustration from Part 3 of *Gulliver's Travels* (London: John Lane the Bodley Head, 1900) 188.

図版 41. Herbert Cole, illustration from Part 3 of *Gulliver's Travels* (London: John Lane the Bodley Head, 1900) 209.

図版 42. Arthur Rackham, illustration from Part 3 of *Gulliver's Travels* (London: J. M. Dent & Co., 1909) facing 150.

図版 43. Charles Copeland, illustration from Part 1 of *Gulliver's Travels: A Voyage to Lilliput and a Voyage to Brobdingnag* (New York, Chicago and London: Ginn and Company, 1912) 34.

図版 44. René Bull, illustration from Part 3 of *Gulliver's Travels into Several Remote Regions of the World* (London: Wells Gardner, Darton, [1929]) 217.

図版 45. René Bull, illustration from Part 3 of *Gulliver's Travels into Several Remote Regions of the World* (London: Wells Gardner, Darton, [1929]) 225.

図版 46. René Bull, illustration from Part 2 of *Gulliver's Travels into Several Remote Regions of the World* (London: Wells Gardner, Darton, [1929]) 243.

図版 47. Jack Matthews, illustrated from Part 2 of *Gulliver's Travels: Being his Voyage to Lilliput Brobdingnag Laputa the Houyhnhnms* (London: New Wolsey, [1953]) u.p..

図版 48. Jack Matthews, illustration from Part 4 of *Gulliver's Travels: Being his Voyage to Lilliput Brobdingnag Laputa the Houyhnhnms* (London: New Wolsey, [1953]) u.p..

第四章

図版 1. Unknown illustrator, illustration from *Aladdin or the Wonderful Lamp* (London: Dean and

Sons, [1880]) 5–6.
図版 2. Unknown illustrator, back cover of *Aladdin or the Wonderful Lamp* (London: Dean and Sons, [1880]).
図版 3. Walter Crane, illustration from *Aladdin: or, The Wonderful Lamp* (London & New York: George Routledge and Sons, u.d. [1875]) u.p..
図版 4. Walter Crane, illustration from *Aladdin: or, The Wonderful Lamp* (London & New York: George Routledge and Sons, u.d.) u.p..
図版 5. Frances Brundage, illustration from *Arabian Nights* (London: Raphael Tuck, u.d.) facing 94.
図版 6. William Heath Robinson, illustration from *The Arabian Nights Entertainments* (1899), *The Arabian Nights* (London: Archibald Constable, u.d.) 256.
図版 7. Edmund Dulac, illustration from *Sindbad the Sailor and Other Stories* (London: Hodder & Stoughton, 1914) u.p..
図版 8. Edmund Dulac, illustration from *Sindbad the Sailor and Other Stories* (London: Hodder & Stoughton, 1914) u.p..
図版 9. T. Blakeley Mackenzie, illustration from *Ali Baba and Aladdin* (London: George and Harrap, 1918) u.p..
図版 10. T. Blakeley Mackenzie, illustration from *Ali Baba and Aladdin* (London: George and Harrap, 1918) u.p..
図版 11. T. Blakeley Mackenzie, illustration from *Ali Baba and Aladdin* (London: George and Harrap, 1918) u.p..
図版 12. T. Blakeley Mackenzie, illustration from *Ali Baba and Aladdin* (London: George and Harrap, 1918) u.p..
図版 13. T. Blakeley Mackenzie, illustration from *Aladdin and his Wonderful Lamp* (London: Nisbet, u.d.) u.p..
図版 14. T. Blakeley Mackenzie, illustration from *Aladdin and his Wonderful Lamp* (London: Nisbet, u.d.) u.p..
図版 15. T. Blakeley Mackenzie, illustration from *Aladdin and his Wonderful Lamp* (London: Nisbet, u.d.) u.p..
図版 16. T. Blakeley Mackenzie, dust cover of *Aladdin and his Wonderful Lamp* (London: Nisbet, u.d.)
図版 17. A. E. Jackson, illustration from *Tales from the Arabian Nights* (London & Melbourne, 1920) 145.
図版 18. A. E. Jackson, frontispiece of *Tales from the Arabian Nights* (London & Melbourne, 1920) 183.
図版 19. Kay Nielsen, illustration from 'Aladdin and the Wonderful Lamp' of *Red Magic* (London: Jonathan Cape, 1930) 293.
図版 20. Kay Nielsen, illustration from 'Aladdin and the Wonderful Lamp' of *Red Magic* (London: Jonathan Cape, 1930) 245.
図版 21. Unknown illustrator, illustration from *Aladdin and Other Stories* (London: Wells Gardner, Darto, u.d.) u.p..
図版 22. Arthur Rackham, frontispiece of *The Arthur Rackham Fairy Book* (London: George G. Harrap, 1933)

図版 23. Walter Crane, illustration from *Aladdin: or, The Wonderful Lamp*（London & New York: George Routledge and Sons, u.d.）u.p..

第五章

図版 1. 画家名不明,『繪本　鵞璆皤児回島記』東京：薔薇楼, 1880. 213.

図版 2. T. Morten, illustration from Part 1 of *Gulliver's Travels into Several Remote Regions of the World*（London: Cassell, Petter, and Galpin, u.d.）82.

図版 3. T. Morten, illustration from Part 1 of *Gulliver's Travels into Several Remote Regions of the World*（London: Cassell, Petter, and Galpin, u.d.）76.

図版 4. 画家名不明,『繪本　鵞璆皤児回島記』口絵, 東京：薔薇楼, 1880. 213.

図版 5. T. Morten, frontispiece of *Gulliver's Travels into Several Remote Regions of the World*（London: Cassell, Petter, and Galpin, u.d.）82.

図版 6. 画家名不明,『南洋漂流 大人國旅行』表紙, 大久保常吉譯, 東京：久野木信善（東京新古堂）, 1889.

図版 7. 画家名不明,『南洋漂流 大人國旅行』大久保常吉譯, 東京：久野木信善（東京新古堂）, 1889. u.p..

図版 8. T. Morten, illustration from Part 2 of *Gulliver's Travels into Several Remote Regions of the World*（London: Cassell, Petter, and Galpin, u.d.）139.

図版 9. J. J. Grandville, illustration from Part 2 of Tom 1 of *Voyages de Gulliver dans des contées lointaines*（Paris: Garnier, 1838）213.

図版 10. J. J. Grandville, illustration from Part 2 of Tom 1 of *Voyages de Gulliver dans des contées lointaines*（Paris: Garnier, 1838）215.

図版 11. 画家名不明,『南洋漂流 大人國旅行』大久保常吉譯, 東京：久野木信善（東京新古堂）, 1889. u.p..

図版 12. J. J. Grandville, illustration from Part 2 of Tom 1 of *Voyages de Gulliver dans des contées lointaines*（Paris: Garnier, 1838）207.

図版 13. 画家名不明,『南洋漂流 大人國旅行』大久保常吉譯, 東京：久野木信善（東京新古堂）, 1889. u.p..

図版 14. J. J. Grandville, illustration from Part 2 of Tom 1 of *Voyages de Gulliver dans des contées lointaines*（Paris: Garnier, 1838）251.

図版 15. 夏井潔,『政治小説　小人國発見録』表紙, 東京：松下軍治 , 1988.

図版 16. Unknown illustrator, *Gullliver's Travels: adapted for the Young*（London: George Routledge and Sons, [1895]）55.

図版 17. 画家名不明,『小人島大人島抱腹珍譚』表紙, 東京：東西社, 1908.

図版 18. 画家名不明,『小人島大人島抱腹珍譚』口絵, 東京：東西社, 1908.

図版 19. T. Morten, illustration from Part 1 of *Gulliver's Travels into Several Remote Regions of the World*（London: Cassell, Petter, and Galpin, u.d.）24.

図版 20. 画家名不明,『ガリヴァー物語』口絵, 東京：昭倫社, 1909. u.p..

図版 21. E. J. Wheeler, illustration from *Gullliver's Travels: Adapted for the Young*（London: George Routledge and Sons, [1895]）u.p..

図版 22. 画家名不明,『ガリヴァー物語』表紙, 東京：昭倫社, 1909.

図版 23. E. J. Wheeler, illustration from *Gullliver's Travels: Adapted for the Young* (London: George Routledge and Sons, [1895]) u.p..
図版 24. J. J. Grandville, illustration from Part 1 of Tom 1 of *Voyages de Gulliver dans des contées lointaines* (Paris: Garnier, 1838) 47.
図版 25. 鰭崎英朋,『大艦隊の捕獲』表紙, 東京：春陽堂, 1910.
図版 26. T. Morten, illustration from Part 1 of *Gulliver's Travels into Several Remote Regions of the World* (London: Cassell, Petter, and Galpin, u.d.) 68.
図版 27. 鰭崎英朋,『大艦隊の捕獲』口絵, 東京：春陽堂, 1910.
図版 28. T. Morten, illustration from Part 1 of *Gulliver's Travels into Several Remote Regions of the World* (London: Cassell, Petter, and Galpin, u.d.) 48.
図版 29. 鰭崎英朋,『大艦隊の捕獲』東京：春陽堂, 16–17.
図版 30. T. Morten, illustration from Part 1 of *Gulliver's Travels into Several Remote Regions of the World* (London: Cassell, Petter, and Galpin, u.d.) 50.
図版 31. 画家名不明,『ガリヴァー旅行記　小人國大人國』表紙, 東京：精華堂書店, 1911.
図版 32. T. Morten, illustration from Part 2 of *Gulliver's Travels into Several Remote Regions of the World* (London: Cassell, Petter, and Galpin, u.d.) 93.
図版 33. E. J. Wheeler, illustration from *Gullliver's Travels: Adapted for the Young* (London: George Routledge and Sons, [1895]) u.p..
図版 34. 画家名不明,『ガリヴァー旅行記　小人國大人國』口絵, 東京：精華堂書店, 1911.
図版 35. 画家名不明,『ガリヴァー旅行記　小人國大人國』表紙, 東京：精華堂書店, 1911.
図版 36. E. J. Wheeler, illustration from *Gullliver's Travels: Adapted for the Young* (London: George Routledge and Sons, [1895]) u.p..
図版 37. 画家名不明,『ガリヴァー小人島大人國漂流記』表紙, 東京：磯部甲陽堂, 1911.
図版 38. 画家名不明,『ガリヴァー小人島大人國漂流記』裏表紙, 東京：磯部甲陽堂, 1911.
図版 39. 画家名不明,『ガリヴァー小人島大人國漂流記』口絵, 東京：磯部甲陽堂, 1911.
図版 40. 筒井年峰,『大人國（ガリバア島廻下編)』東京：博文館, 1899. 4.
図版 41. 画家名不明,『繪本　鵞璨皤児回島記』口絵, 東京：薔薇楼, 1880.43.
図版 42. T. Morten, illustration from Part 1 of *Gulliver's Travels into Several Remote Regions of the World* (London: Cassell, Petter, and Galpin, u.d.) 20.
図版 43. 筒井年峰,『大人國（ガリバア島廻下編)』東京：博文館, 1899. 18–19.
図版 44. 筒井年峰,『大人國（ガリバア島廻下編)』東京：博文館, 1899. 60–61.
図版 45. 筒井年峰,『大人國（ガリバア島廻下編)』東京：博文館, 1899. 46–47.
図版 46. 筒井年峰,『小人島（ガリバア島廻上編)』表紙, 東京：博文館, 1899.
図版 47. 筒井年峰,『大人國（ガリバア島廻下編)』表紙, 東京：博文館, 1899.
図版 48. J. J. Grandville, illustration from Part 1 of Tom 1 of *Voyages de Gulliver dans des contées lointaines* (Paris: Garnier, 1838) 1.
図版 49. J. J. Grandville, illustration from Part 2 of Tom 1 of *Voyages de Gulliver dans des contées loin-*

taines (Paris: Garnier, 1838) u.p..

図版 50. J. J. Grandville, illustration from Part 1 of Tom 1 of *Voyages de Gulliver dans des contées lointaines* (Paris: Garnier, 1838) 38.

図版 51. J. J. Grandville, illustration from Part 2 of Tom 1 of *Voyages de Gulliver dans des contées lointaines* (Paris: Garnier, 1838) 164.

図版 52. 筒井年峰,『小人島(ガリバア島廻上編)』東京:博文館, 1899. 36–37.

図版 53. 筒井年峰,『大人國(ガリバア島廻下編)』東京:博文館, 1899. 24–25.

図版 54. J. J. Grandville, illustration from Part 2 of Tom 1 of *Voyages de Gulliver dans des contées lointaines* (Paris: Garnier, 1838) 187.

図版 55. 筒井年峰,『大人國(ガリバア島廻下編)』東京:博文館, 1899. 28–29.

図版 56. J. J. Grandville, illustration from Part 2 of Tom 1 of *Voyages de Gulliver dans des contées lointaines* (Paris: Garnier, 1838) 146.

図版 57. 筒井年峰,『大人國(ガリバア島廻下編)』東京:博文館, 1899. 10–11.

図版 58. J. J. Grandville, illustration from Part 1 of Tom 1 of *Voyages de Gulliver dans des contées lointaines* (Paris: Garnier, 1838) 68.

図版 59. 筒井年峰,『大人國(ガリバア島廻下編)』東京:博文館, 1899. 34–35.

図版 60. J. J. Grandville, illustration from Part 2 of Tom 1 of *Voyages de Gulliver dans des contées lointaines* (Paris: Garnier, 1838) 193.

図版 61. T. Morten, illustration from Part 2 of *Gulliver's Travels into Several Remote Regions of the World* (London: Cassell, Petter, and Galpin, u.d.) 124.

図版 62. J. J. Grandville, illustration from Part 2 of Tom 1 of *Voyages de Gulliver dans des contées lointaines* (Paris: Garnier, 1838) 217.

図版 63. Charles Brock, illustration from Part 2 of *Travels into Several Remote Regions of the World by Lemuel Gulliver* (London: Macmillan, 1894) 139.

図版 64. 筒井年峰,『大人國(ガリバア島廻下編)』東京:博文館, 1899. 54–55.

第六章

図版 1. 初山滋,「大人國奇譚」『少年少女譚海』1.9(1920 年 9 月) 83.

図版 2. 岡本帰一,『ガリバア旅行記』東京:冨山房, 1921. 160.

図版 3. Willy Pogany, illustration from Part 2 of *Gulliver's Travels* (London: George G. Harrap, 1919) 96.

図版 4. 初山滋,『小人島奇譚』表紙,『少年少女譚海』1.6(1920 年 6 月).

図版 5. J. J. Grandville, illustration from Part 1 of Tom 1 of *Voyages de Gulliver dans des contées lointaines* (Paris: Garnier, 1838) 9.

図版 6. T. Morten, illustration from Part 1 of *Gulliver's Travels into Several Remote Regions of the World* (London: Cassell, Petter, and Galpin, u.d.) 5.

図版 7. Charles Brock, illustration from Part 1 of *Travels into Several Remote Regions of the World by Lemuel Gulliver* (London: Macmillan, 1894) 5.

図版 8. Willy Pogany, illustration from Part 2 of *Gulliver's Travels* (London: George G. Harrap, 1919) 8.

図版 9. 初山滋,『小人島奇譚』口絵,『少年少女譚海』東京:博文館, 1.3 (1920 年 3 月).

the World in Four Parts (1886 [1885]), *Gulliver's Travels into Several Remote Regions of the World in Four Parts* (London & Glasgow: Blackie & Son, u.d.) 96.
図版 39. J. J. Grandville, illustration from Part 2 of Tom 1 of *Voyages de Gulliver dans des contées lointaines* (Paris: Garnier, 1838) 213.
図版 40. 画家名不明,『ガリバー旅行記』口絵, 東京：イデア書院, 1925. 9
図版 41. 画家名不明,『ガリバー旅行記』口絵, 東京：イデア書院, 1925. 69.
図版 42. 画家名不明,『ガリバー旅行記』口絵, 東京：イデア書院, 1925. 154.

第七章
図版 1. 本田庄太郎,「ドングリゴマ」『コドモノクニ』3.12 (1924 年 12 月号)
図版 2. 本田庄太郎,「ネズミ　ハナビ」『コドモノクニ』5.7 (1926 年 7 月号) 114–115.
図版 3. 川上四郎,「タナバタサマ」『コドモノクニ』12.8 (1933 年 7 月号) 116–117.
図版 4. 本田庄太郎,「カエル」扉『コドモノクニ」5.9 (1926 年 9 月号)
図版 5. 本田庄太郎,「木の葉の踊り」『コドモノクニ』3.12 (1924 年 12 月号)
図版 6. 本田庄太郎,「虫の楽隊」『コドモノクニ』1.9 (1922 年 9 月号)
図版 7. 本田庄太郎,『小人島』『幼年俱楽部』4.3 (1929 年 3 月号) 72–73.
図版 8. 筒井年峰,『小人島 (ガリバア島廻上編)』東京：博文館, 1899. 2–3.
図版 9. 本田庄太郎,『大人國』『幼年俱楽部』4.5 (1929 年 5 月号) 134–135.
図版 10. 本田庄太郎,『大人國』『幼年俱楽部』4.6 (1929 年 6 月号) 116–117.
図版 11. 筒井年峰,『大人國 (ガリバア島廻下編)』東京：博文館, 1899. 28–29.
図版 12. 初山滋,『小人島奇譚』『少年少女譚海』東京：博文館, 1.2. (1920 年 2 月) 37.
図版 13. 本田庄太郎,『小人島』『幼年俱楽部』4.3 (1929 年 3 月号) 68–69.
図版 14. 岡本帰一,『ガリバア旅行記』函, 東京：冨山房, 1921.
図版 15. 本田庄太郎,『小人島』『幼年俱楽部』4.4 (1929 年 4 月号) 126–127.
図版 16. 本田庄太郎,『大人國』『幼年俱楽部』4.5 (1929 年 5 月号) 132–133.
図版 17. 本田庄太郎,『小人島』『幼年俱楽部』4.3 (1929 年 3 月号) 74–75.
図版 18. 本田庄太郎,『大人國』『幼年俱楽部』4.6 (1929 年 6 月号) 118–119.
図版 19. 本田庄太郎,『大人國』『幼年俱楽部』4.6 (1929 年 6 月号) 122–123.
図版 20. 筒井年峰,『大人國 (ガリバア島廻下編)』東京：博文館, 1899. 50–51.
図版 21. 本田庄太郎,『小人島』『幼年俱楽部』4.4 (1929 年 4 月号) 128–129.
図版 22. 本田庄太郎,『小人島』『幼年俱楽部』4.4 (1929 年 4 月号) 132–133.
図版 23. 井上たけし,『小人トガリバー』『幼年俱楽部』6.6 (1931 年 6 月号) 50–51.
図版 24. 井上たけし,『小人トガリバー』『幼年俱楽部』6.6 (1931 年 6 月号) 52–53.
図版 25. 井上たけし,『小人トガリバー』『幼年俱楽部』6.6 (1931 年 6 月号) 54.
図版 26. Arthur Rackham, front cover from *Gulliver's Travels*. (London: J. M. Dent, 1909).
図版 27. 初山滋,『小人島奇譚』『少年少女譚海』1.2. (1920 年 2 月) 41.
図版 28. 初山滋,『ガリヴァの旅行記』研究社譯註叢書 (東京：研究社, 1929) u.p..
図版 29. 初山滋,『ガリヴァの旅行記』口絵, 研究社譯註叢書 (東京：研究社, 1929).
図版 30. Arthur Rackham, *Gulliver's Travels*. (London: J. M. Dent, 1909) facing 26.
図版 31. 初山滋,『ガリヴァの旅行記』研究社譯註叢書 (東京：研究社, 1929) u.p..
図版 32. 画家名不明,『ガリヴァ旅行記』函, 東京：国民書院, 1919.

図版 33. 池田永治装幀,『ガリバー旅行記』表紙・背表紙・裏表紙，童話研究會編，模範童話選集 3，東京：博文館，1925.
図版 34. 池田永治装幀,『ガリバー旅行記』函，童話研究會編，模範童話選集 3，東京：博文館，1925.
図版 35. 画家名不明,『ガリバー旅行記』表函，木村茂市郎編　文部省認定　課外讀本，東京：木村書店，1934.
図版 36. 画家名不明,『ガリバア旅行記』裏函，木村茂市郎編　文部省認定　課外讀本，東京：木村書店，1934.
図版 37. 吉邨二郎,『ガリバア旅行記　小人島物語』講談社の絵本，東京：大日本雄弁会講談社，1938. 40–41.
図版 38. 吉邨二郎,『ガリバア旅行記　小人島物語』講談社の絵本，東京：大日本雄弁会講談社，1938. 32–33.

ガリヴァーとオリエント
日英図像と作品にみる東方幻想

2018年3月26日　初版第1刷発行

著　者　千森幹子
発行所　一般財団法人　法政大学出版局
〒102-0071 東京都千代田区富士見2-17-1
電話03(5214)5540 振替00160-6-95814
組版：HUP　印刷：三和印刷　製本：誠製本
© 2018, Mikiko Chimori

Printed in Japan

ISBN978-4-588-49512-0

[著者]

千森幹子（ちもり・みきこ）

帝京大学外国語学部教授。英国イーストアングリア大学大学院で博士号（Ph.D.）を取得。大阪明浄女子短期大学講師・助教授，ケンブリッジ大学クレアホール学寮客員フェロー，山梨県立大学国際政策学部教授を経て，2014年から現職。専門領域は18世紀～19世紀イギリス小説，日英比較文学，図像研究，翻訳研究。

主な著書に，『表象のアリス――テキストと図像に見る日本とイギリス』（第39回日本児童文学学会特別賞受賞，法政大学出版局），*Sense in Nonsense: The* Alice *Books and Their Japanese Translators and Illustrators*（単著）（Ph.D. 論文，2003），『不思議の国のアリス～明治・大正・昭和初期邦訳本復刻集成』（編集解説，エディションシナプス，2009），*Tove Jansson Rediscovered*（共著，Cambridge Scholars Publishing, 2007），*Illustrating Alice*（共著，Artists' Choice Edition, 2013），『図説　翻訳文学総合事典　第5巻　日本における翻訳文学（研究編）』（共著，大空社，2009），『十八世紀イギリス文学研究［第4号］――交渉する文化と言語』（共著，開拓社，2010）など。主な論文に，Shigeru Hatsuyama's Unpublished *Alice* Illustrations: A Comparative Study of Japanese and Western Art（*The Carrollian: The Lewis Carroll Journal,* No. 4, 1999），"Tenkei Hasegawa's *Kagami Sekai*：The First Japanese *Alice* Translation"（*The Carrollian,* No. 6, 2000）などがある。

表象のアリス〈テキストと図像に見る日本とイギリス〉　千森幹子著　五八〇〇円
日本の翻訳論〈アンソロジーと解題〉　柳父章・水野的・長沼美香子編　三三〇〇円
二葉亭四迷のロシア語翻訳〈逐語訳の内実と文末詞の創出〉　コックリル浩子著　五四〇〇円
マラルメの辞書学〈『英単語』と人文学の再構築〉　立花史著　五二〇〇円
ブルースの文学　H・A・ベイカー・ジュニア／松本昇ほか訳／今福龍太解説　四四〇〇円
情報時代の到来　D・R・ヘッドリク／塚原東吾・隠岐さや香訳　三九〇〇円
イメージとしての女性　S・ボーヴェンシェン／渡邉洋子・田邊玲子訳　四八〇〇円
人生の愉楽と幸福〈ドイツ啓蒙主義と文化の消費〉　M・ノルト／山之内克子訳　五八〇〇円
近代測量史への旅〈ゲーテ時代の自然景観図から明治日本の三角測量まで〉　石原あえか著　三八〇〇円

＊表示価格は税別です